巧藝坊 QIAO YI FANG 巧艺坊时尚手工编织

娃娃乐 毛衣图案设计新花样

WA WA LE MAO YI TU AN SHE JI XIN HUA YANG

阿巧 编著

山东美术出版社

图书在版编目（C I P）数据

娃娃乐毛衣图案设计新花样／阿巧编著. --济南：
山东美术出版社，2010. 9
（巧艺坊时尚手工编织）
ISBN 978-7-5330-3244-9

Ⅰ. ①娃… Ⅱ. ①阿… Ⅲ. ①绒线－童服－编织－图
集 Ⅳ. ① TS941. 763. 1-64

中国版本图书馆CIP数据核字（2010）第174071号

策　　划：杭州书丛文化传播有限公司
责任编辑：李晓雯

出版发行：山东美术出版社
济南市胜利大街39号（邮编：250001）
http://www.sdmspub.com
E-mail:sdmscbs@163.com
电话：（0531）82098268　传真：（0531）82066185
山东美术出版社发行部
济南市胜利大街39号（邮编：250001）
电话：（0531）86193019　86193028
制版印刷：杭州钱江彩色印务有限公司
开　　本：889×1194毫米　16开　10印张
版　　次：2010年9月第1版　2010年9月第1次印刷
定　　价：38.00元

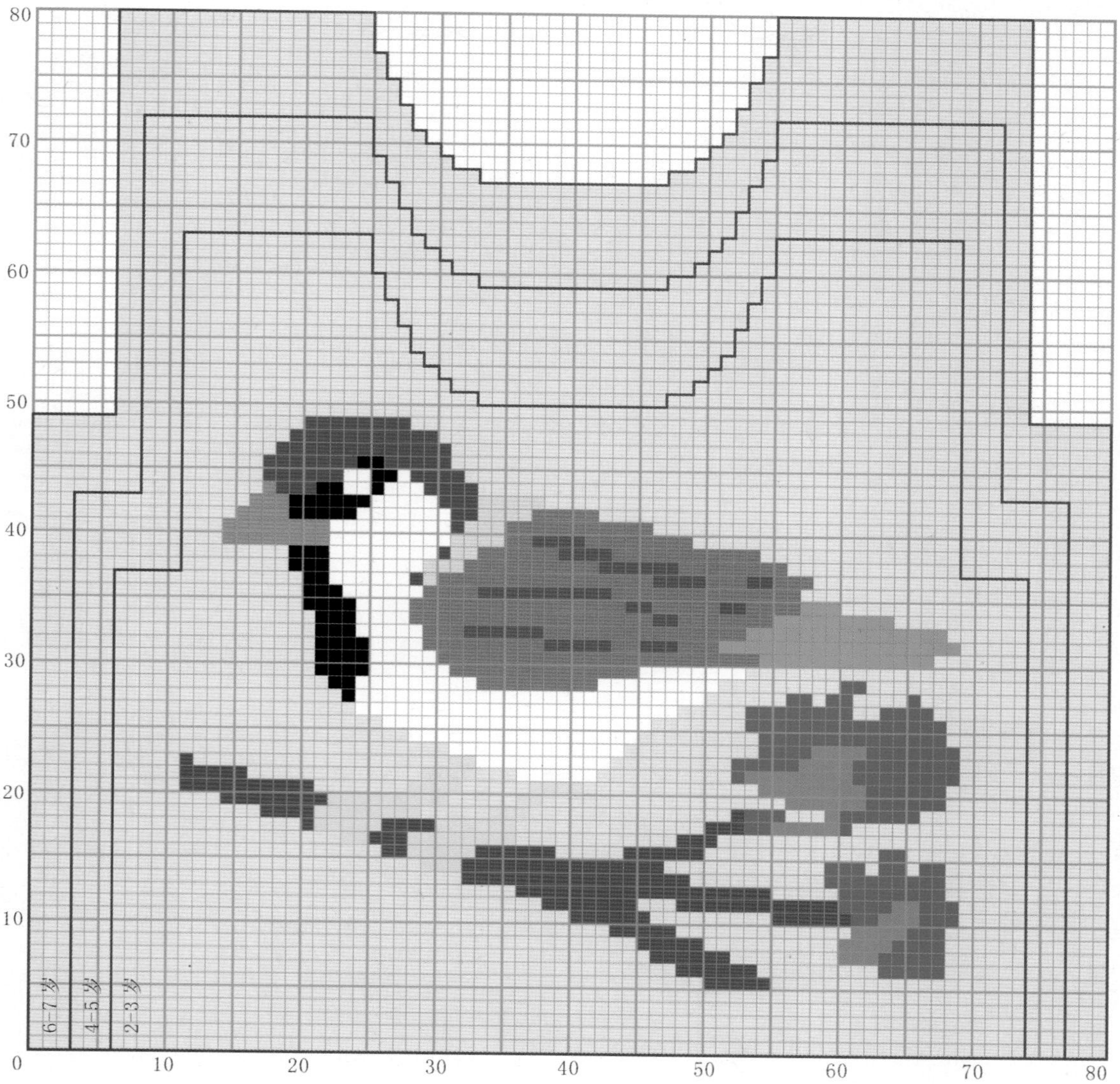
6-7岁
4-5岁
2-3岁

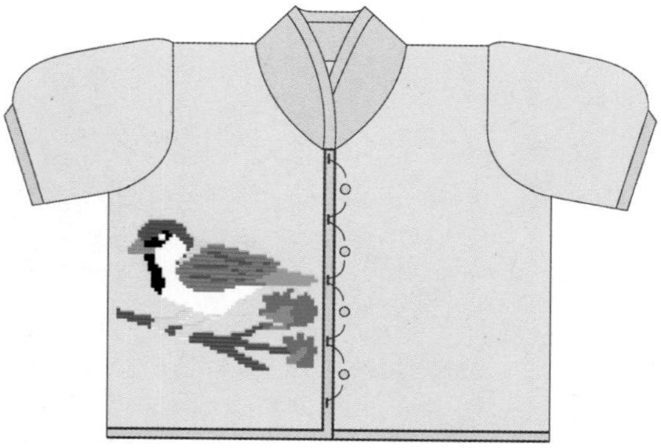

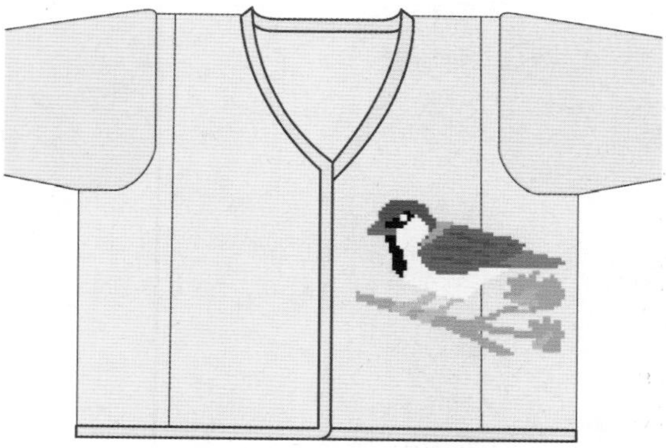

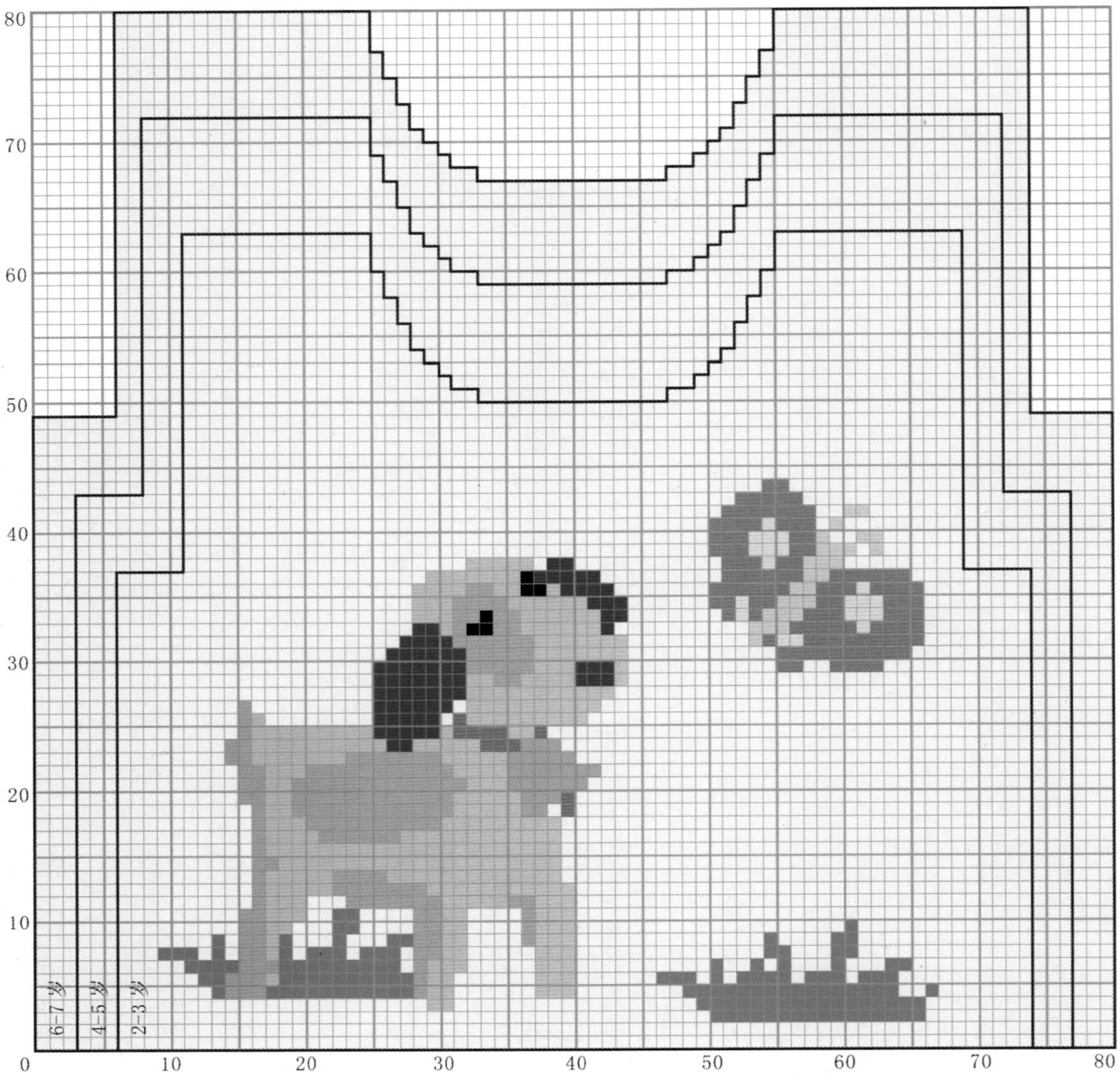
80
70
60
50
40
30
20
10
0
6-7岁
4-5岁
2-3岁
10
20
30
40
50
60
70
80

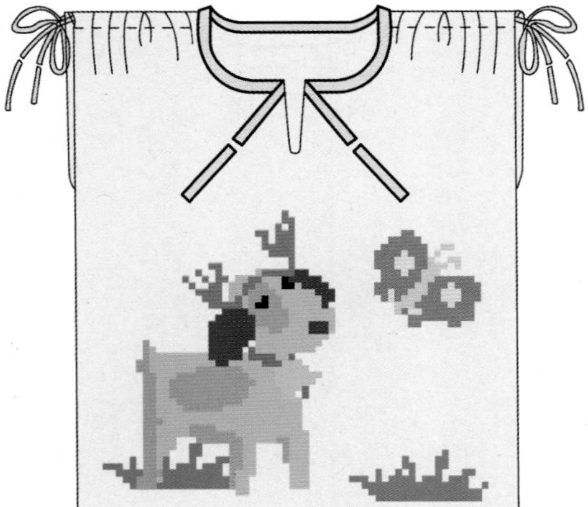

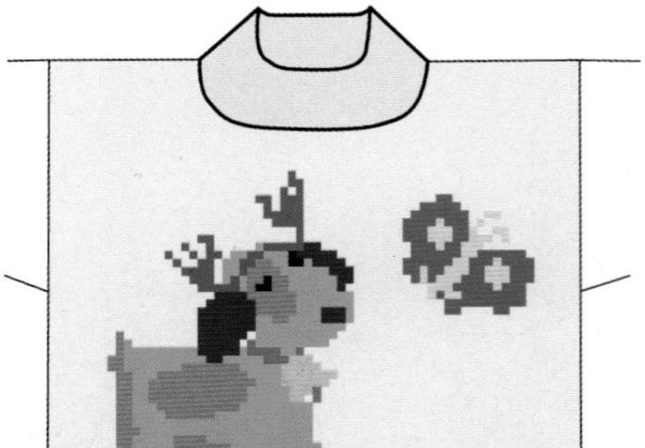

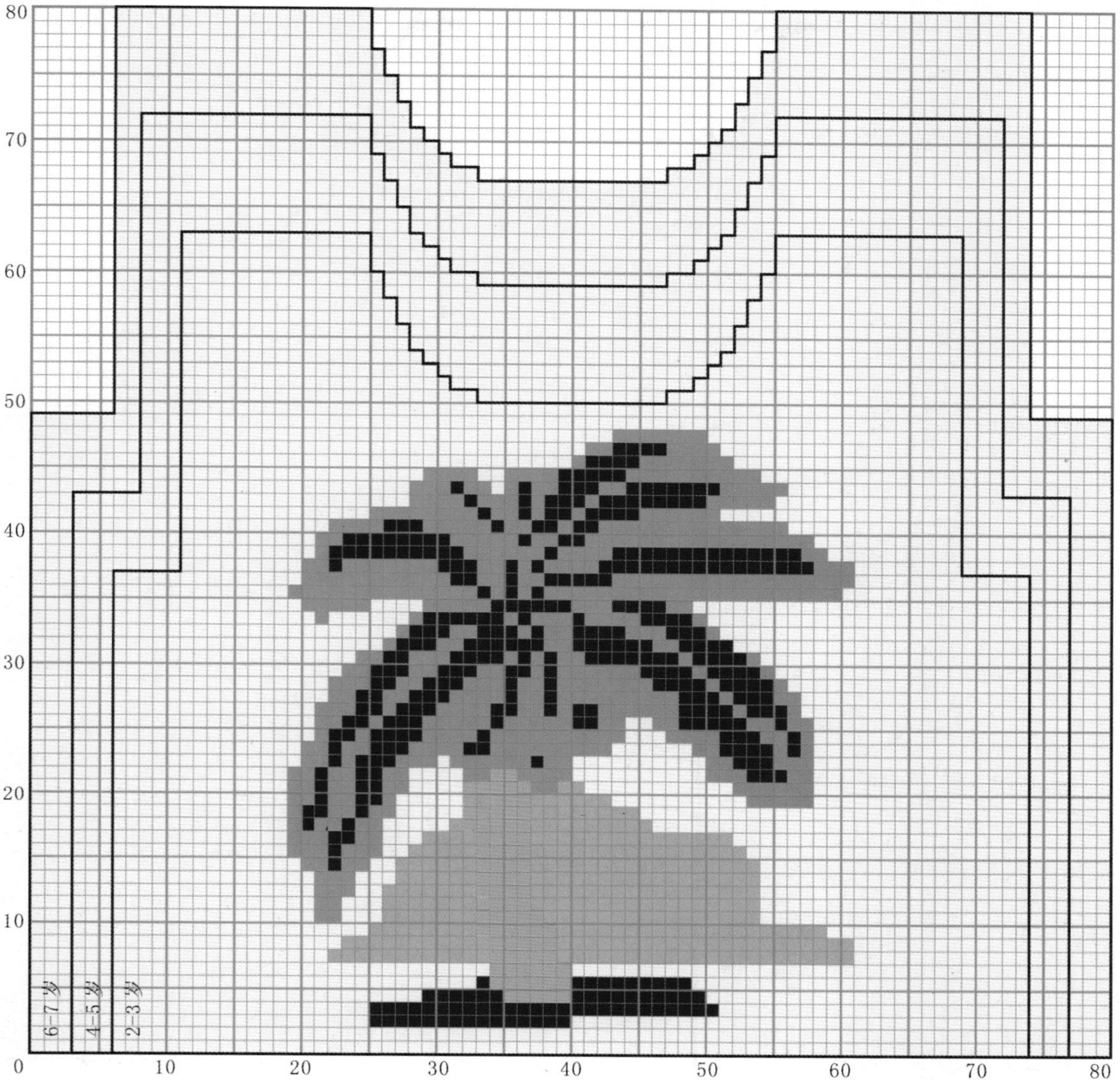
6-7岁
4-5岁
2-3岁
0
10
20
30
40
50
60
70
80

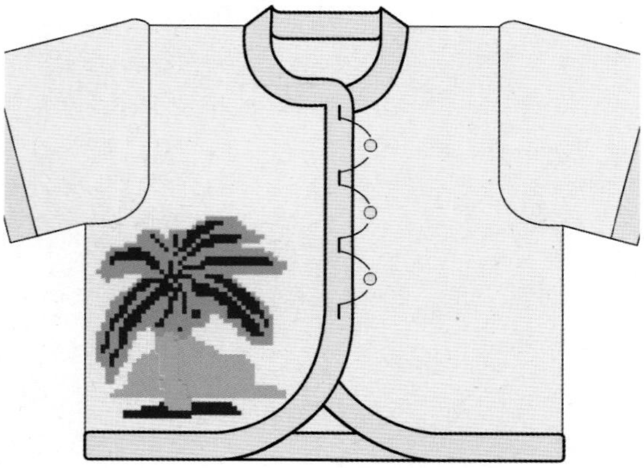

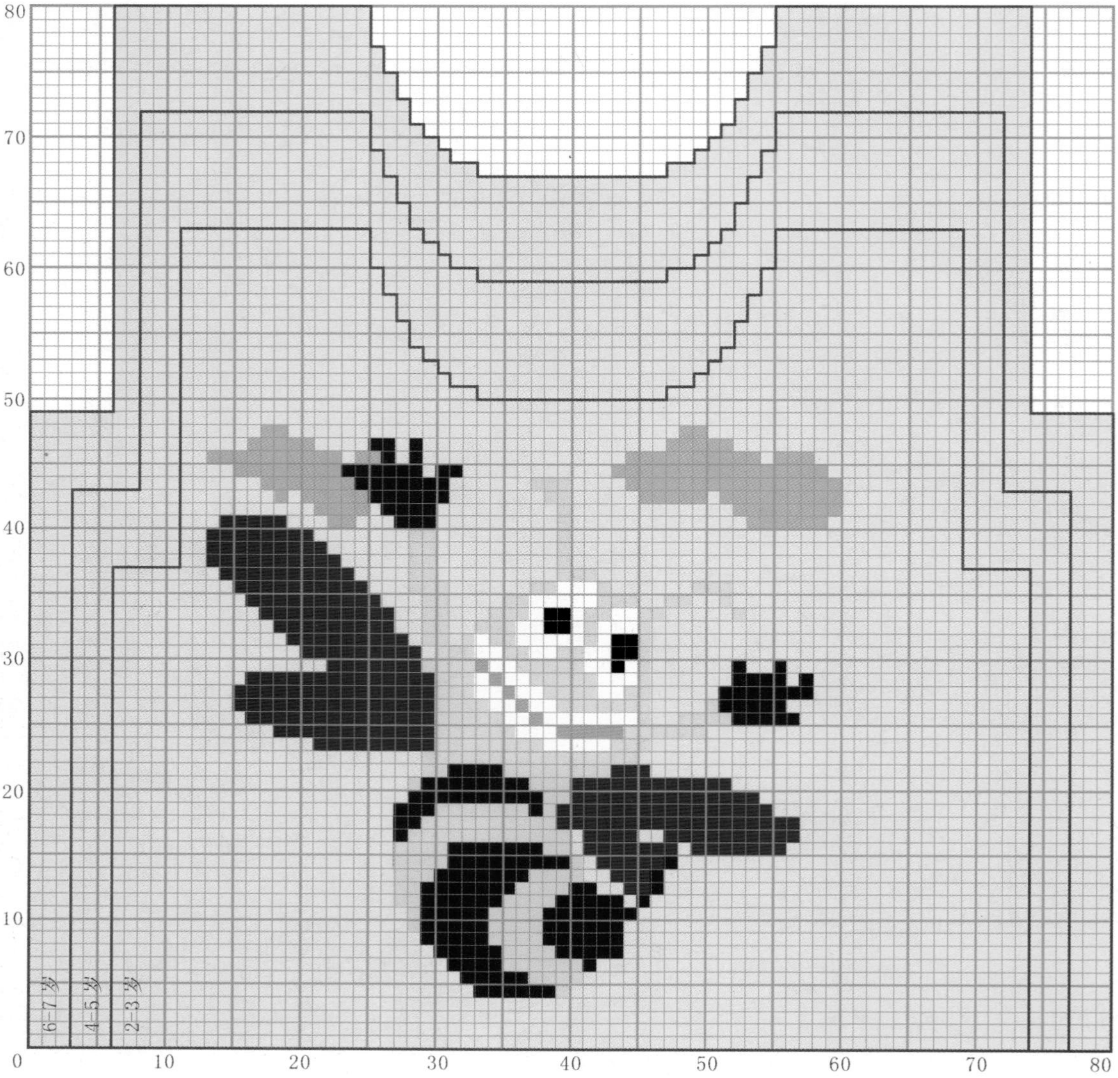
80
70
60
50
40
30
20
10
0
10
20
30
40
50
60
70
80
6-7岁
4-5岁
2-3岁

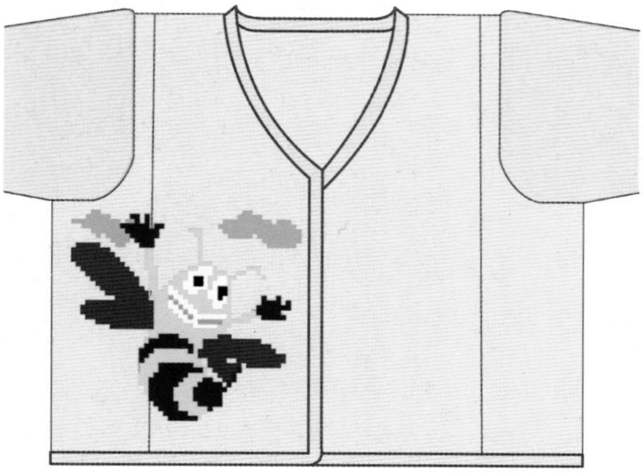

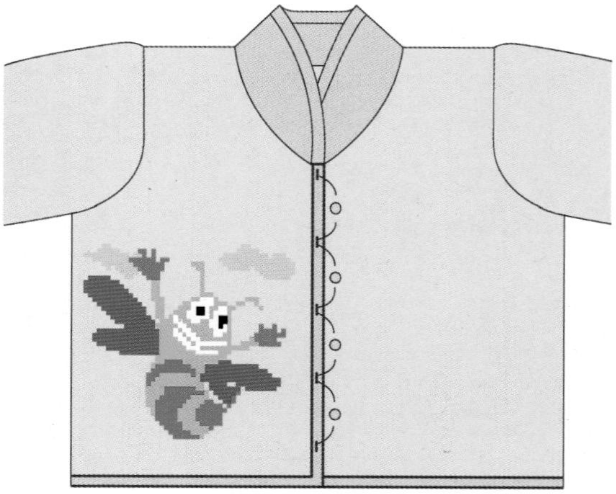

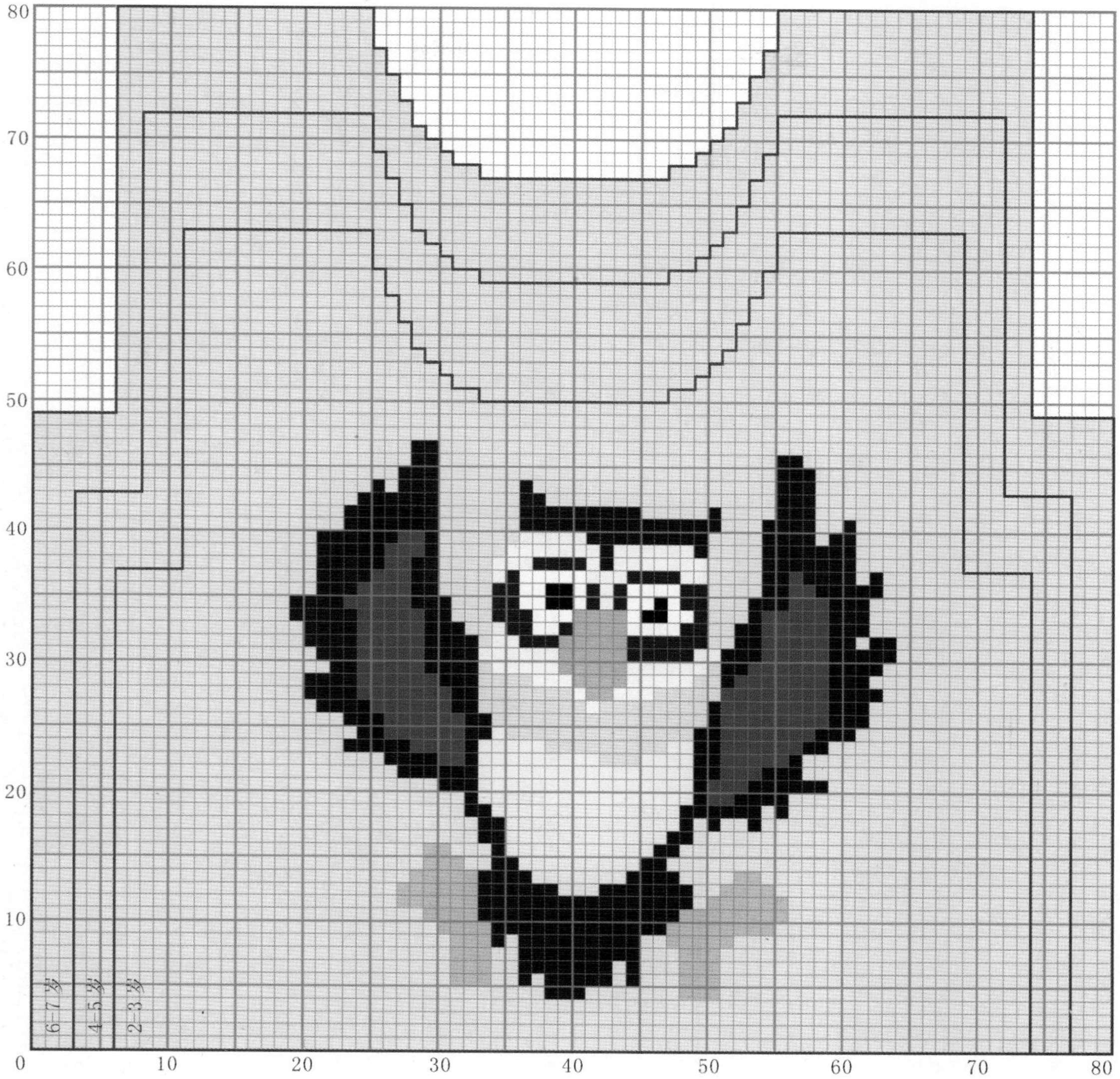
80
70
60
50
40
30
20
10
0
10
20
30
40
50
60
70
80
6-7岁
4-5岁
2-3岁

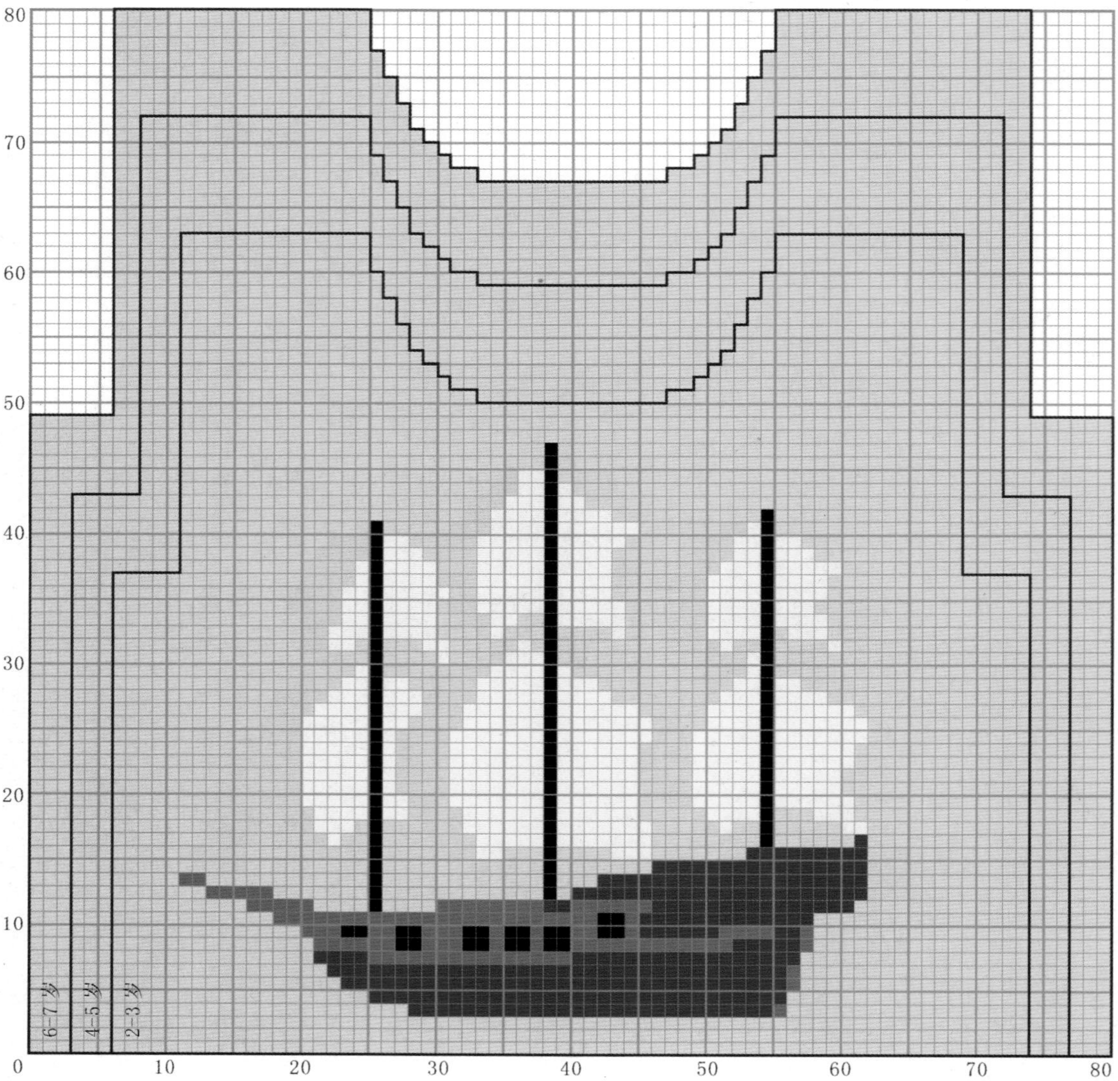
80
70
60
50
40
30
20
10
0
10
20
30
40
50
60
70
80
6-7岁
4-5岁
2-3岁

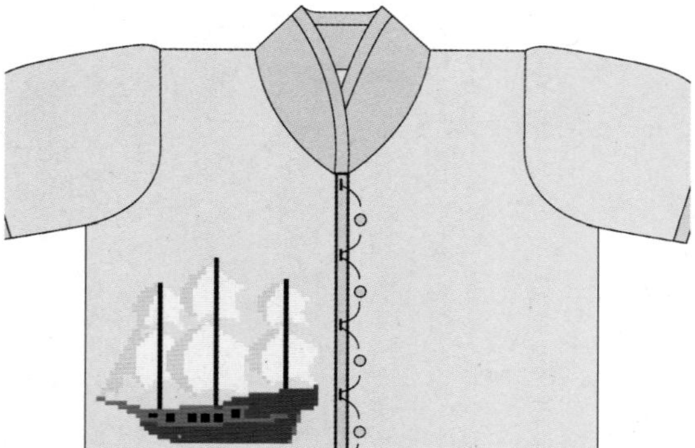

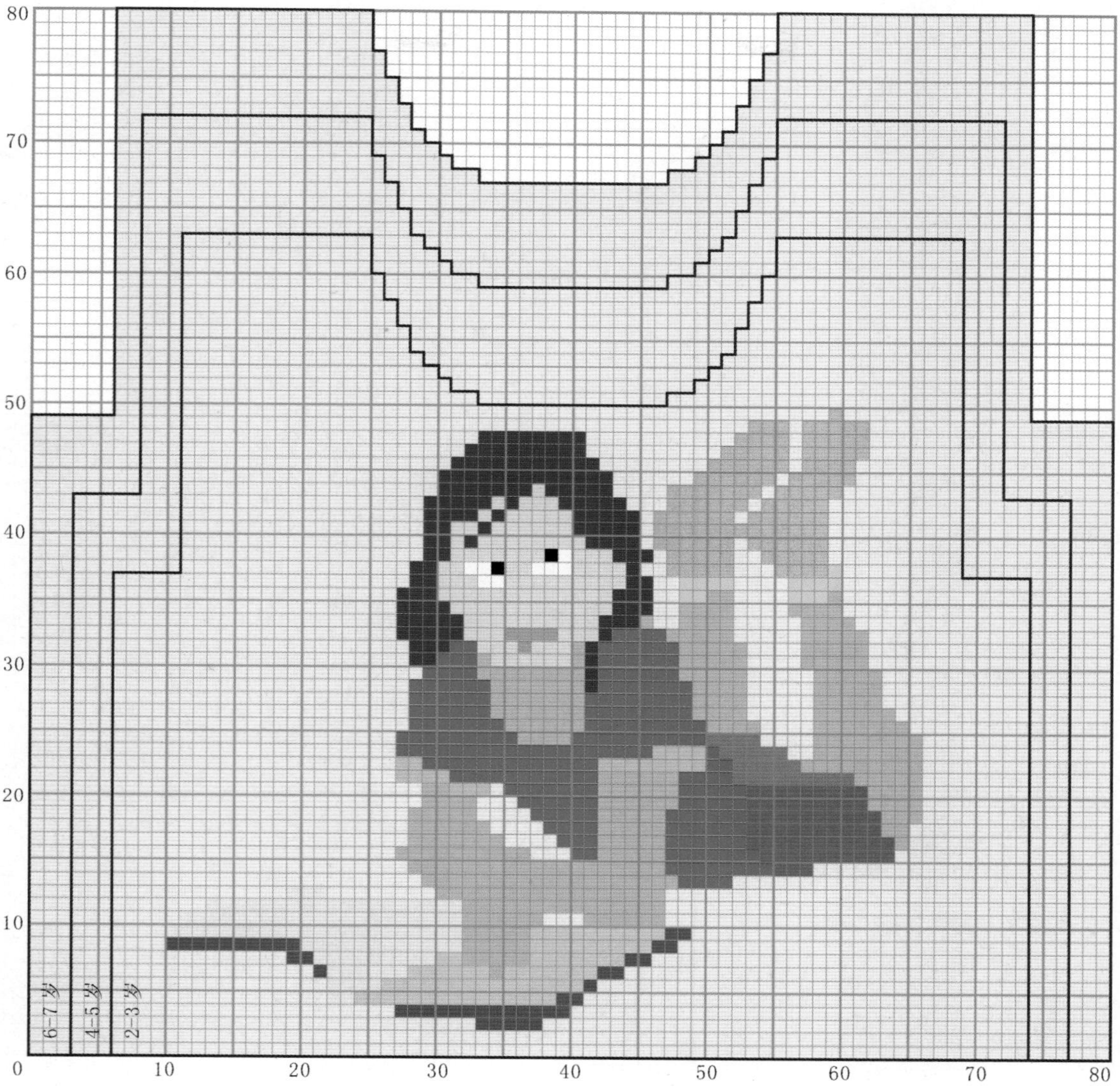
80
70
60
50
40
30
20
10
0
10
20
30
40
50
60
70
80
6~7岁
4~5岁
2~3岁

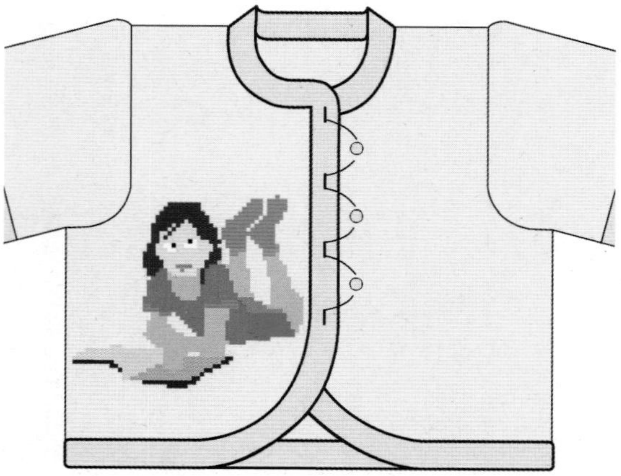

80
70
60
50
40
30
20
10
0
10
20
30
40
50
60
70
80
6-7岁
4-5岁
2-3岁

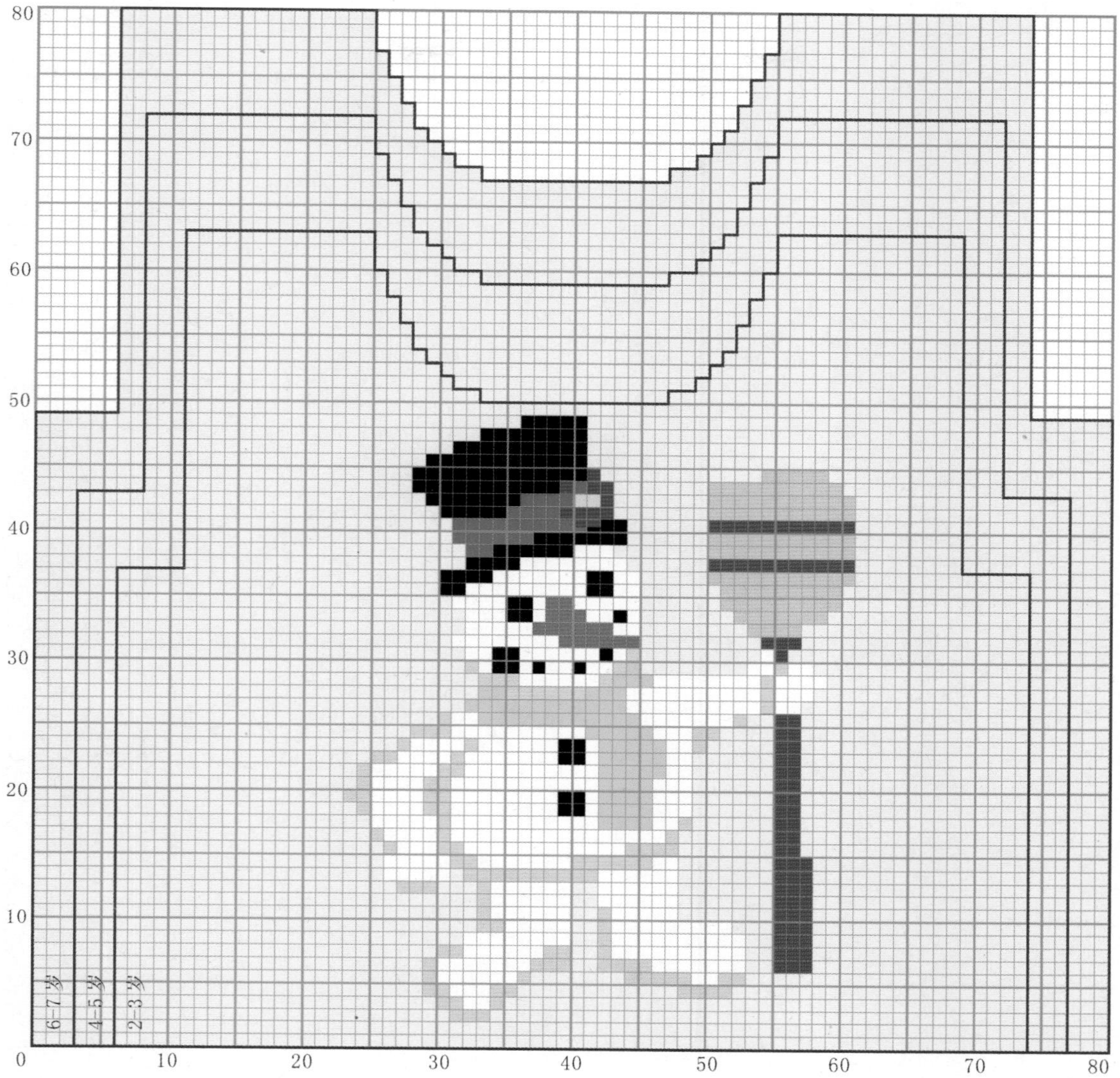
6-7岁
4-5岁
2-3岁
0
10
20
30
40
50
60
70
80

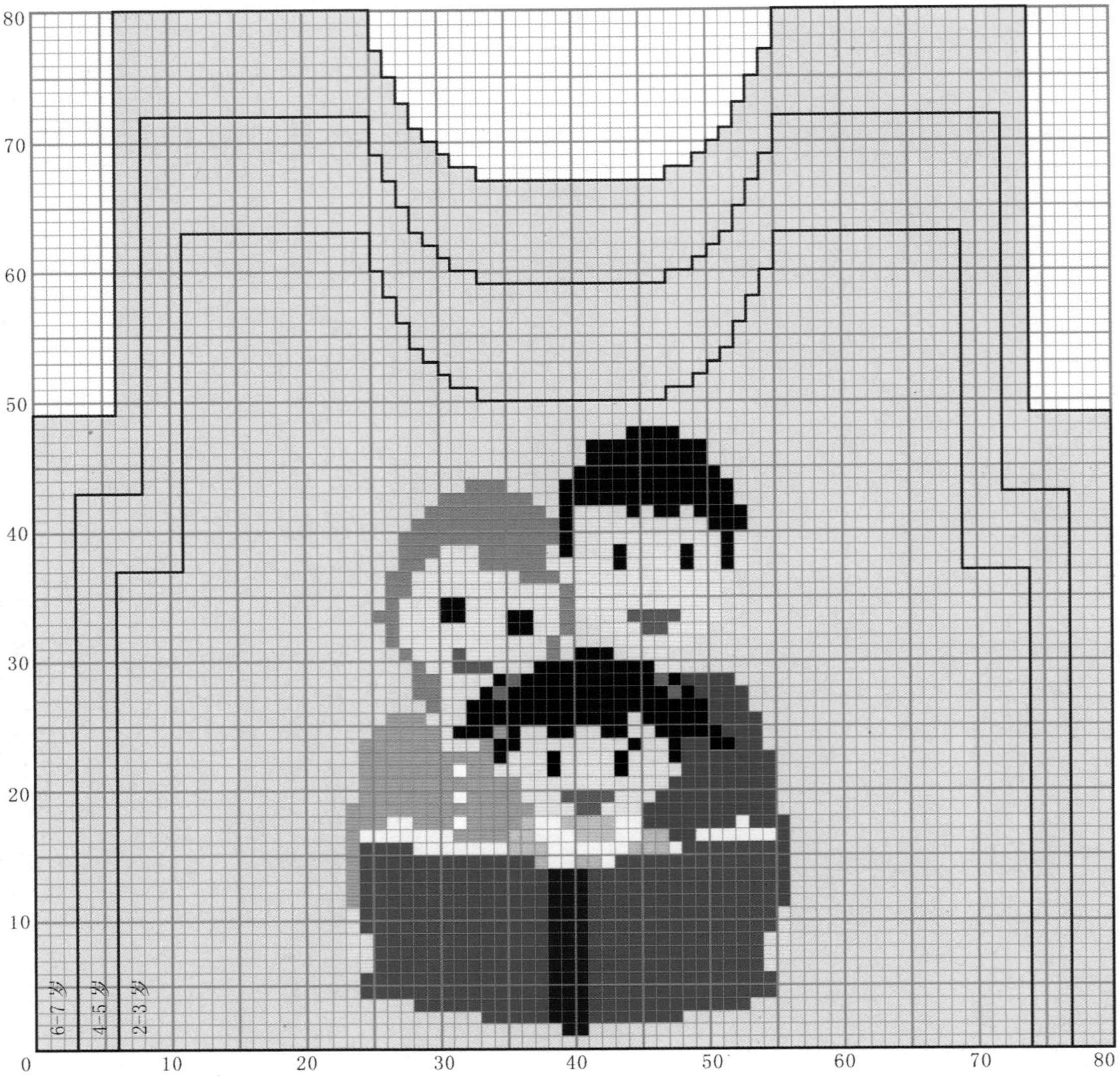
6-7岁
4-5岁
2-3岁
0
10
20
30
40
50
60
70
80

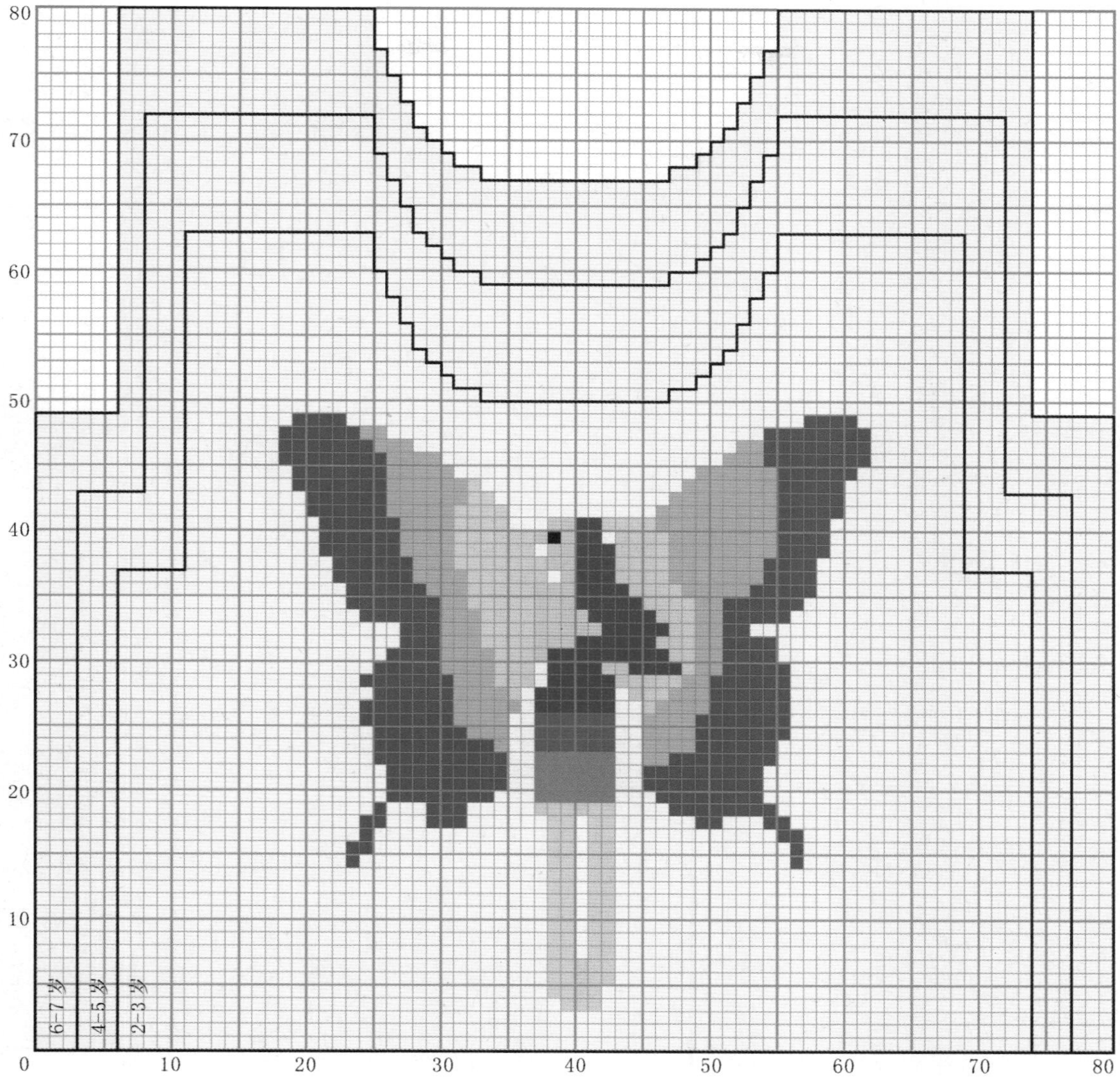
6-7岁
4-5岁
2-3岁
0
10
20
30
40
50
60
70
80

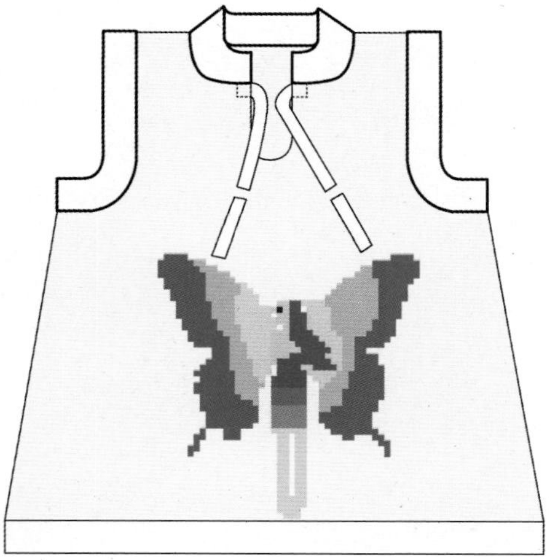

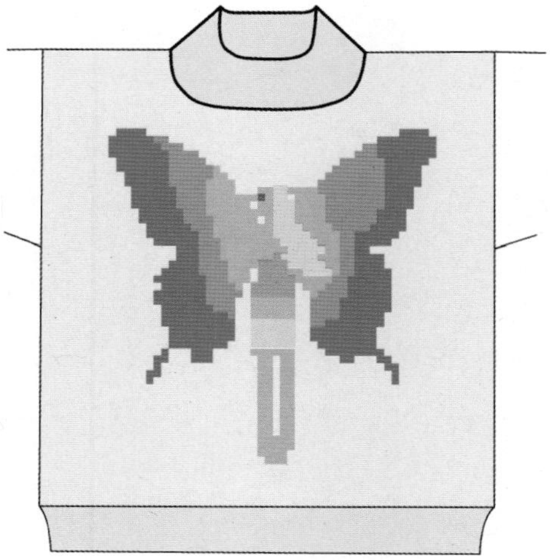

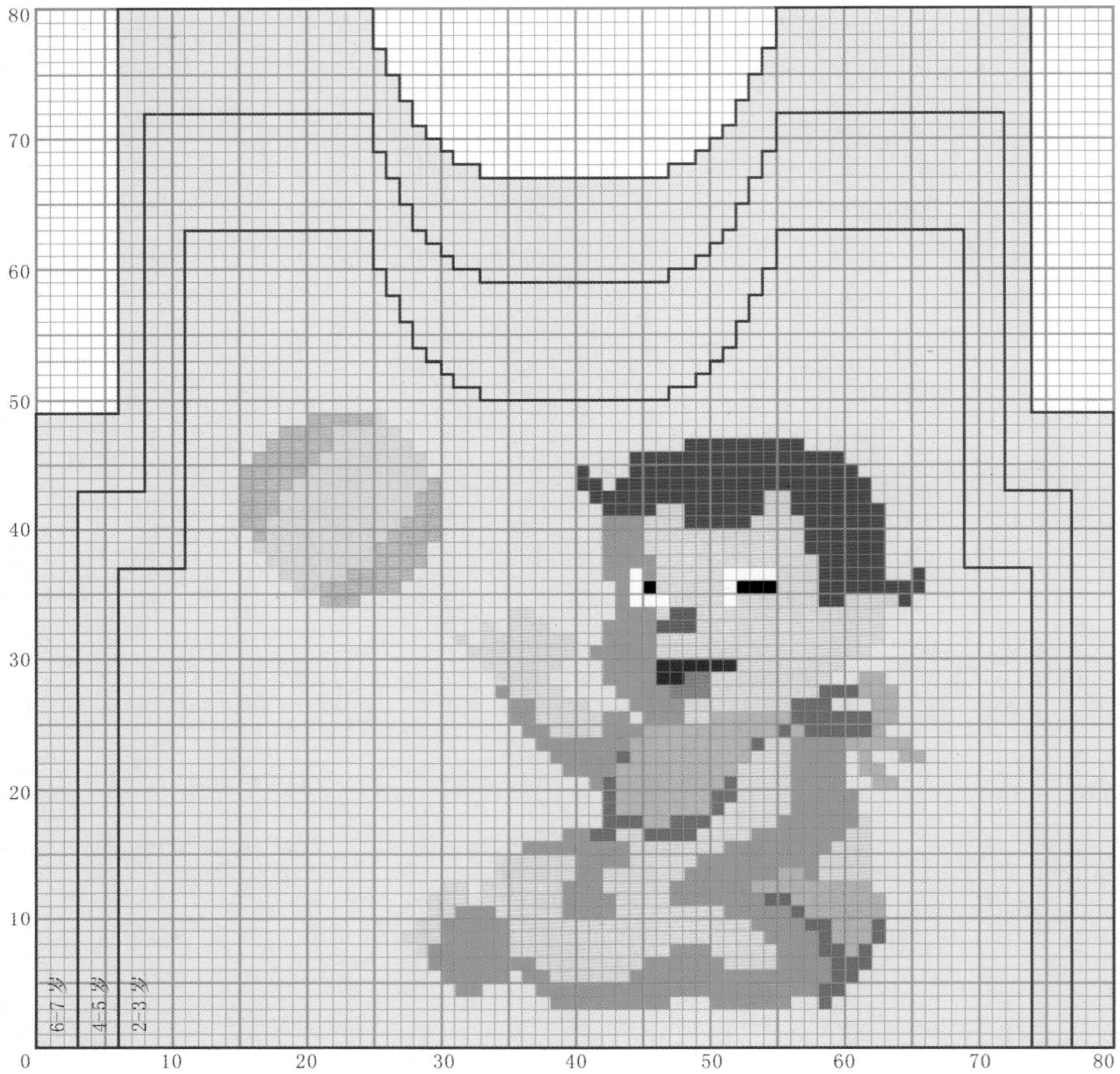
80
70
60
50
40
30
20
10
0
10
20
30
40
50
60
70
80
6-7岁
4-5岁
2-3岁

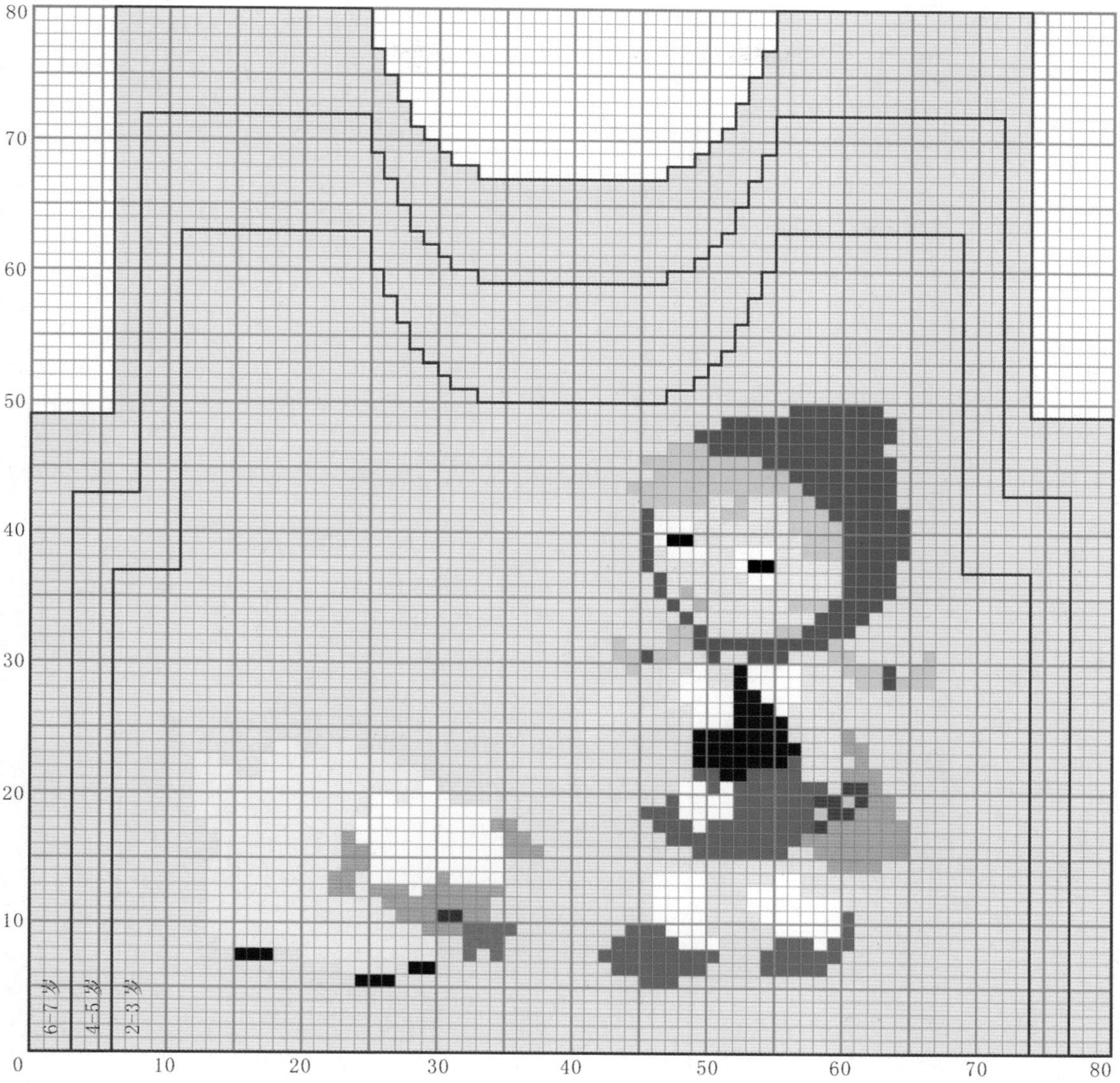
6-7岁
4-5岁
2-3岁

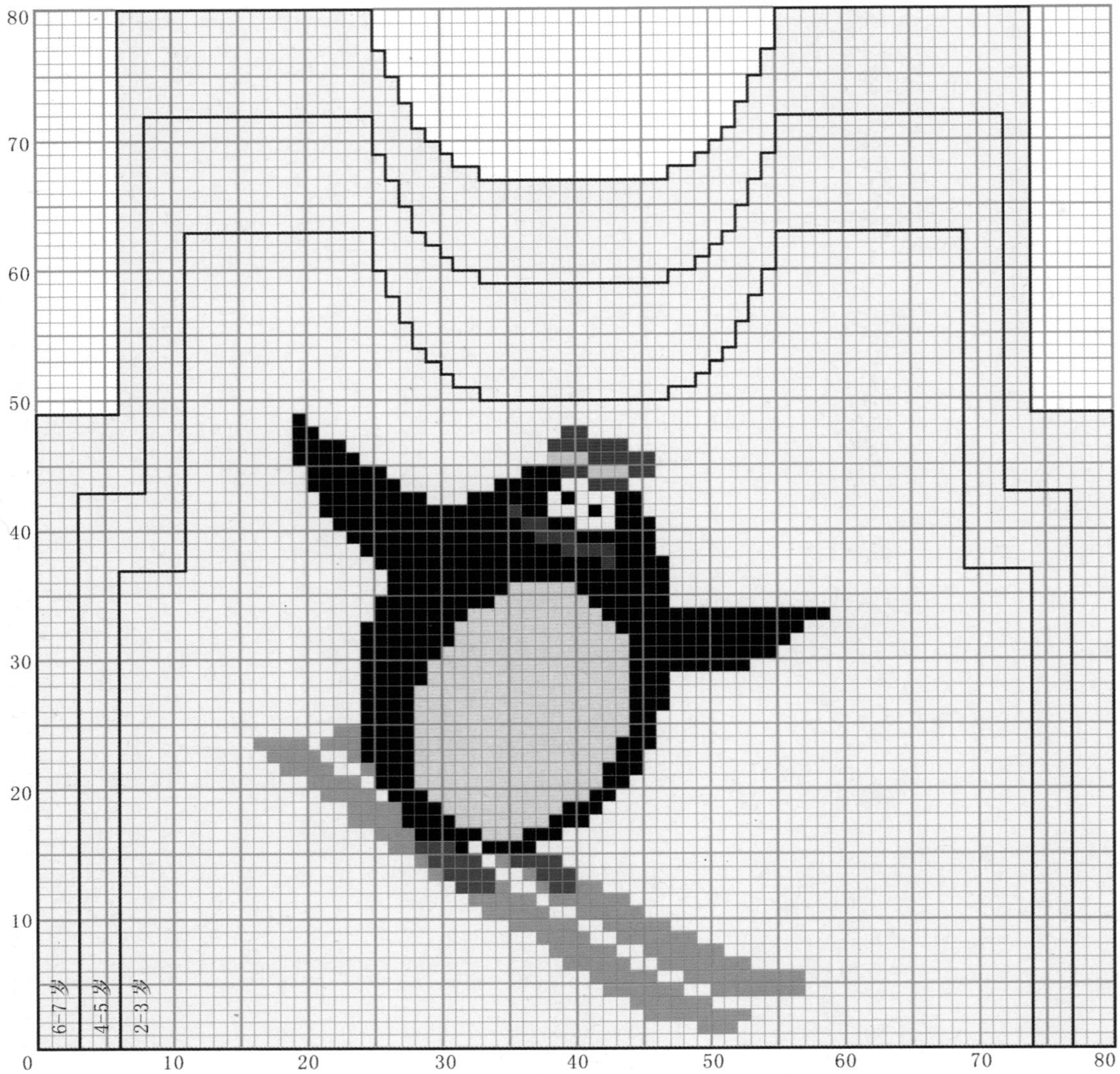

80
70
60
50
40
30
20
10
0
10
20
30
40
50
60
70
80
6-7岁
4-5岁
2-3岁

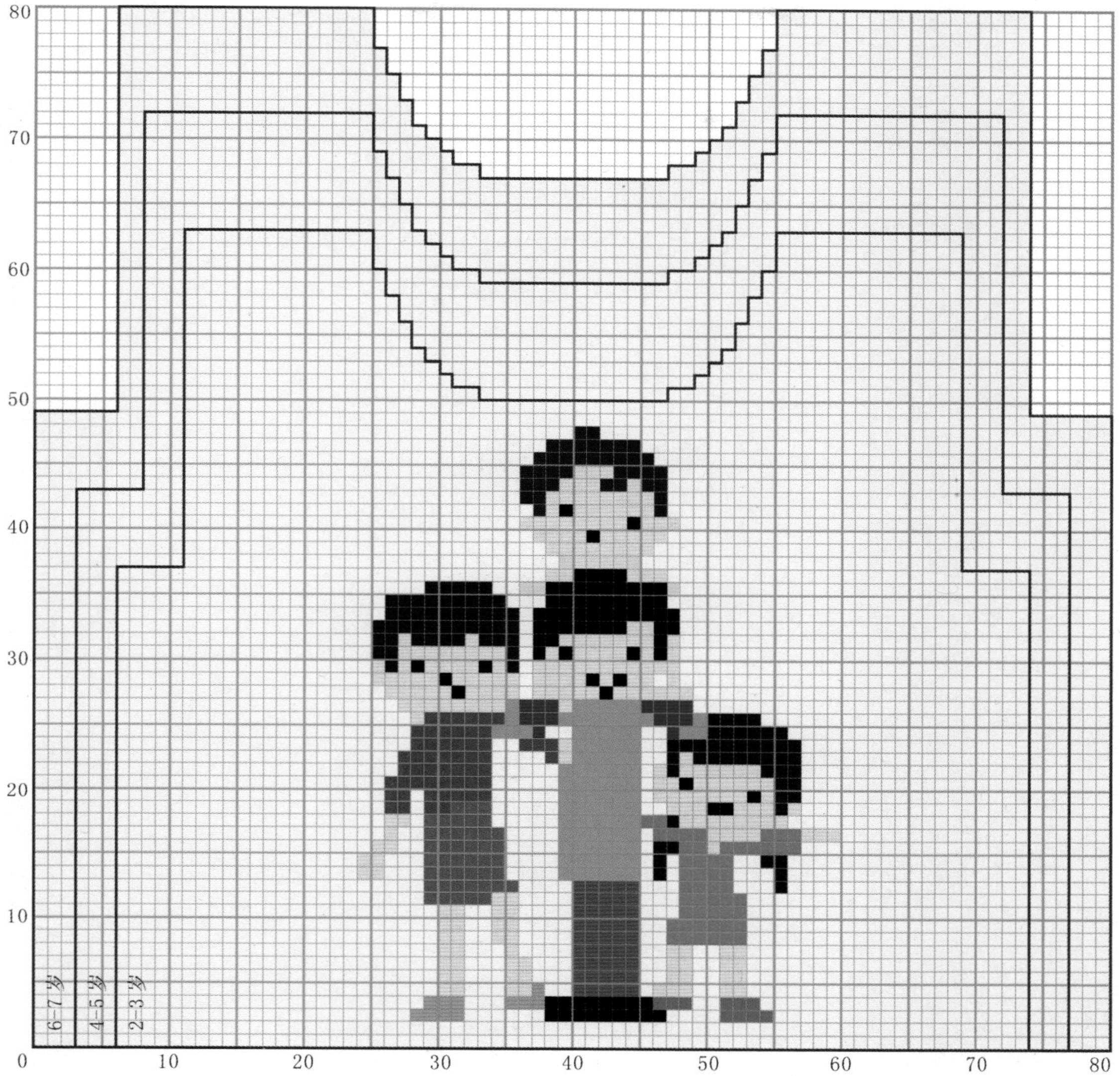
80
70
60
50
40
30
20
10
0
10
20
30
40
50
60
70
80
6-7岁
4-5岁
2-3岁

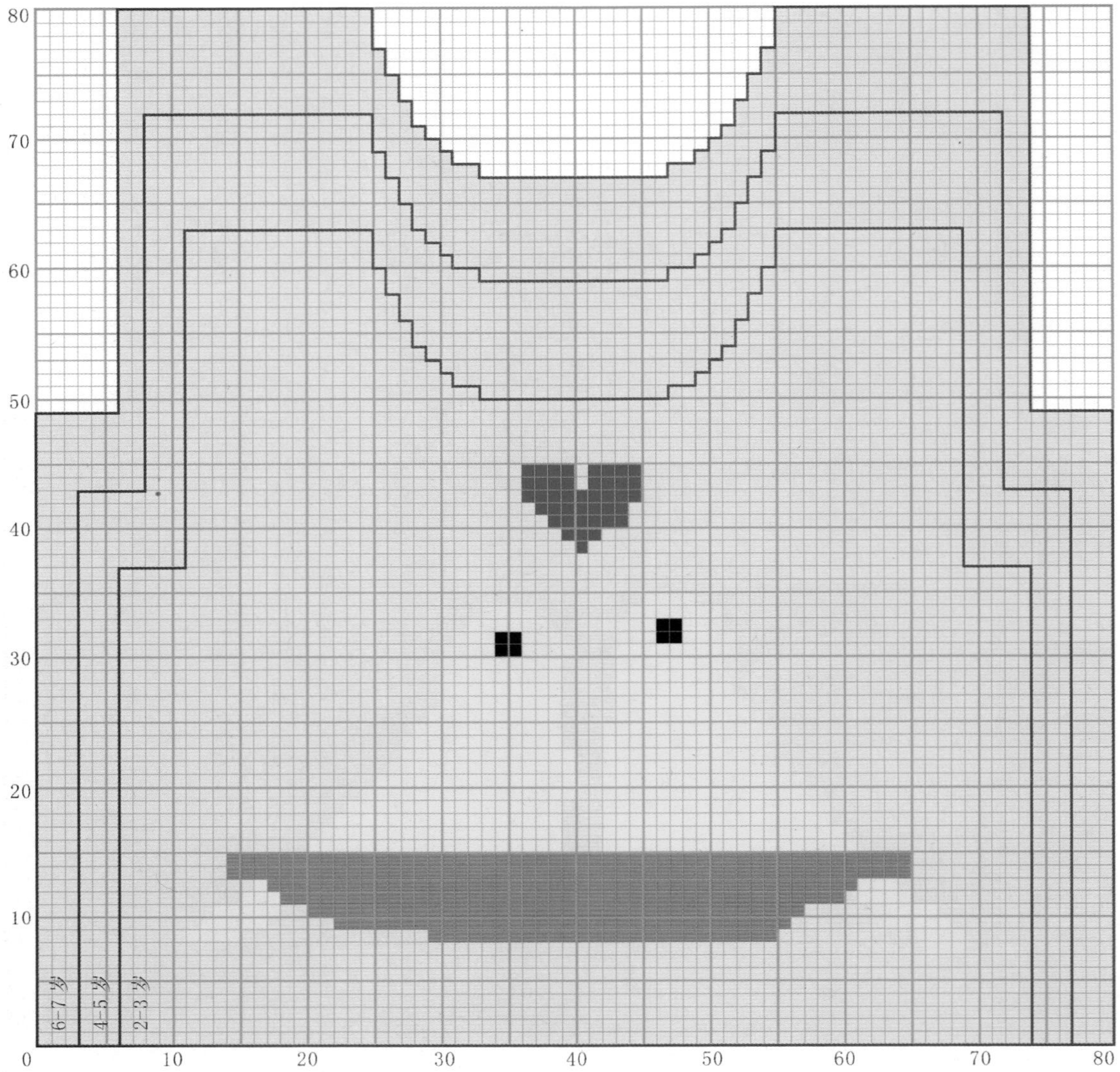
6-7岁
4-5岁
2-3岁

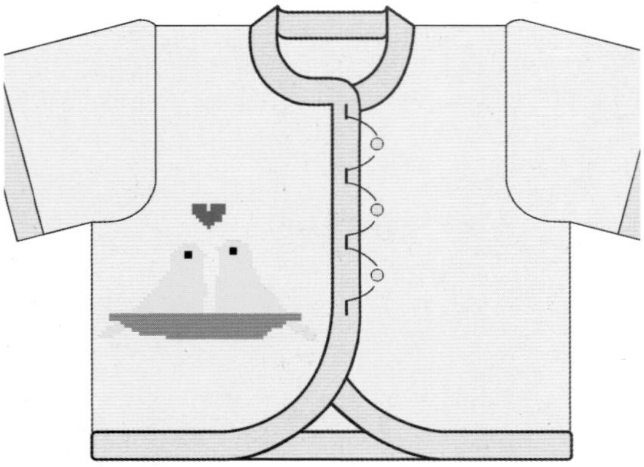

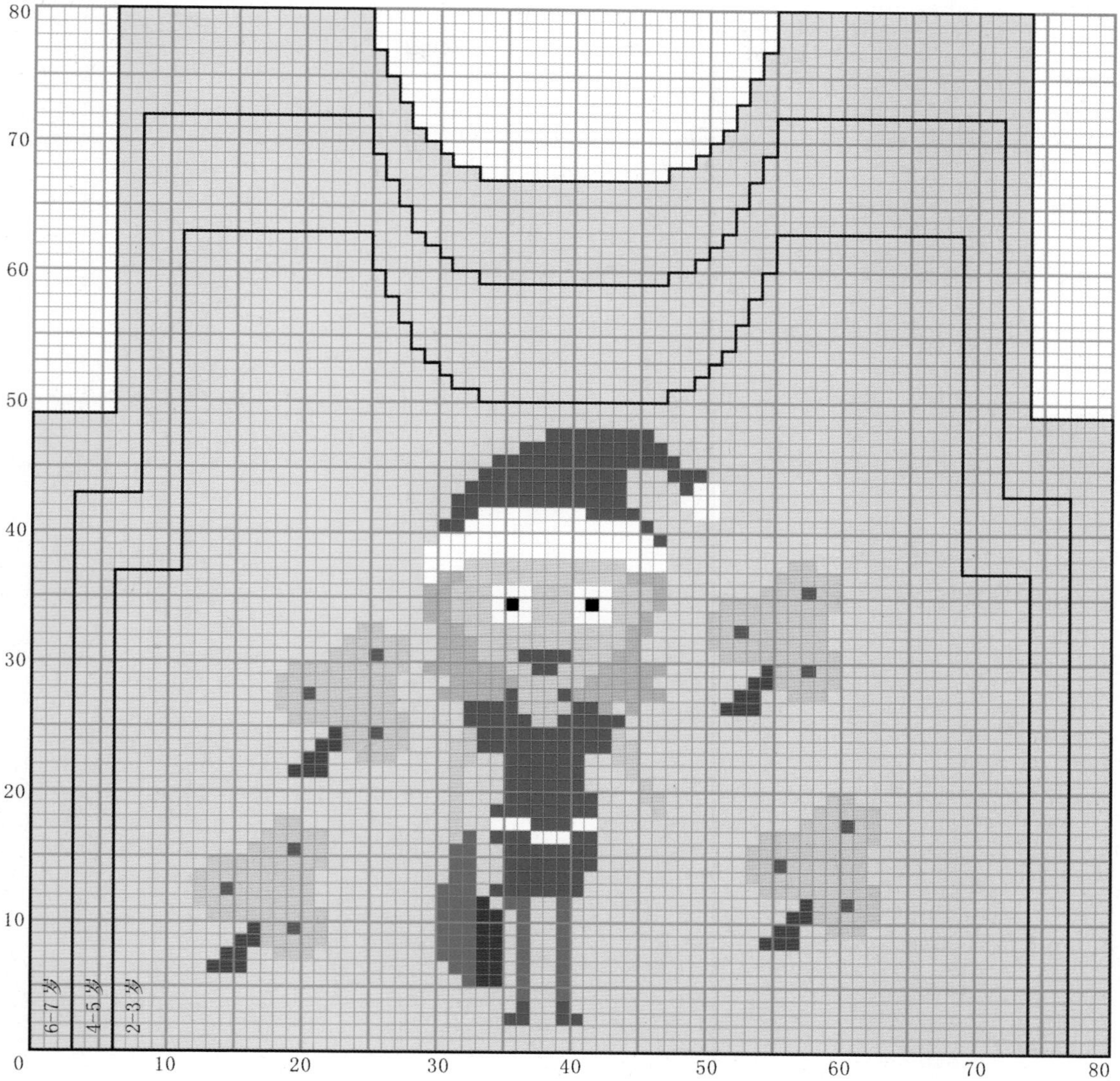
6-7岁
4-5岁
2-3岁

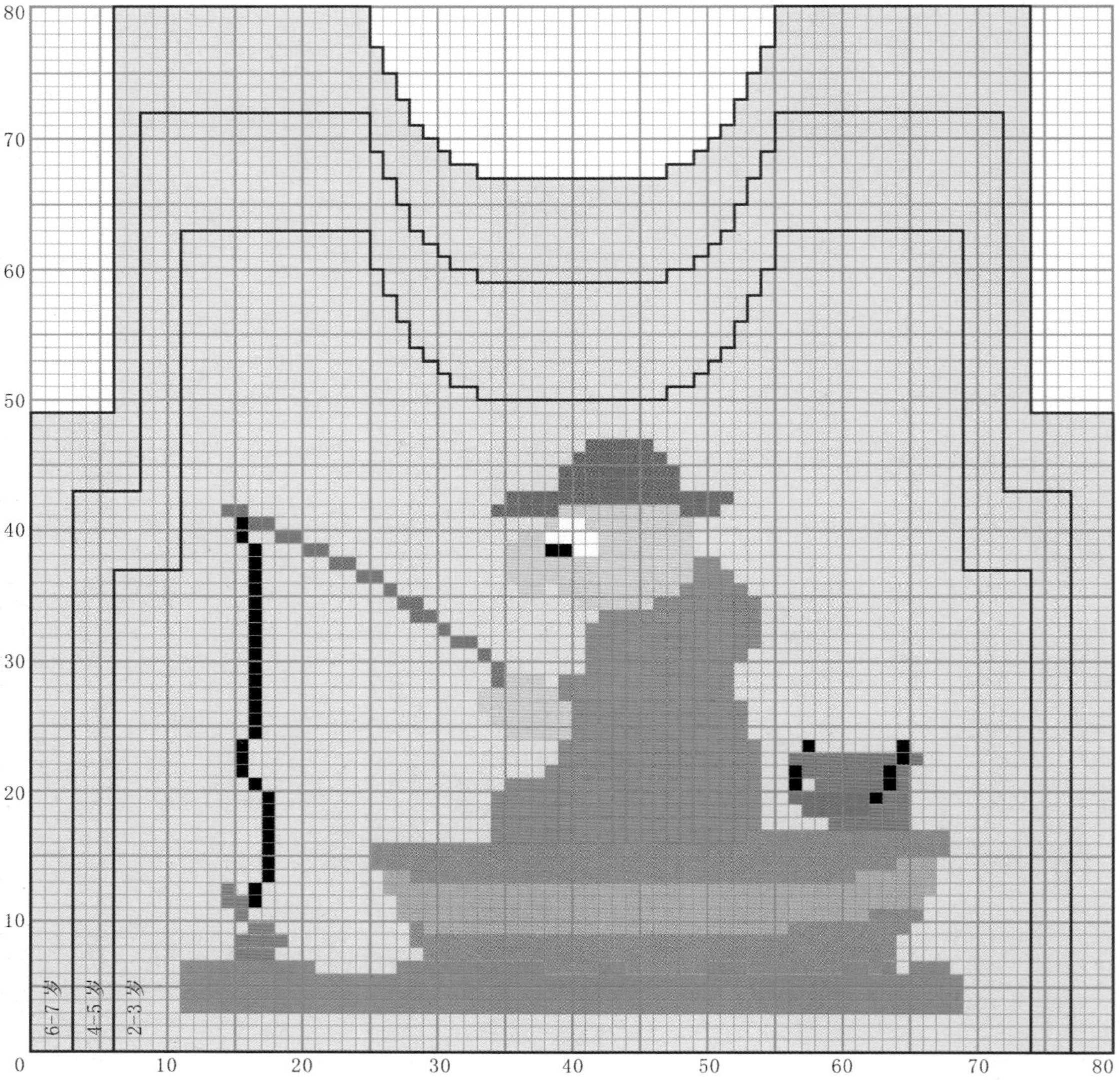
80
70
60
50
40
30
20
10
6-7岁
4-5岁
2-3岁
0
10
20
30
40
50
60
70
80

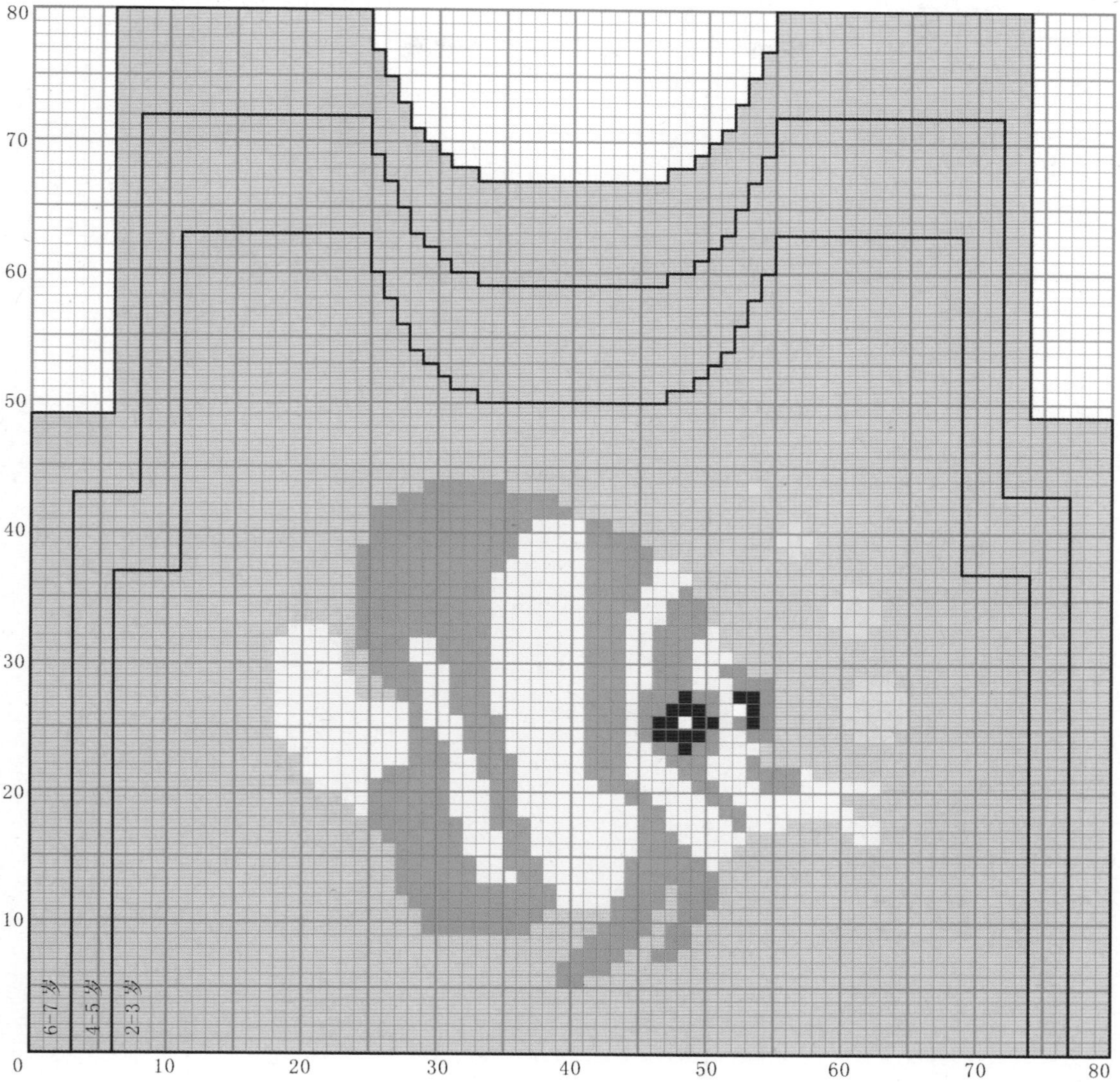
6–7岁
4–5岁
2–3岁
0
10
20
30
40
50
60
70
80

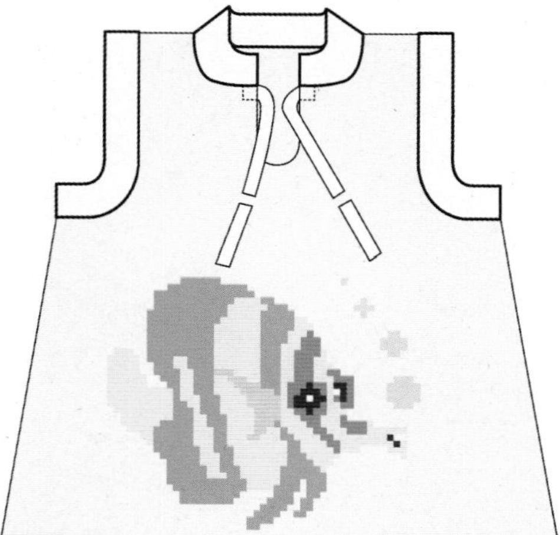

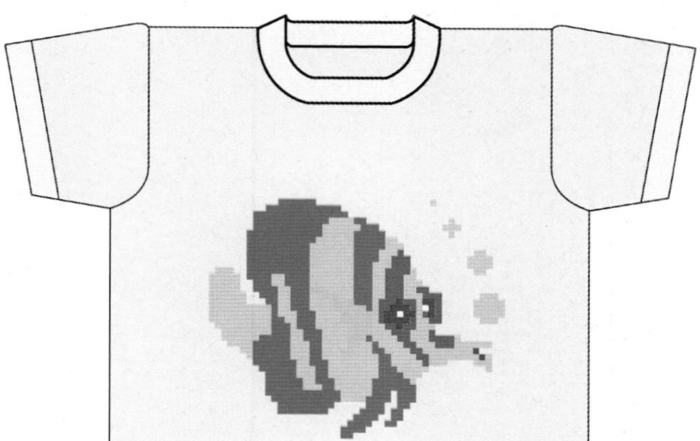

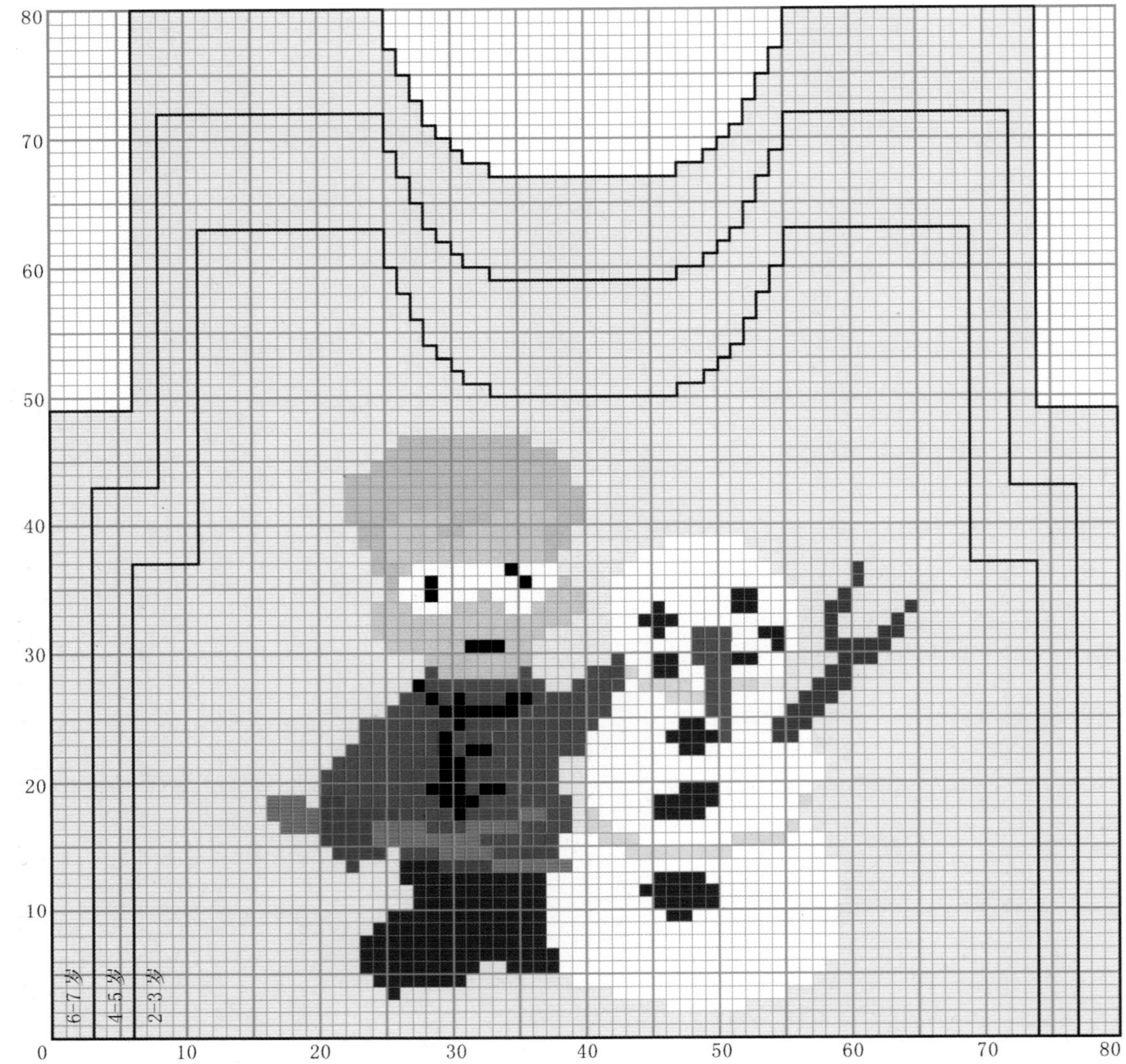
80
70
60
50
40
30
20
10
0
10
20
30
40
50
60
70
80
6-7岁
4-5岁
2-3岁

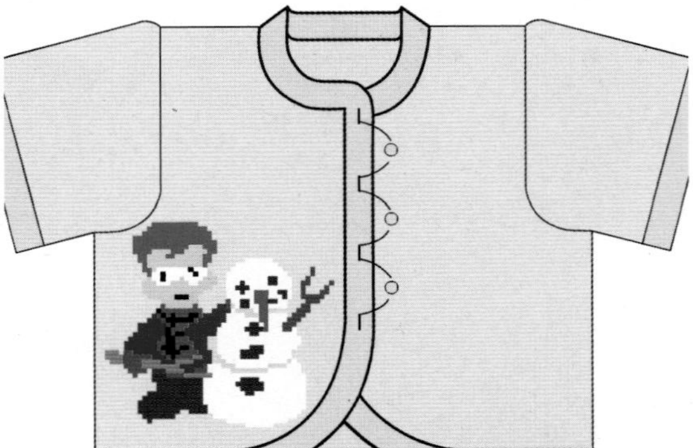

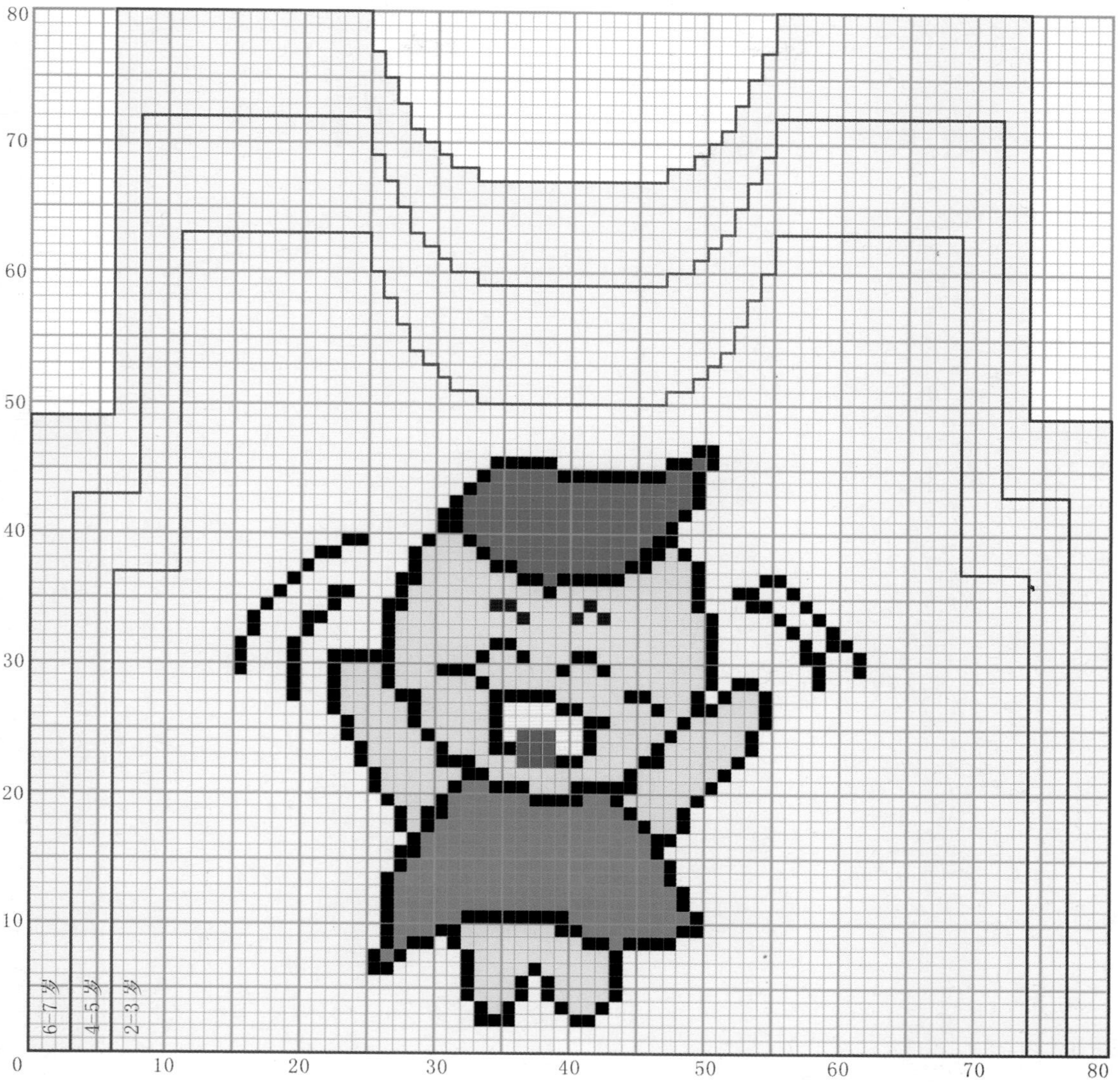
80
70
60
50
40
30
20
10
0
10
20
30
40
50
60
70
80
6-7岁
4-5岁
2-3岁

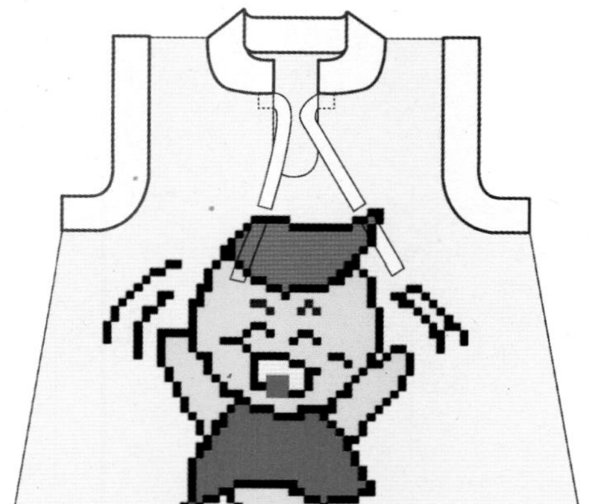

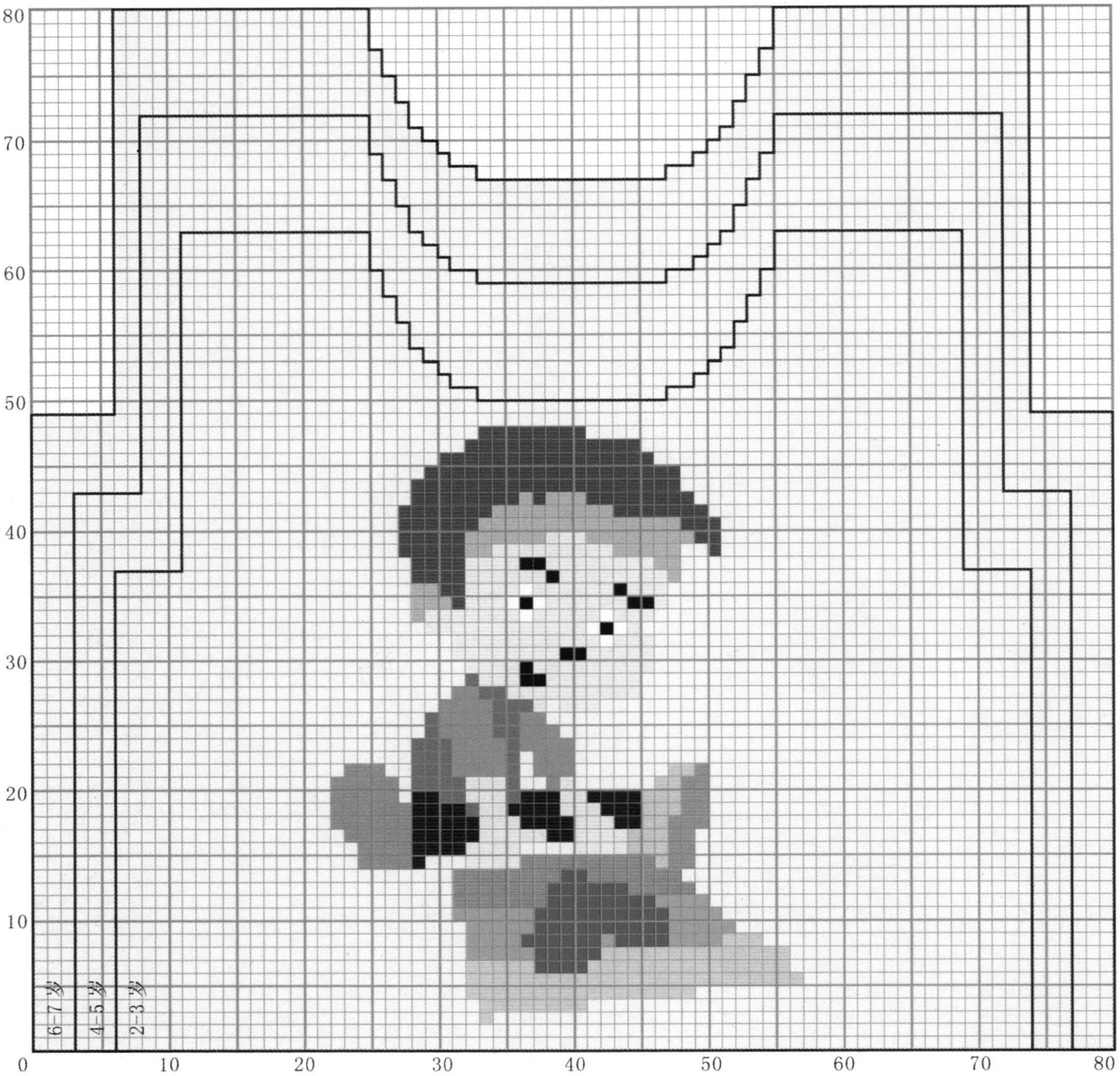
80
70
60
50
40
30
20
10
0
10
20
30
40
50
60
70
80
6-7岁
4-5岁
2-3岁

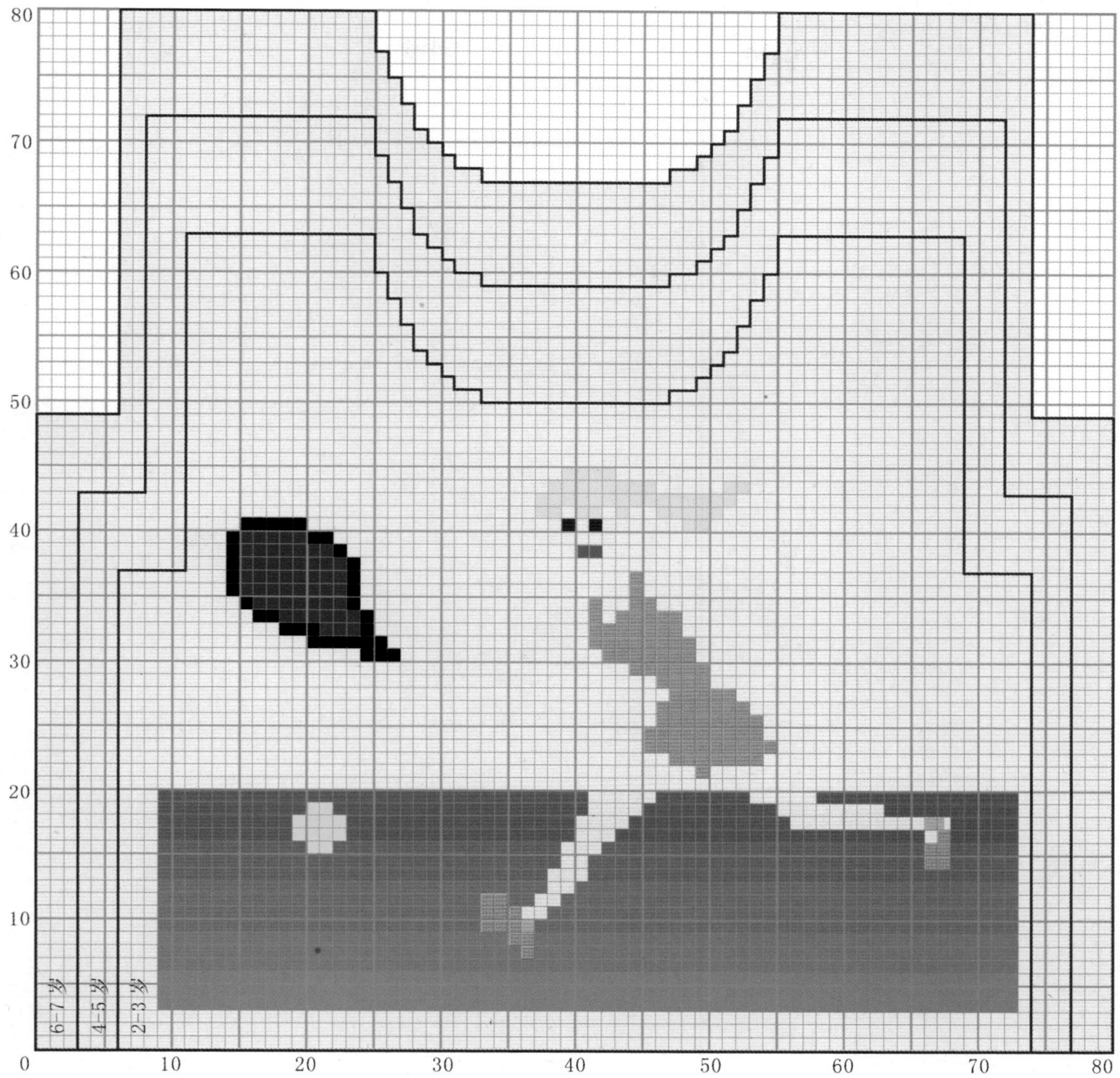
6-7岁
4-5岁
2-3岁

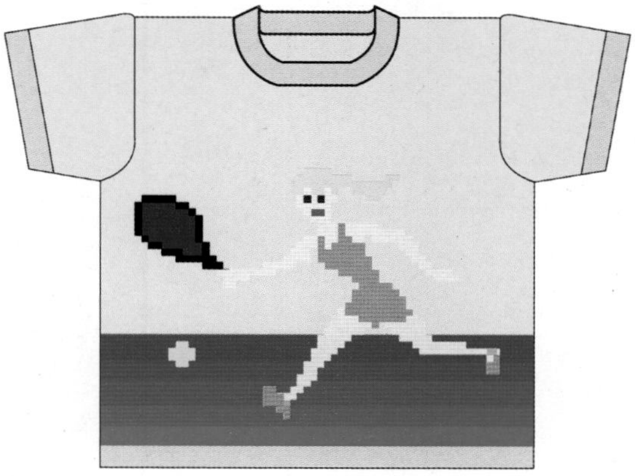

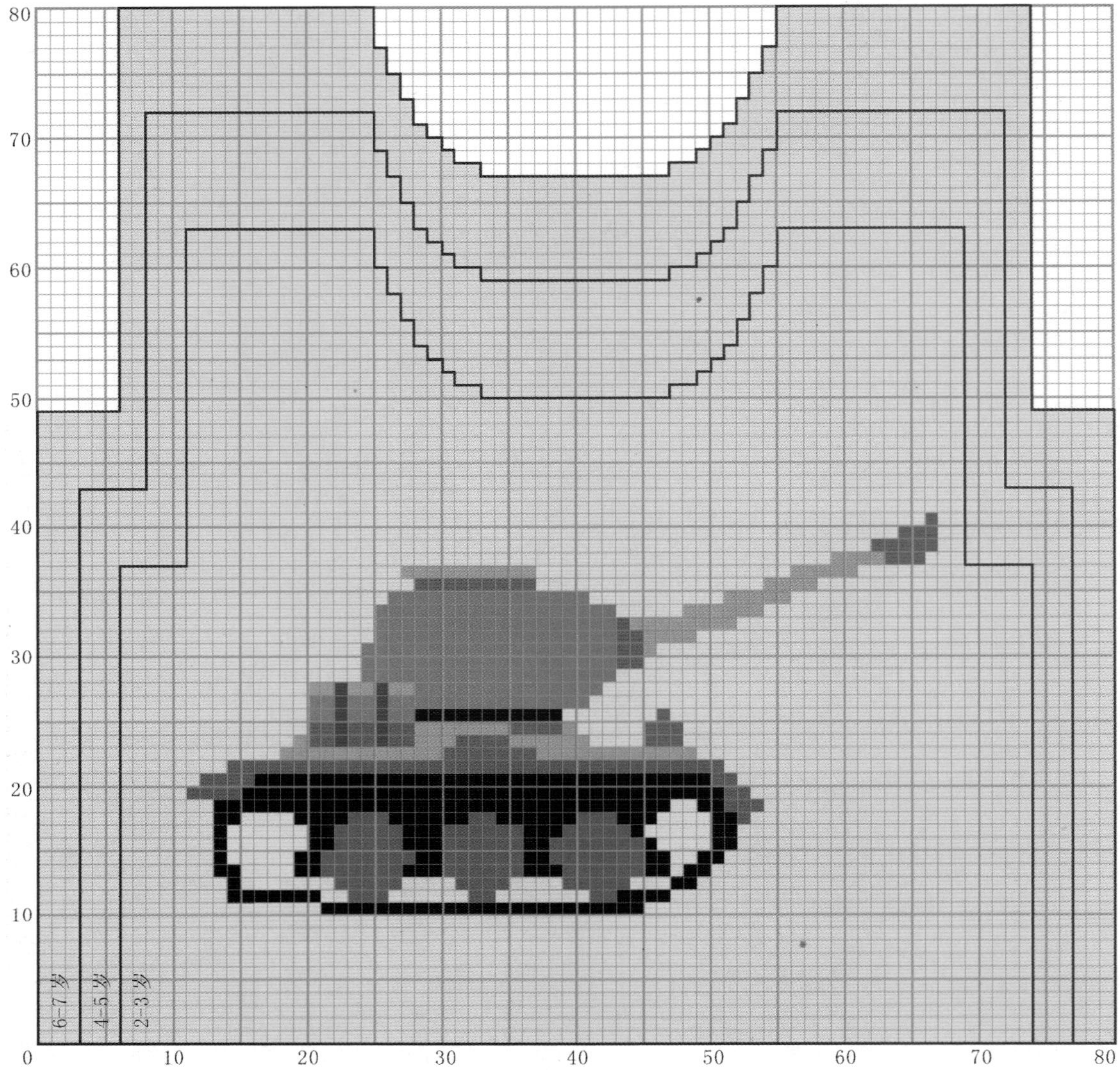
80
70
60
50
40
30
20
10
0
10
20
30
40
50
60
70
80
6-7岁
4-5岁
2-3岁

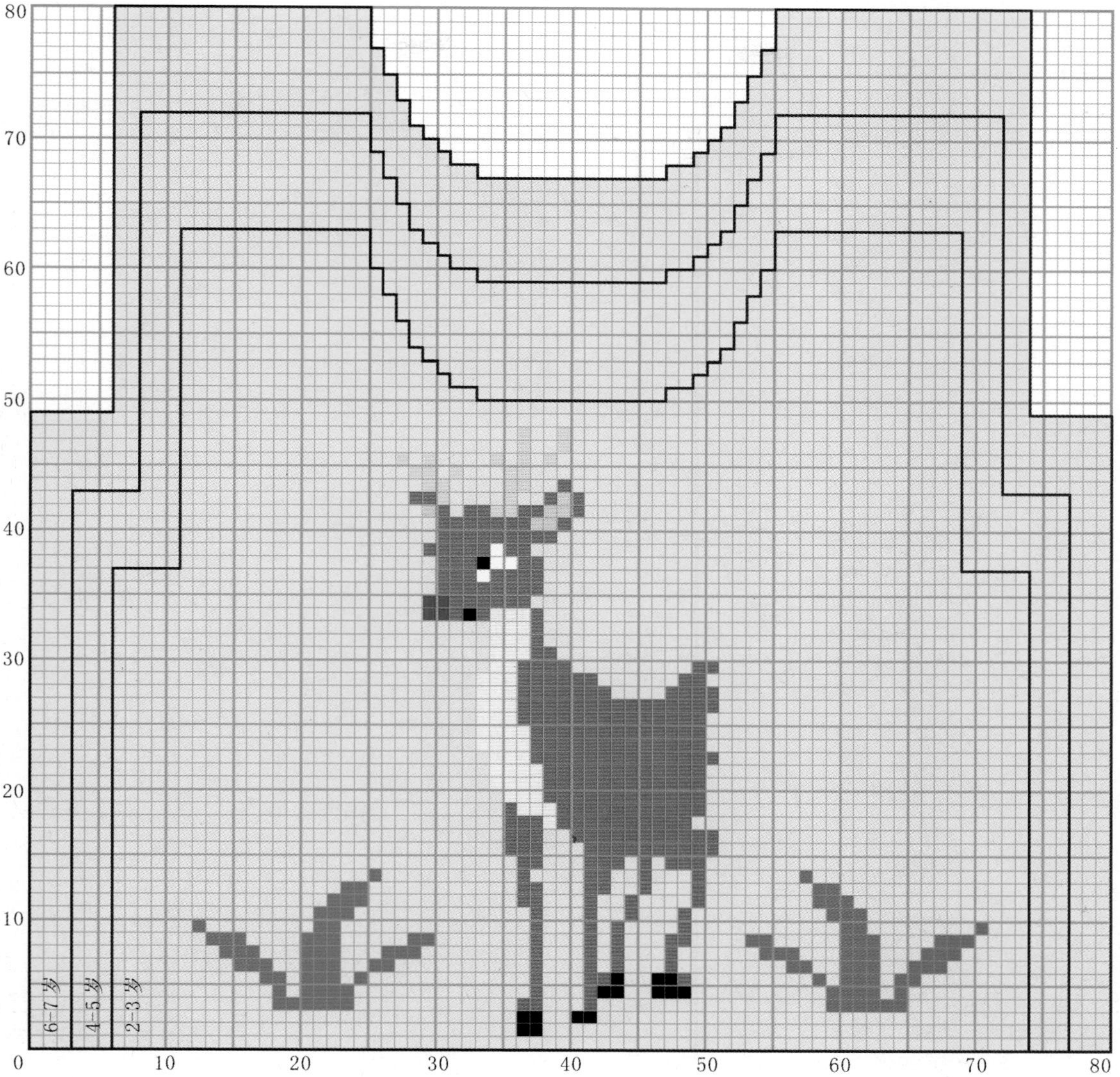
80
70
60
50
40
30
20
10
0
10
20
30
40
50
60
70
80
6-7岁
4-5岁
2-3岁

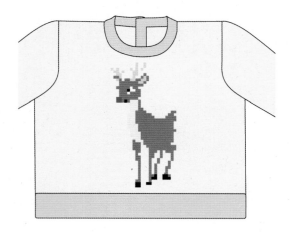

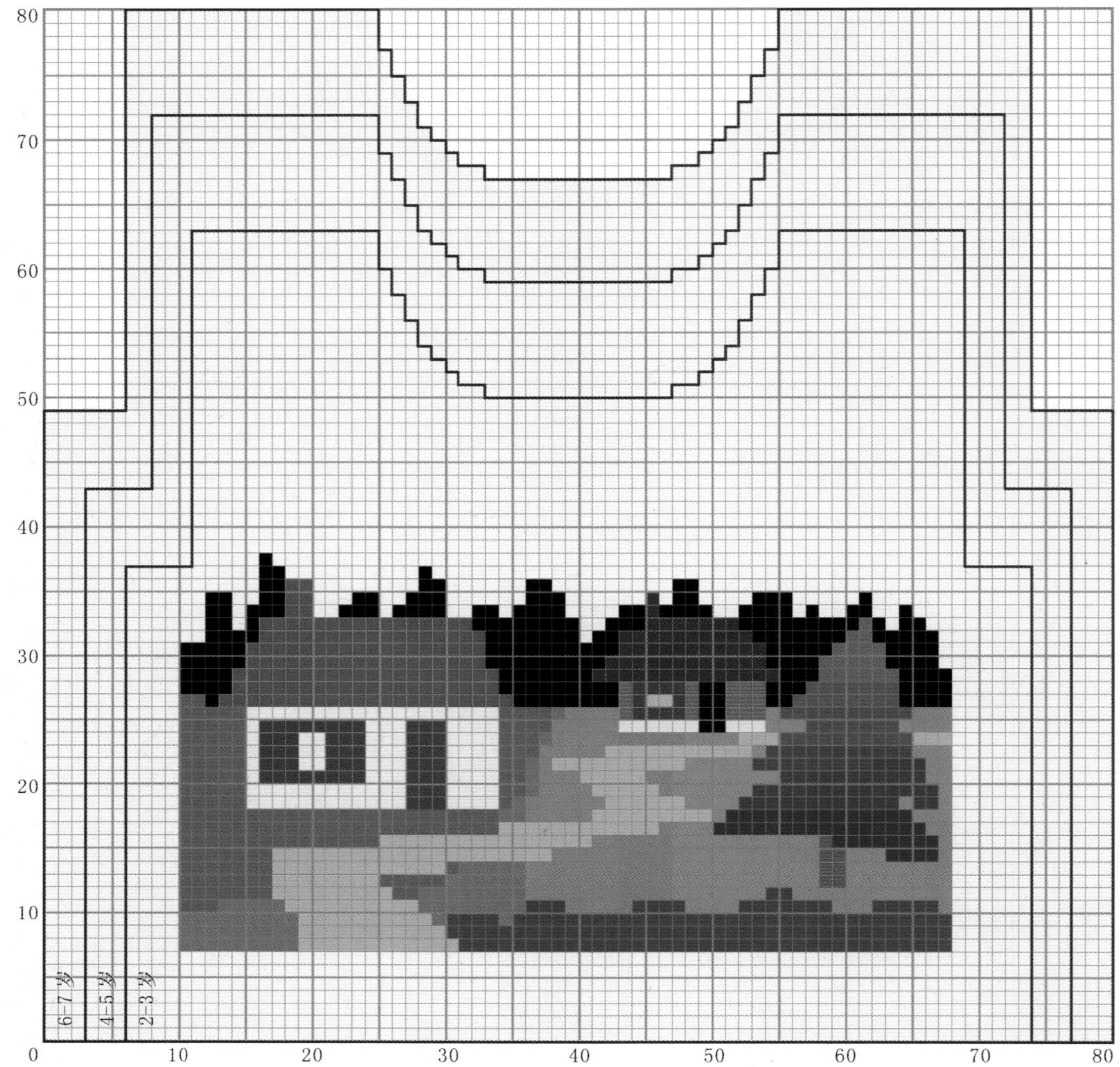
80
70
60
50
40
30
20
10
0
10
20
30
40
50
60
70
80
6-7岁
4-5岁
2-3岁

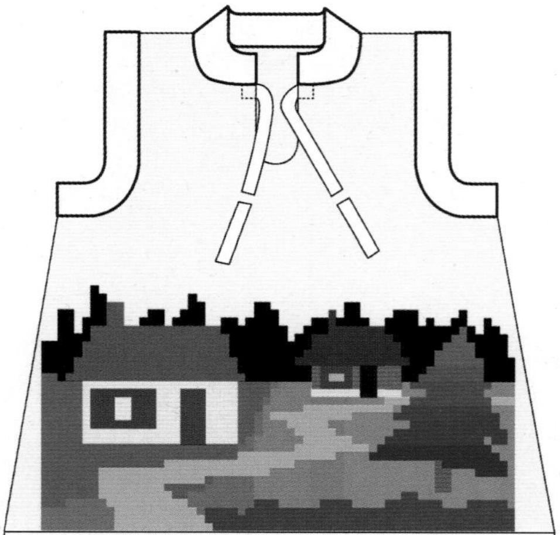

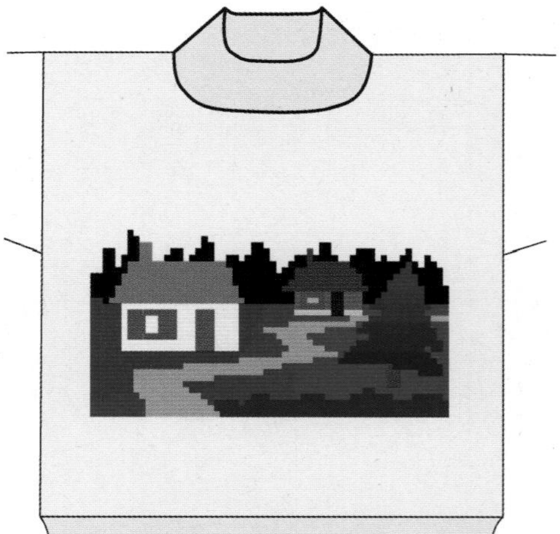

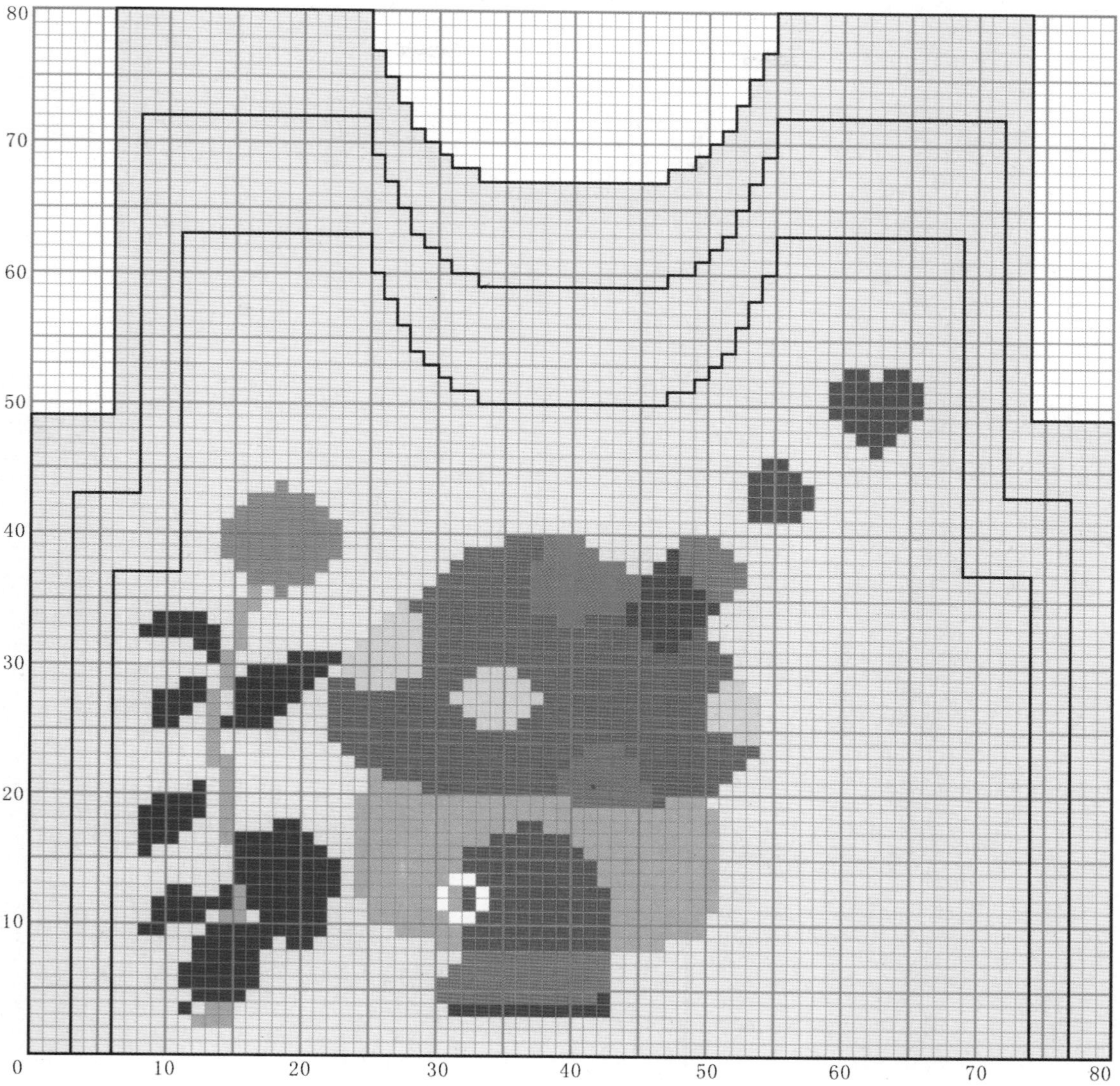
80
70
60
50
40
30
20
10
0
10
20
30
40
50
60
70
80

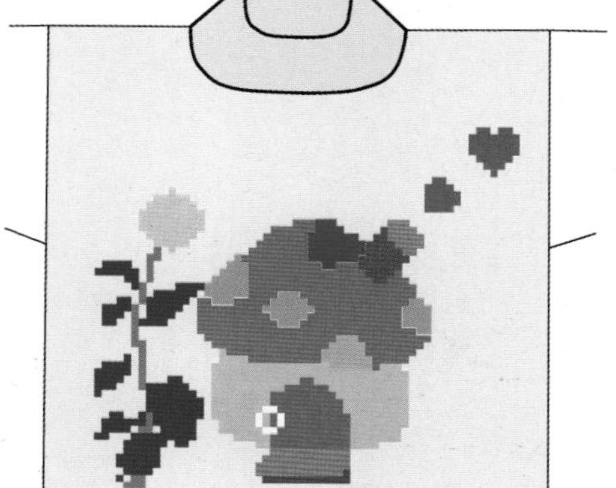

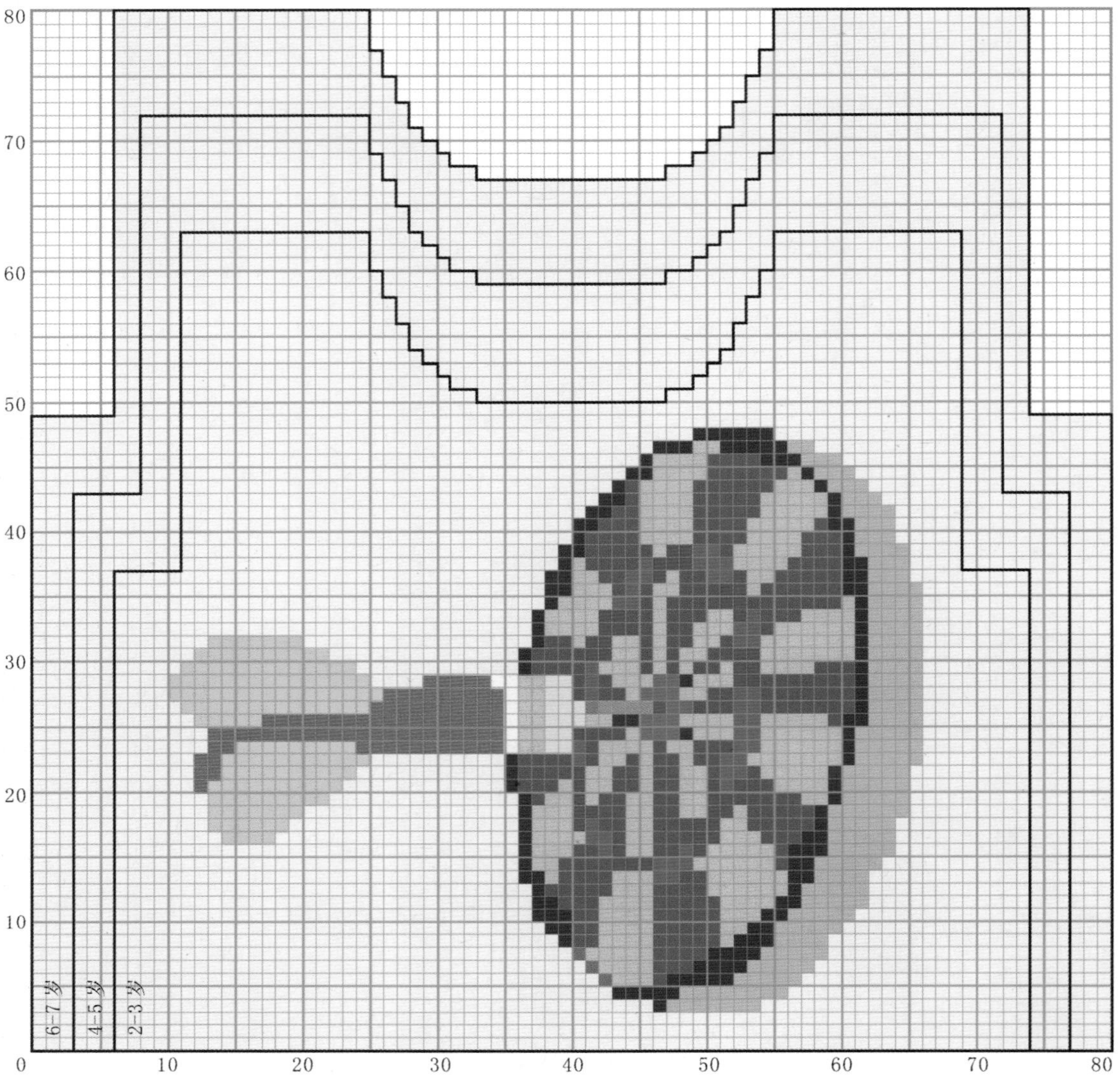
80
70
60
50
40
30
20
10
0
10
20
30
40
50
60
70
80
6-7岁
4-5岁
2-3岁

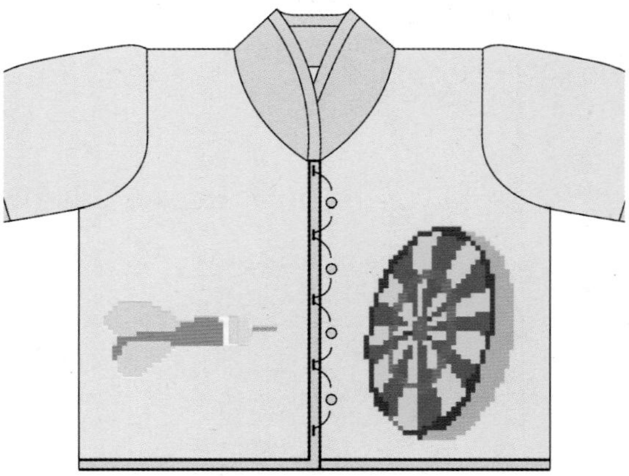

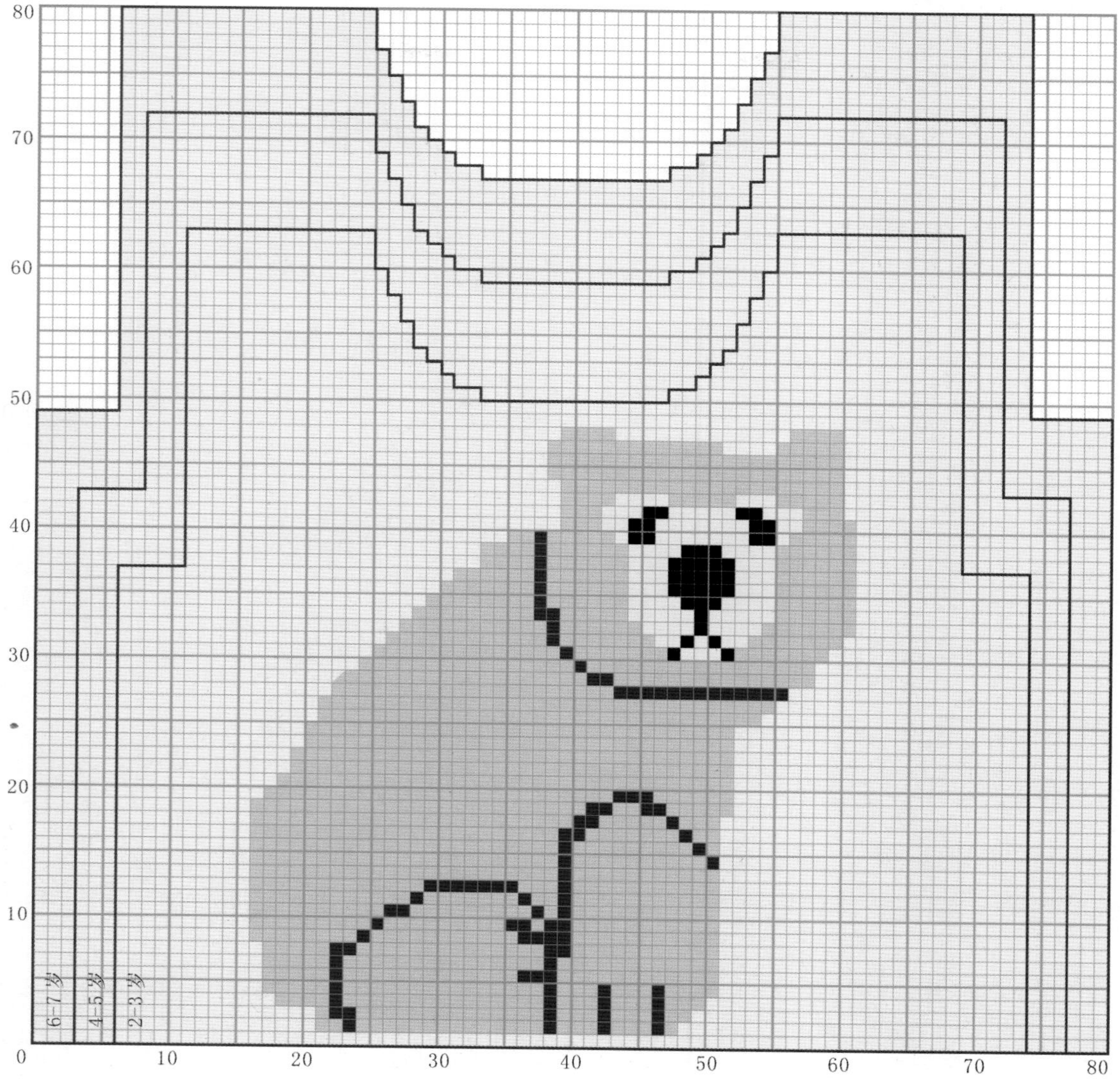
80
70
60
50
40
30
20
10
0
10
20
30
40
50
60
70
80
6-7岁
4-5岁
2-3岁

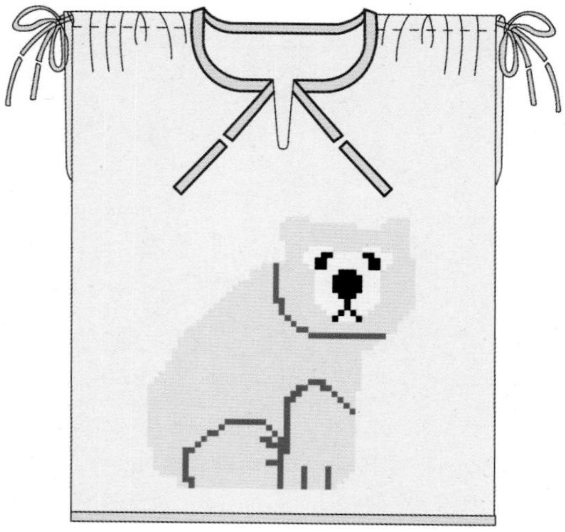

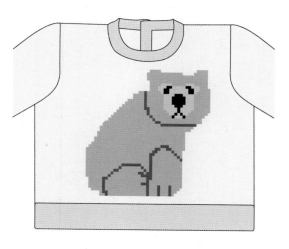

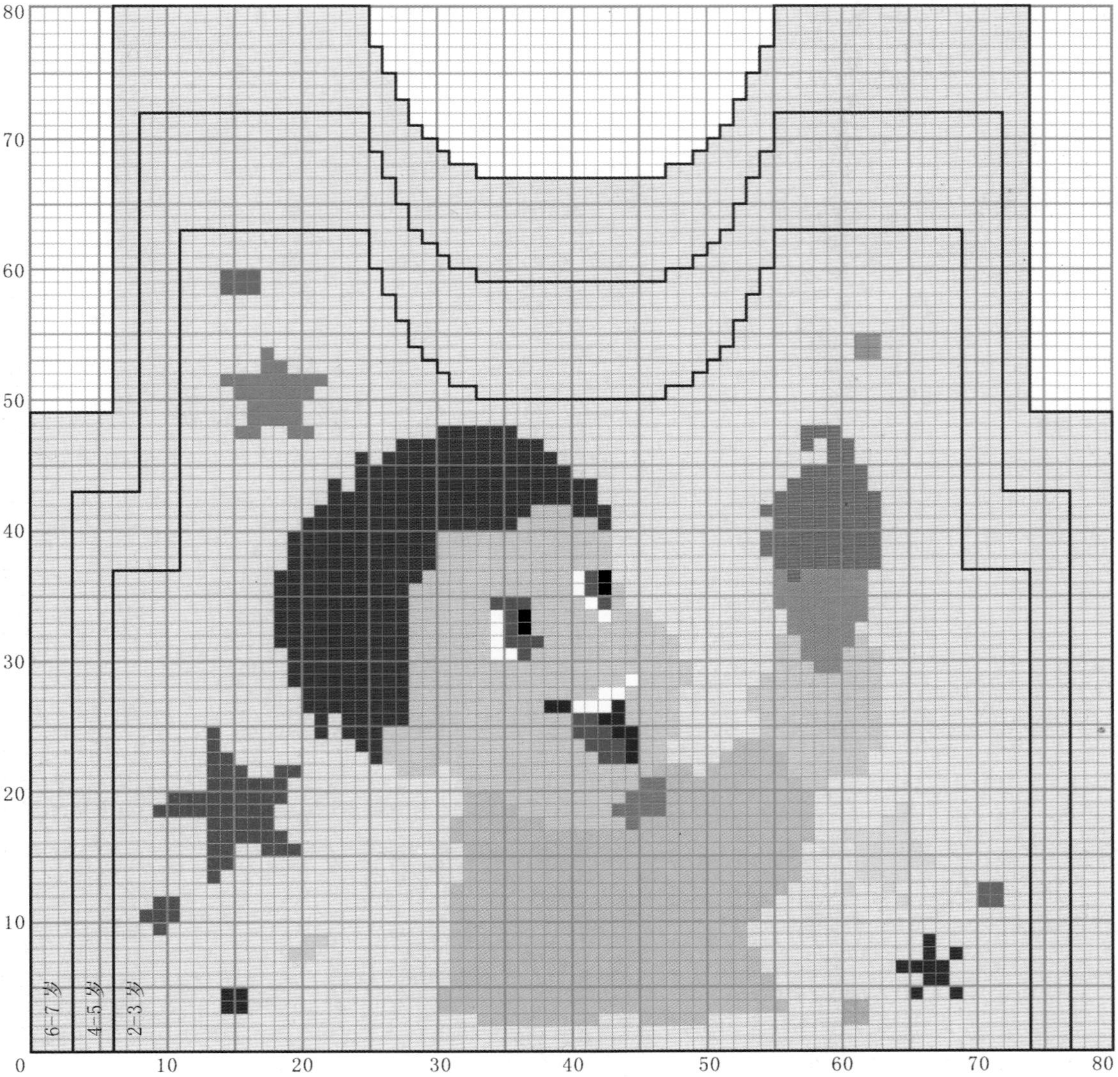
80
70
60
50
40
30
20
10
0
10
20
30
40
50
60
70
80
6-7岁
4-5岁
2-3岁

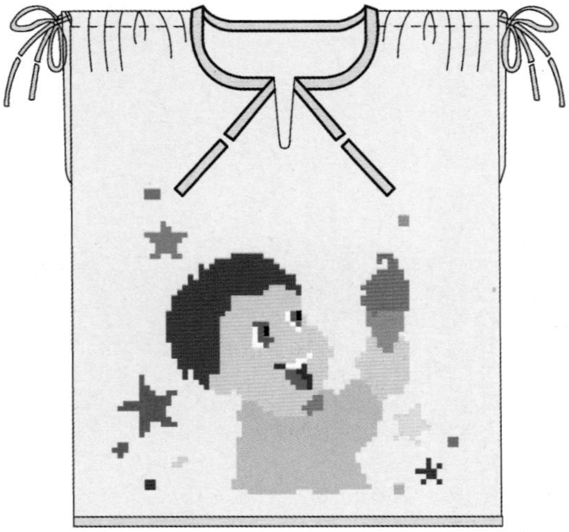

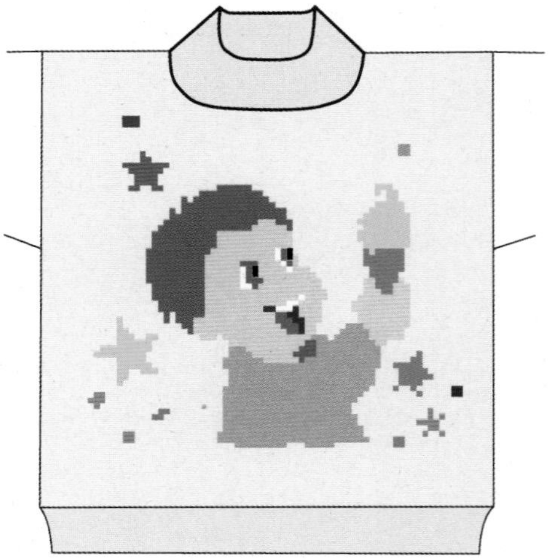

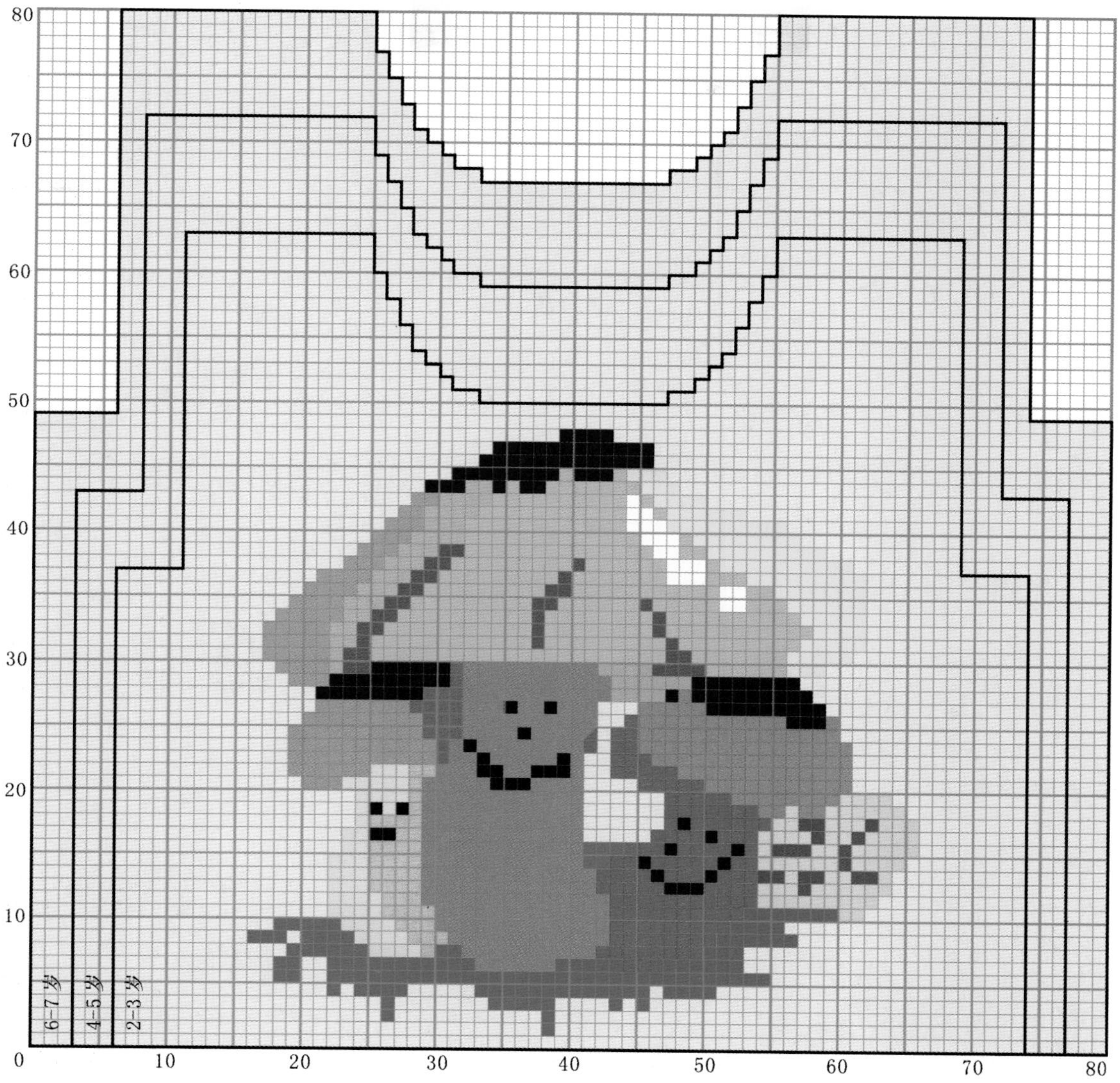
80
70
60
50
40
30
20
10
0
10
20
30
40
50
60
70
80
6-7岁
4-5岁
2-3岁

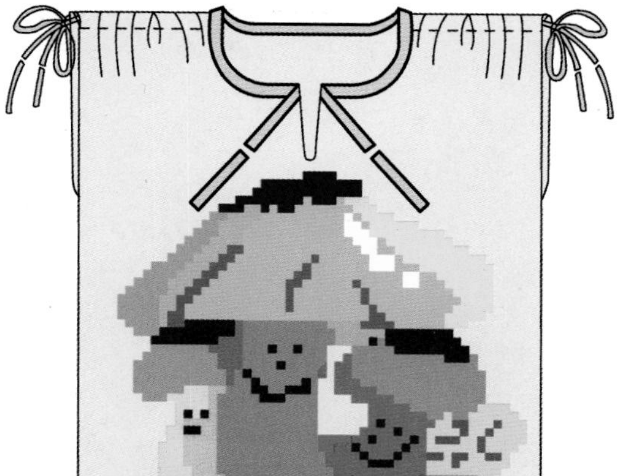

6-7岁
4-5岁
2-3岁

80
70
60
50
40
30
20
10
0
10
20
30
40
50
60
70
80
6-7岁
4-5岁
2-3岁

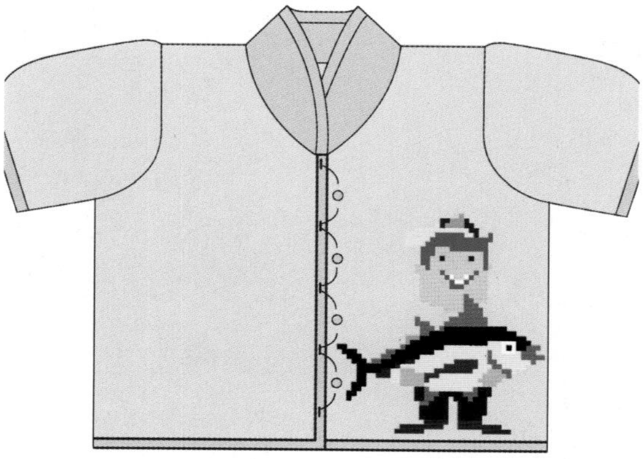

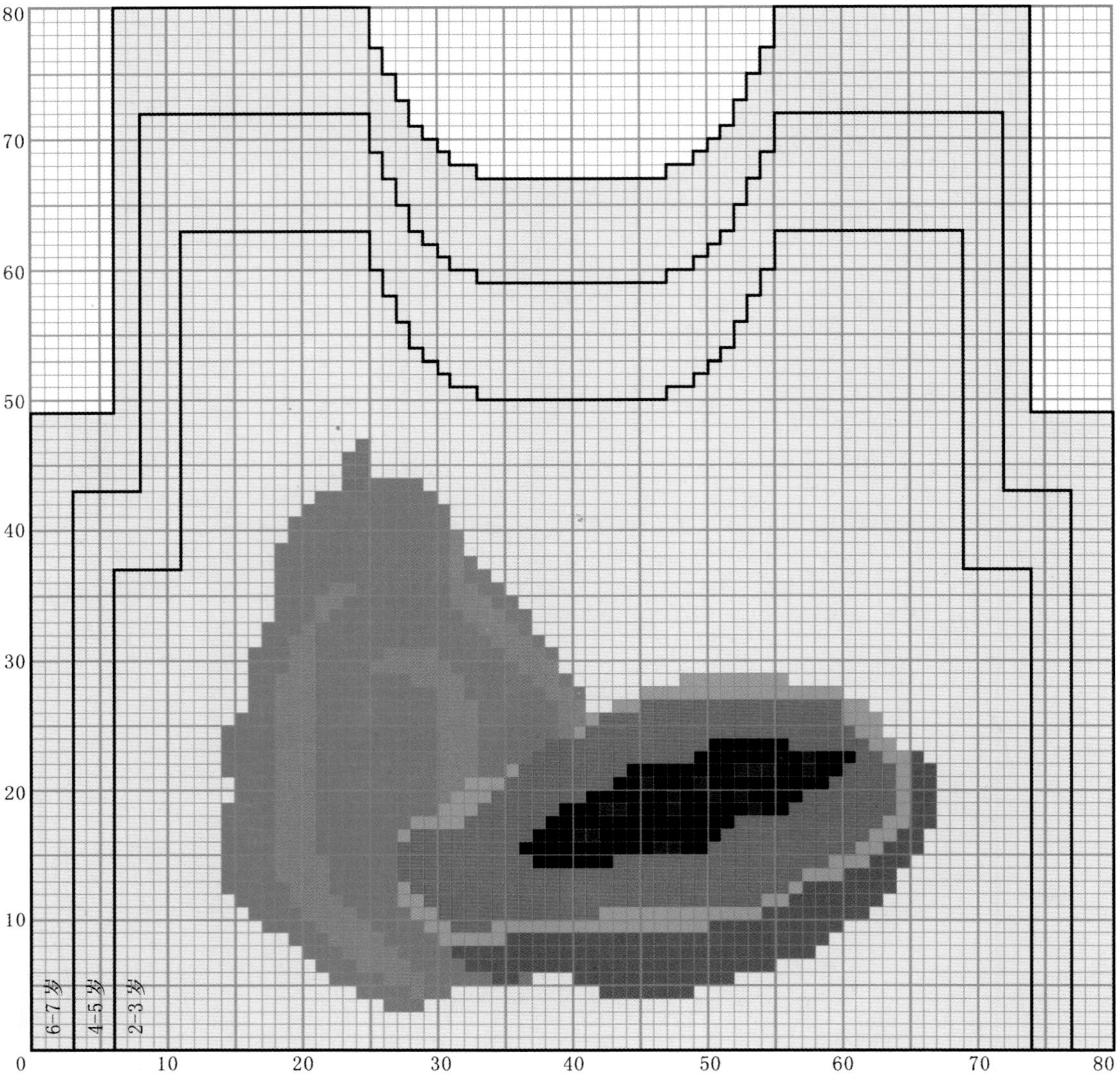
80
70
60
50
40
30
20
10
0
10
20
30
40
50
60
70
80
6-7岁
4-5岁
2-3岁

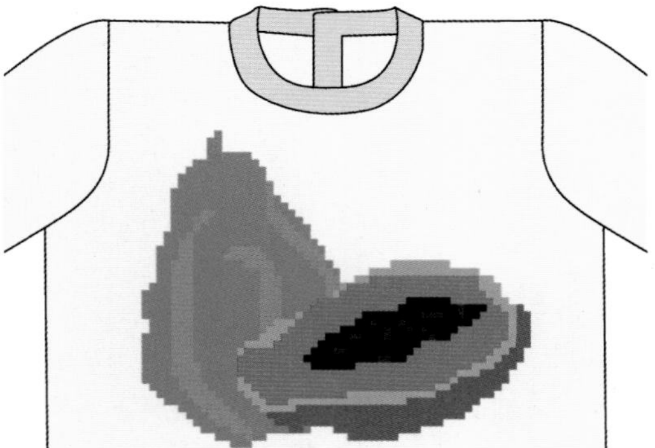

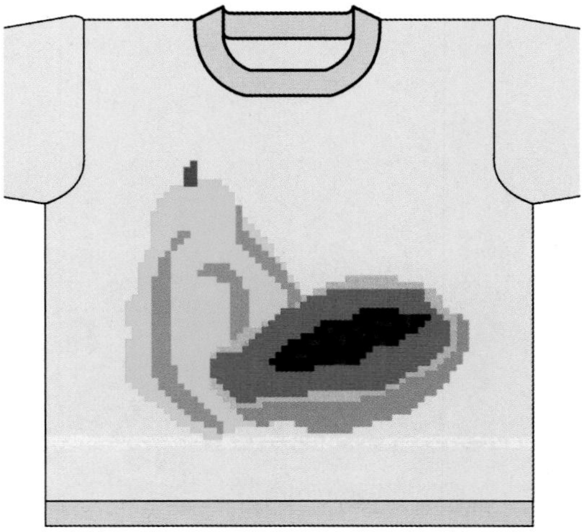

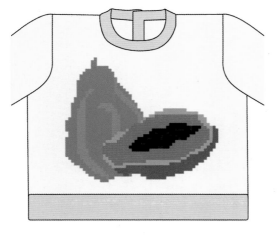

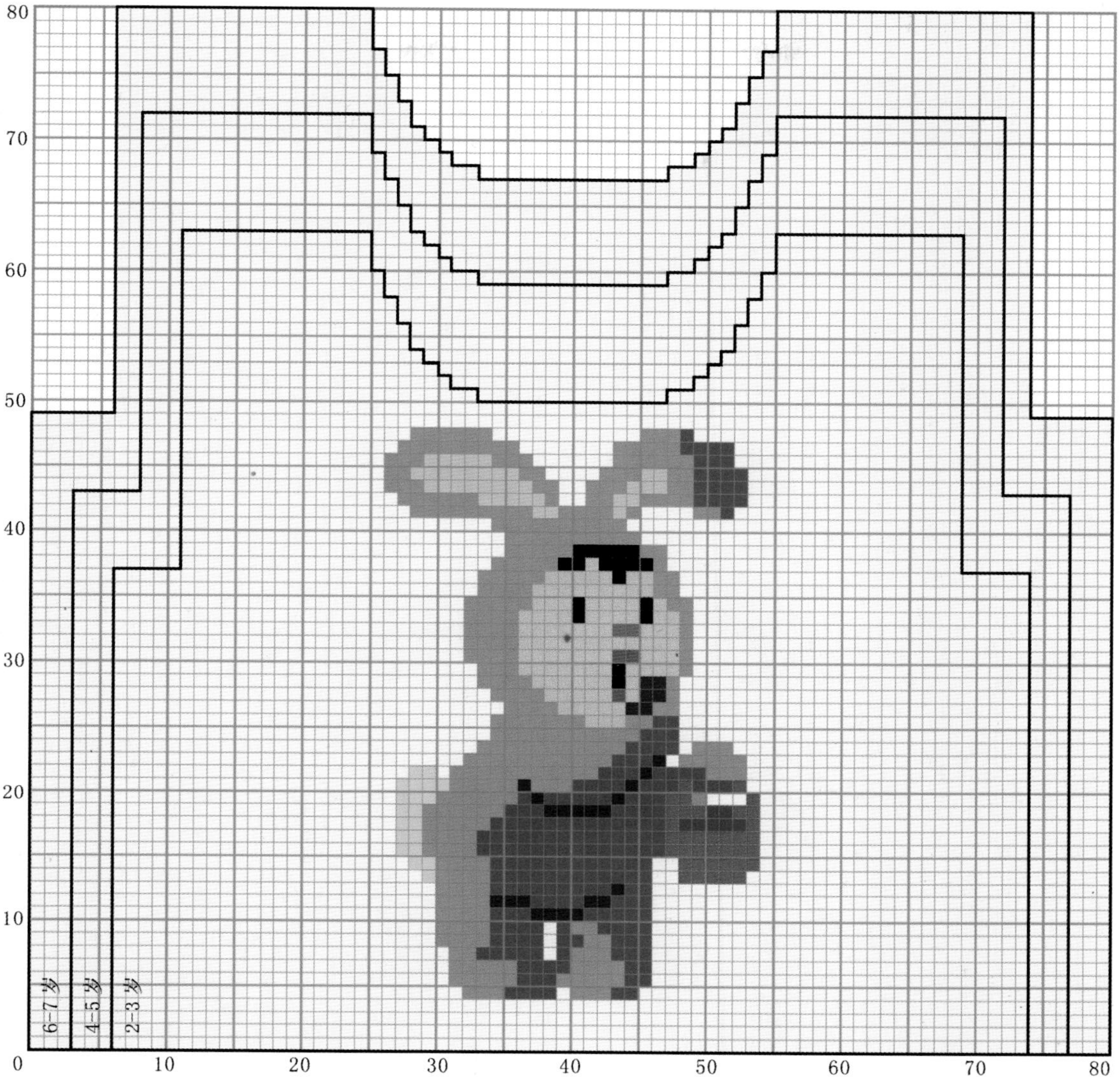
80
70
60
50
40
30
20
10
0
10
20
30
40
50
60
70
80
6-7岁
4-5岁
2-3岁

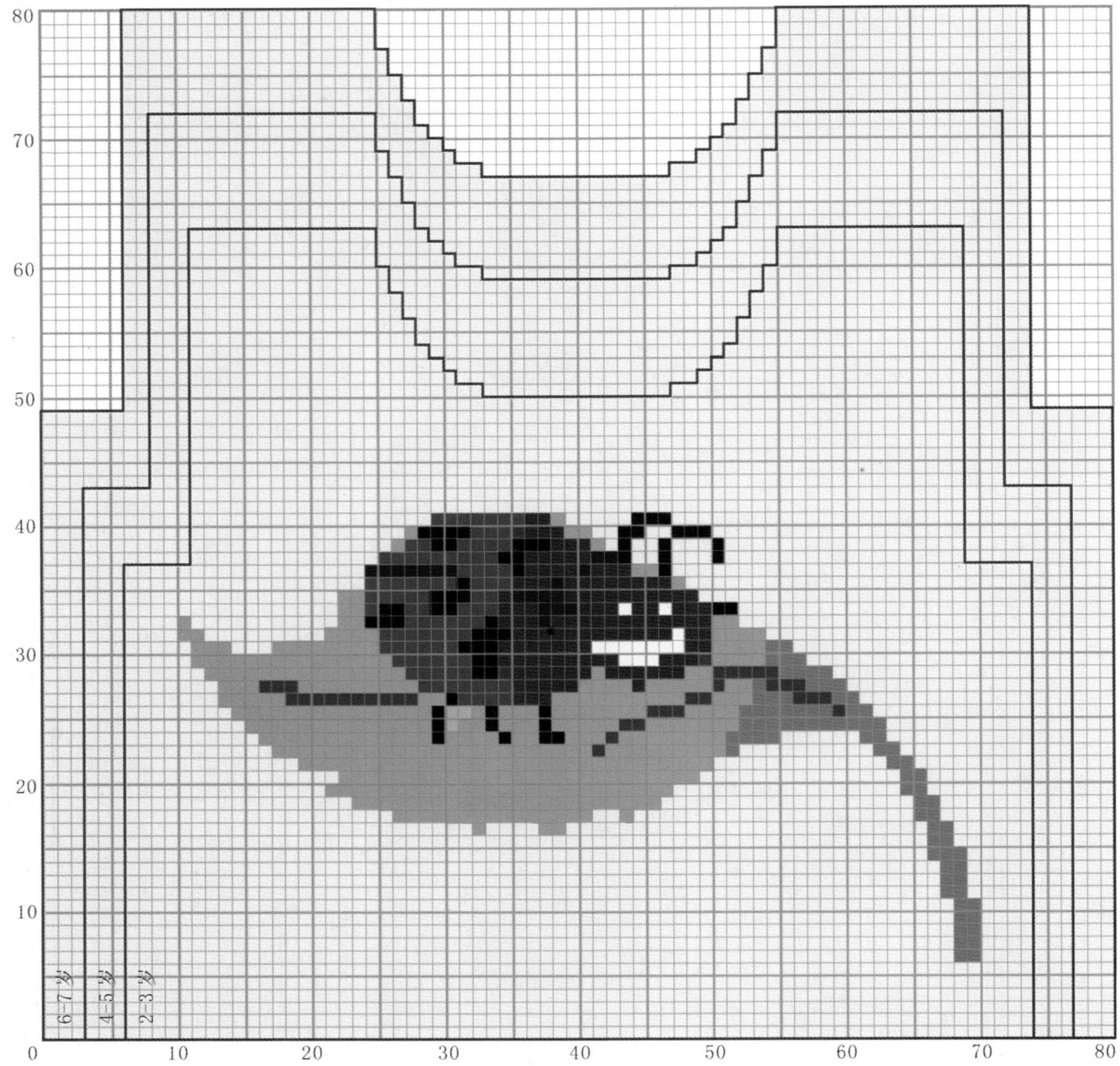
80
70
60
50
40
30
20
10
6-7岁
4-5岁
2-3岁
0
10
20
30
40
50
60
70
80

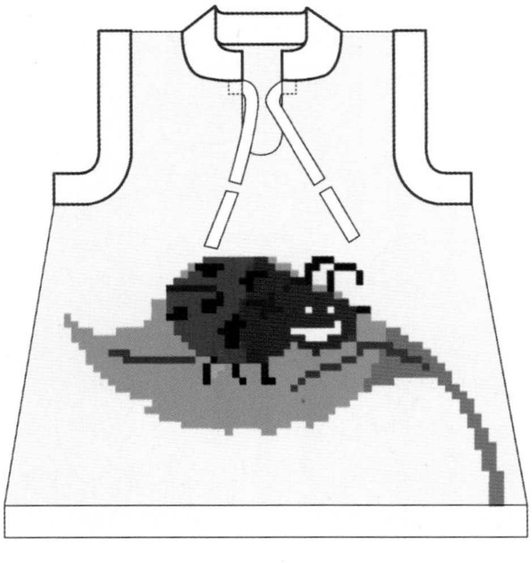

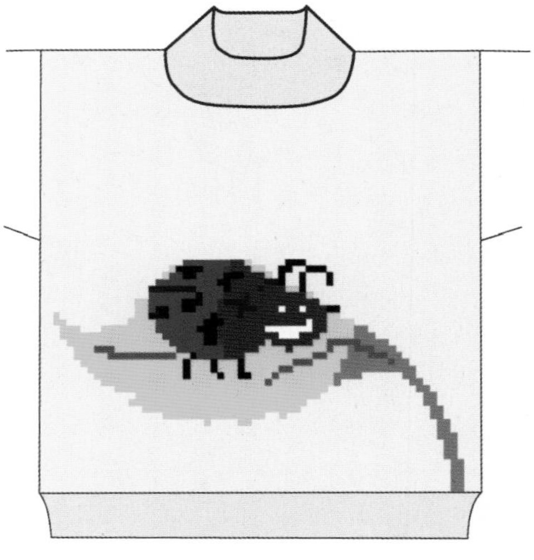

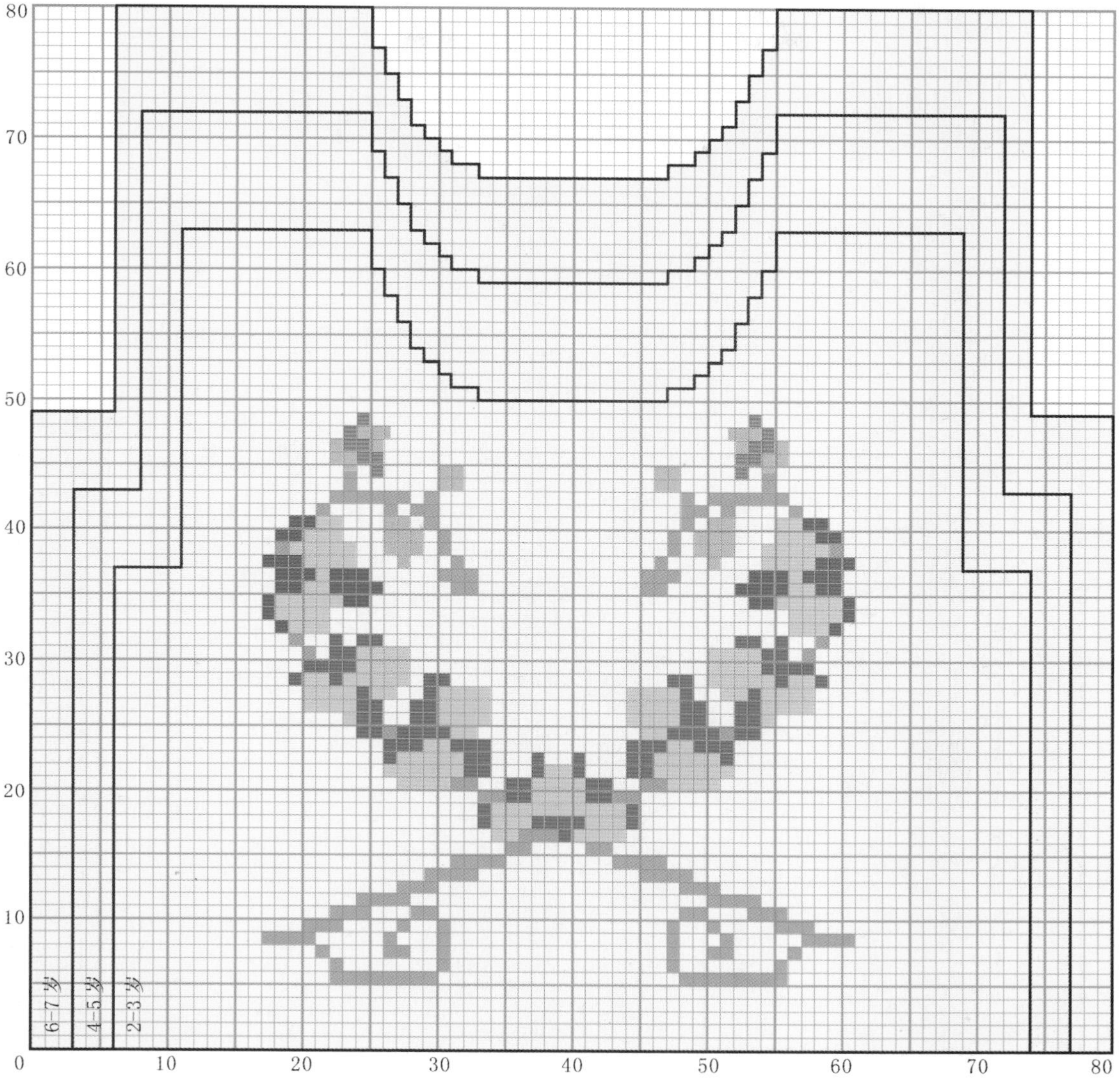
80
70
60
50
40
30
20
10
0
10
20
30
40
50
60
70
80
6-7岁
4-5岁
2-3岁

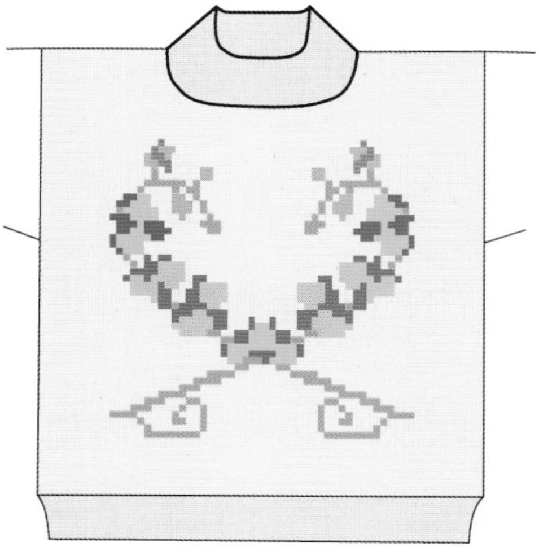

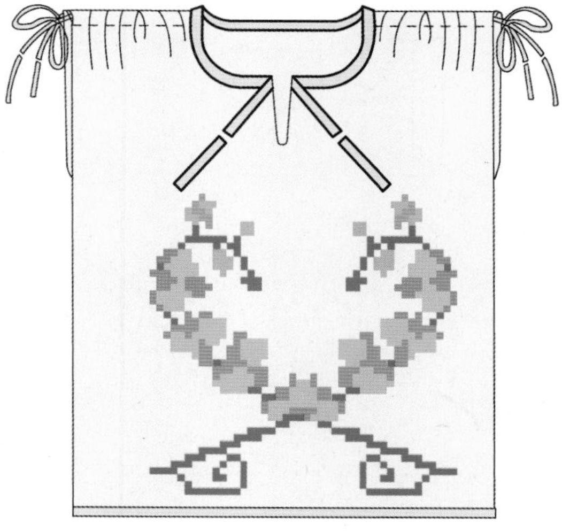

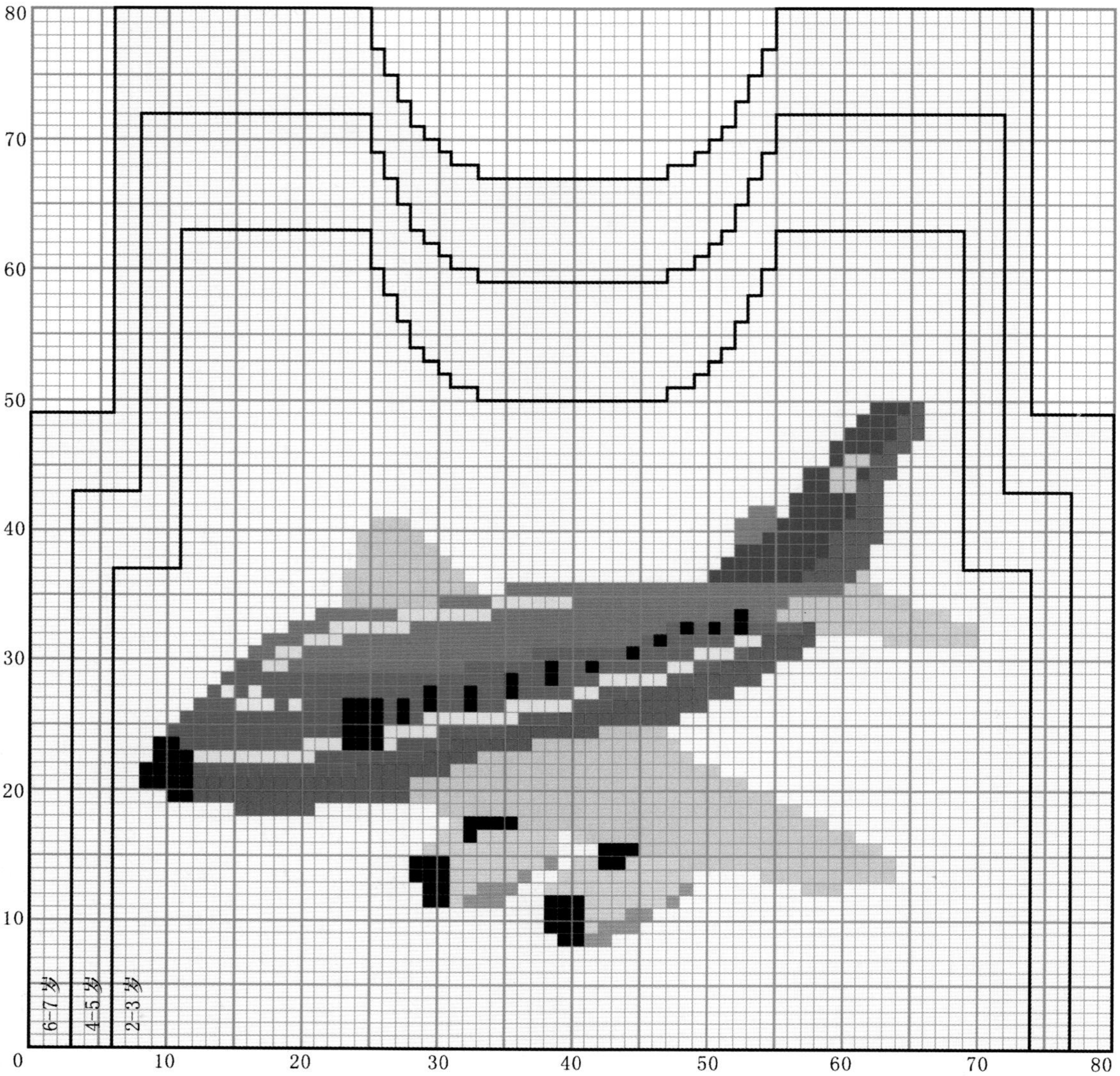
80
70
60
50
40
30
20
10
0
10
20
30
40
50
60
70
80
6-7岁
4-5岁
2-3岁

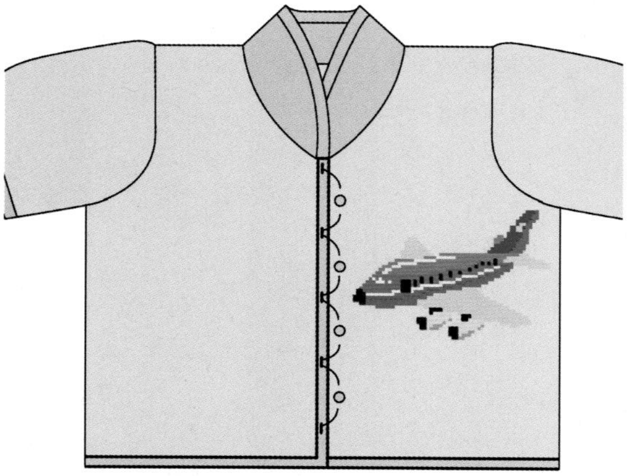

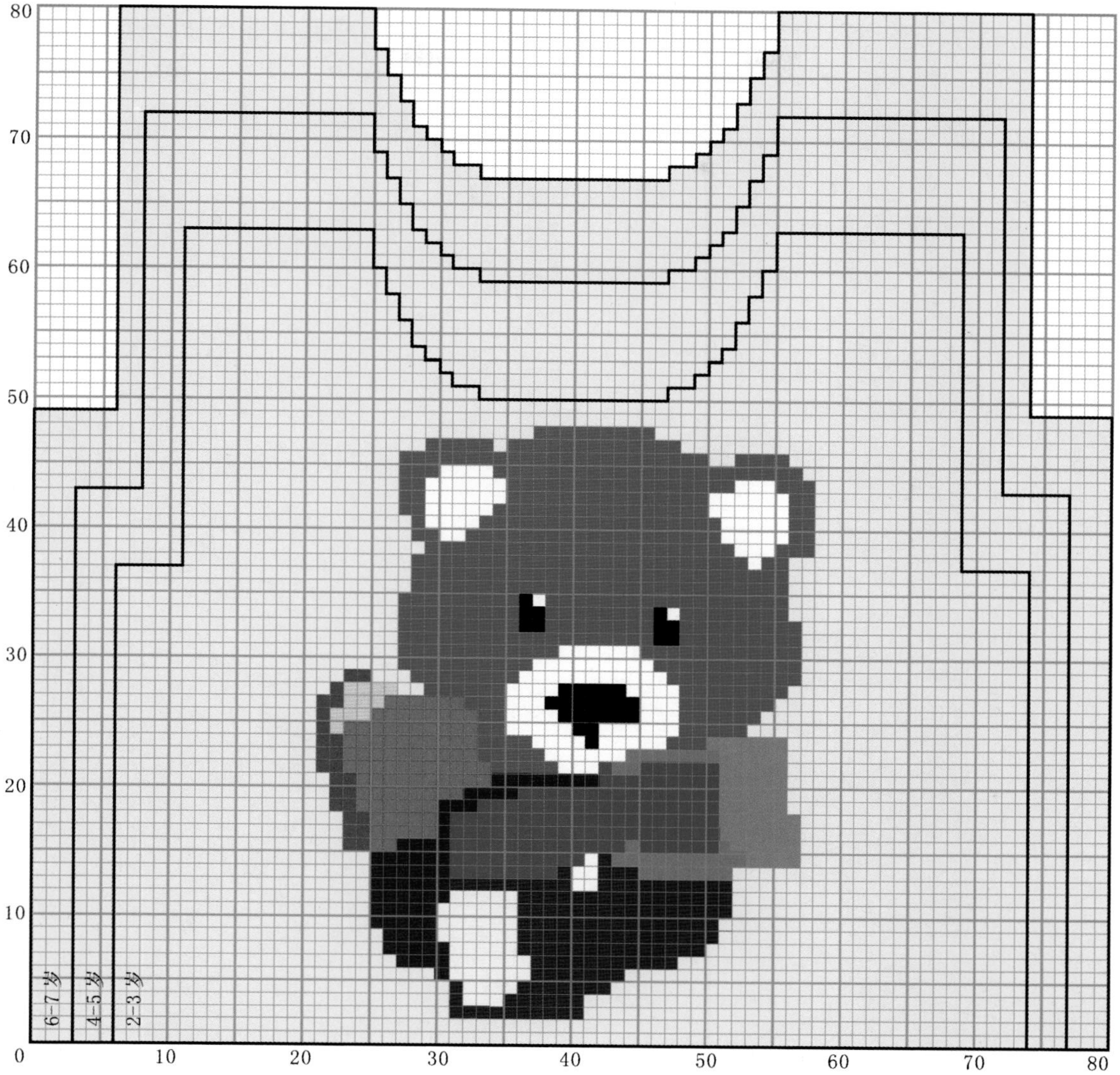
6-7岁
4-5岁
2-3岁

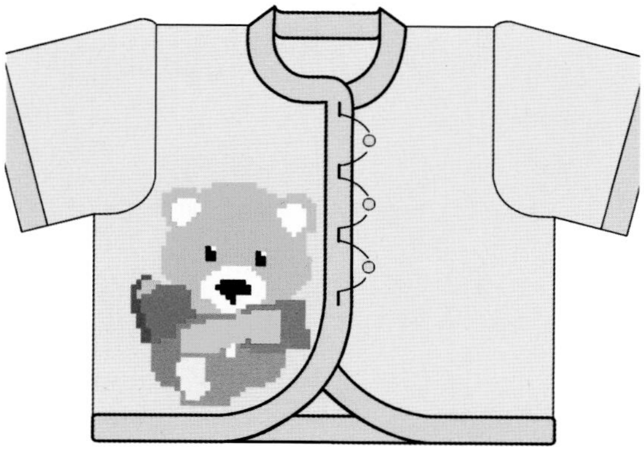

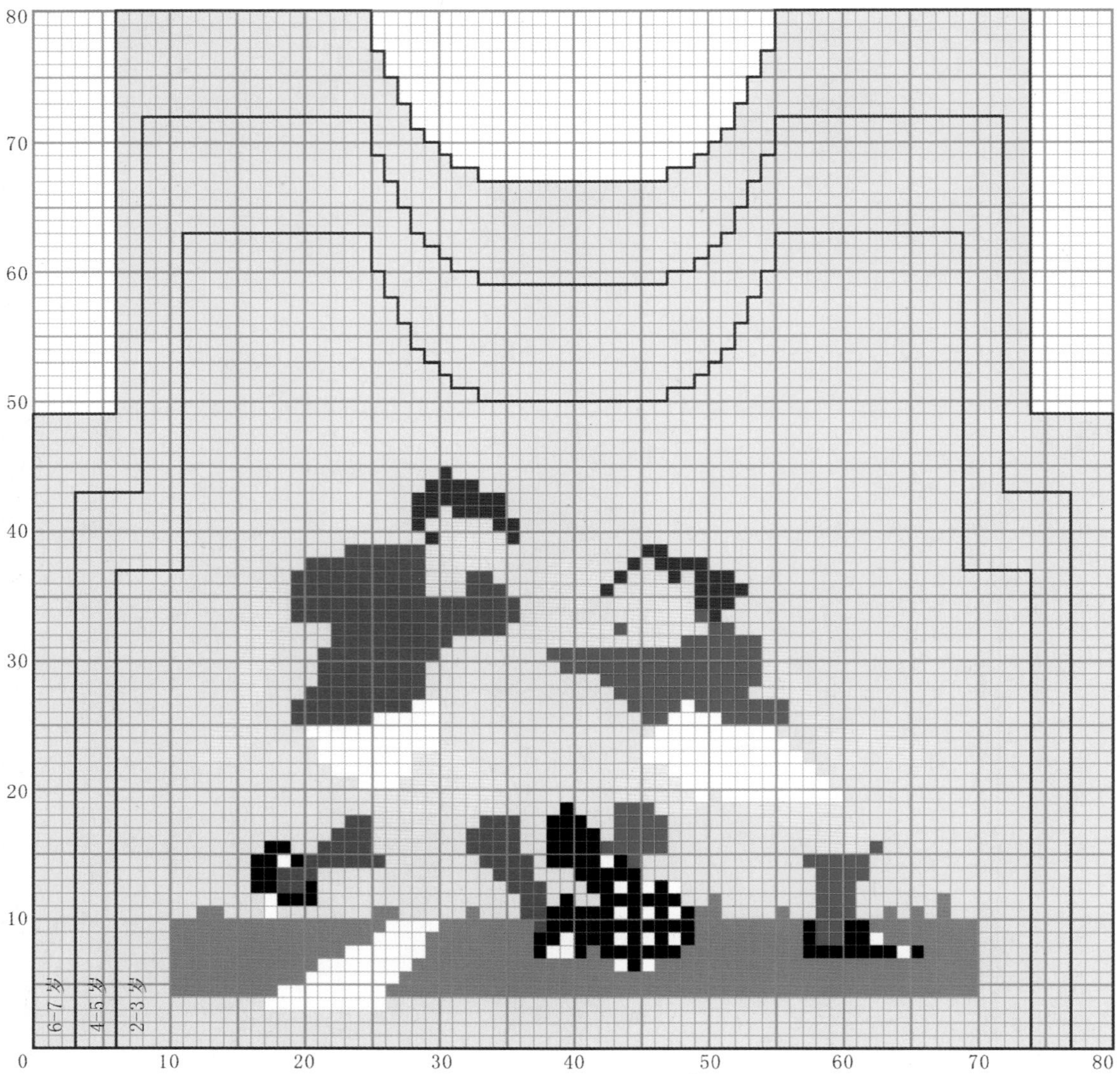
80
70
60
50
40
30
20
10
0
10
20
30
40
50
60
70
80
6-7岁
4-5岁
2-3岁

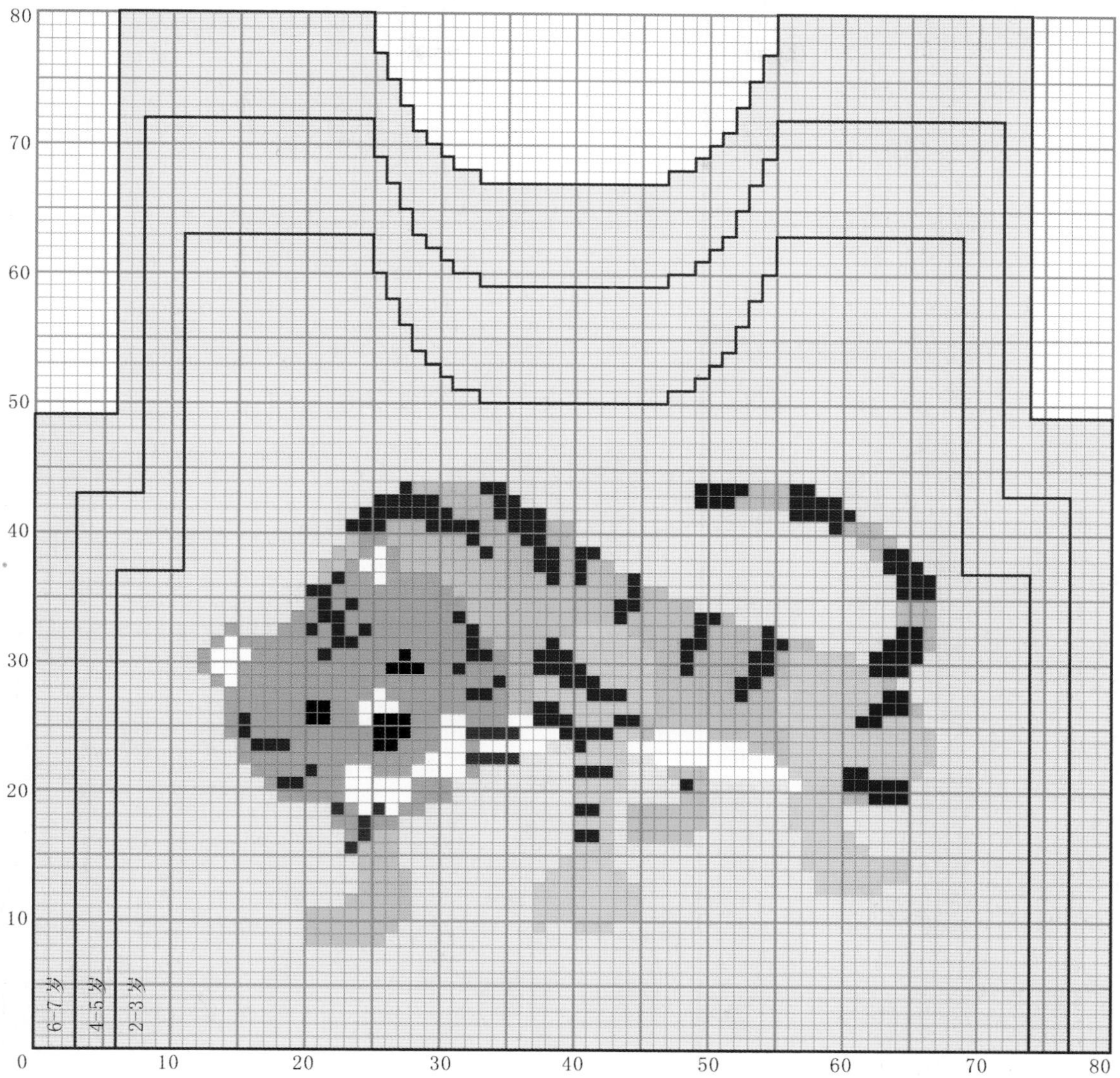
6–7岁
4–5岁
2–3岁

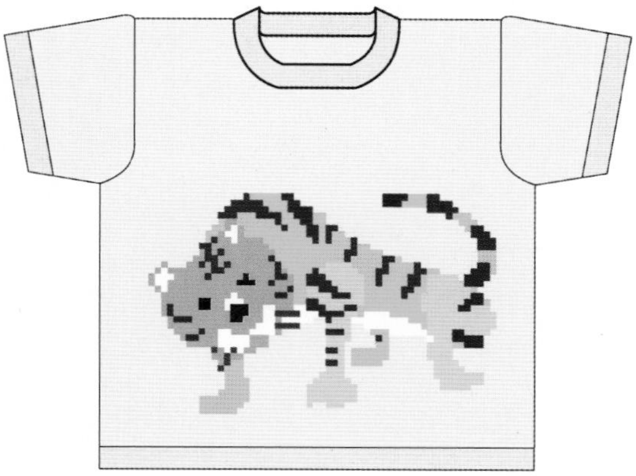

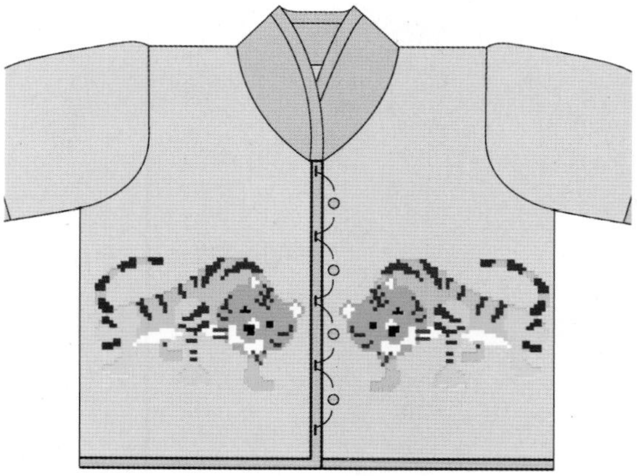

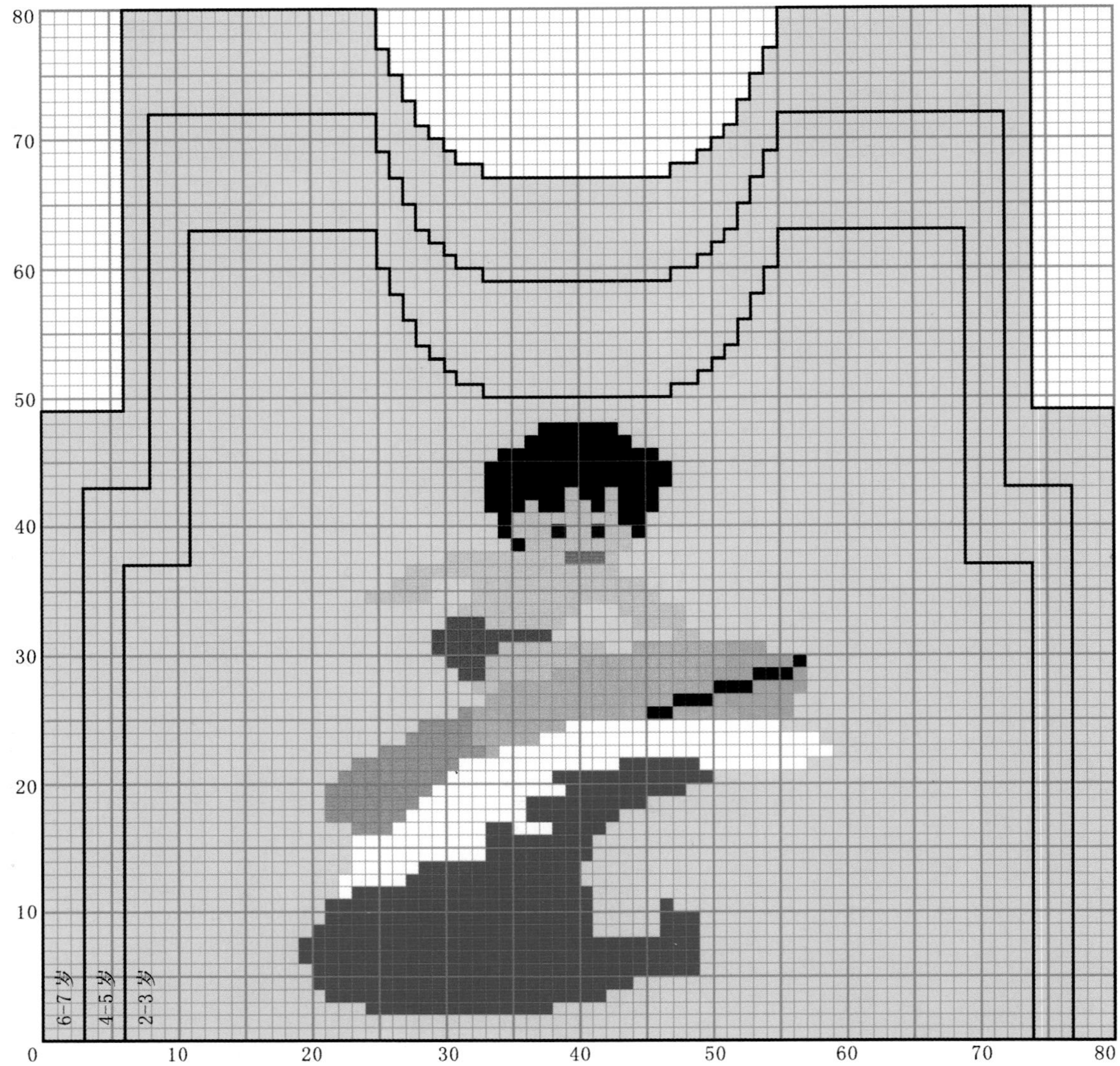
80
70
60
50
40
30
20
10
0
10
20
30
40
50
60
70
80
6-7岁
4-5岁
2-3岁

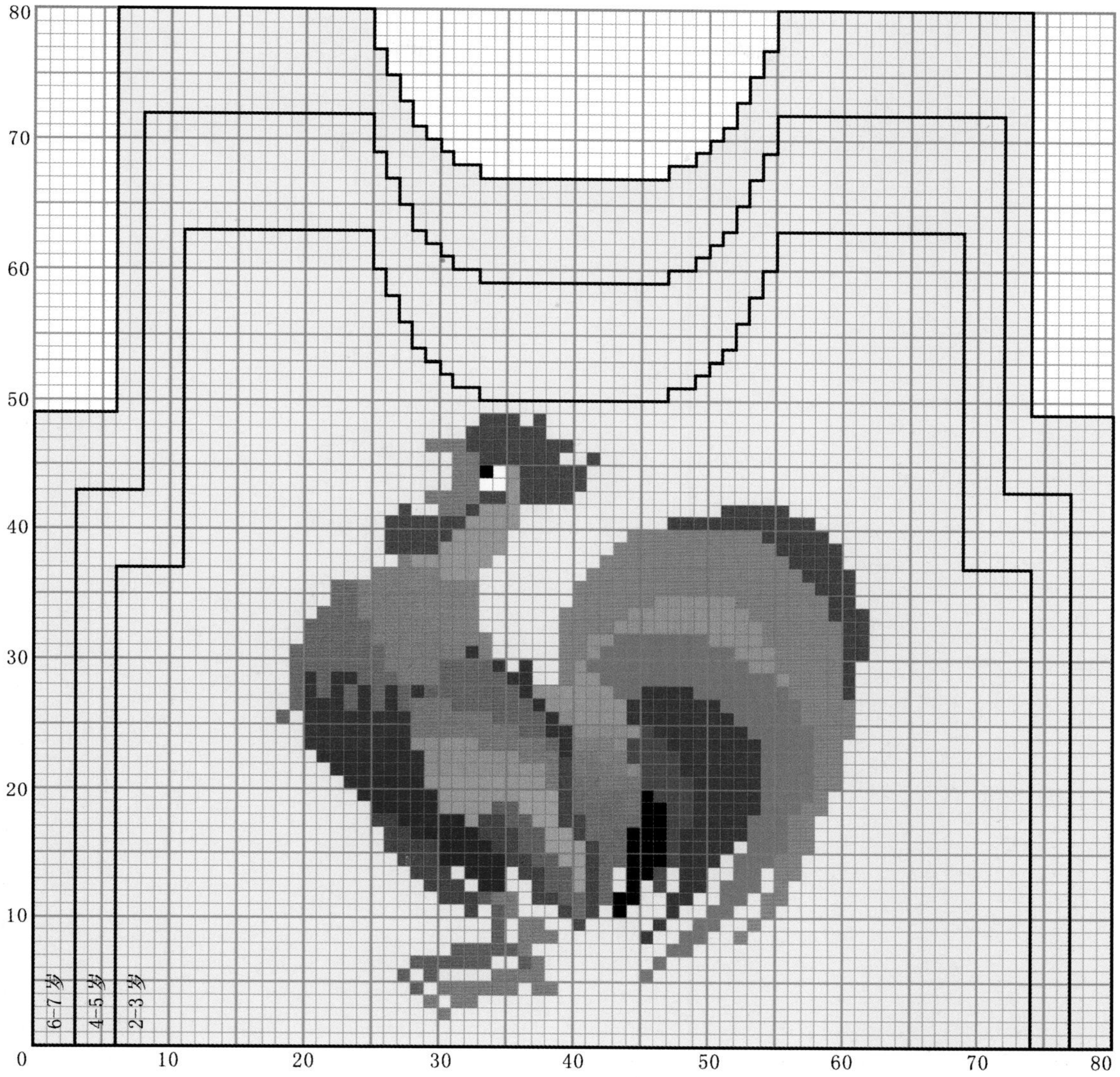
80
70
60
50
40
30
20
10
0
10
20
30
40
50
60
70
80
6-7岁
4-5岁
2-3岁

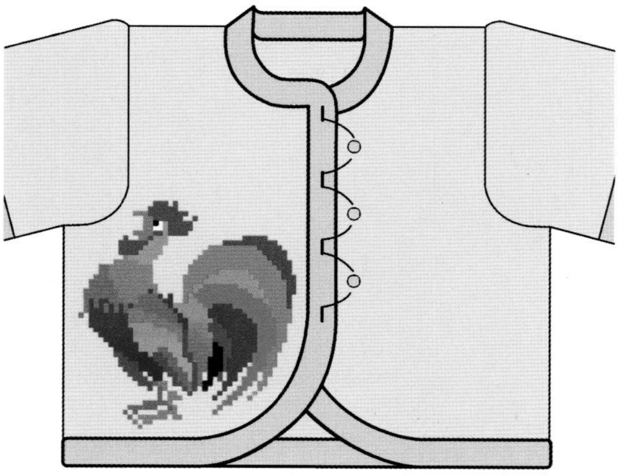

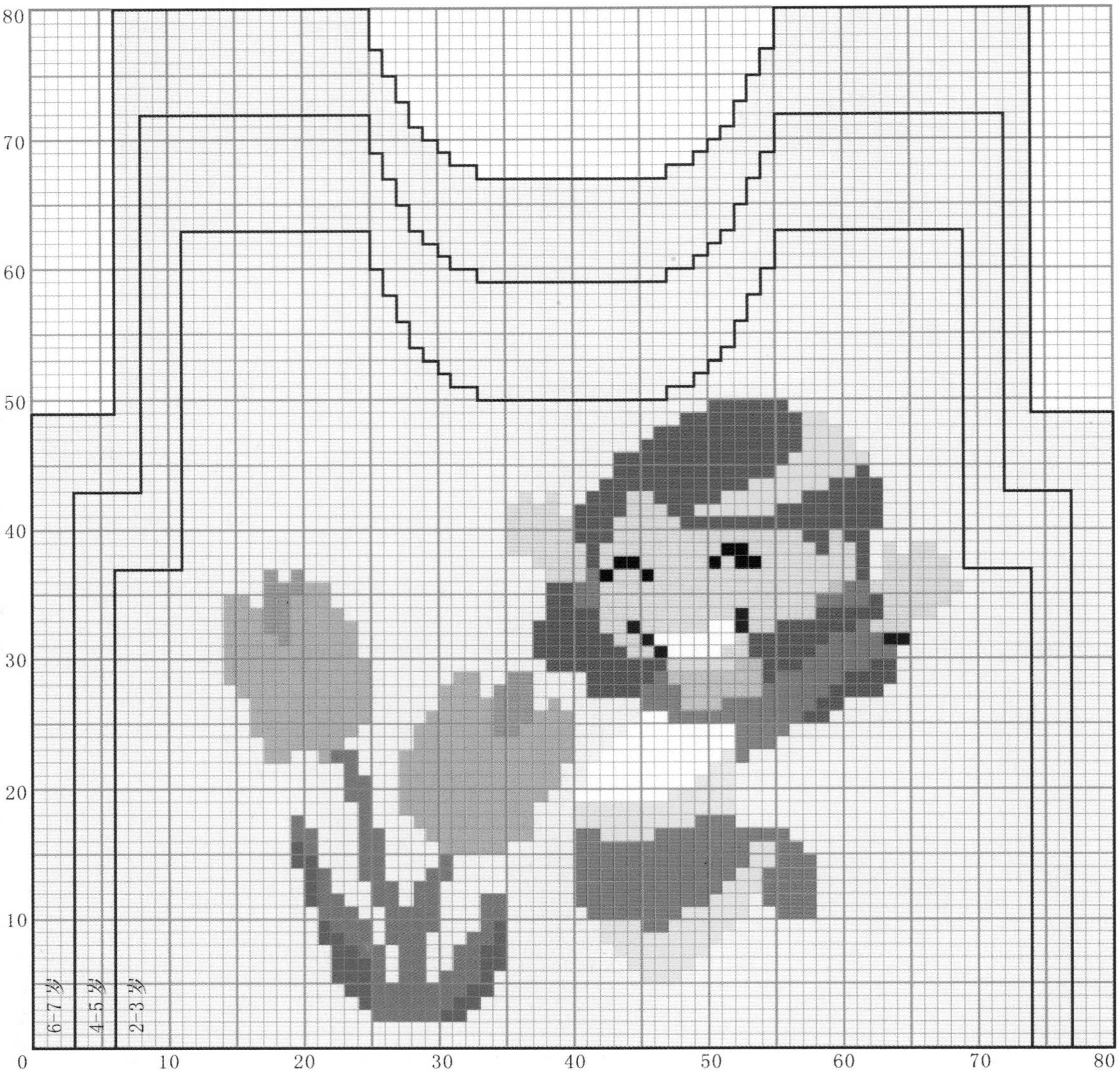
6-7岁
4-5岁
2-3岁

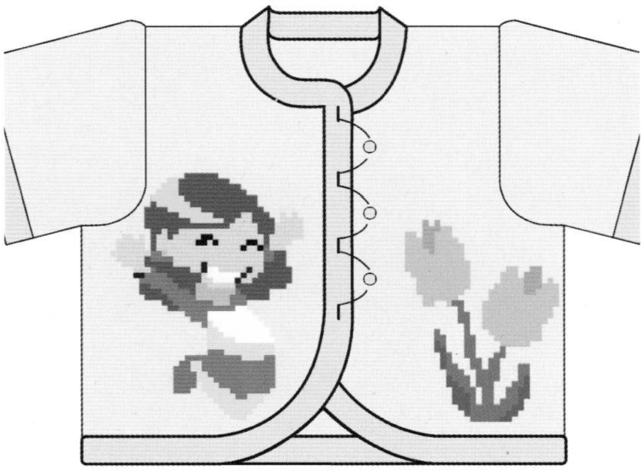

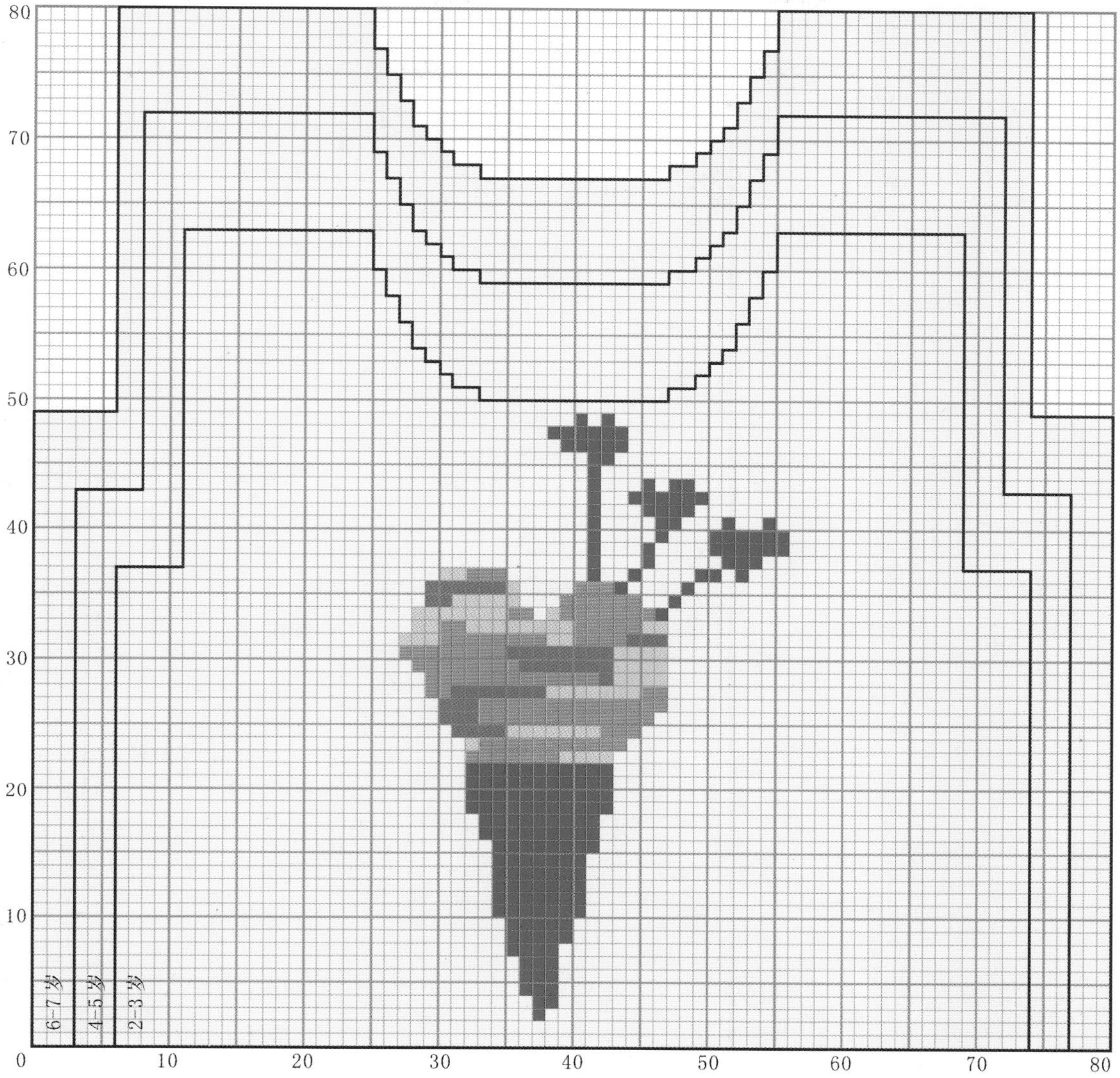
80
70
60
50
40
30
20
10
0
10
20
30
40
50
60
70
80
6-7岁
4-5岁
2-3岁

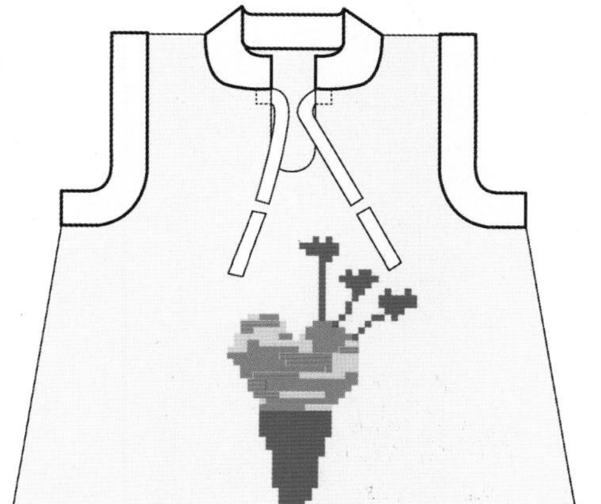

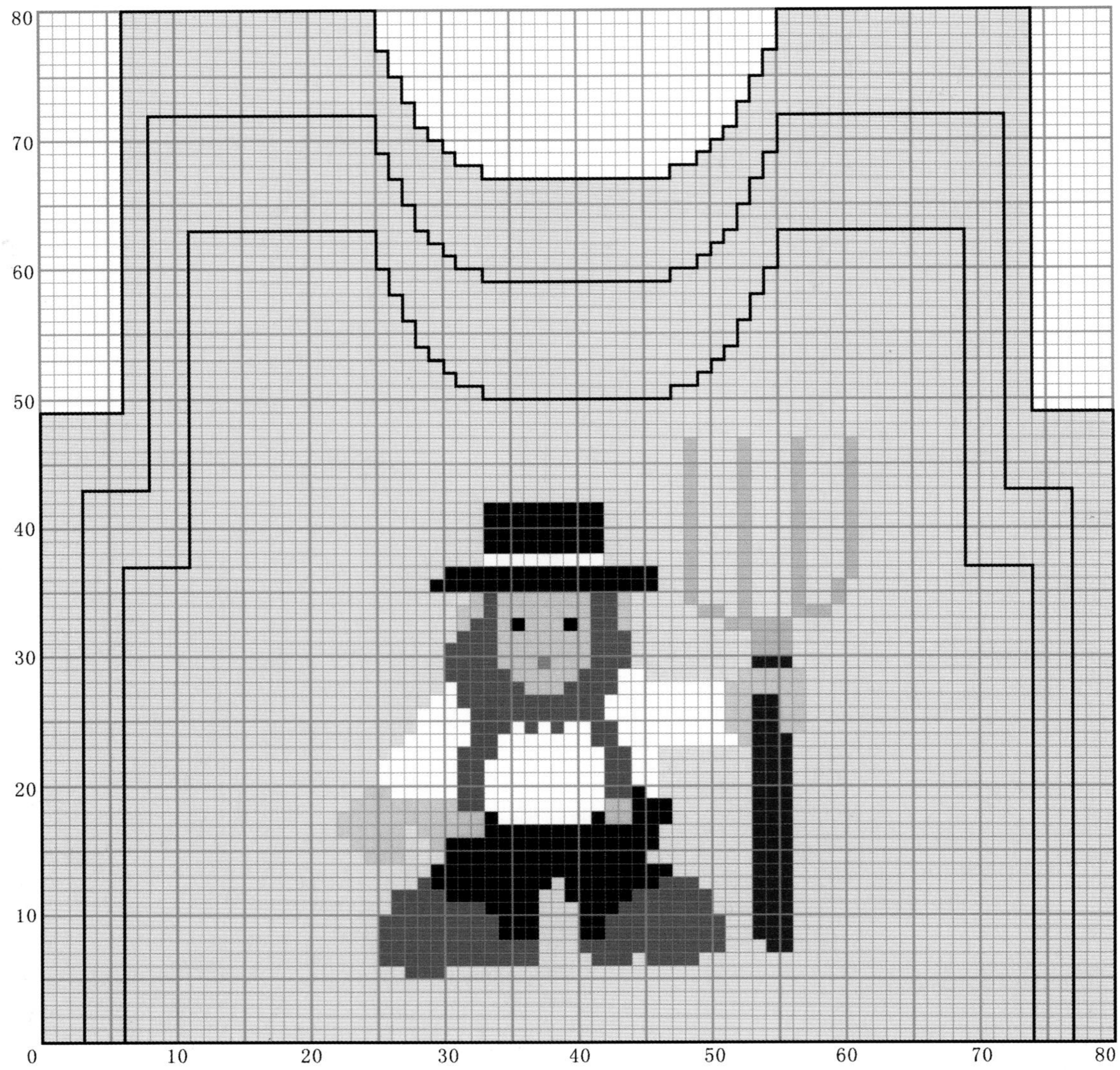
80
70
60
50
40
30
20
10
0
10
20
30
40
50
60
70
80

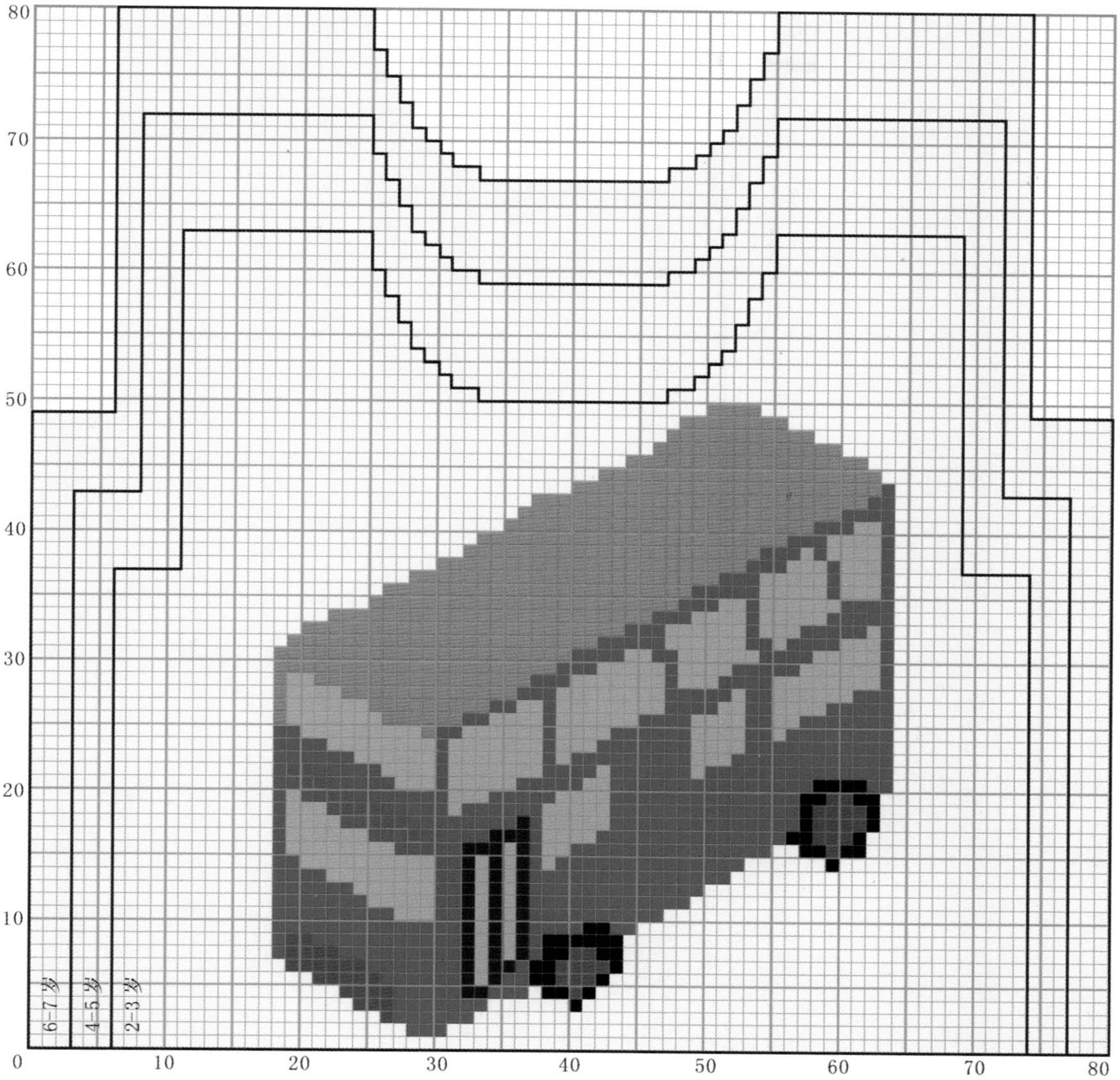
80
70
60
50
40
30
20
10
0
10
20
30
40
50
60
70
80
6-7岁
4-5岁
2-3岁

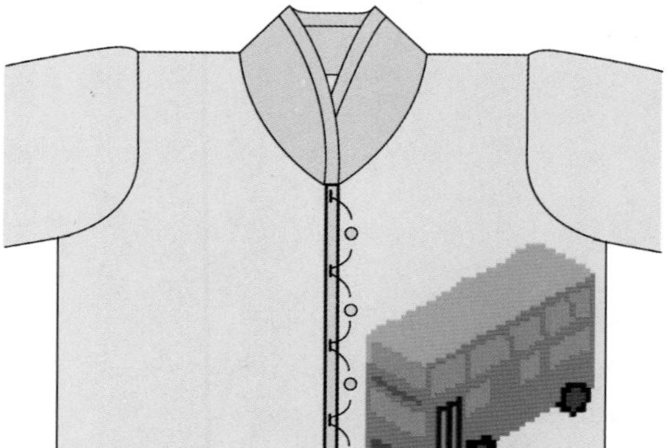

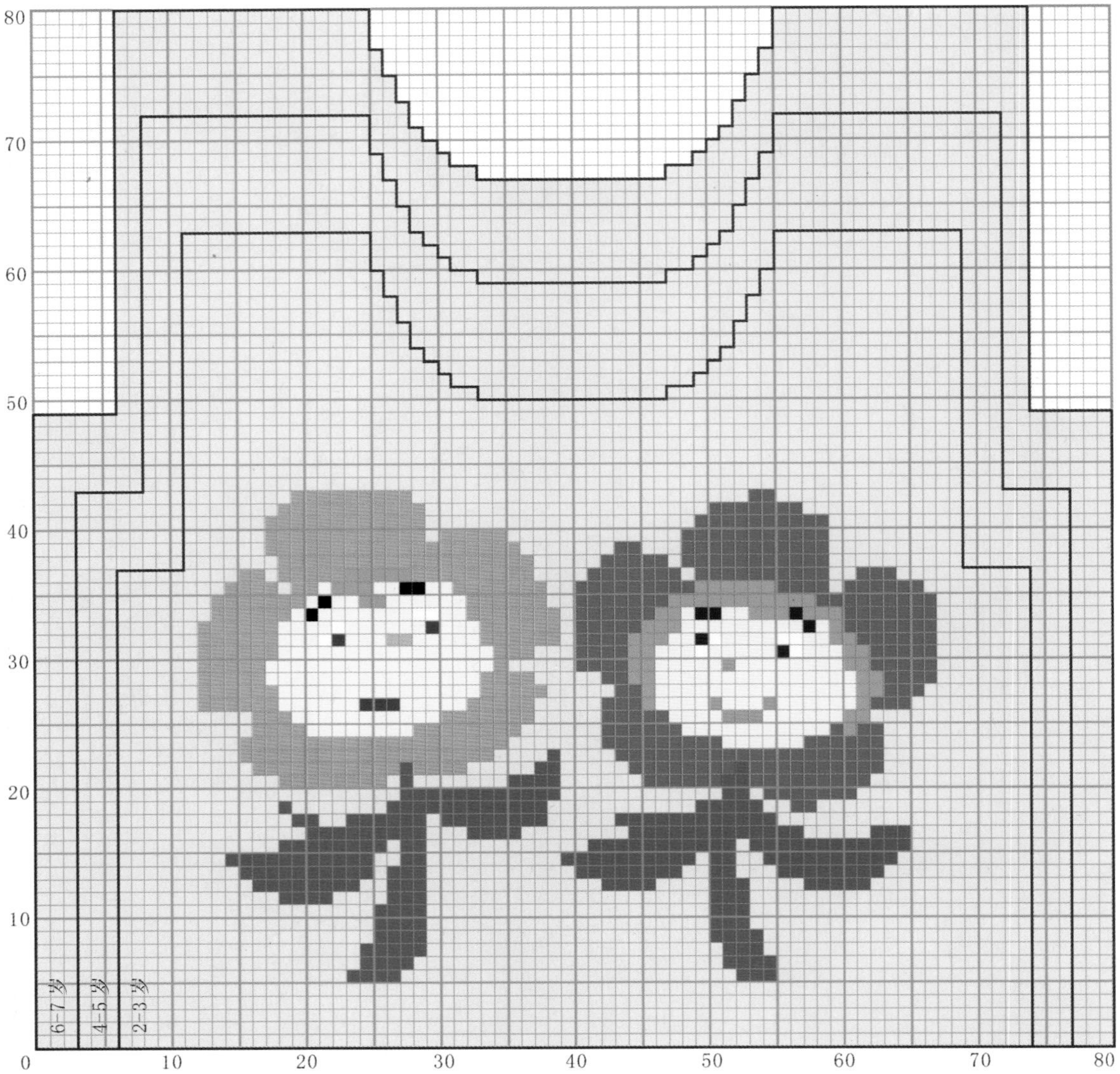
80
70
60
50
40
30
20
10
0
10
20
30
40
50
60
70
80
6-7岁
4-5岁
2-3岁

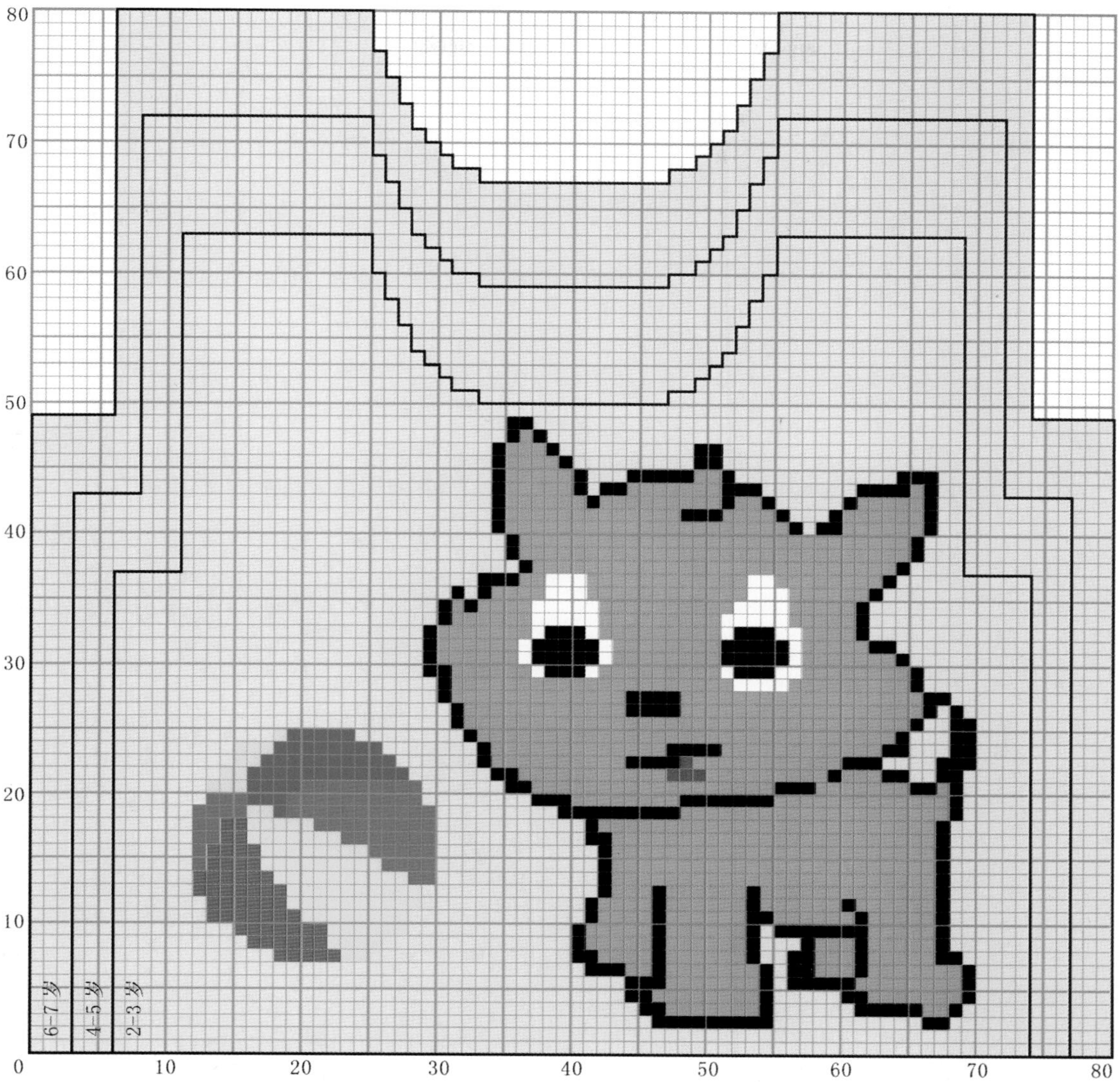
80
70
60
50
40
30
20
10
0
10
20
30
40
50
60
70
80
6-7岁
4-5岁
2-3岁

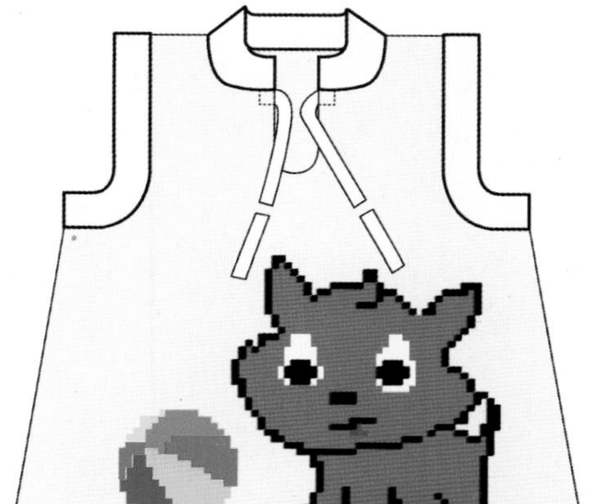

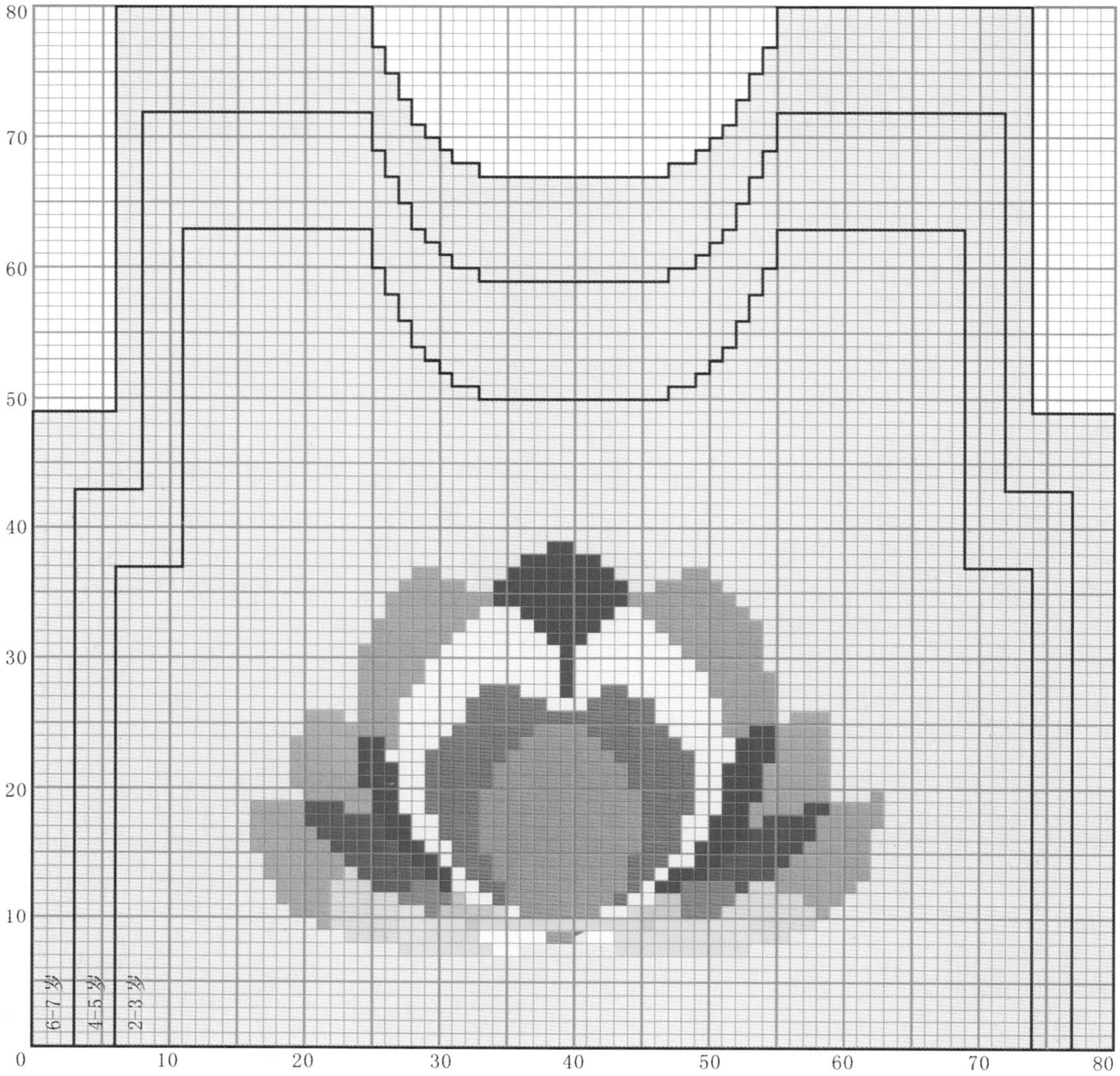
6-7岁
4-5岁
2-3岁

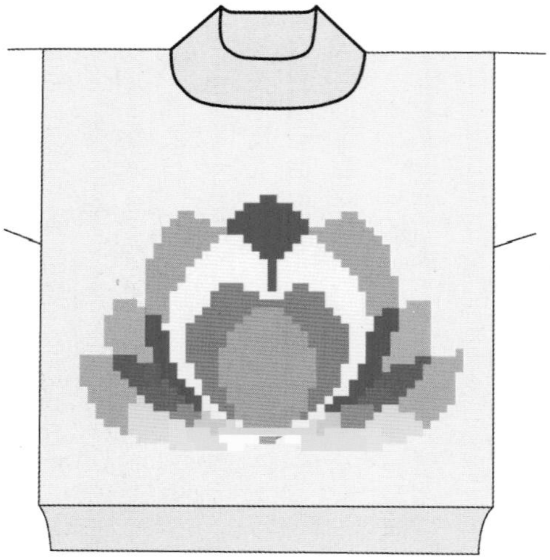

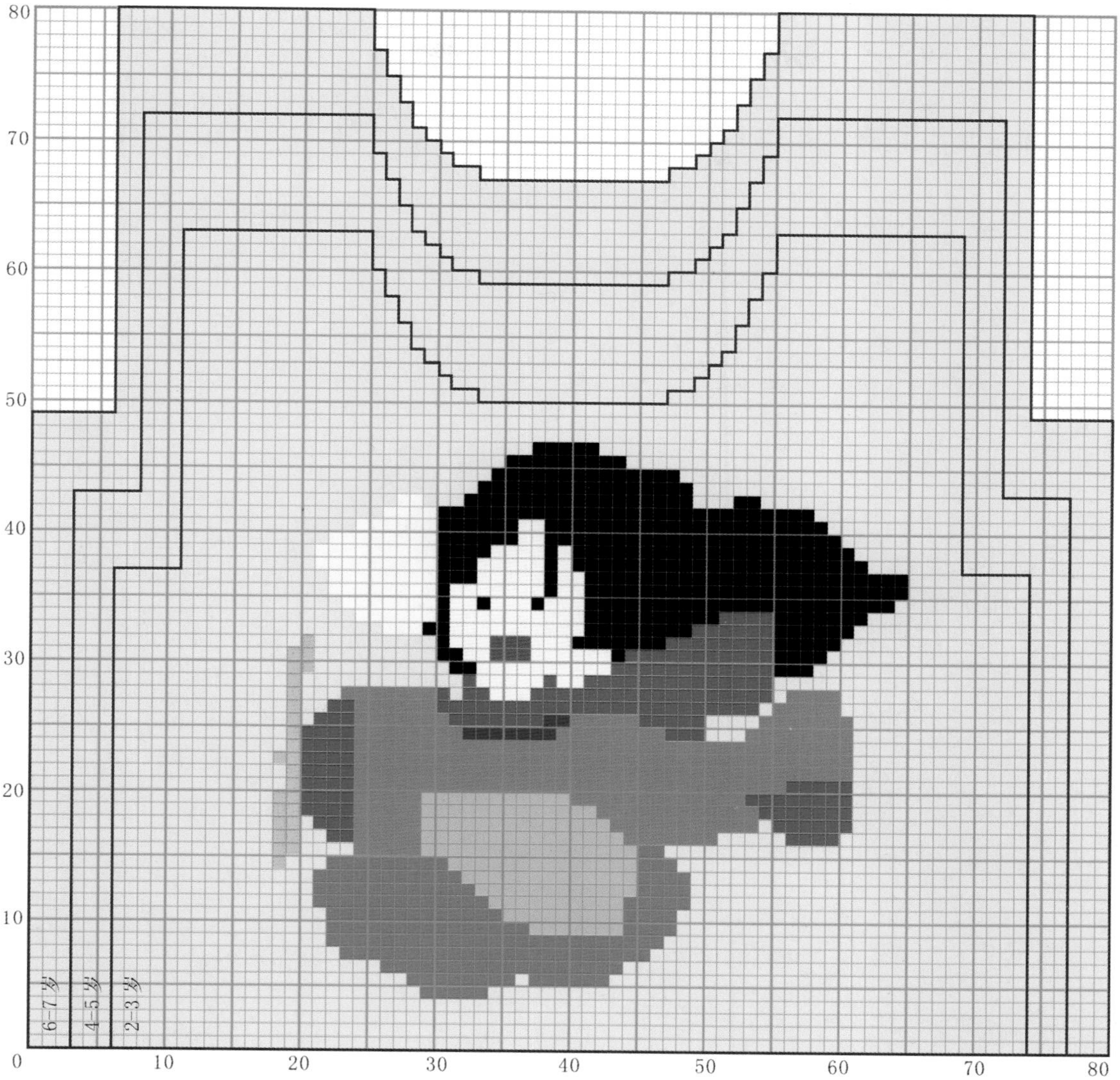
80
70
60
50
40
30
20
10
0
10
20
30
40
50
60
70
80
6-7岁
4-5岁
2-3岁

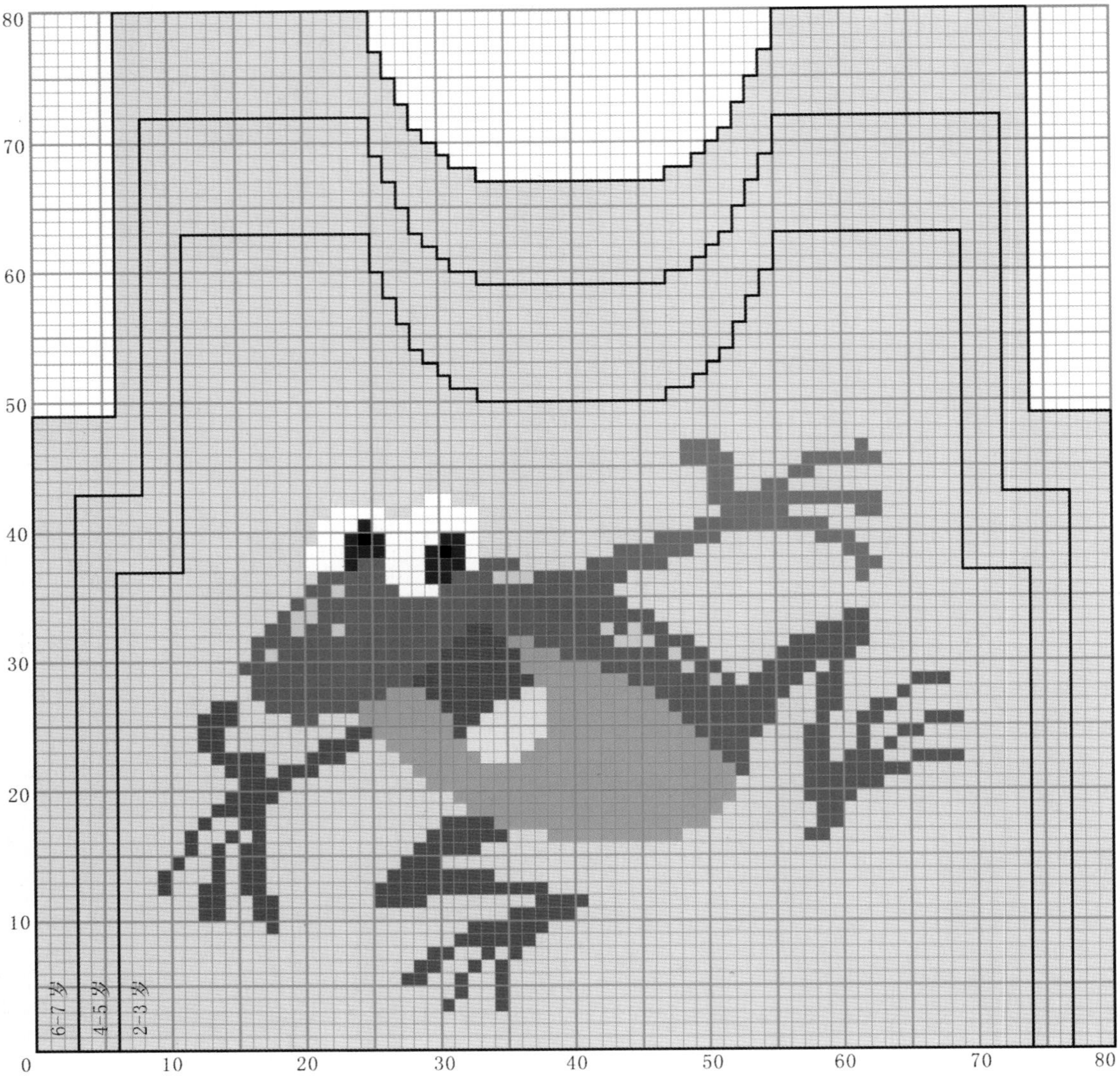
80
70
60
50
40
30
20
10
0
10
20
30
40
50
60
70
80
6-7岁
4-5岁
2-3岁

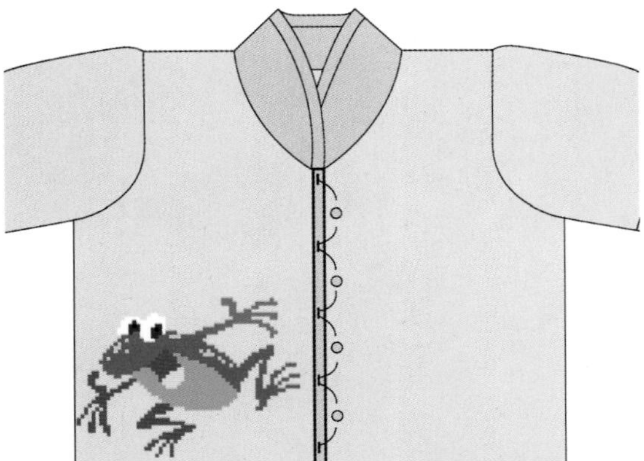

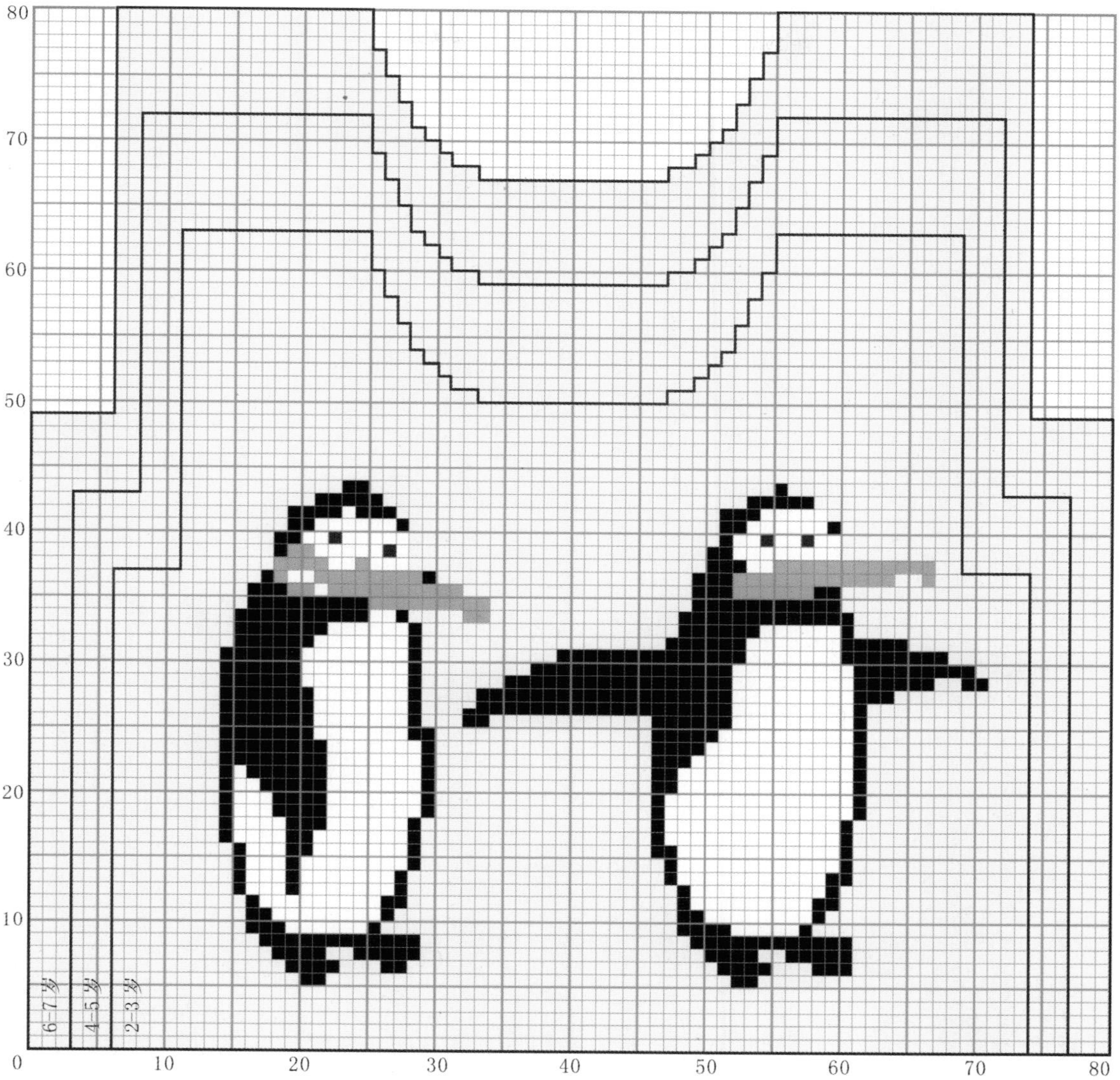
80
70
60
50
40
30
20
10
0
10
20
30
40
50
60
70
80
6-7岁
4-5岁
2-3岁

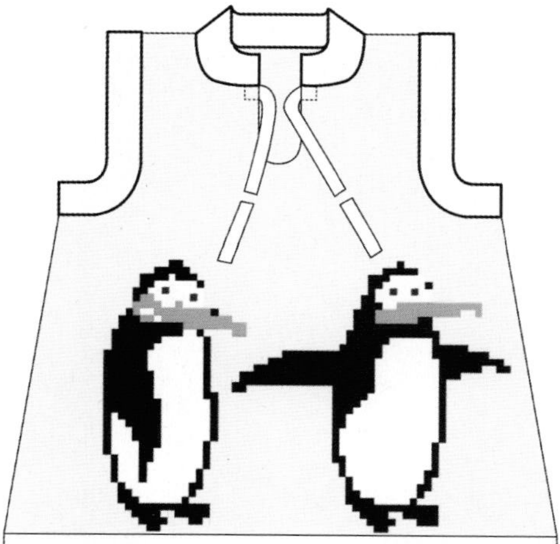

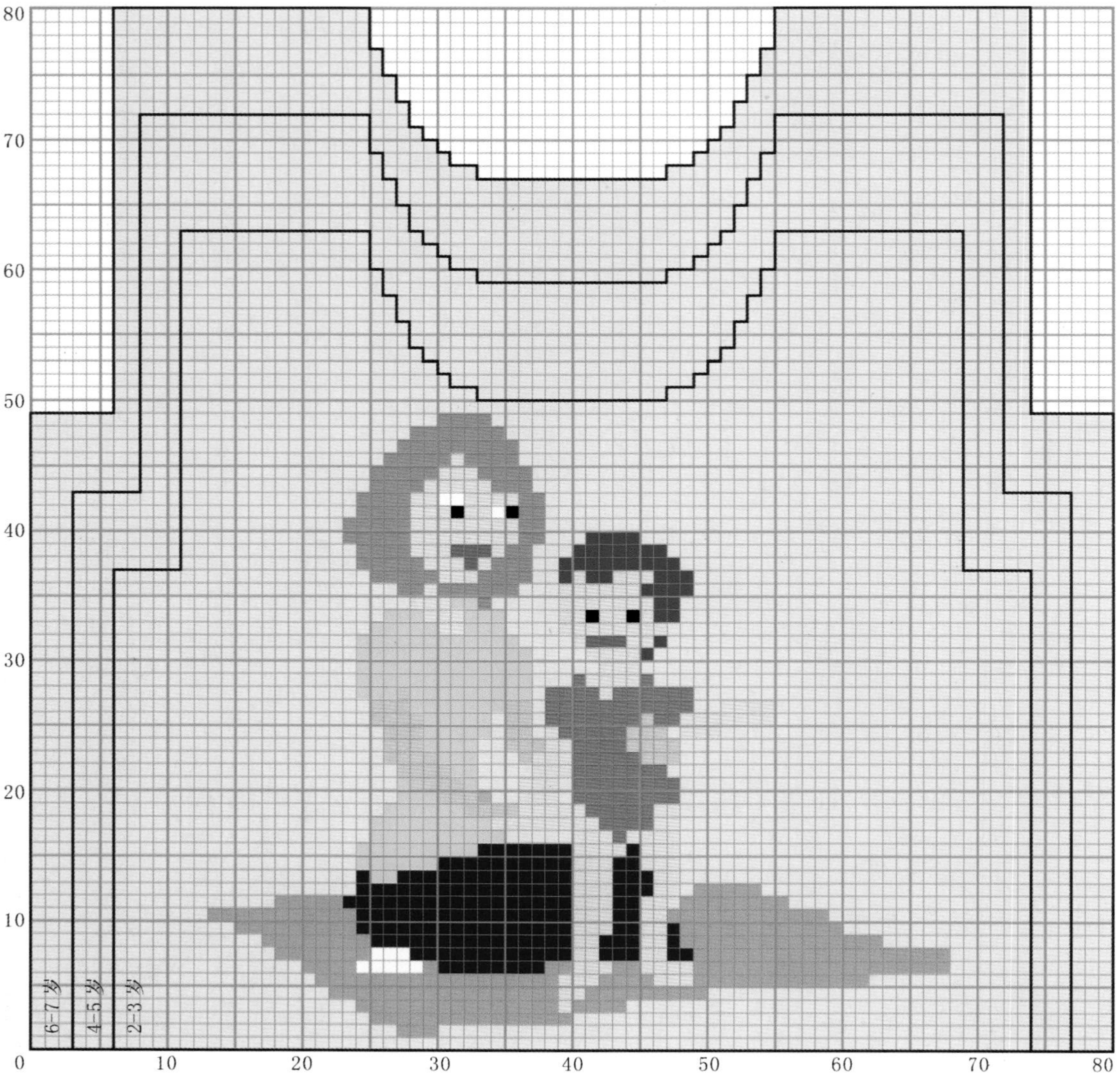

80
70
60
50
40
30
20
10
0
10
20
30
40
50
60
70
80
6-7岁
4-5岁
2-3岁

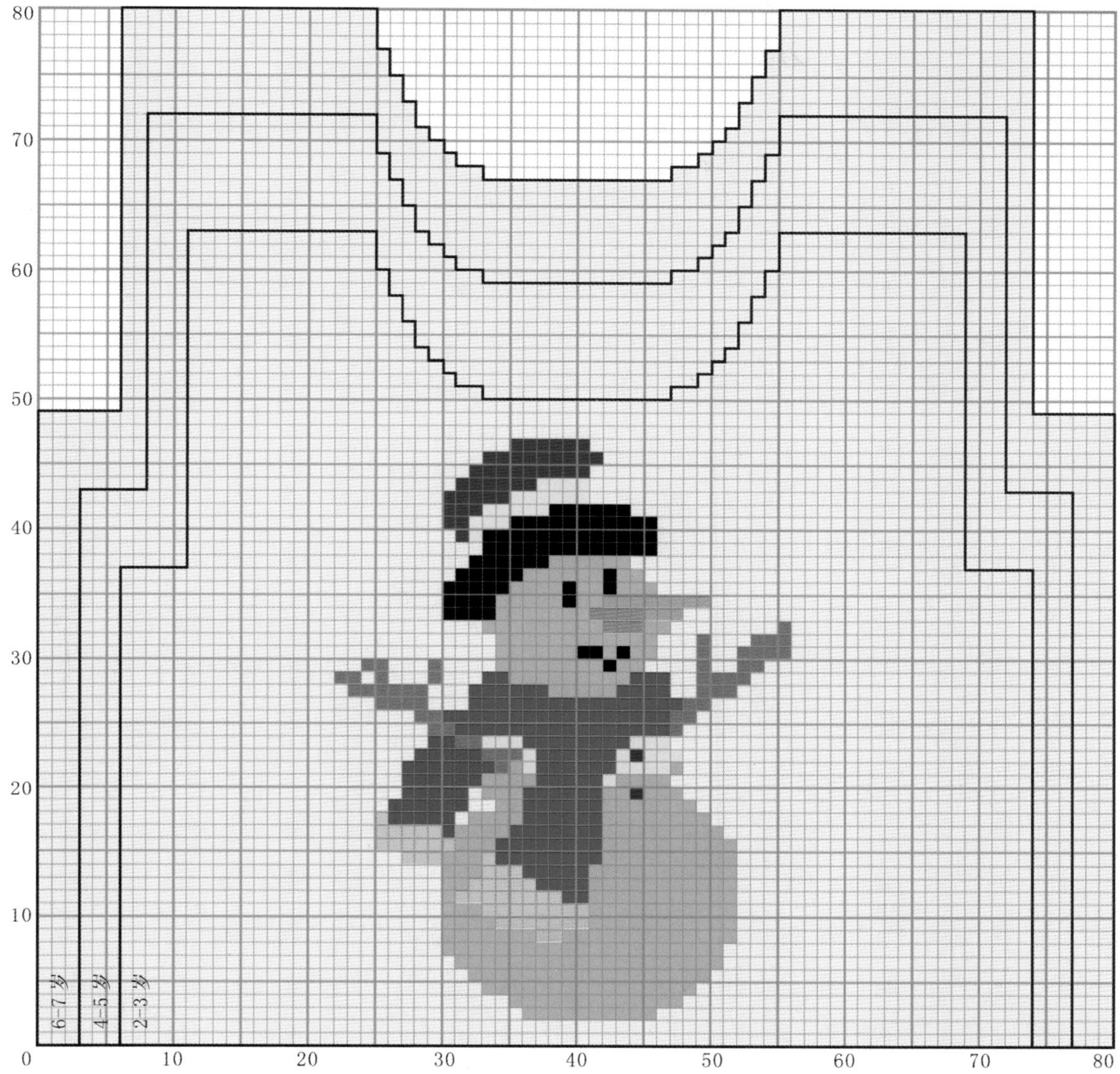

80
70
60
50
40
30
20
10
0
10
20
30
40
50
60
70
80
6-7岁
4-5岁
2-3岁

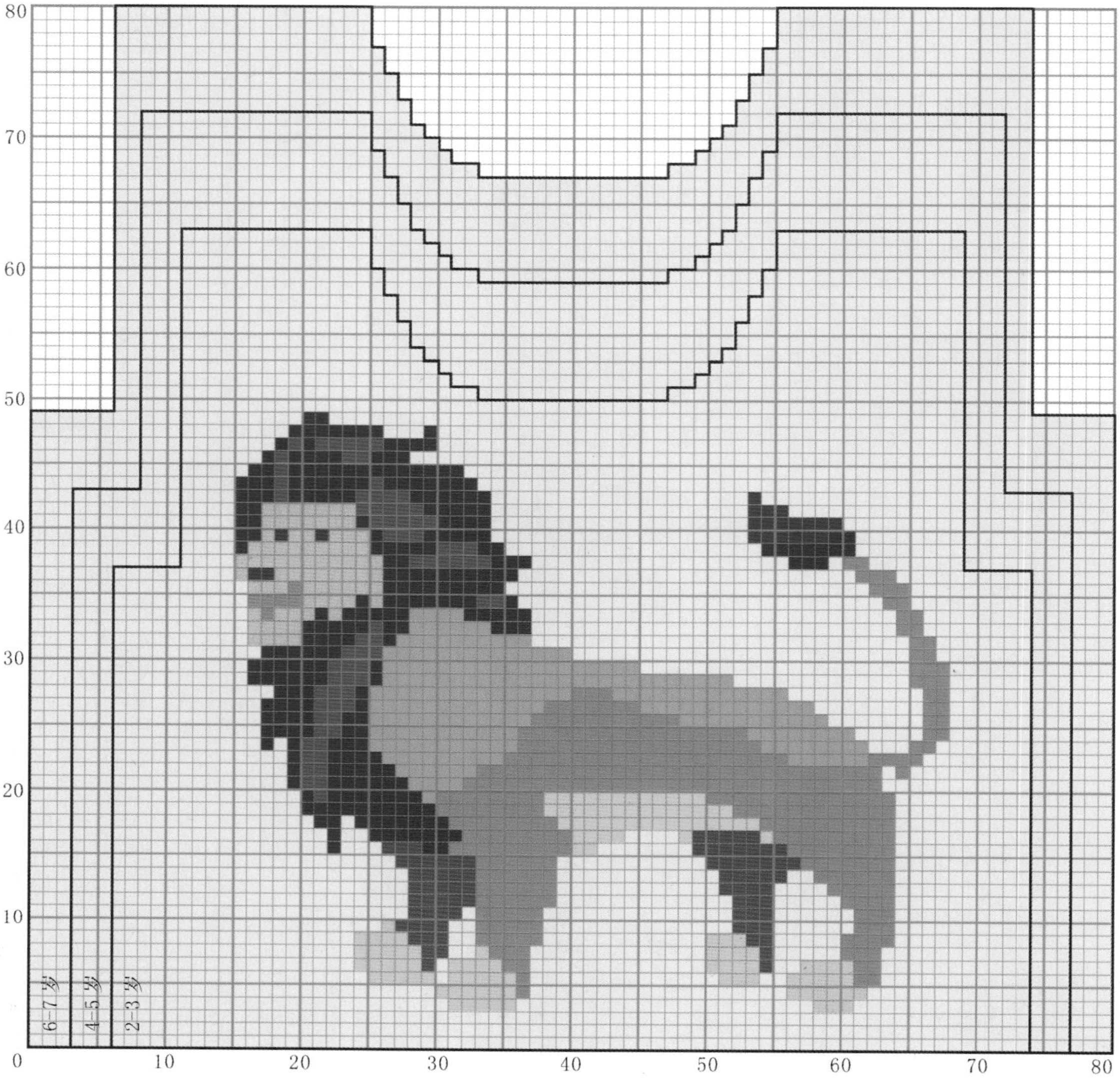
6-7岁
4-5岁
2-3岁

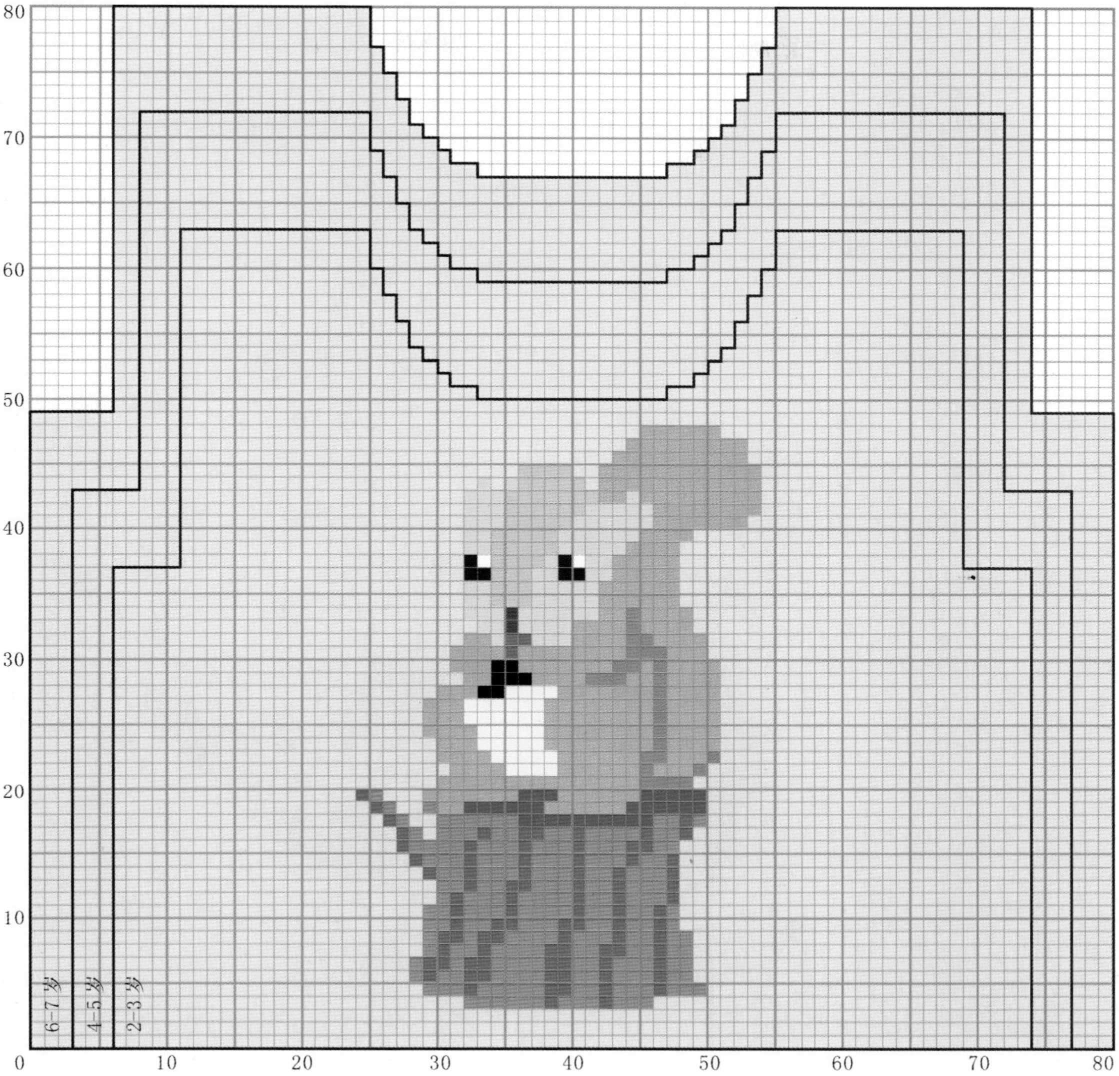
80
70
60
50
40
30
20
10
0
10
20
30
40
50
60
70
80
6-7岁
4-5岁
2-3岁

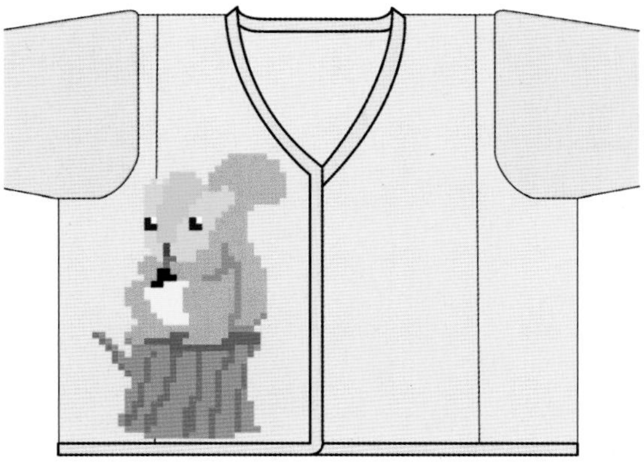

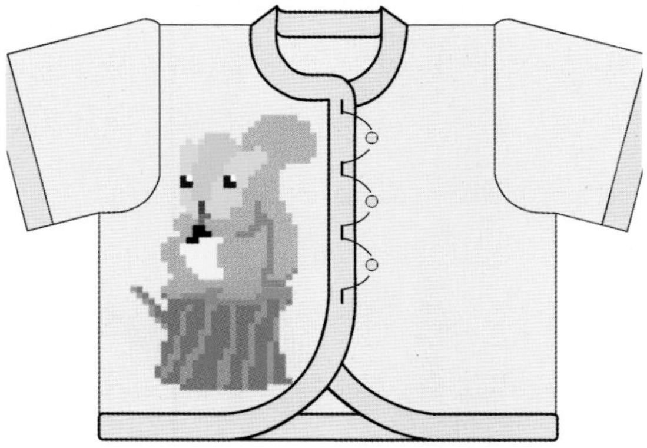

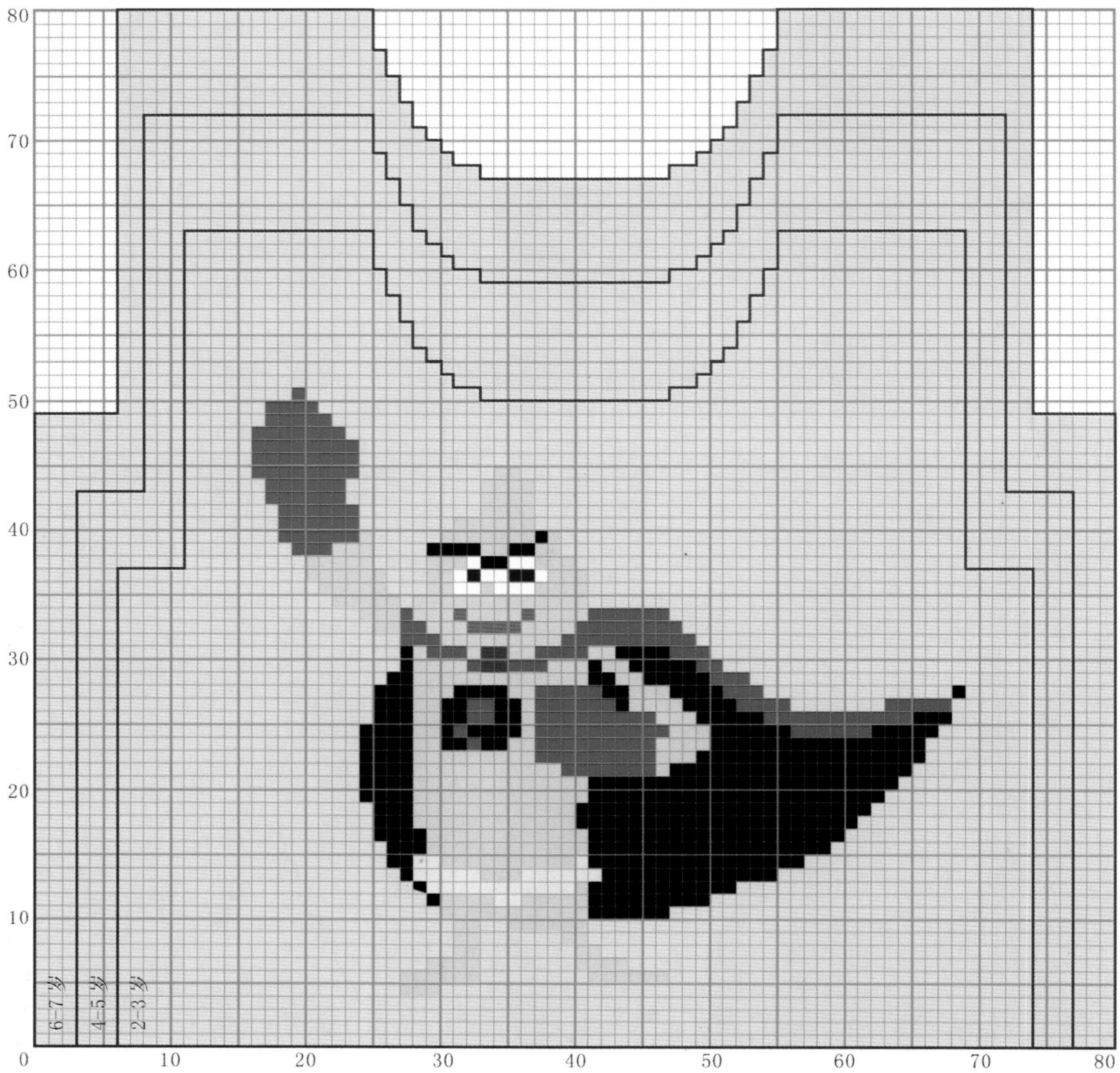
80
70
60
50
40
30
20
10
6-7岁
4-5岁
2-3岁
0
10
20
30
40
50
60
70
80

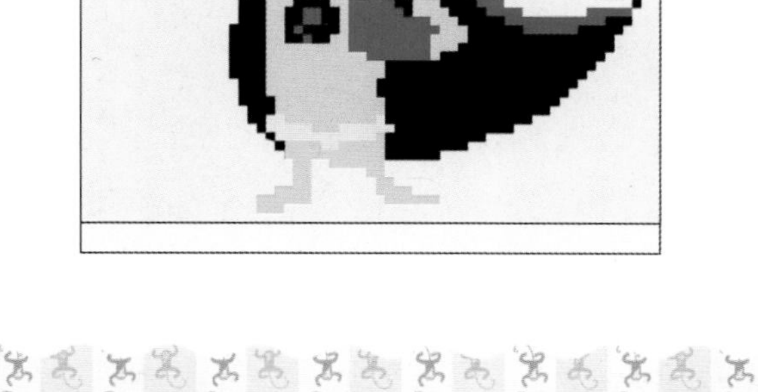

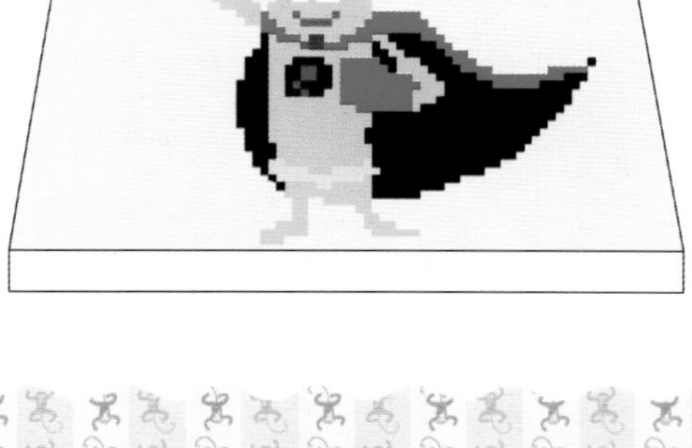

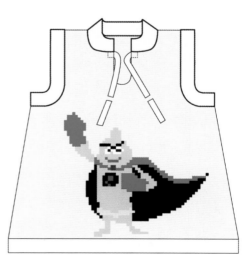

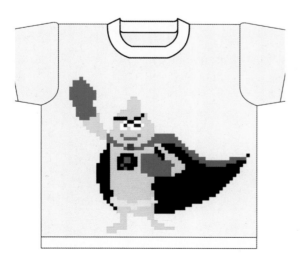

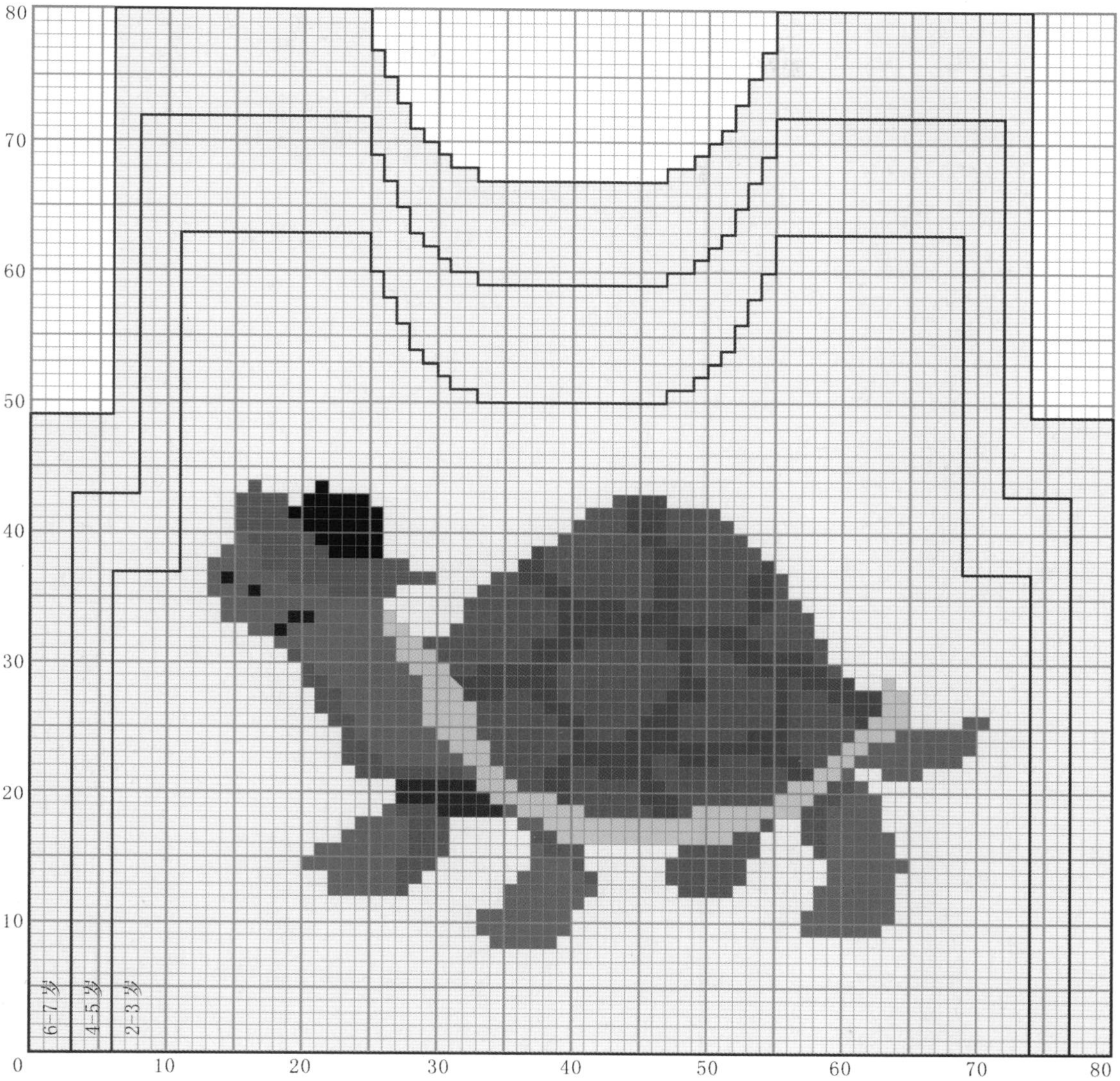
6-7岁
4-5岁
2-3岁

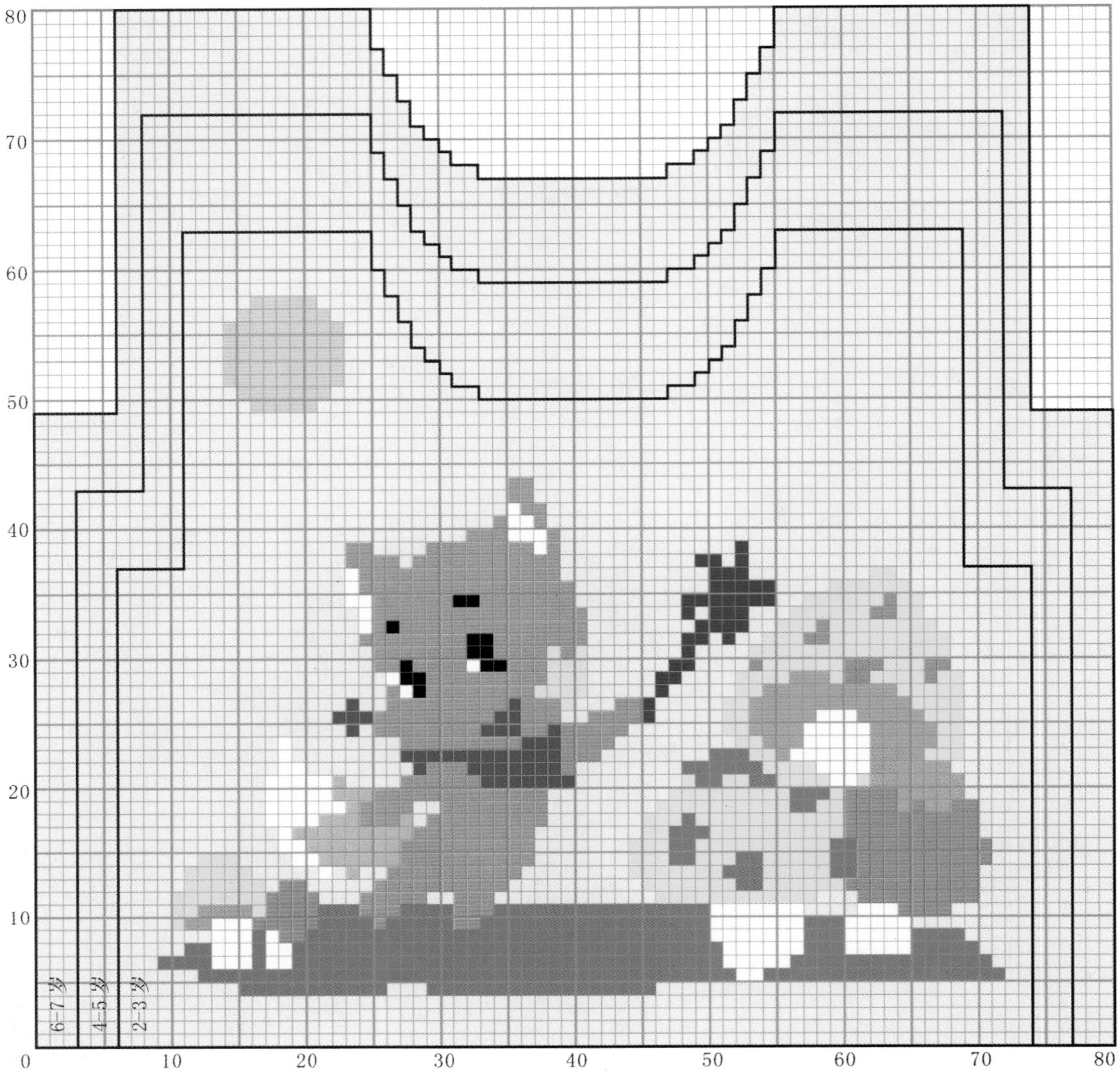
6-7岁
4-5岁
2-3岁
0
10
20
30
40
50
60
70
80

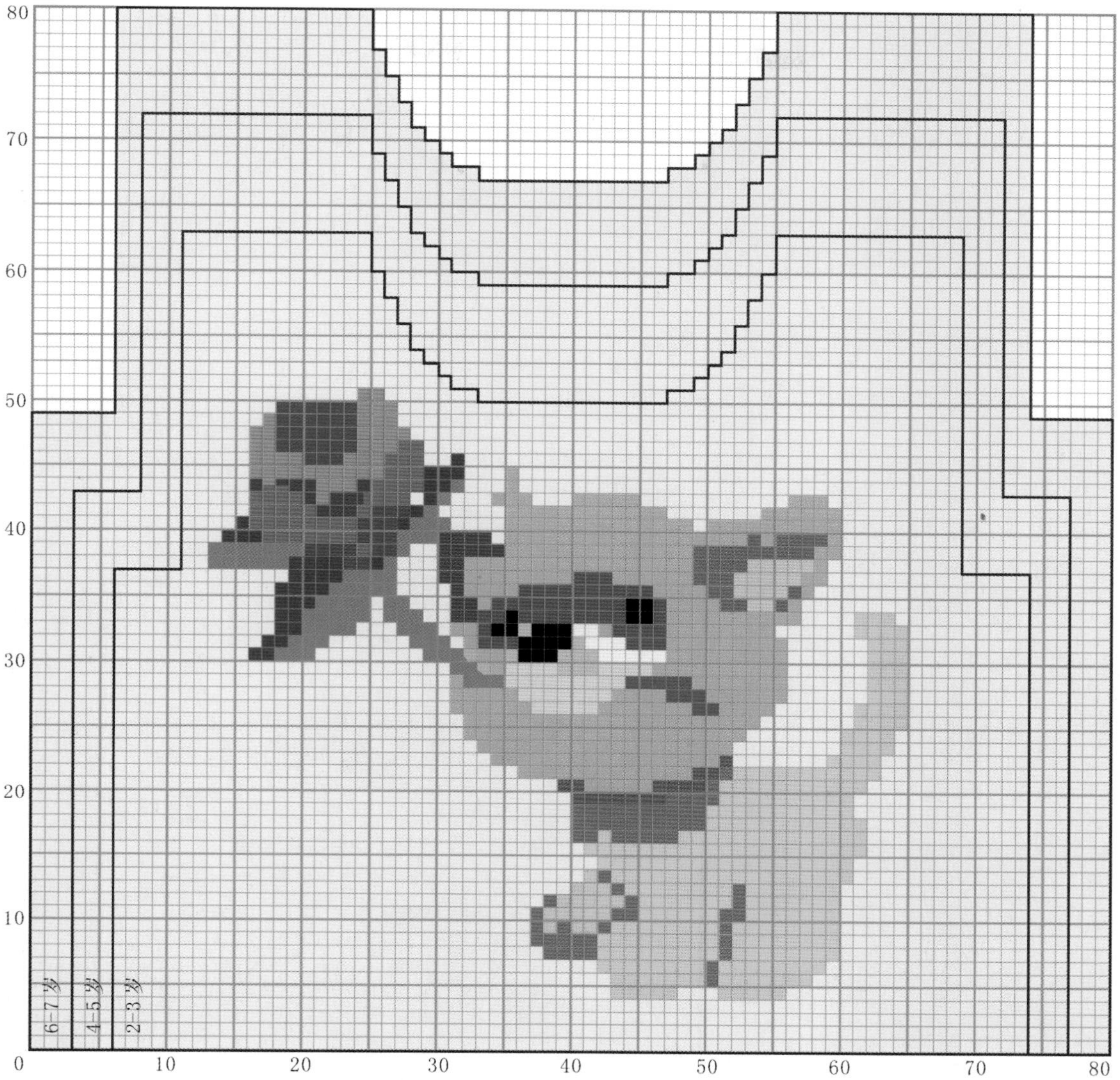
6-7岁
4-5岁
2-3岁

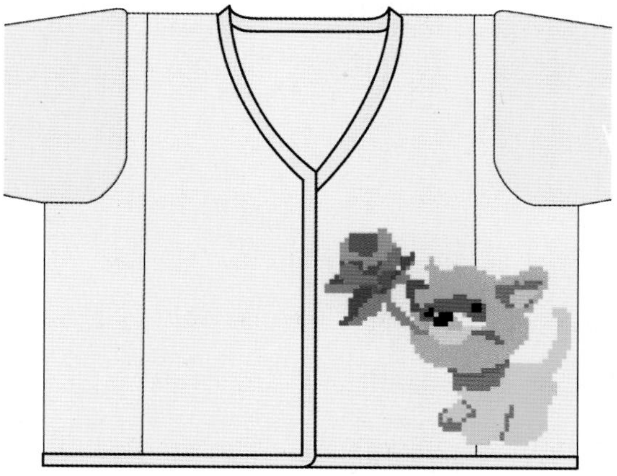

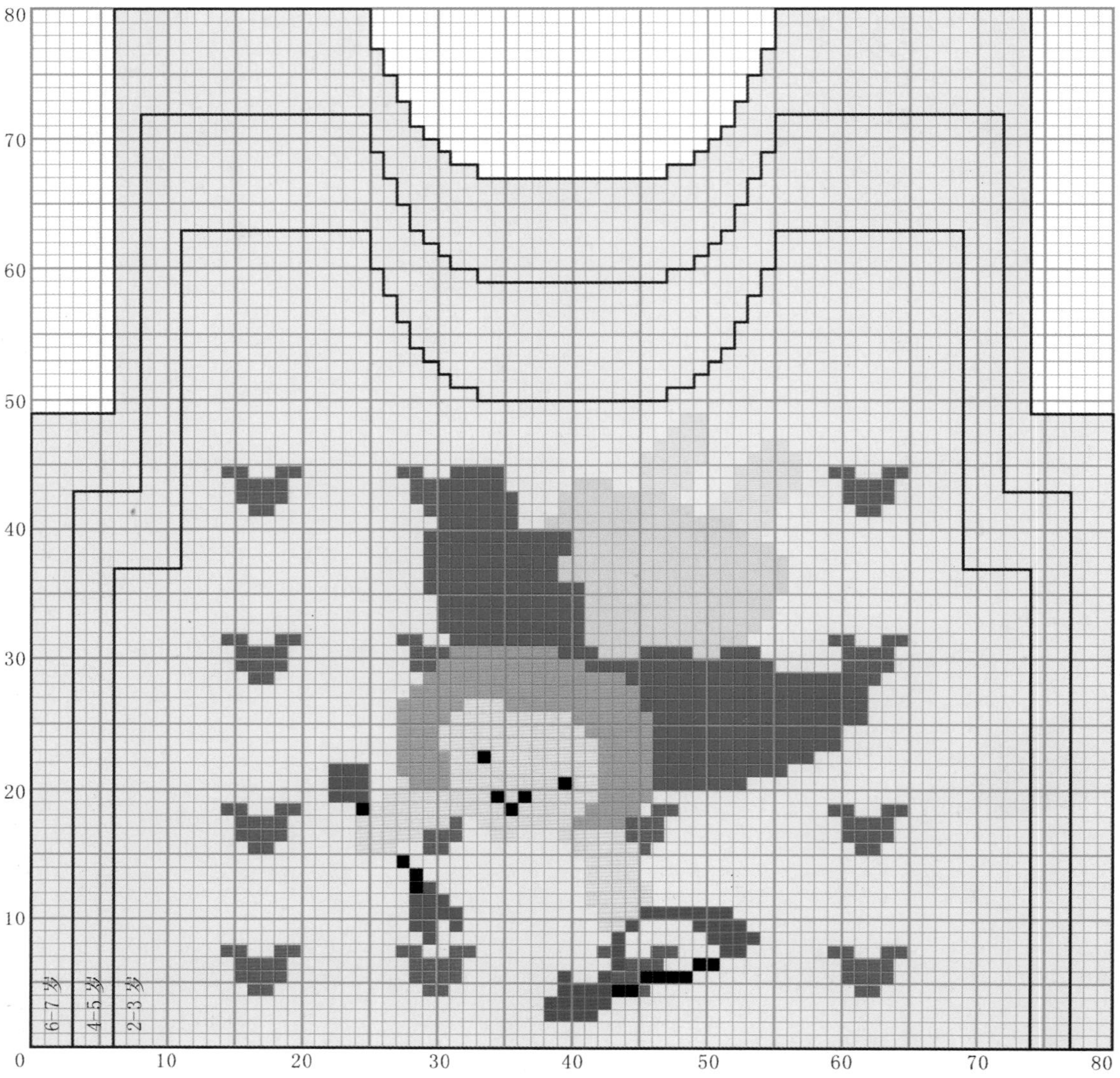

80
70
60
50
40
30
20
10
0
10
20
30
40
50
60
70
80
6-7岁
4-5岁
2-3岁

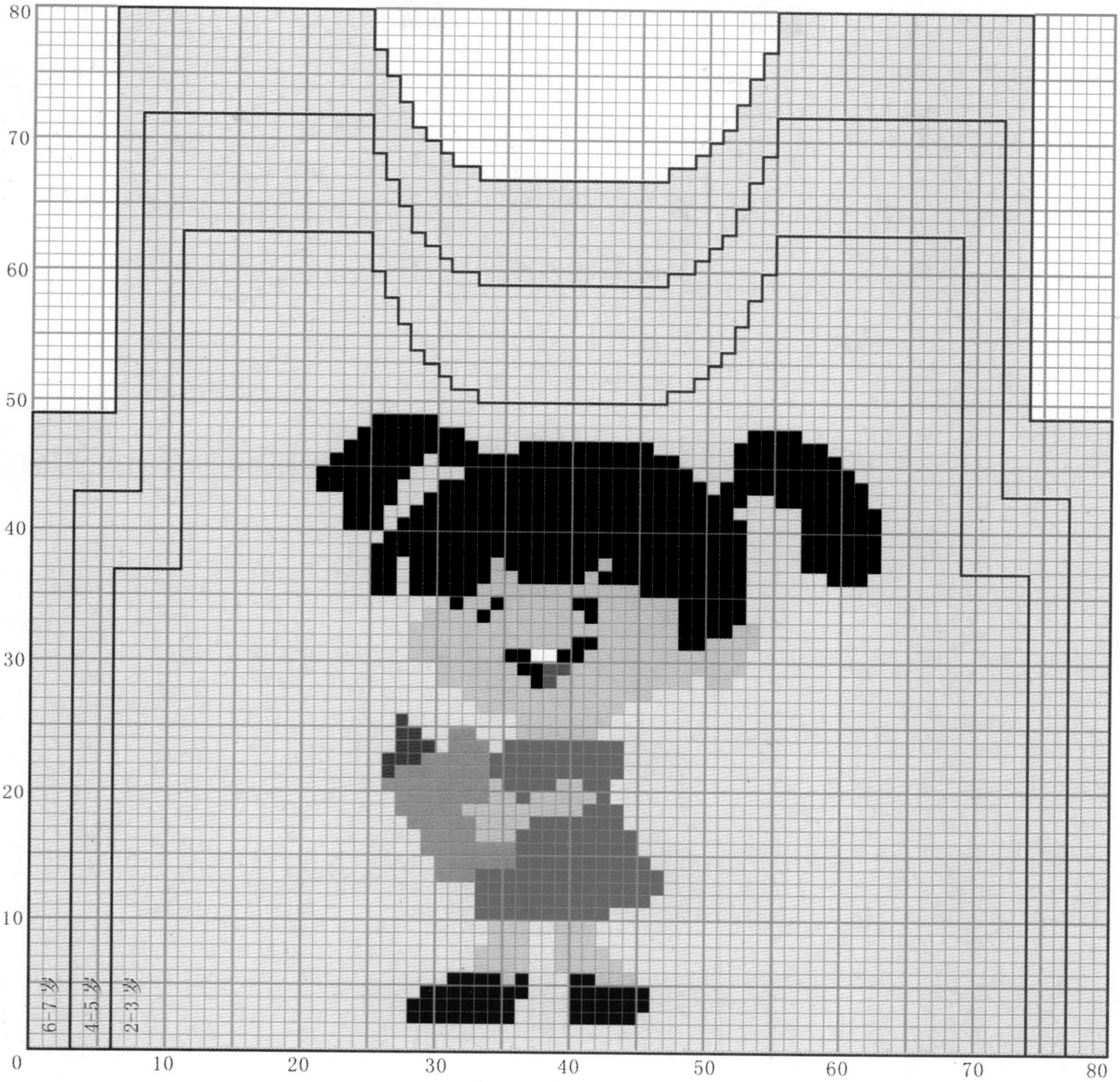
6-7岁
4-5岁
2-3岁
0
10
20
30
40
50
60
70
80

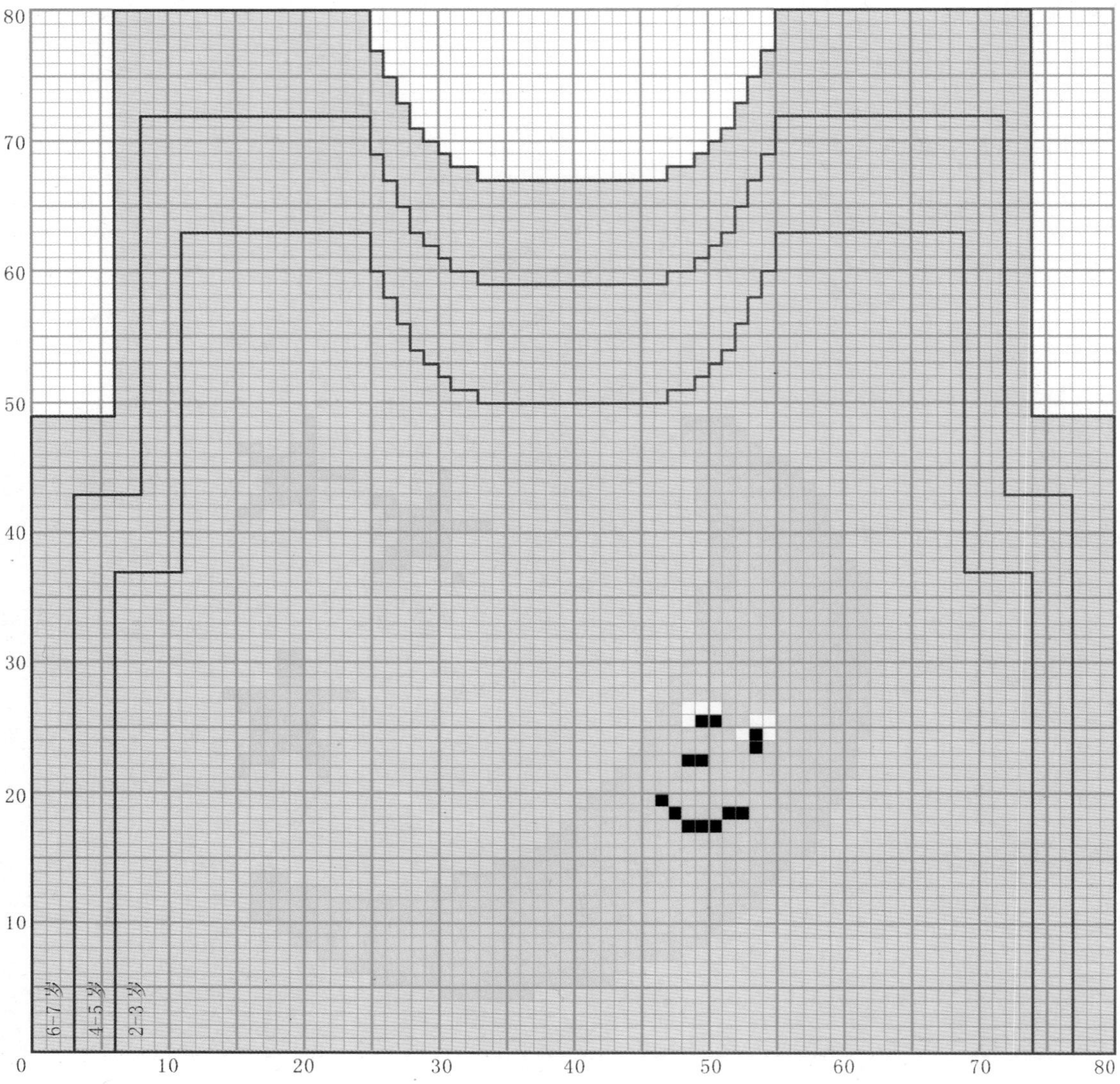
80
70
60
50
40
30
20
10
0
10
20
30
40
50
60
70
80
6-7岁
4-5岁
2-3岁

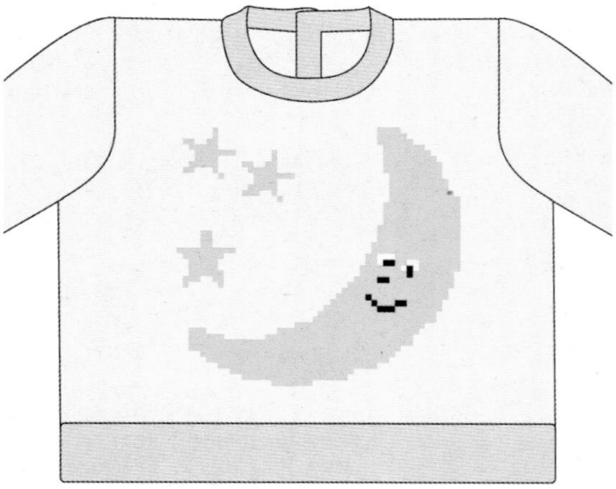

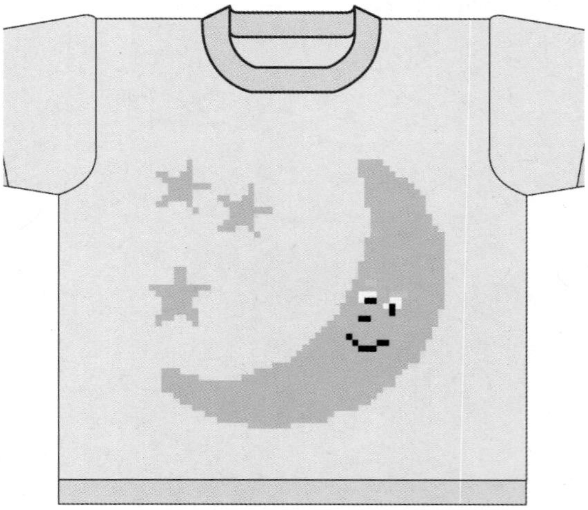

80
70
60
50
40
30
20
10
0
10
20
30
40
50
60
70
80
6-7岁
4-5岁
2-3岁

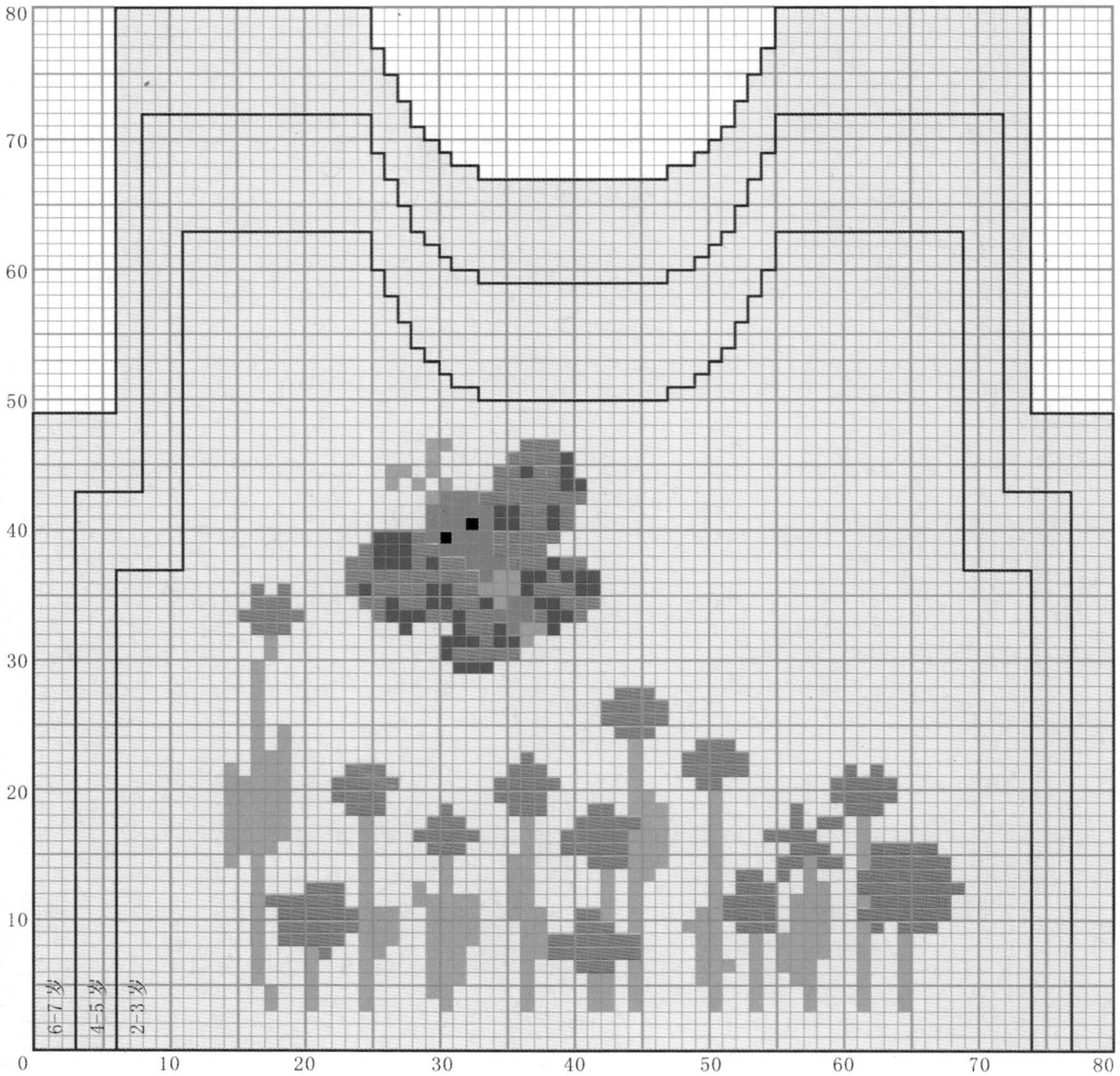
80
70
60
50
40
30
20
10
0
6-7岁
4-5岁
2-3岁
10
20
30
40
50
60
70
80

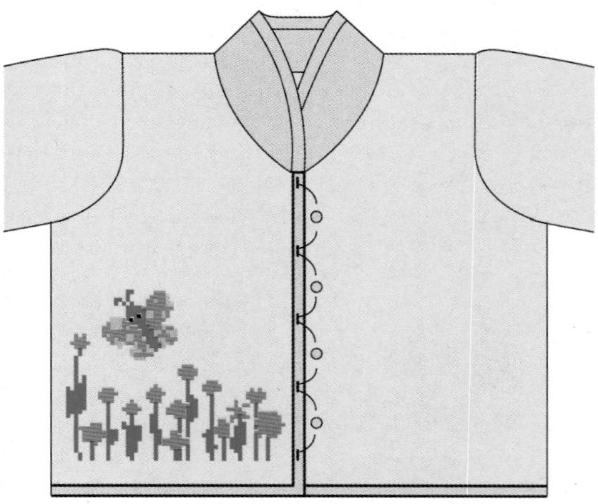

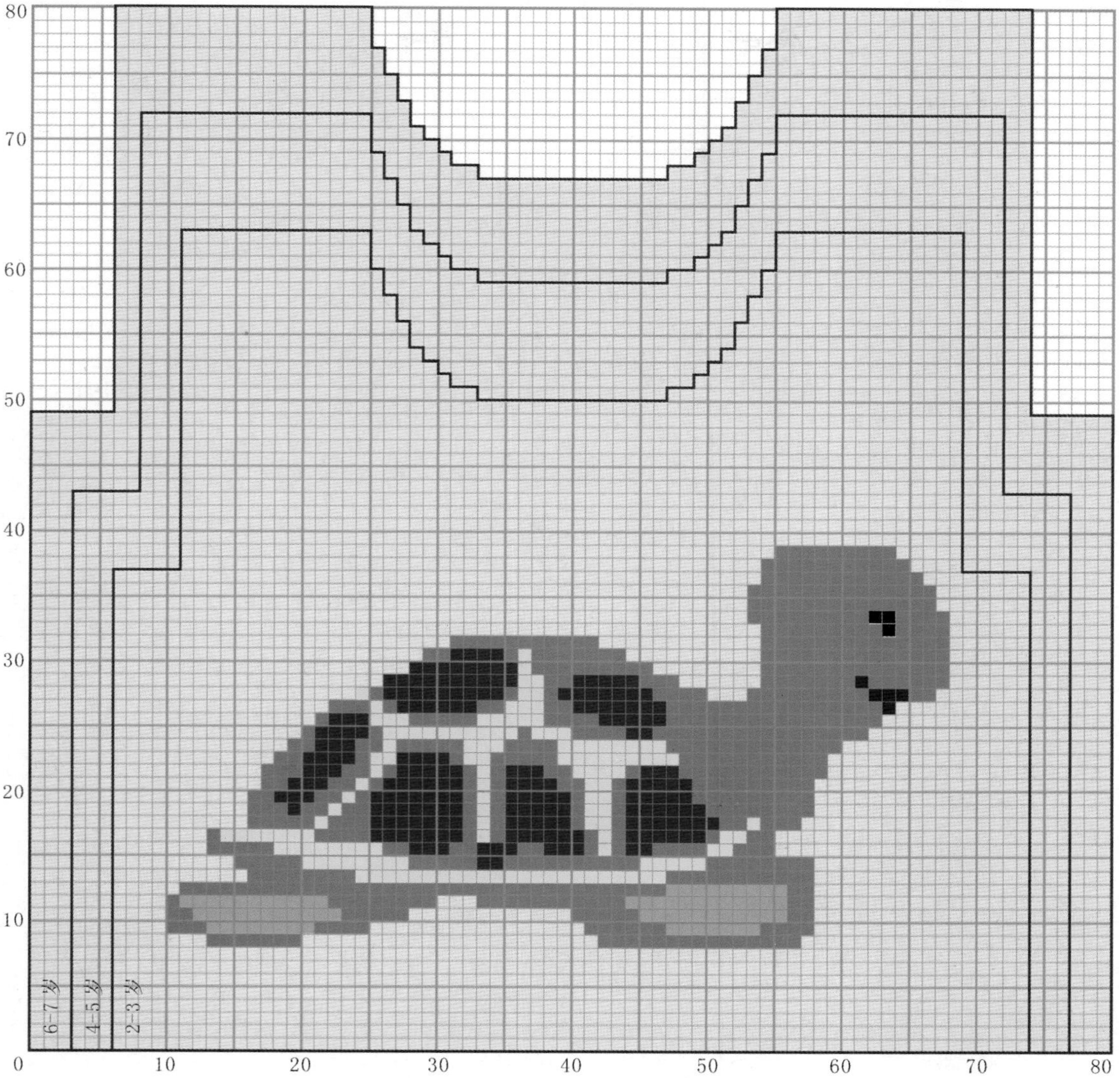
6-7岁
4-5岁
2-3岁

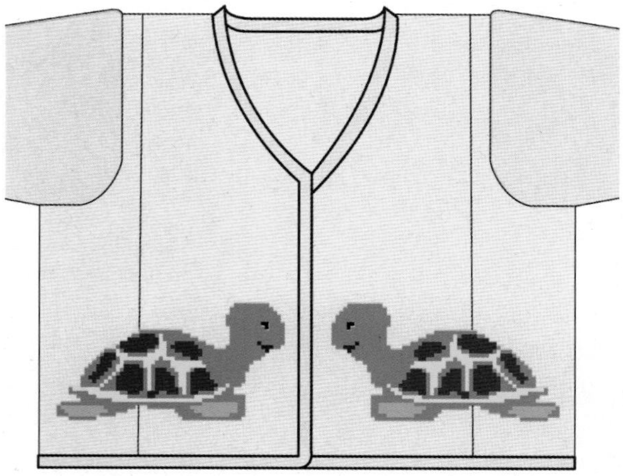

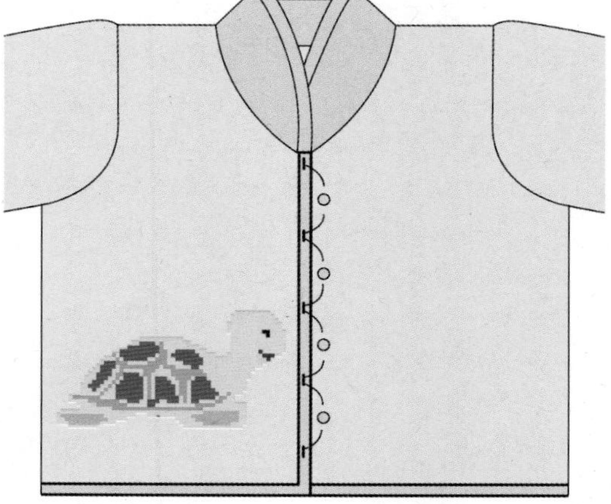

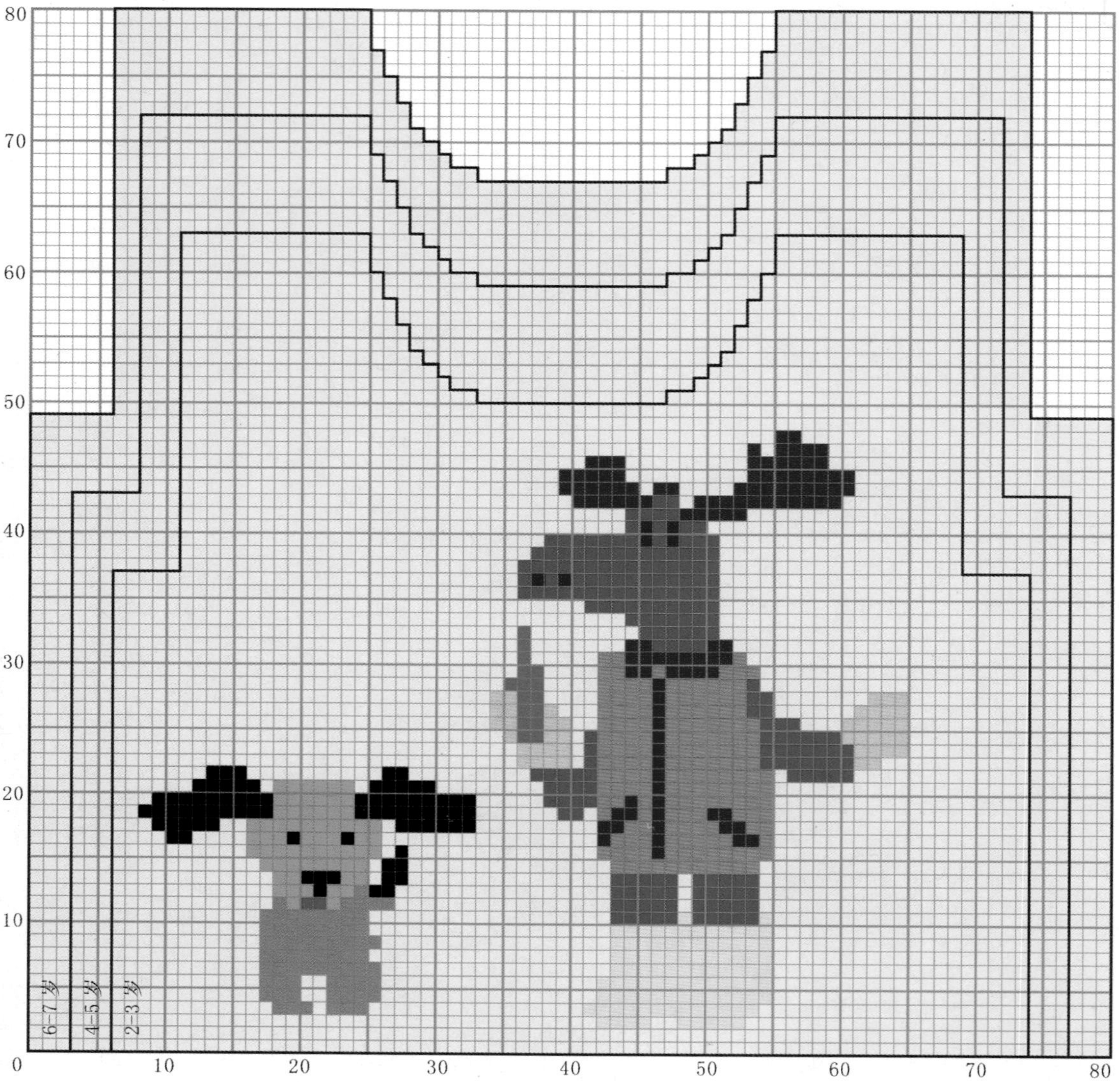
80
70
60
50
40
30
20
10
0
10
20
30
40
50
60
70
80
6-7岁
4-5岁
2-3岁

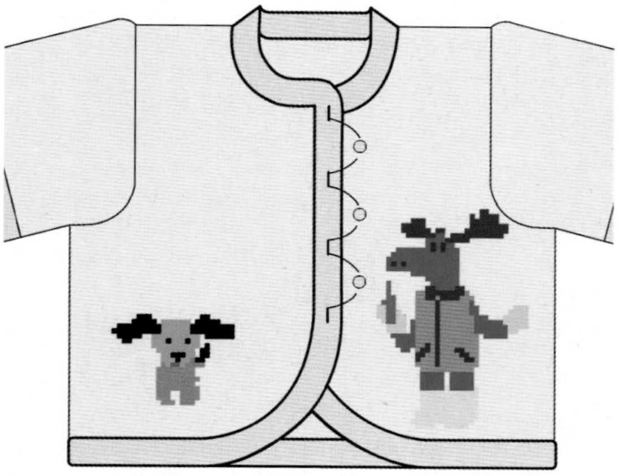

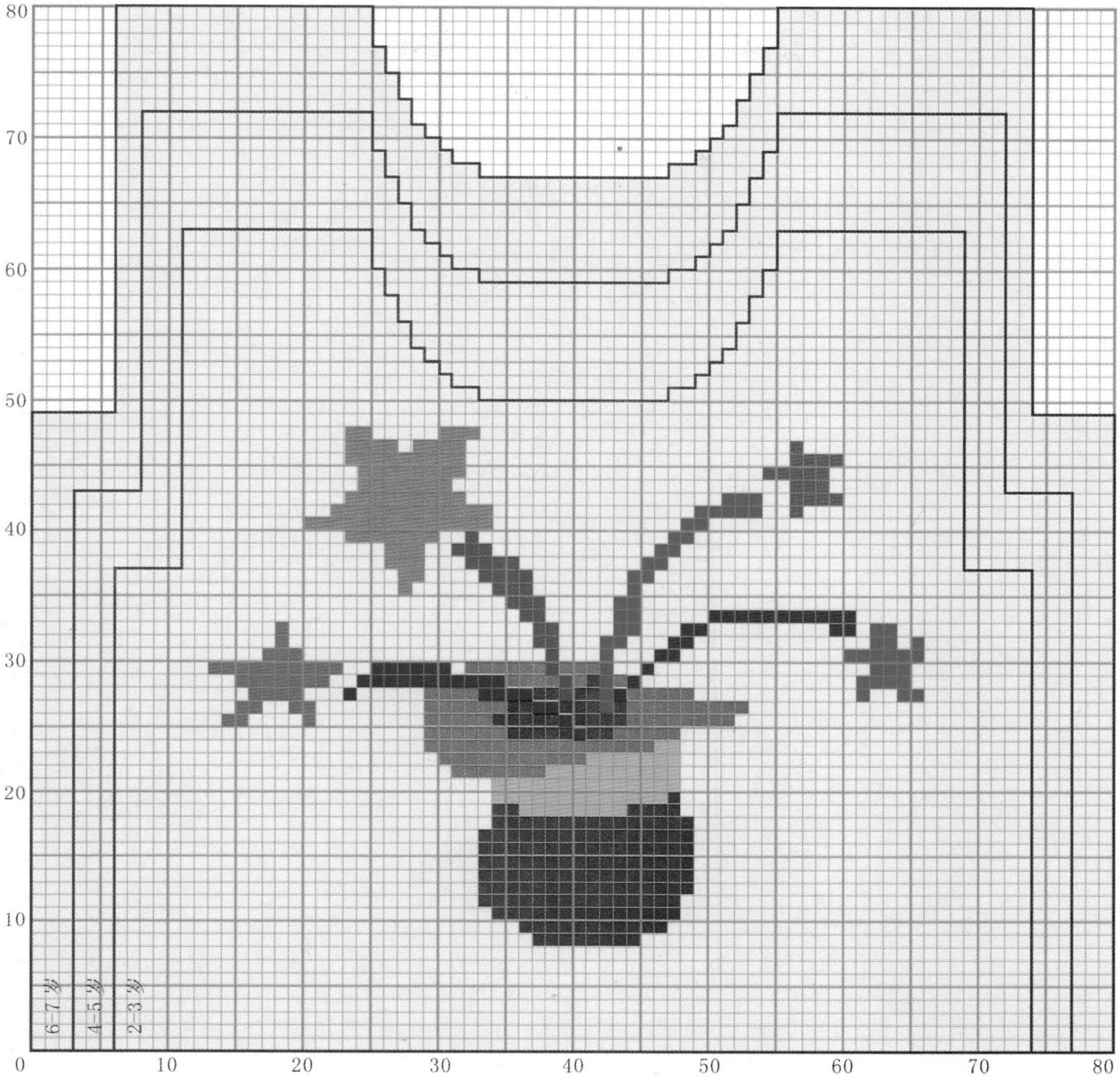
80
70
60
50
40
30
20
10
0
10
20
30
40
50
60
70
80
6–7岁
4–5岁
2–3岁

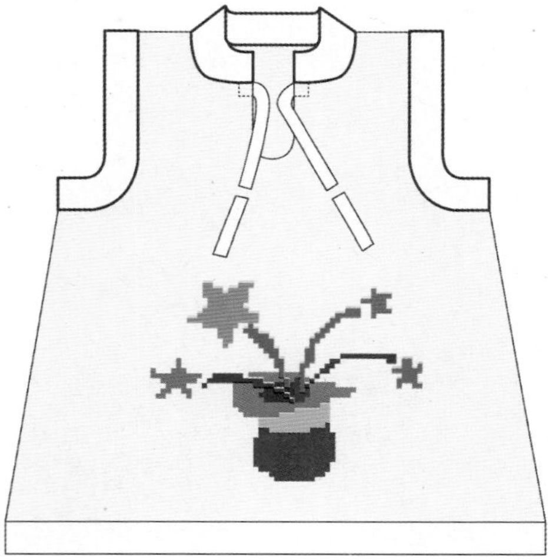

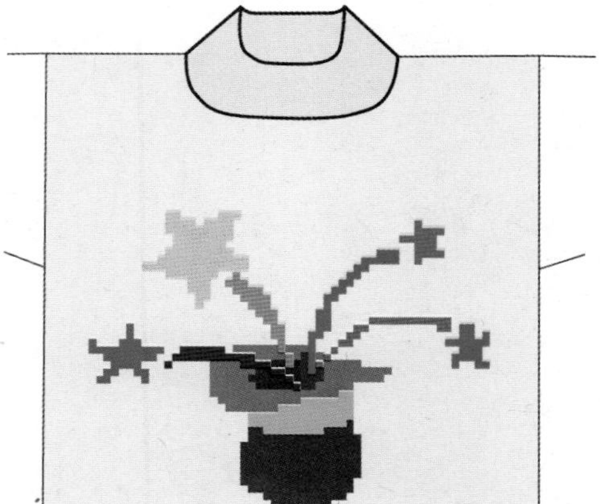

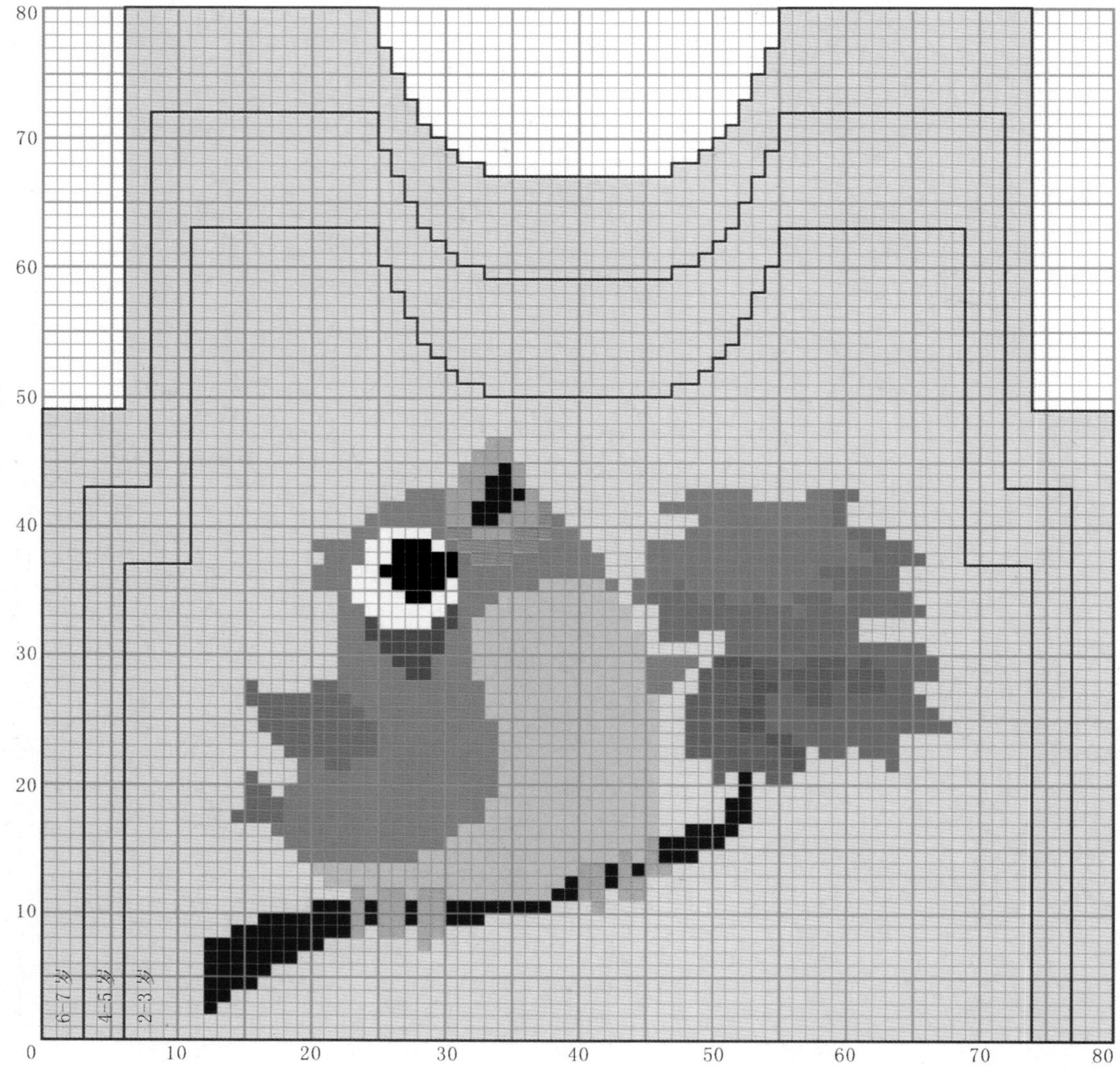
80
70
60
50
40
30
20
10
0
10
20
30
40
50
60
70
80
6-7岁
4-5岁
2-3岁

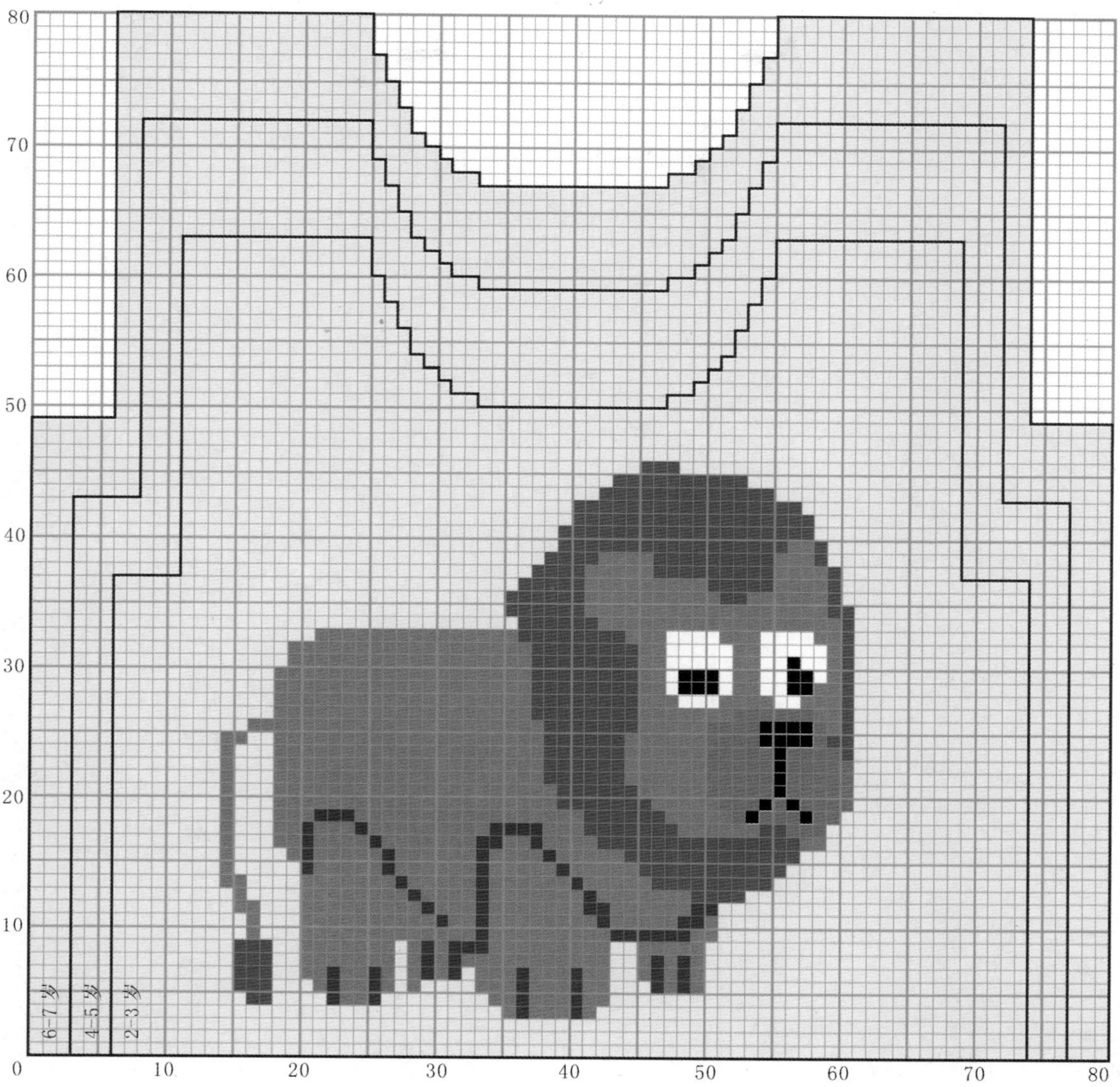
80
70
60
50
40
30
20
10
0
10
20
30
40
50
60
70
80
6-7岁
4-5岁
2-3岁

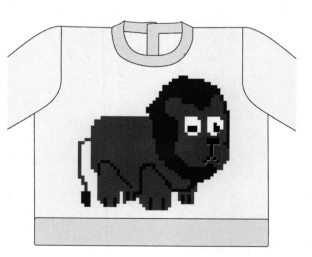

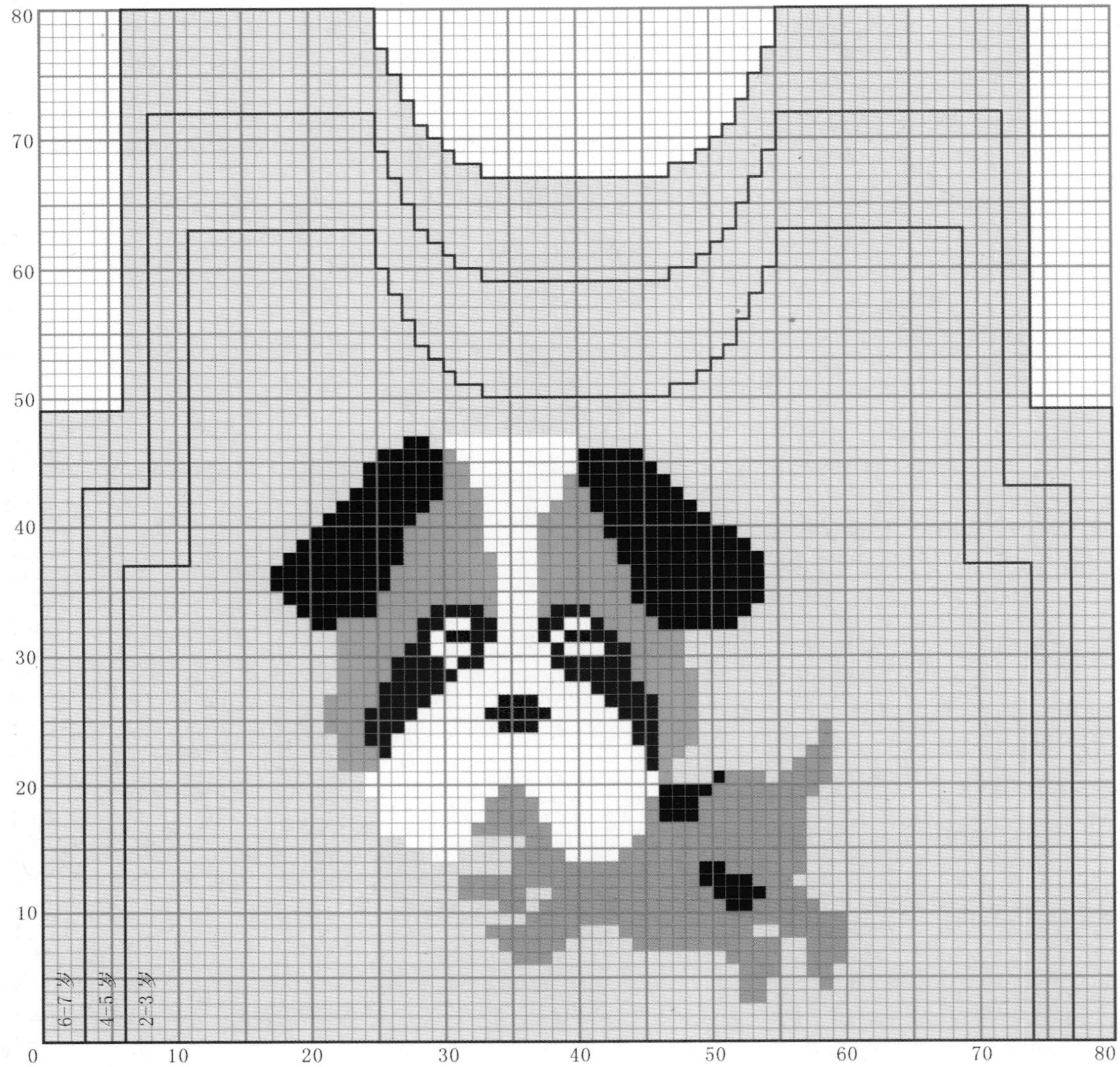
80
70
60
50
40
30
20
10
0
10
20
30
40
50
60
70
80
6-7岁
4-5岁
2-3岁

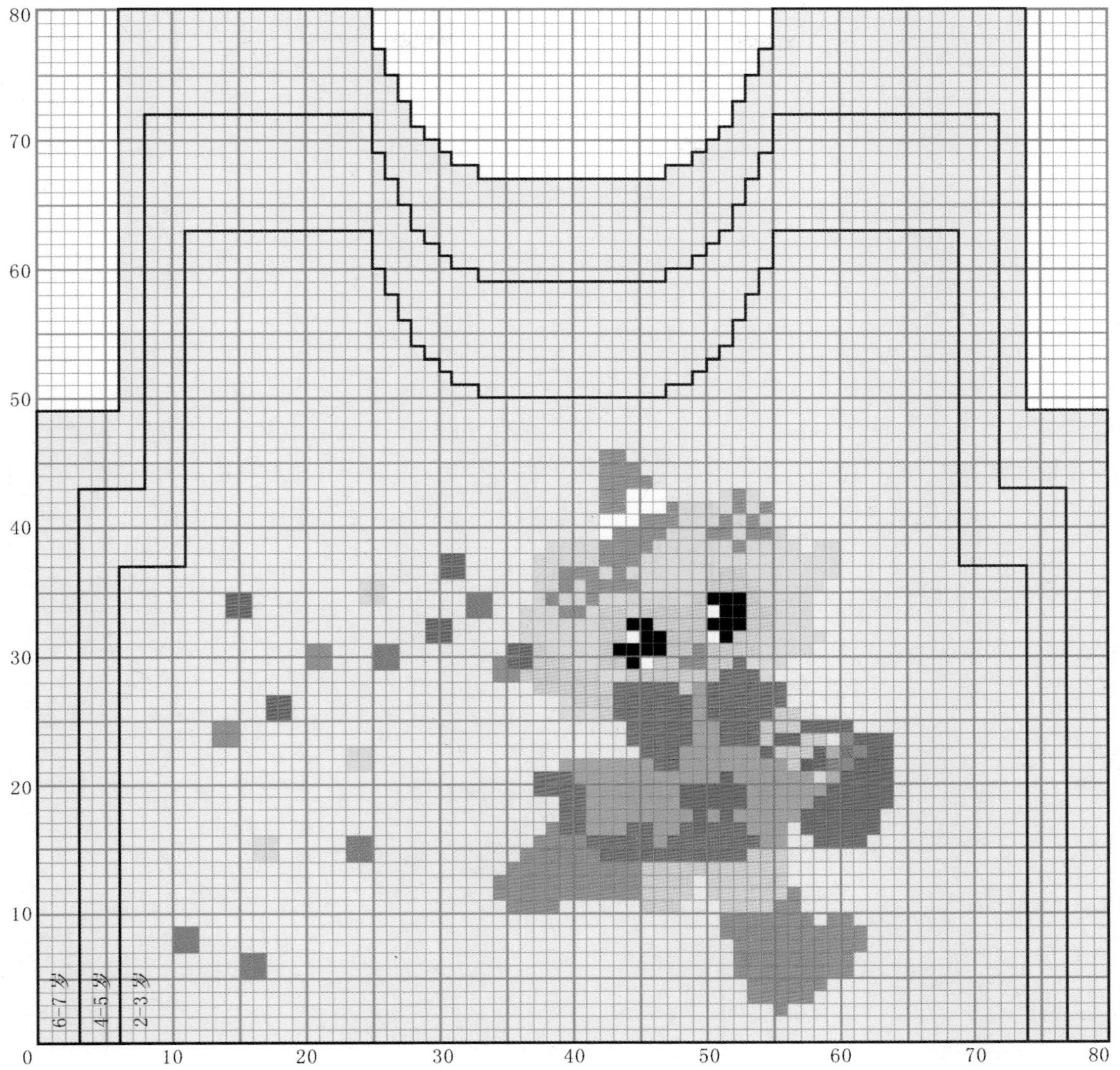
80
70
60
50
40
30
20
10
0
10
20
30
40
50
60
70
80
6-7岁
4-5岁
2-3岁

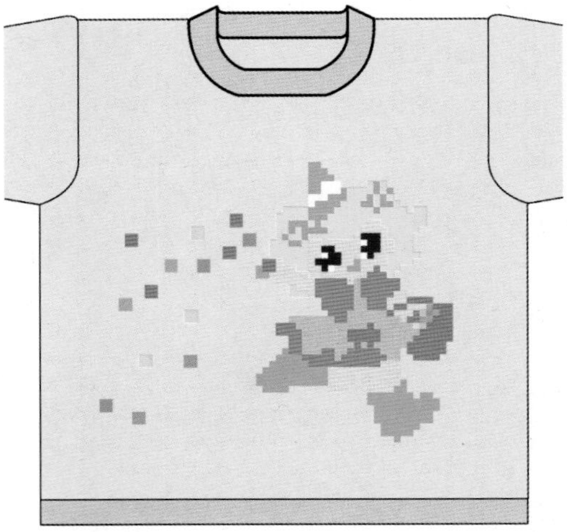

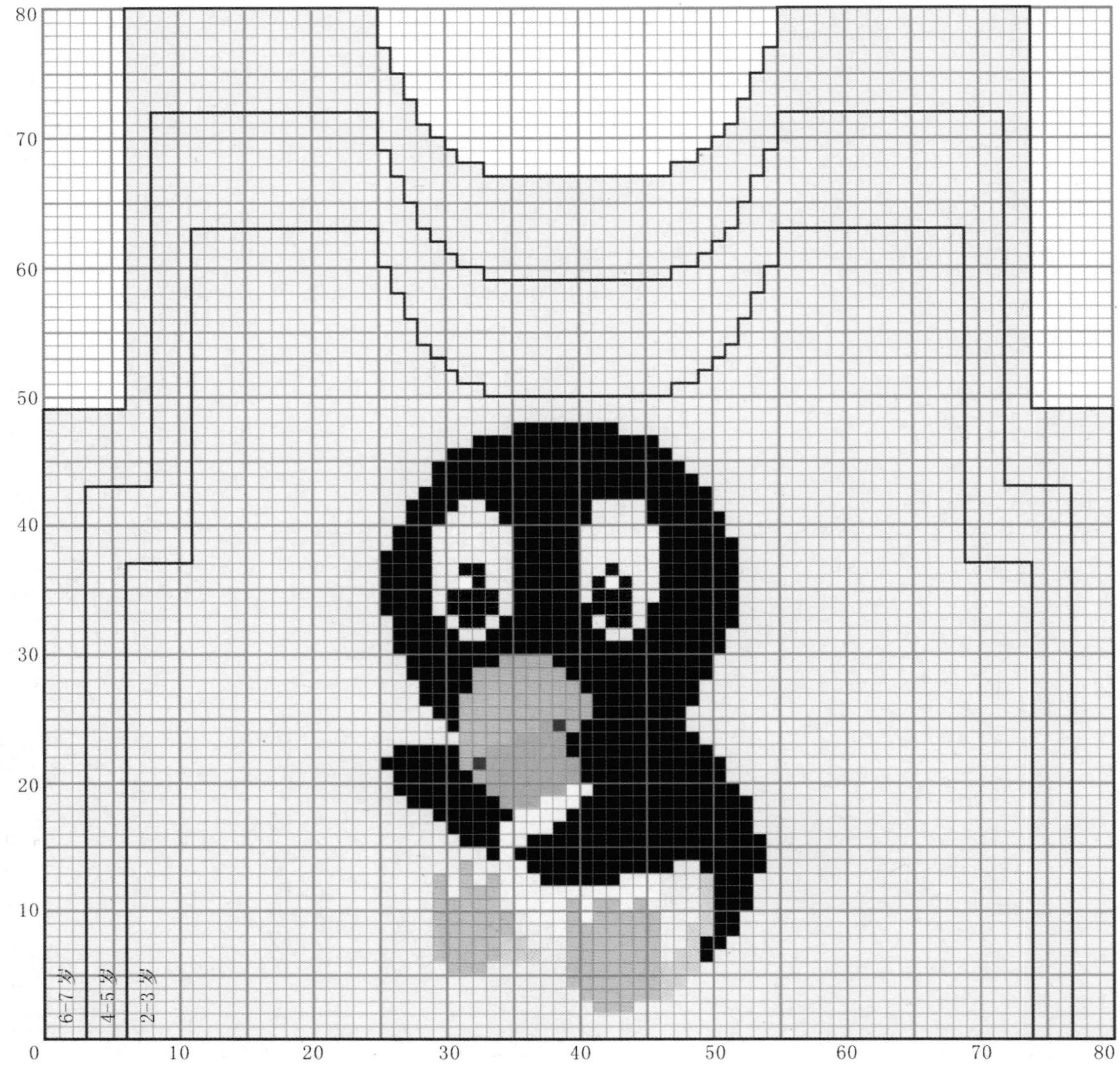
80
70
60
50
40
30
20
10
0
10
20
30
40
50
60
70
80
6-7岁
4-5岁
2-3岁

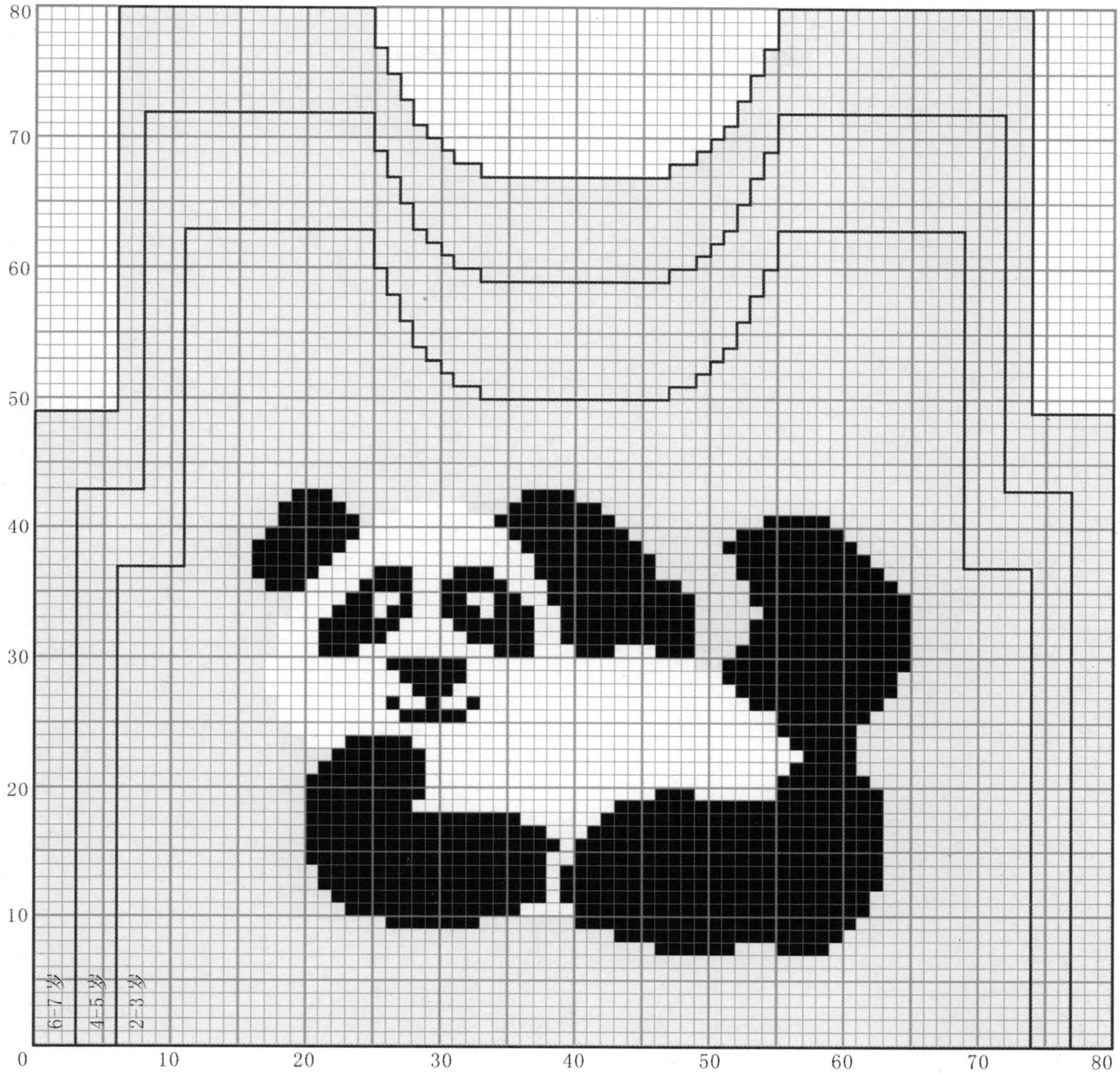
0
10
20
30
40
50
60
70
80
6-7岁
4-5岁
2-3岁

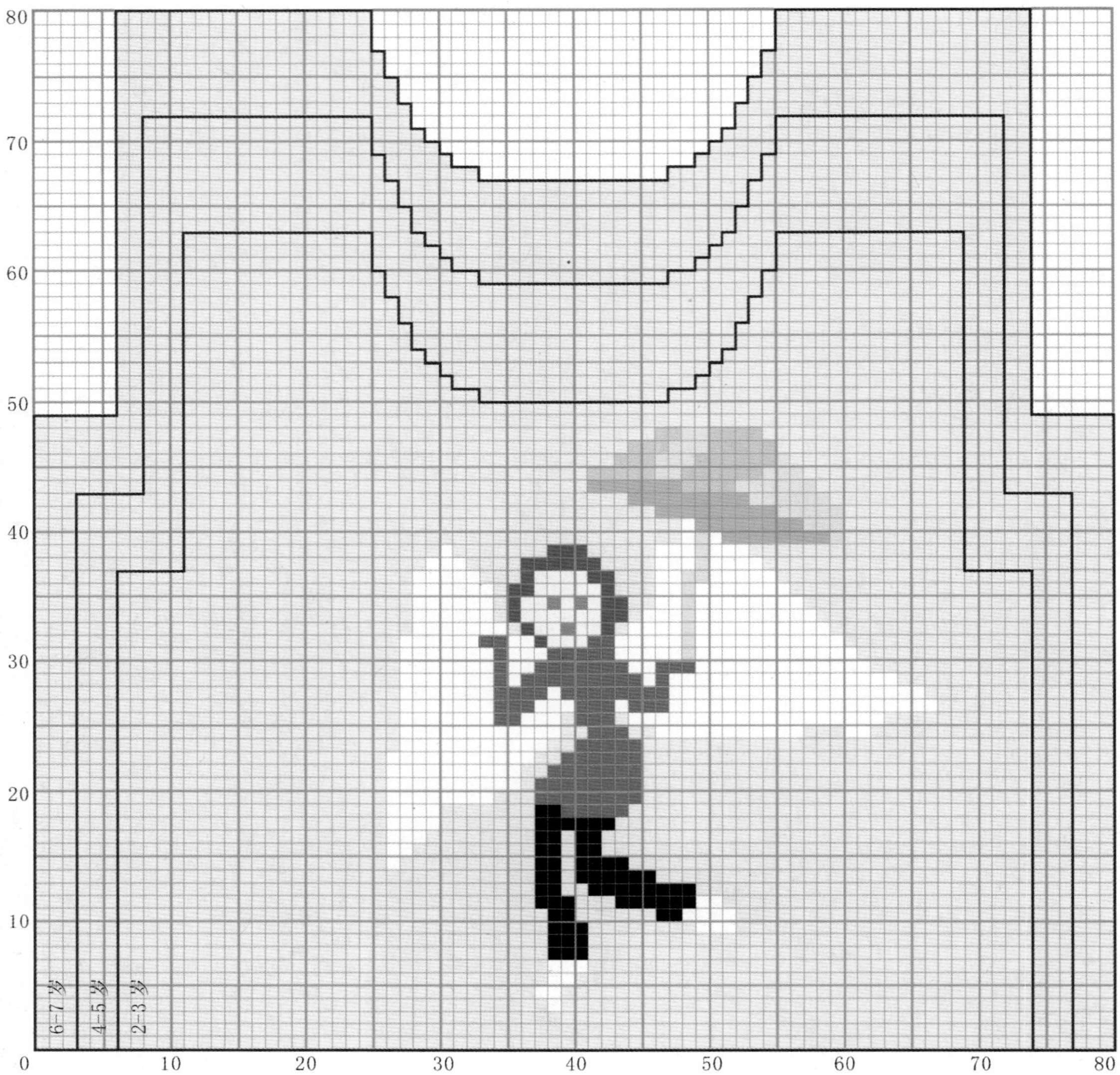
80
70
60
50
40
30
20
10
6-7岁
4-5岁
2-3岁
0
10
20
30
40
50
60
70
80

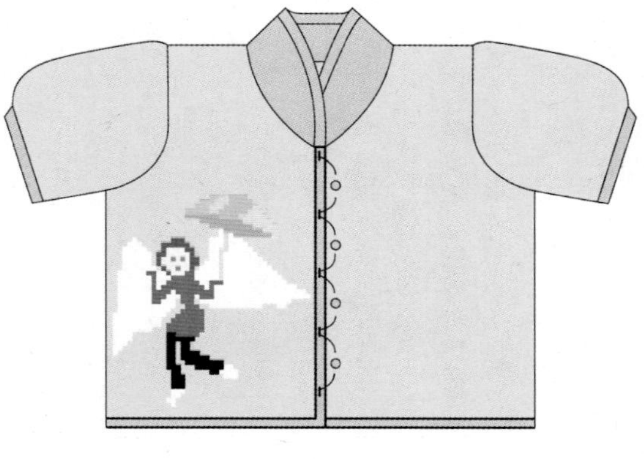

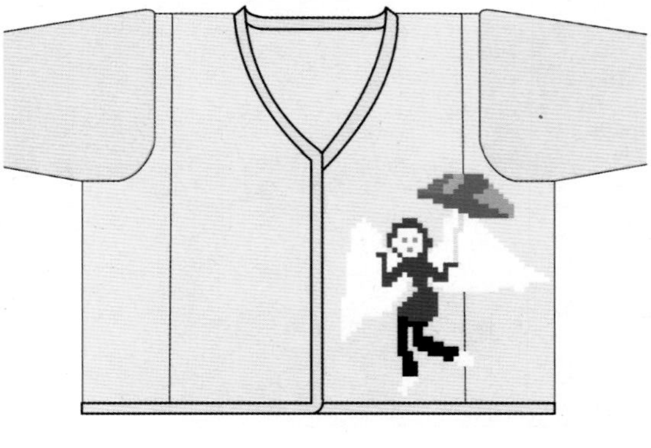

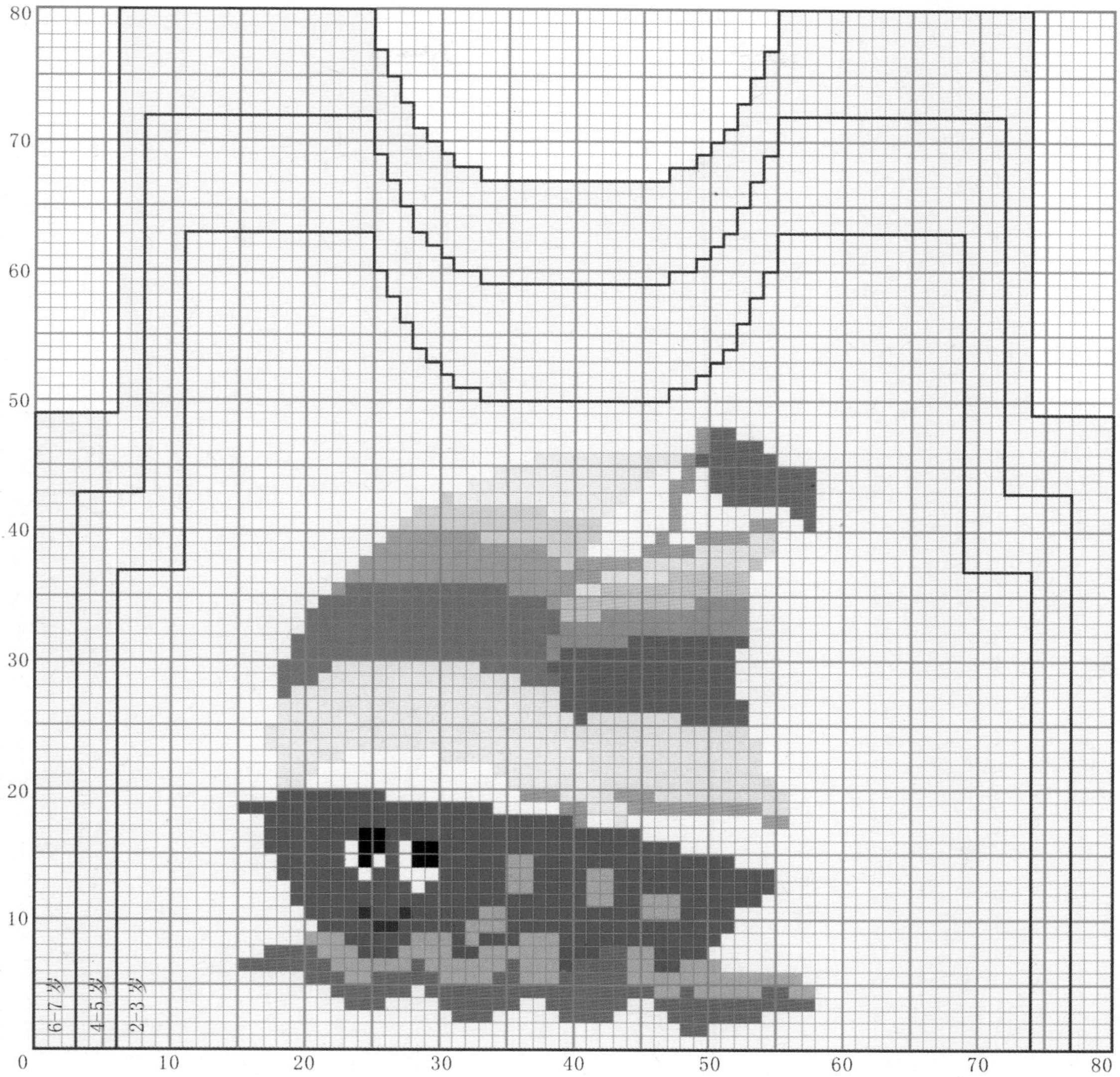
80
70
60
50
40
30
20
10
0
10
20
30
40
50
60
70
80
6-7岁
4-5岁
2-3岁

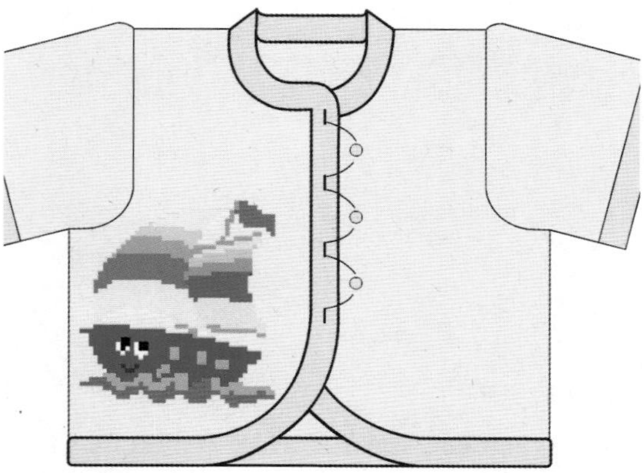

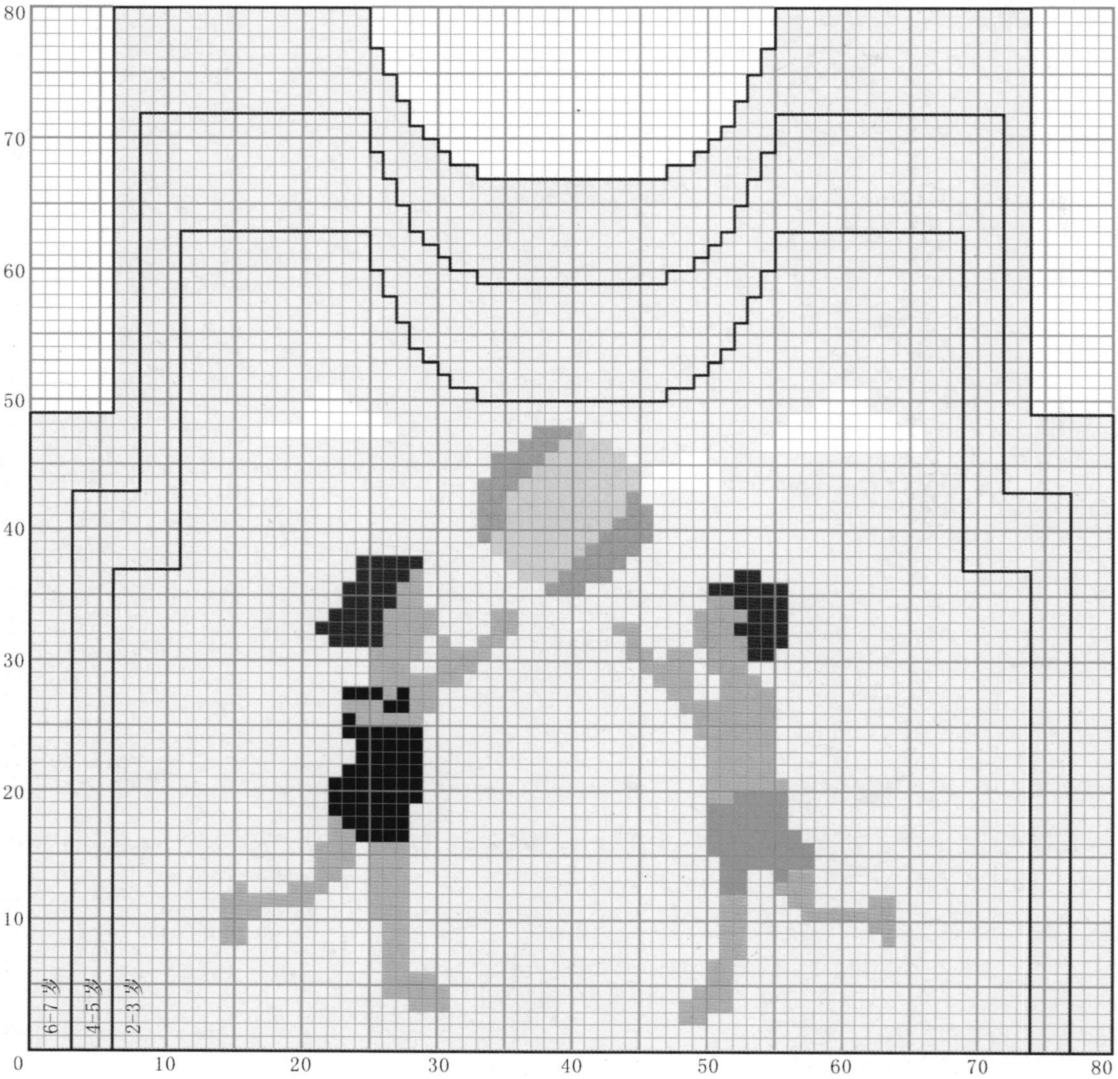
80
70
60
50
40
30
20
10
0
10
20
30
40
50
60
70
80
6-7岁
4-5岁
2-3岁

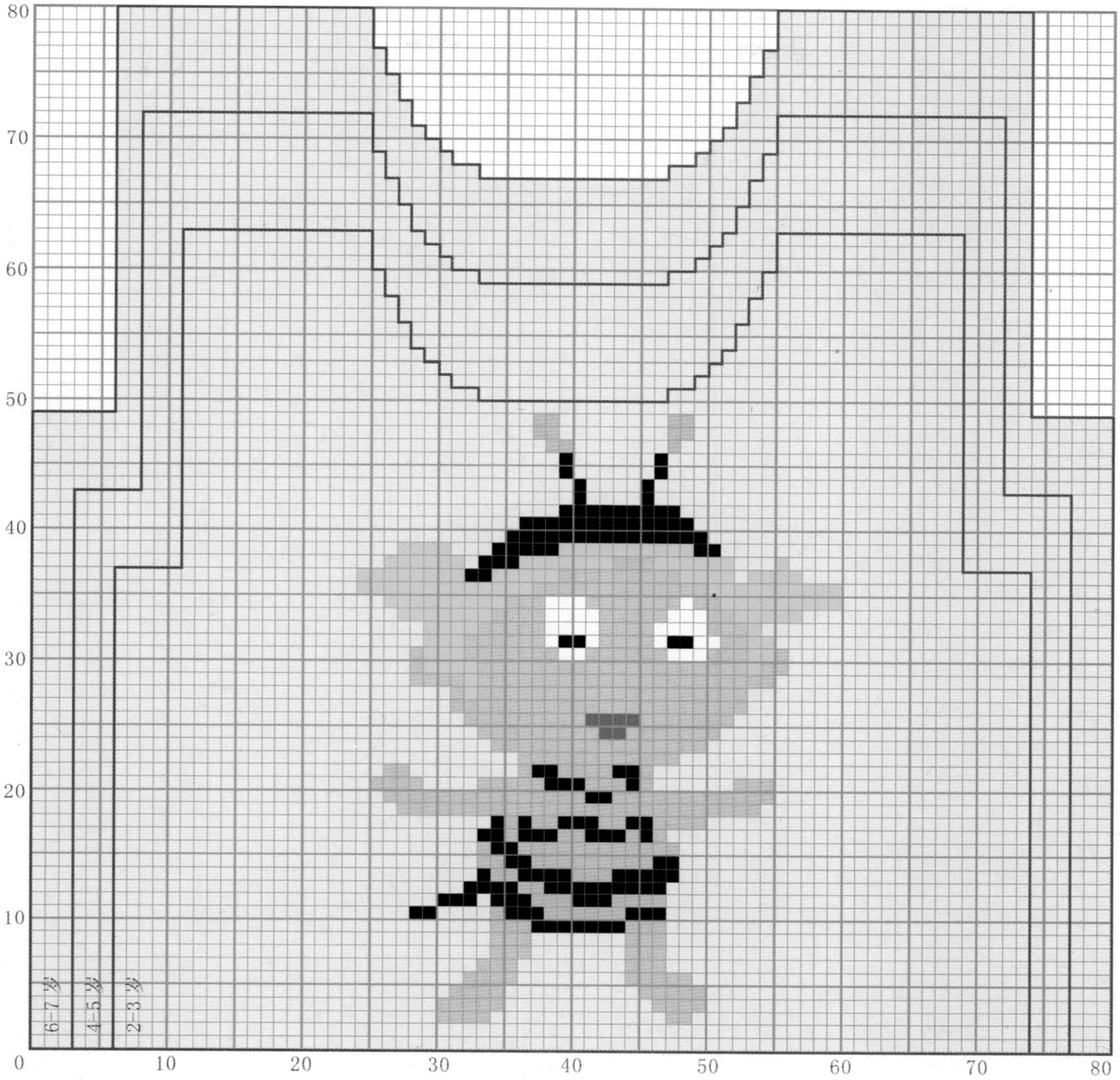
6-7岁
4-5岁
2-3岁

80
70
60
50
40
30
20
10
0
10
20
30
40
50
60
70
80
6-7岁
4-5岁
2-3岁

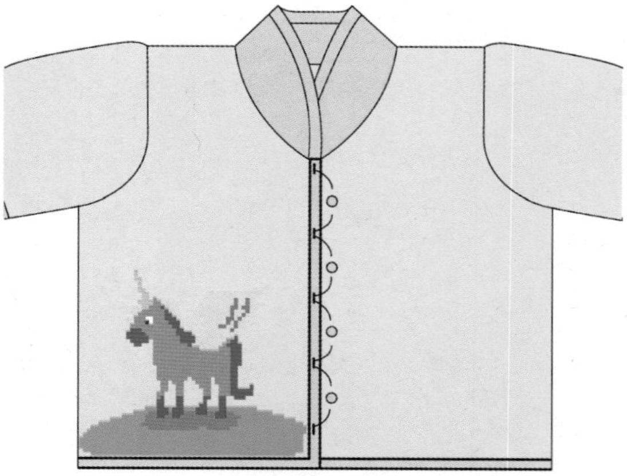

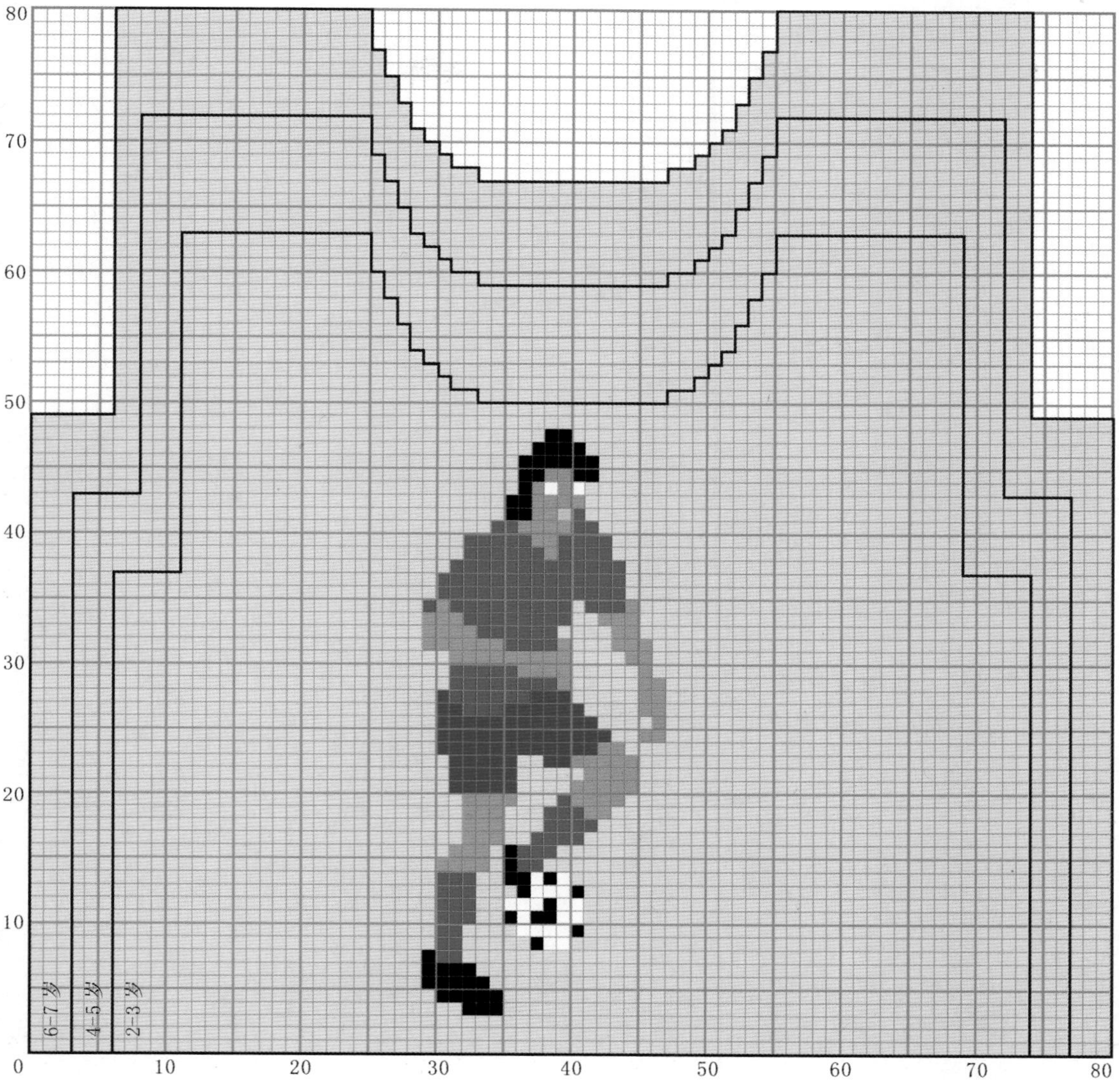
80
70
60
50
40
30
20
10
0
10
20
30
40
50
60
70
80
6-7岁
4-5岁
2-3岁

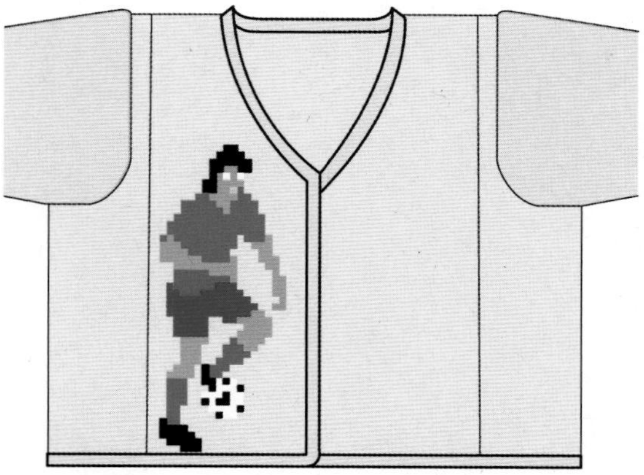

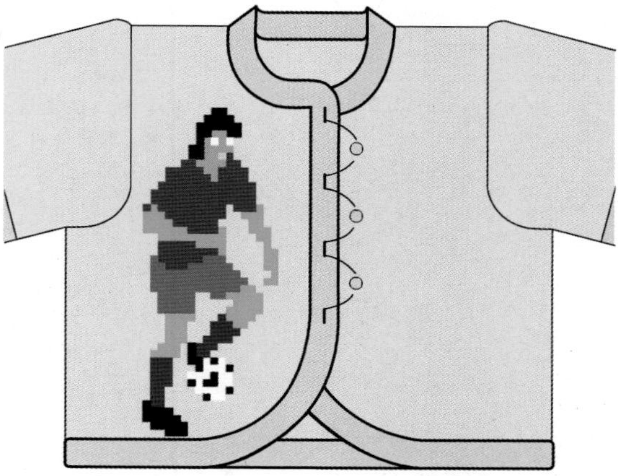

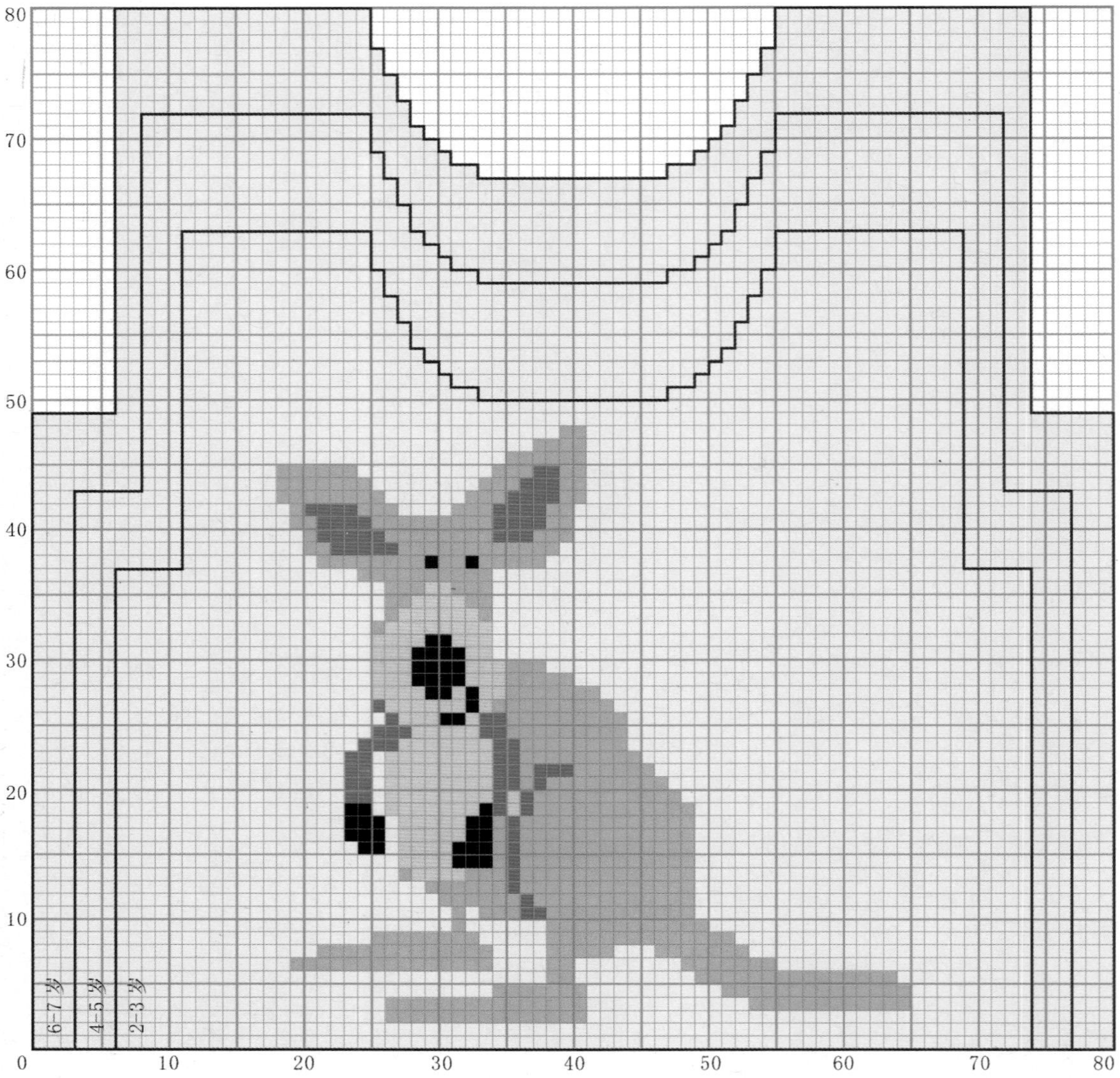
80
70
60
50
40
30
20
10
0
10
20
30
40
50
60
70
80
6-7岁
4-5岁
2-3岁

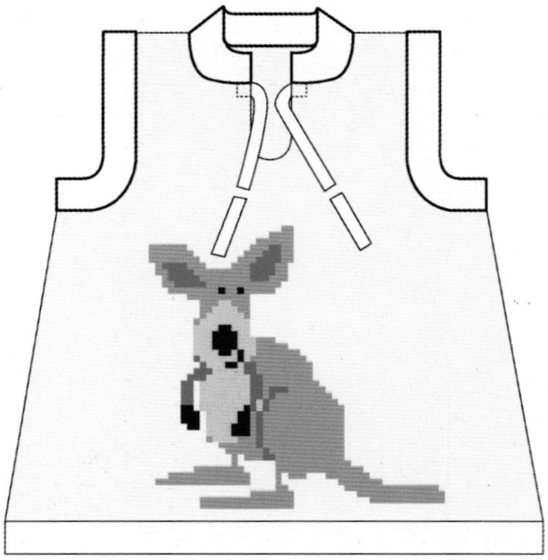

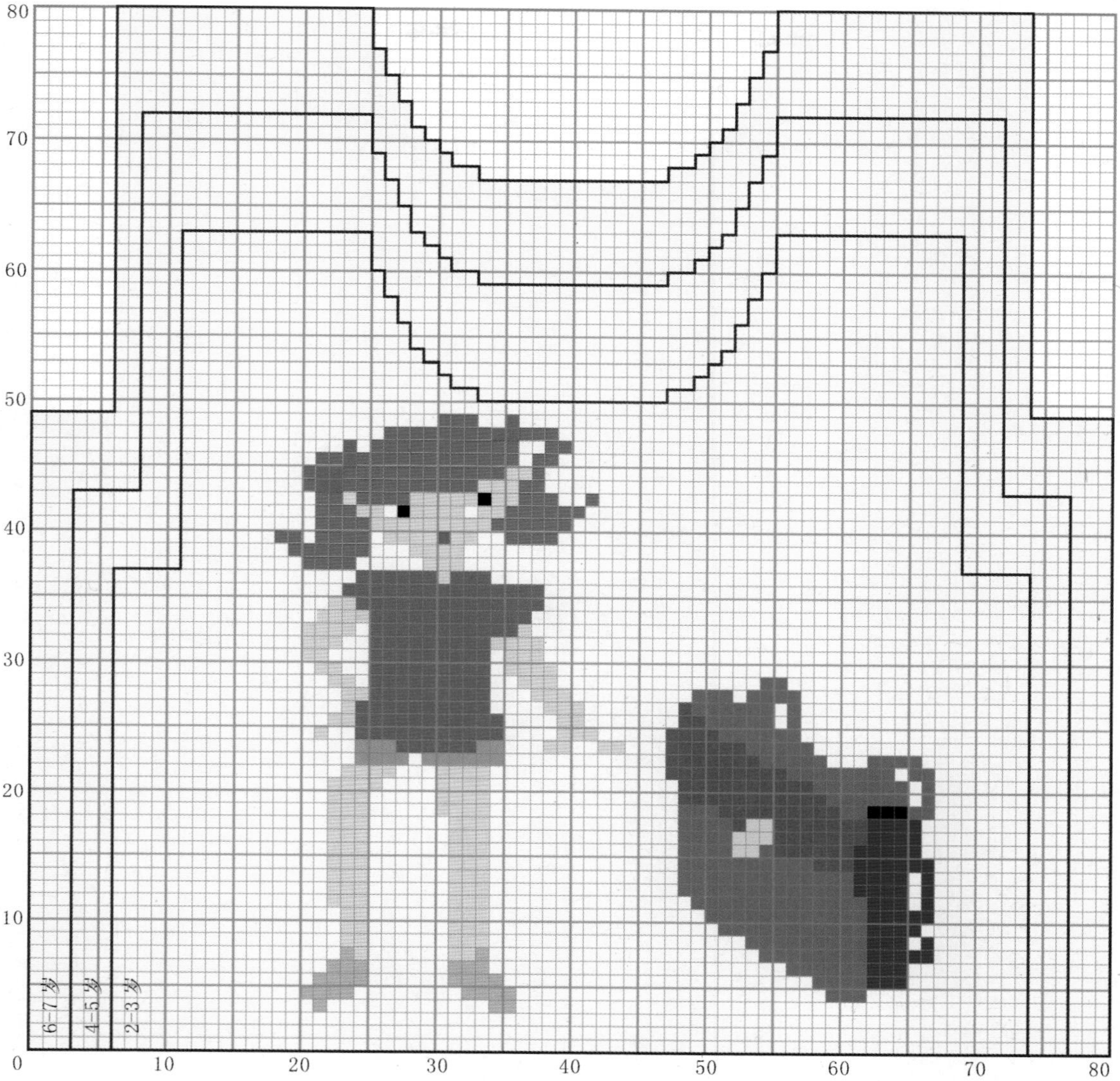
6-7岁
4-5岁
2-3岁

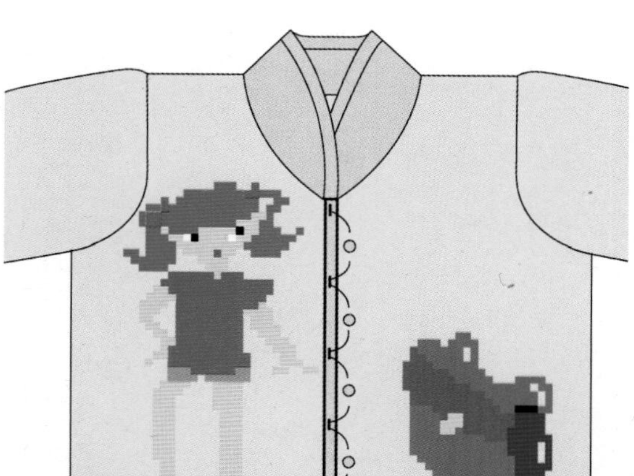

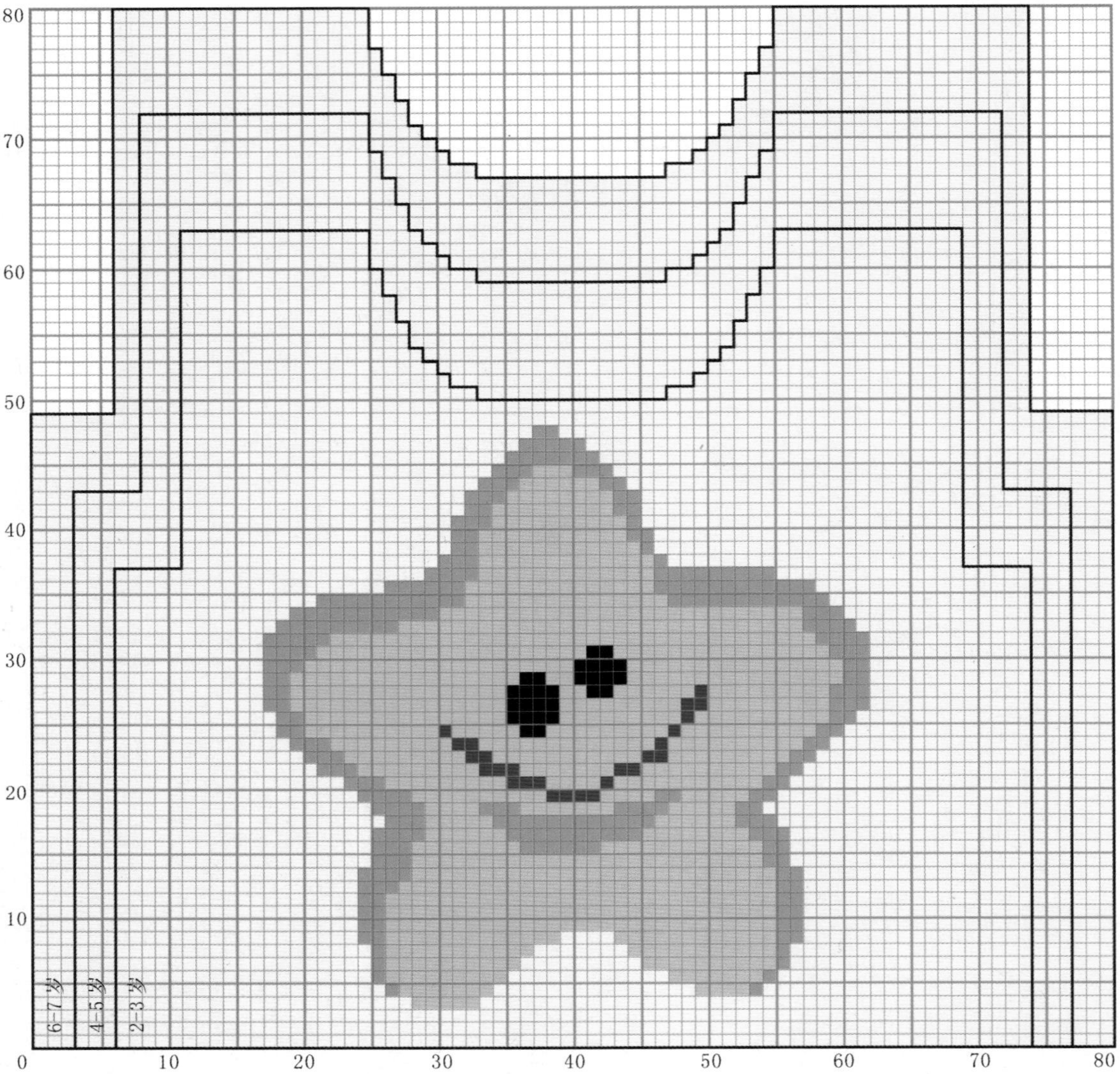
80
70
60
50
40
30
20
10
0
10
20
30
40
50
60
70
80
6-7岁
4-5岁
2-3岁

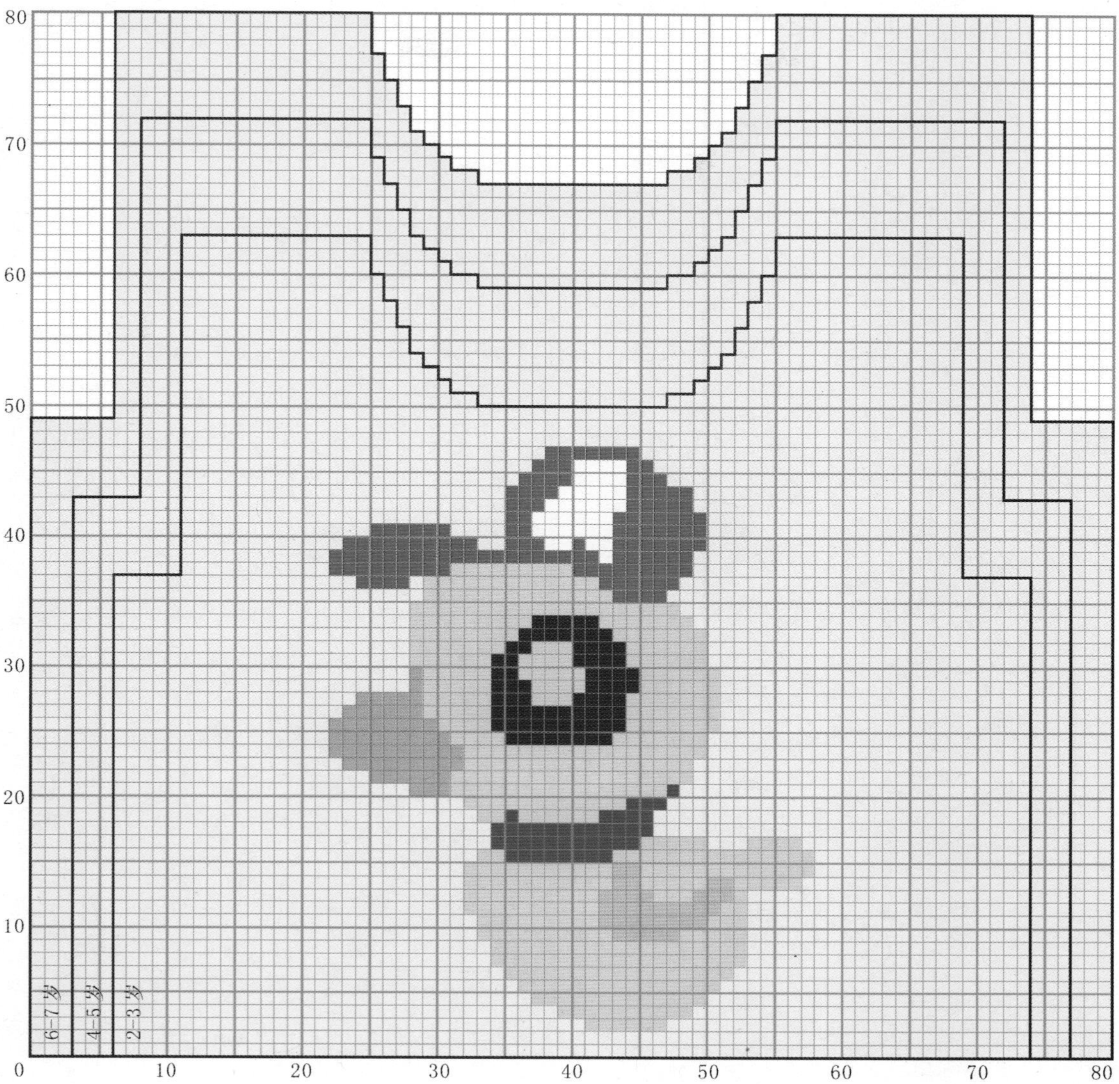
6-7岁
4-5岁
2-3岁

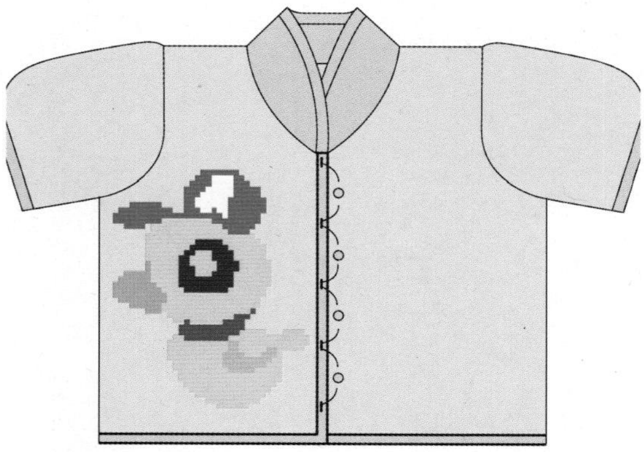

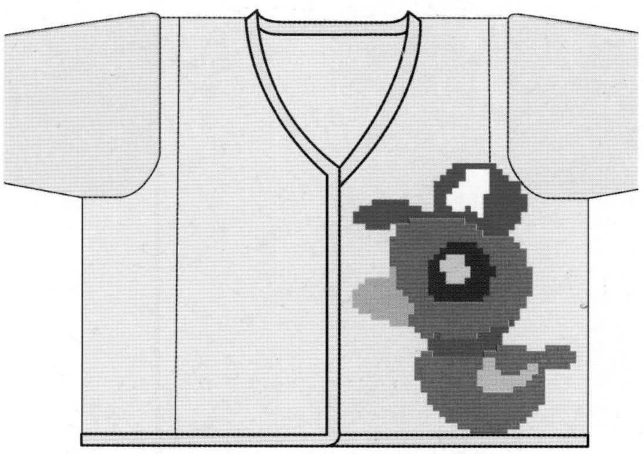

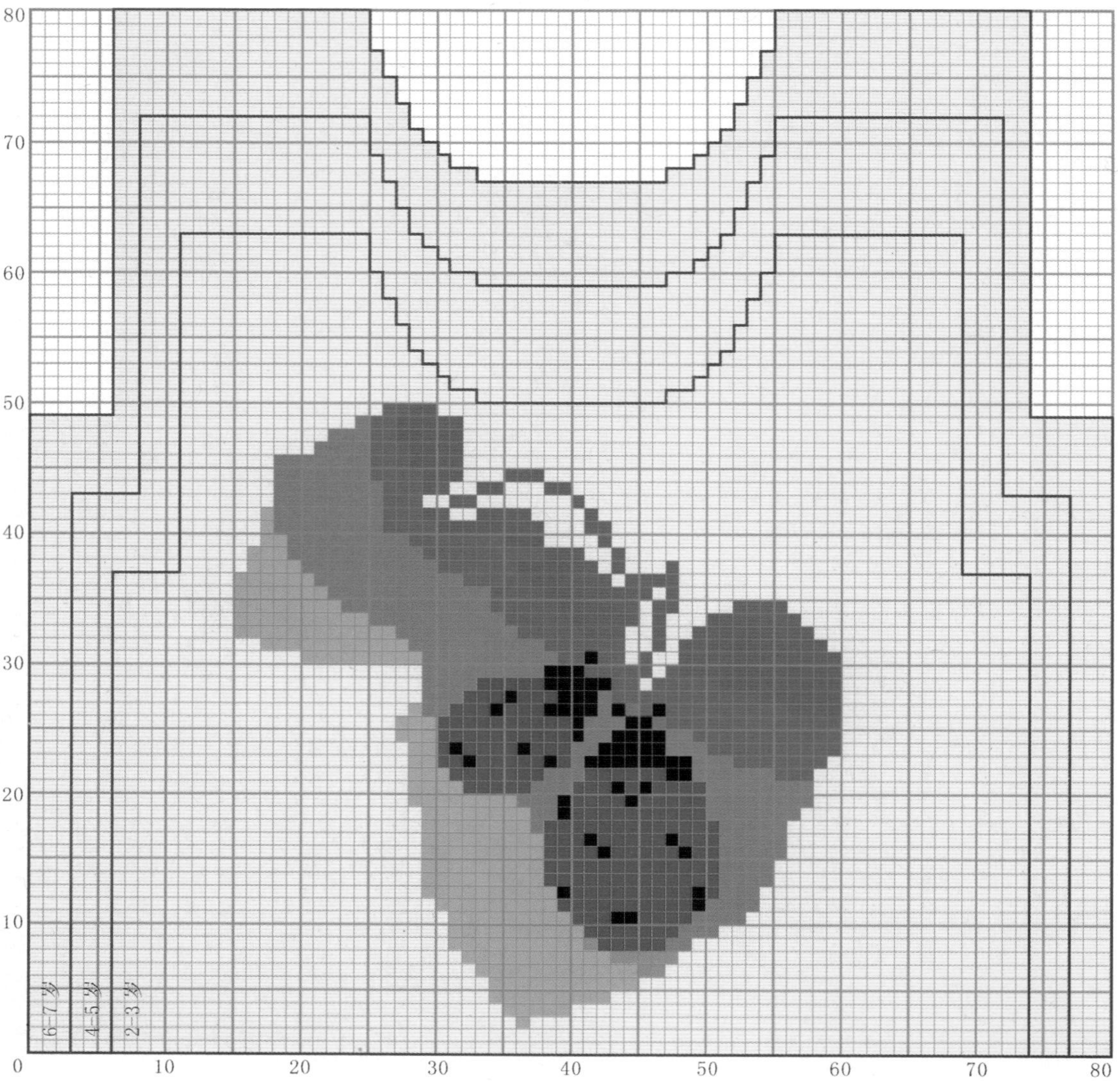
80
70
60
50
40
30
20
10
0
10
20
30
40
50
60
70
80
6-7岁
4-5岁
2-3岁

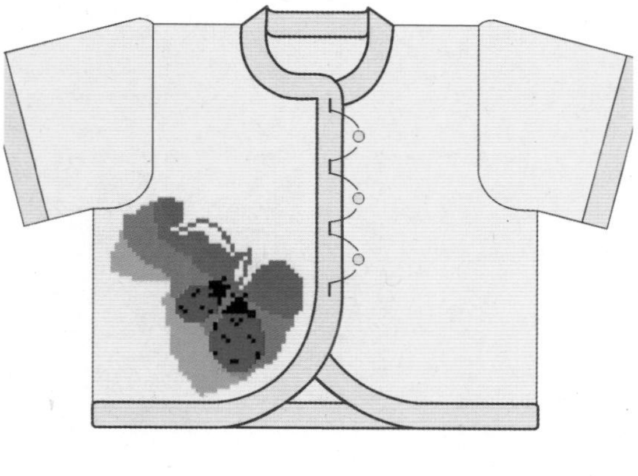

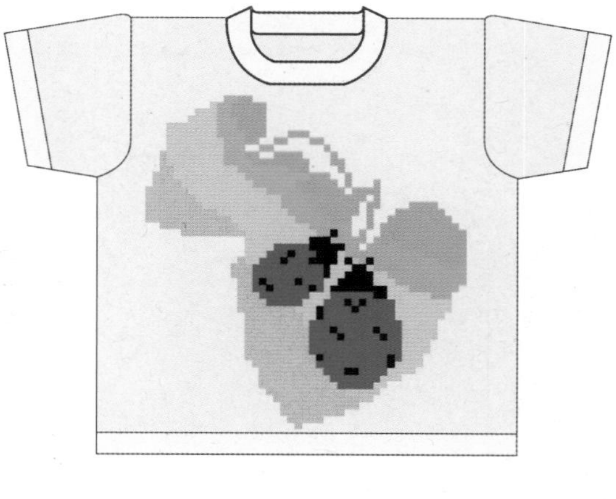

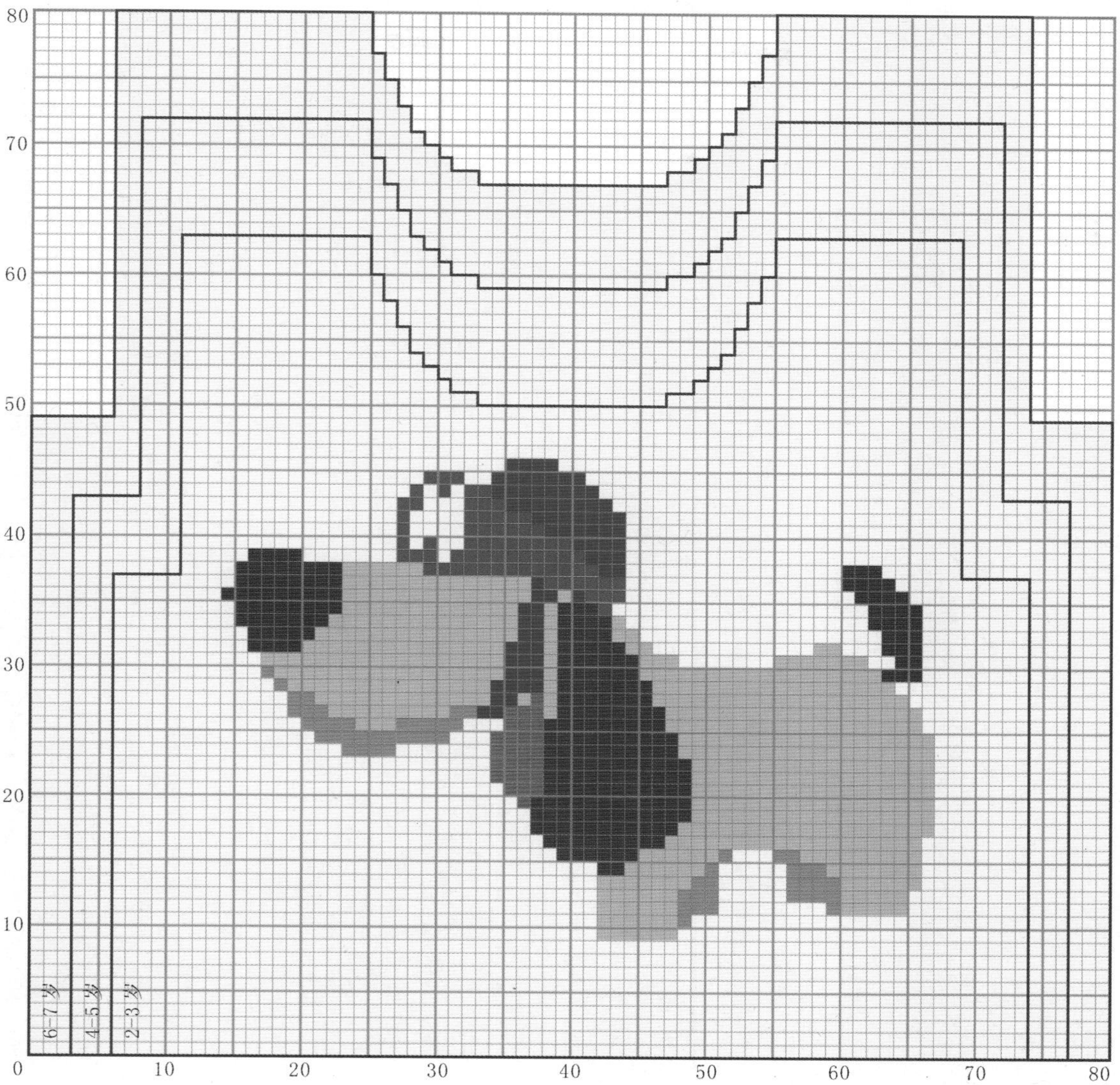
80
70
60
50
40
30
20
10
0
10
20
30
40
50
60
70
80
6-7岁
4-5岁
2-3岁

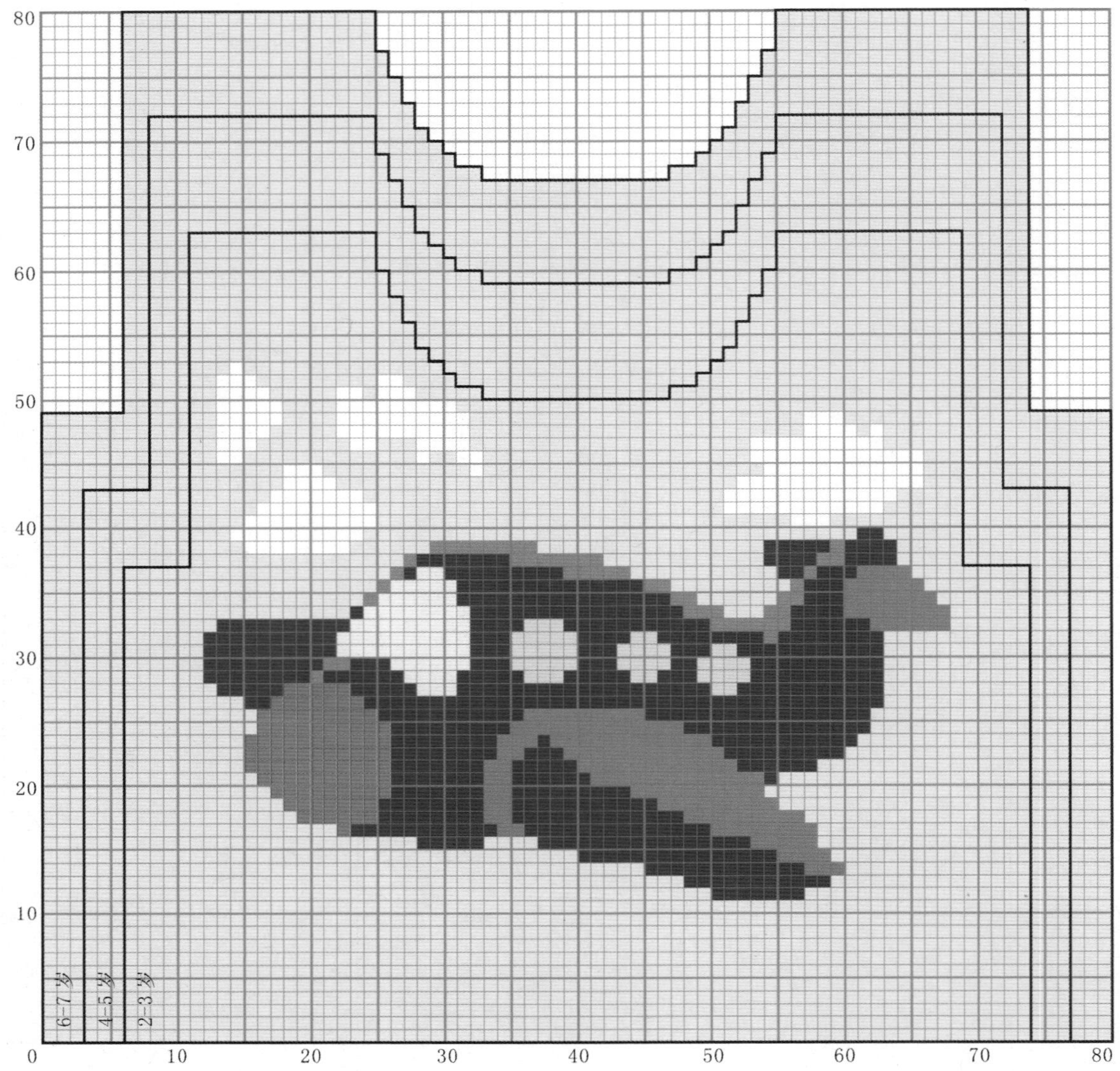
6-7岁
4-5岁
2-3岁
0
10
20
30
40
50
60
70
80

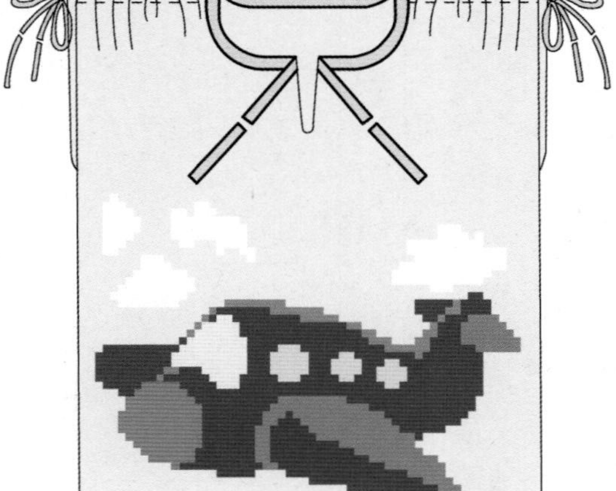

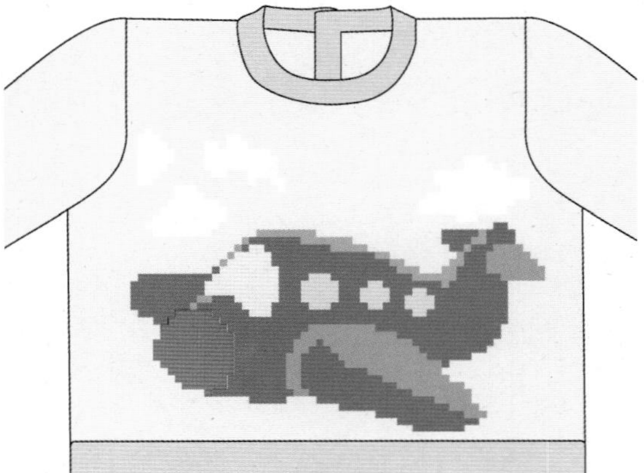

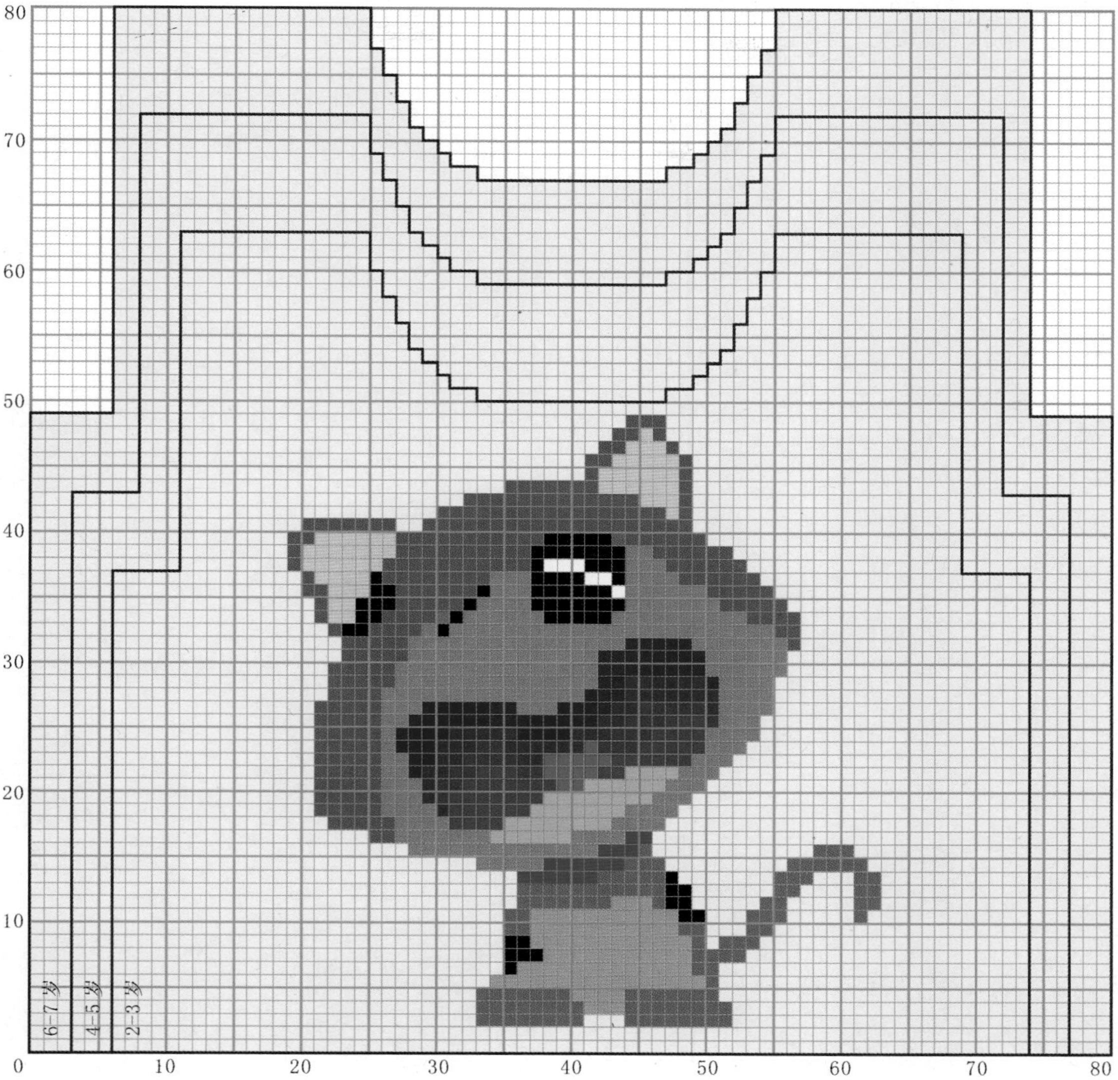
6-7岁
4-5岁
2-3岁
0
10
20
30
40
50
60
70
80

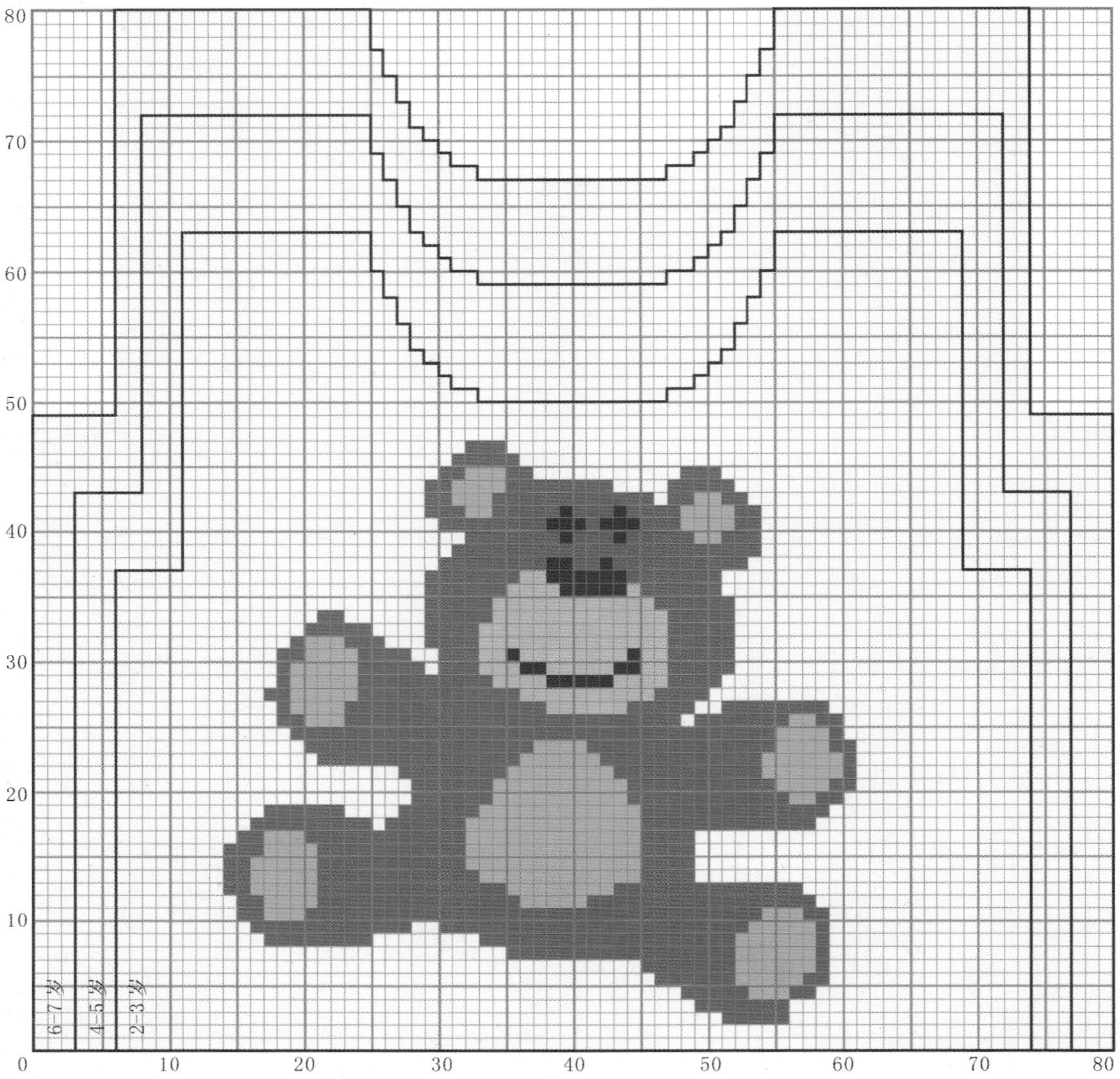
80
70
60
50
40
30
20
10
0
10
20
30
40
50
60
70
80
6-7岁
4-5岁
2-3岁

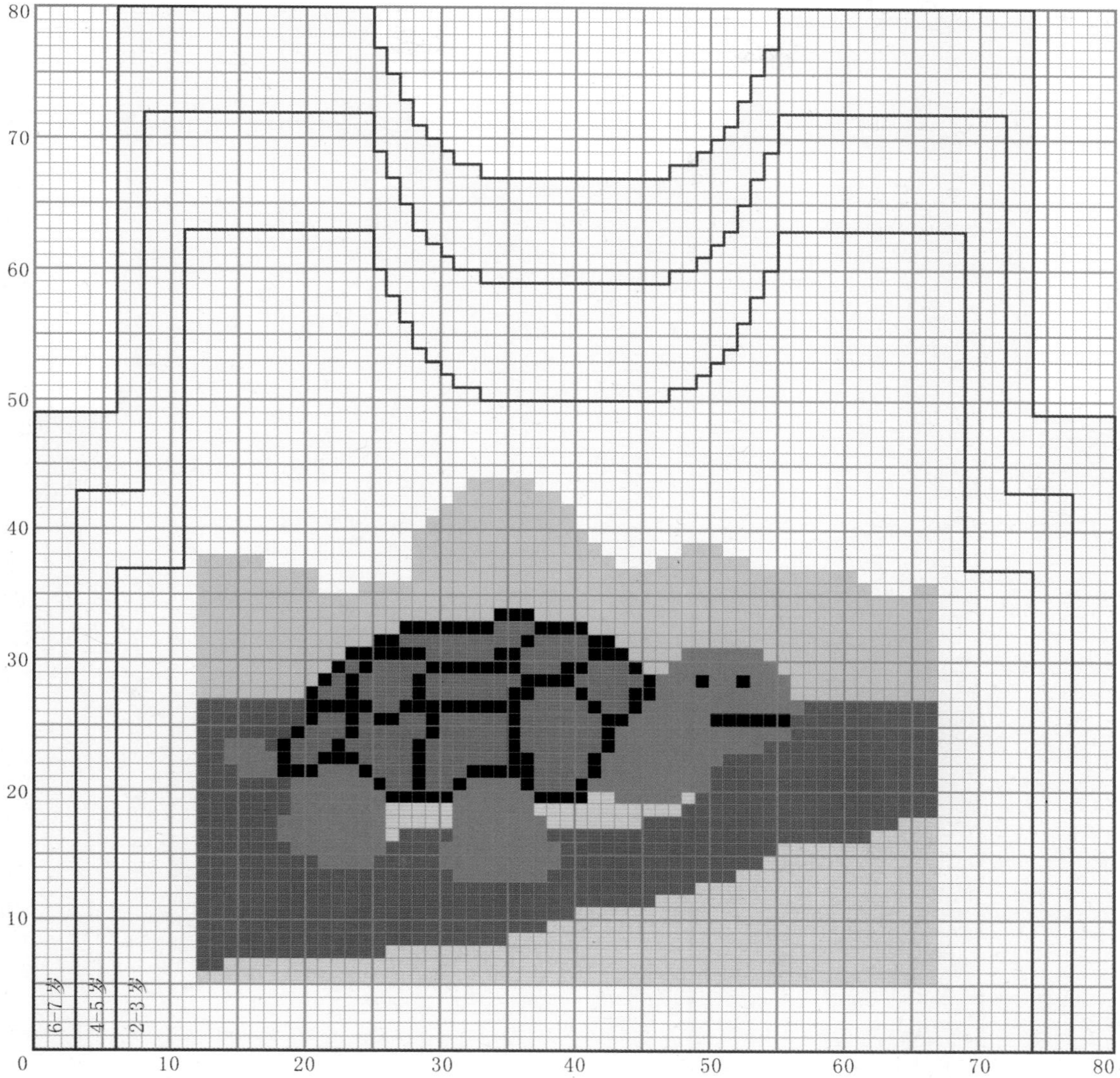
80
70
60
50
40
30
20
10
0
10
20
30
40
50
60
70
80
6-7岁
4-5岁
2-3岁

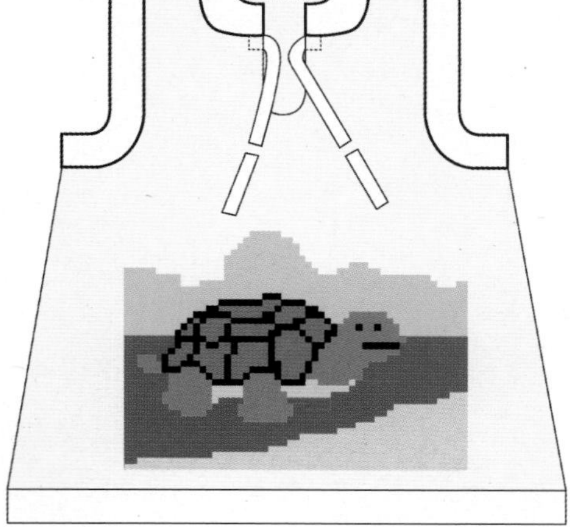

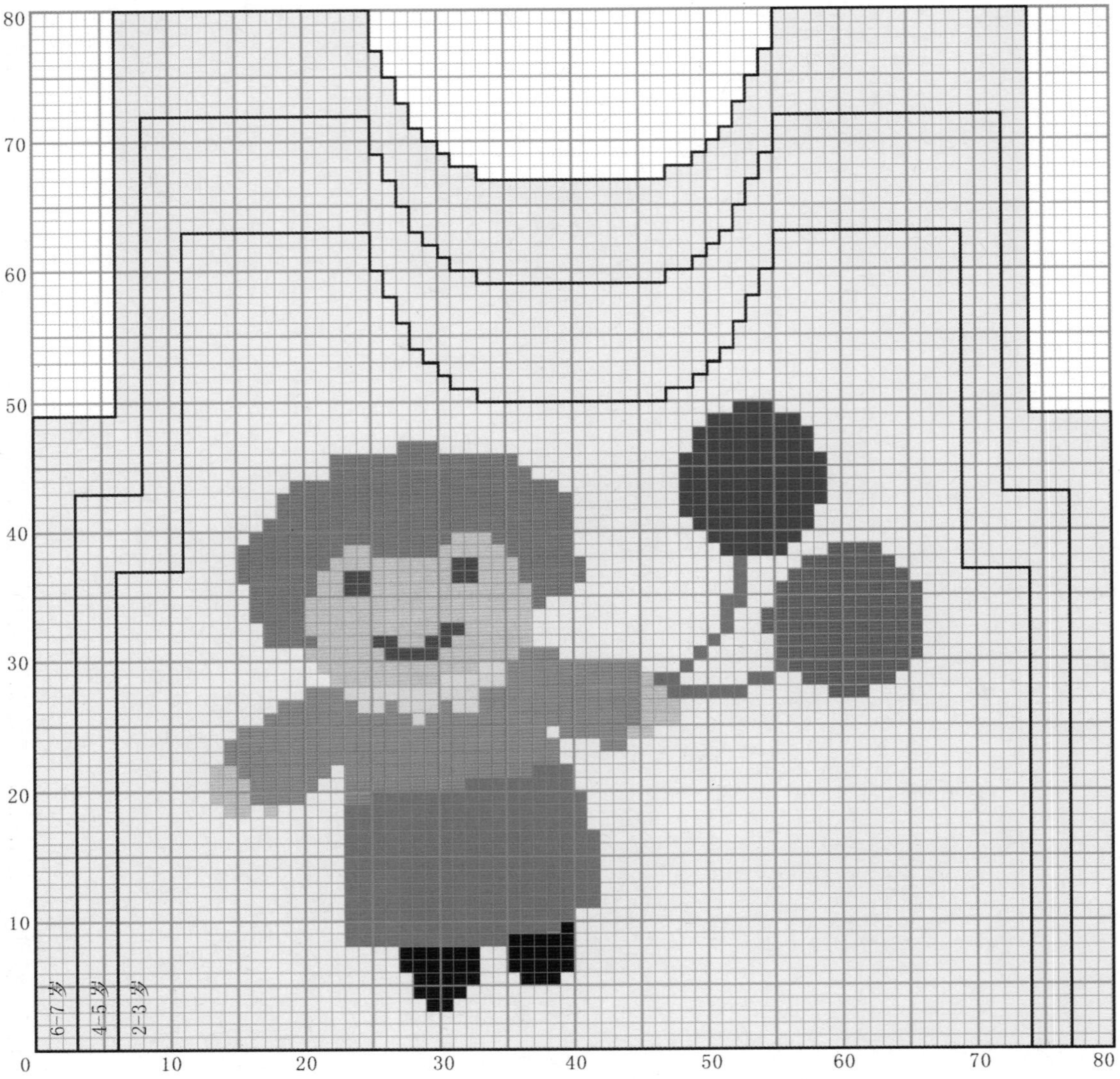
80
70
60
50
40
30
20
10
0
10
20
30
40
50
60
70
80
6-7岁
4-5岁
2-3岁

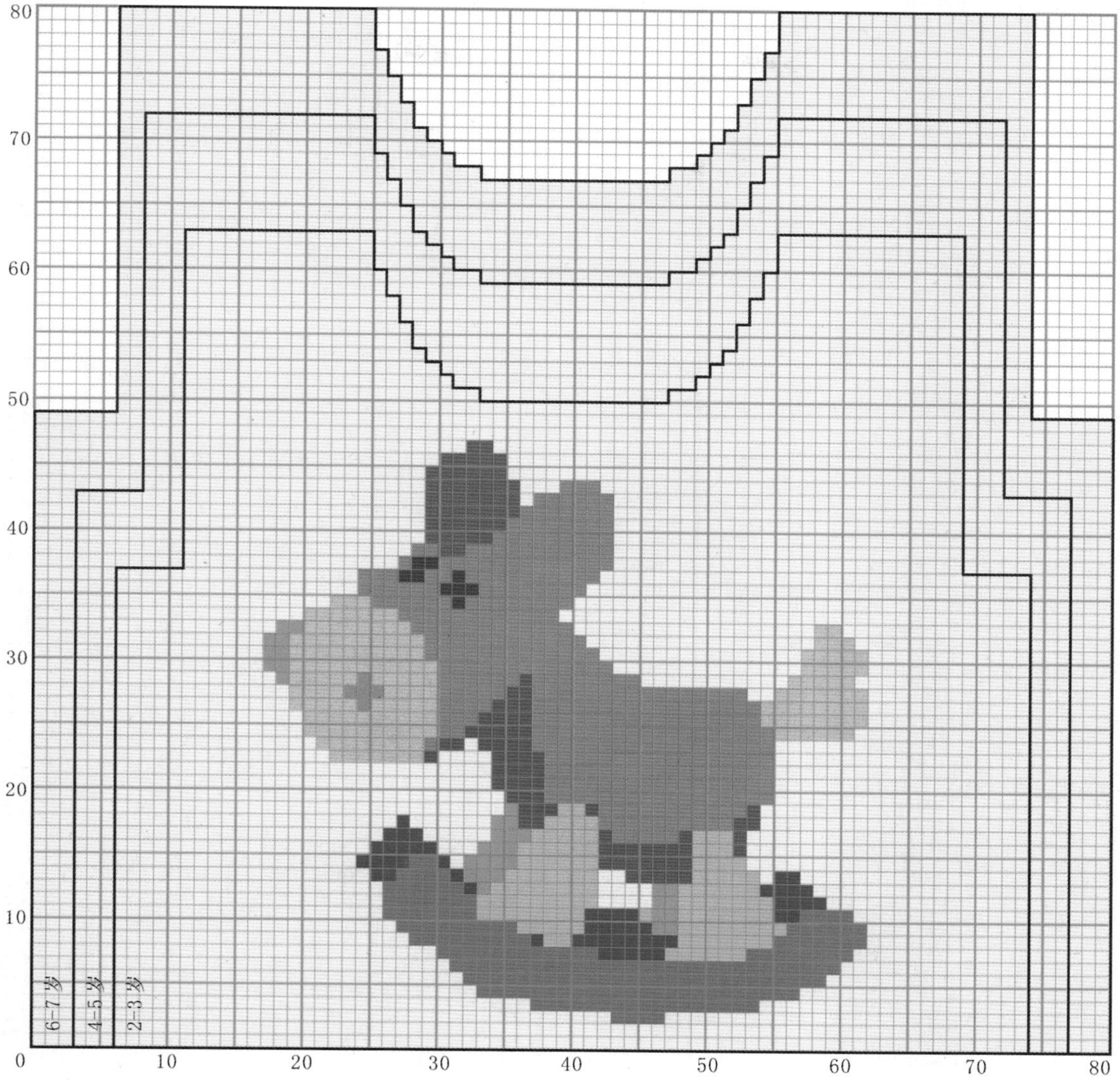
80
70
60
50
40
30
20
10
0
10
20
30
40
50
60
70
80
6-7岁
4-5岁
2-3岁

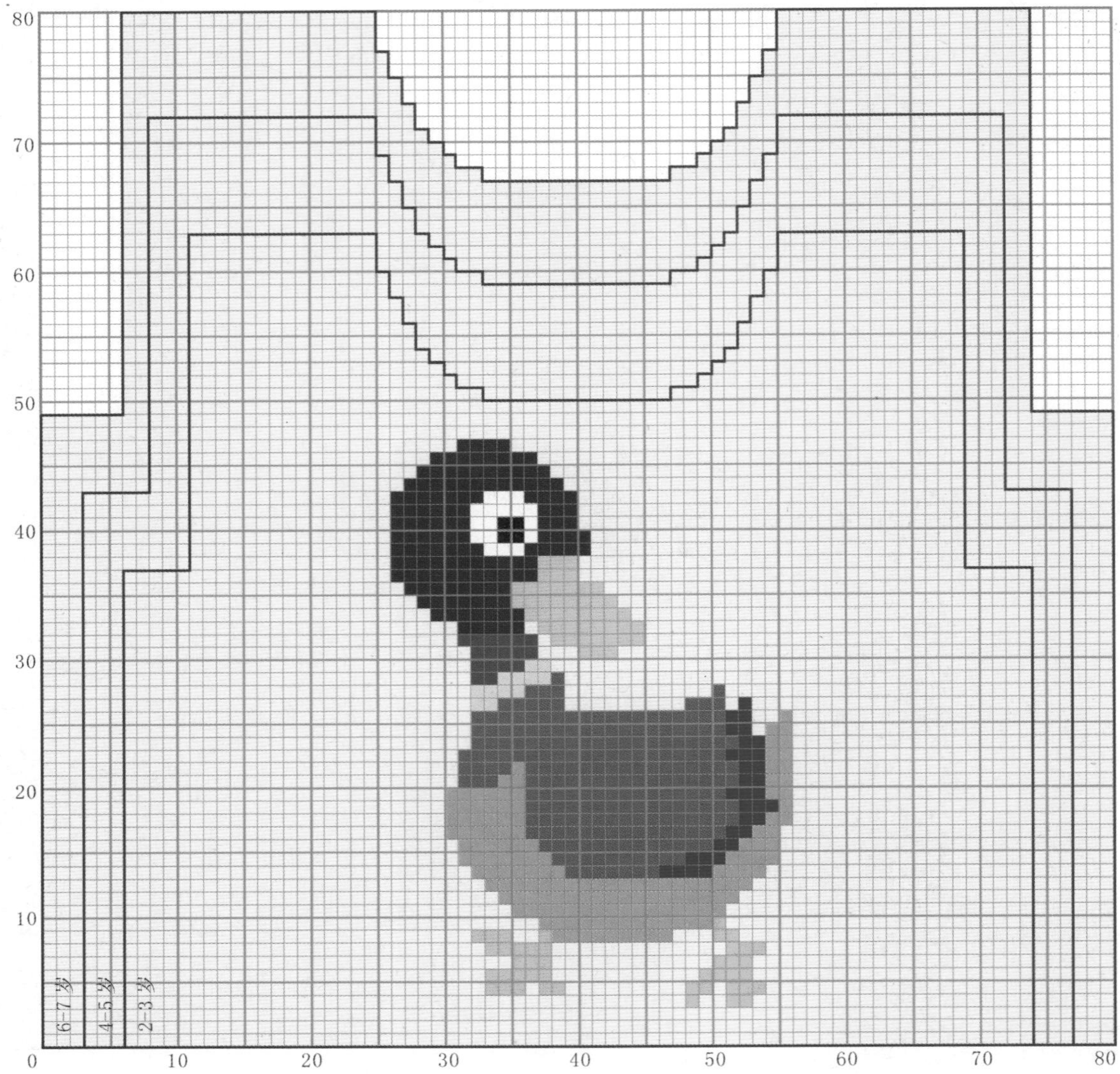

80
70
60
50
40
30
20
10
0
10
20
30
40
50
60
70
80
6-7岁
4-5岁
2-3岁

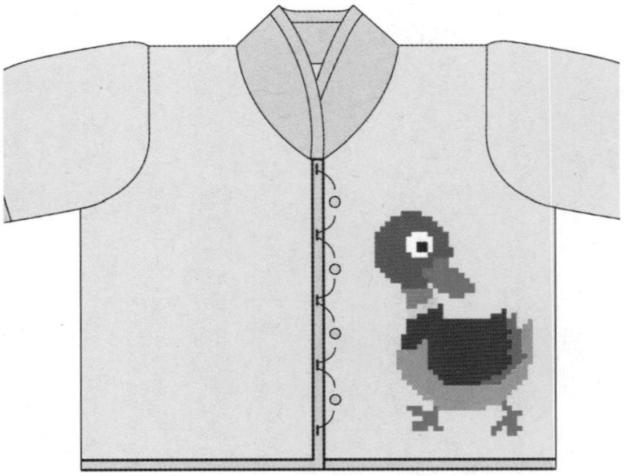

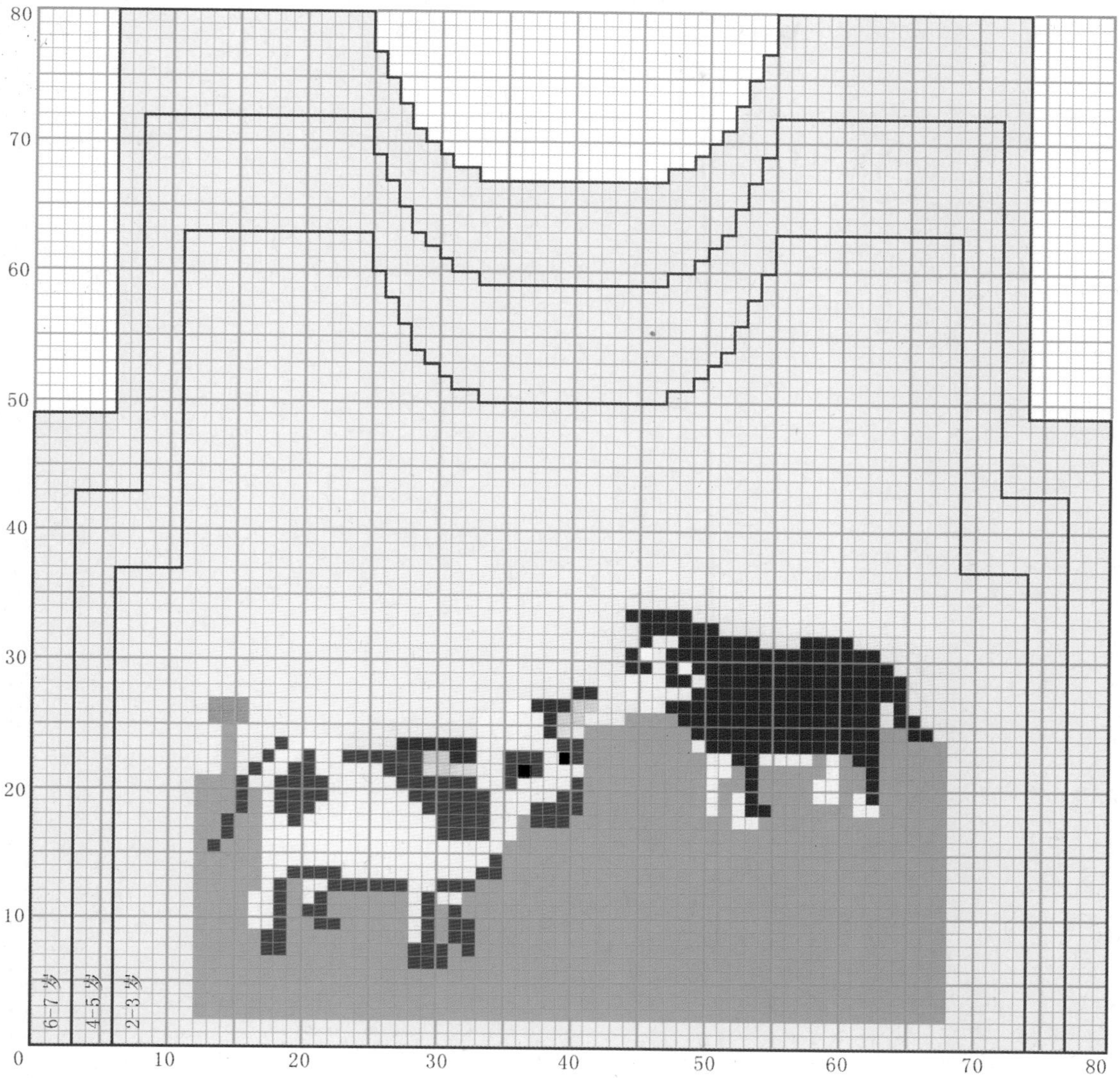
6-7岁
4-5岁
2-3岁

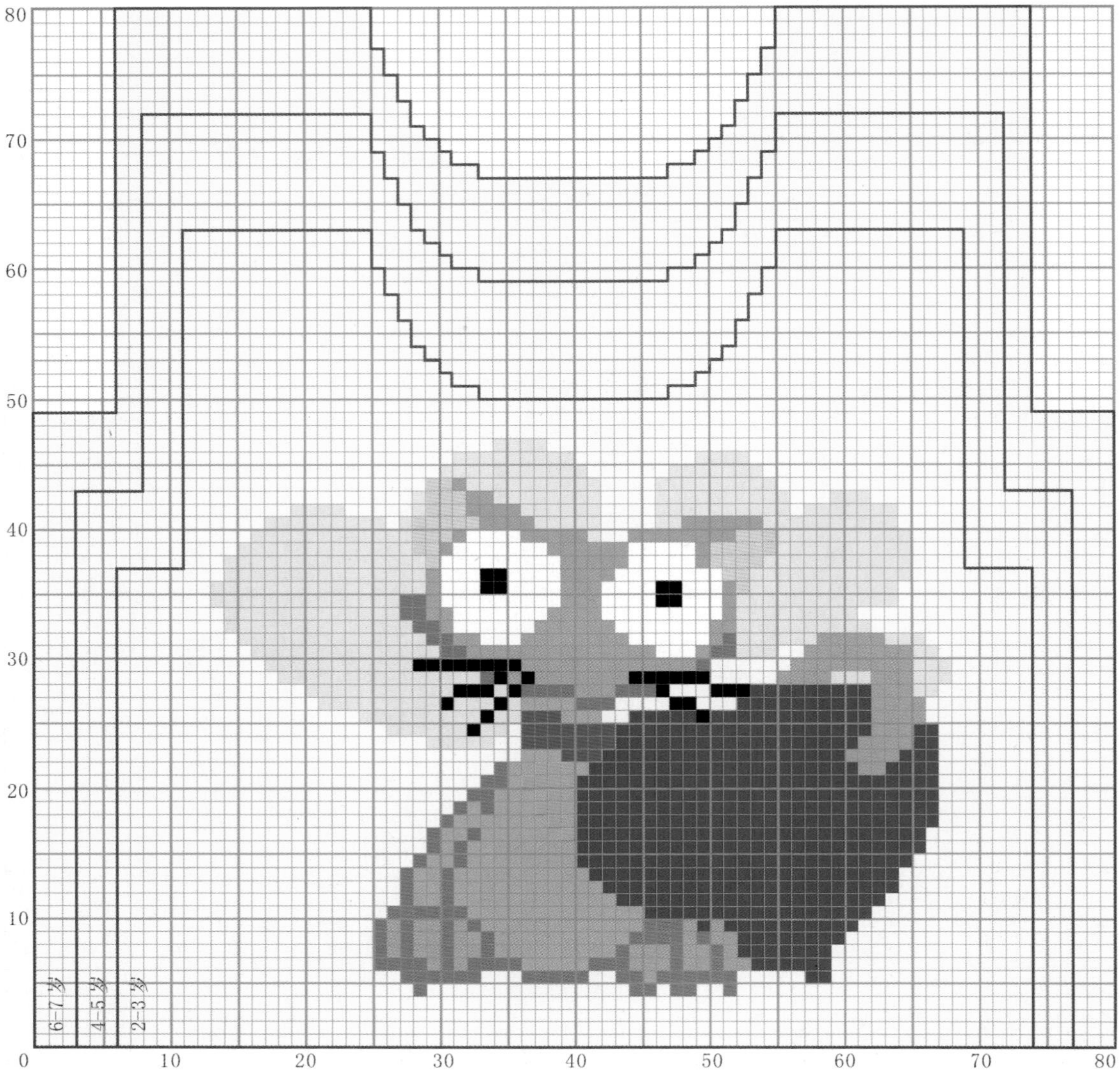
80
70
60
50
40
30
20
10
0
10
20
30
40
50
60
70
80
6-7岁
4-5岁
2-3岁

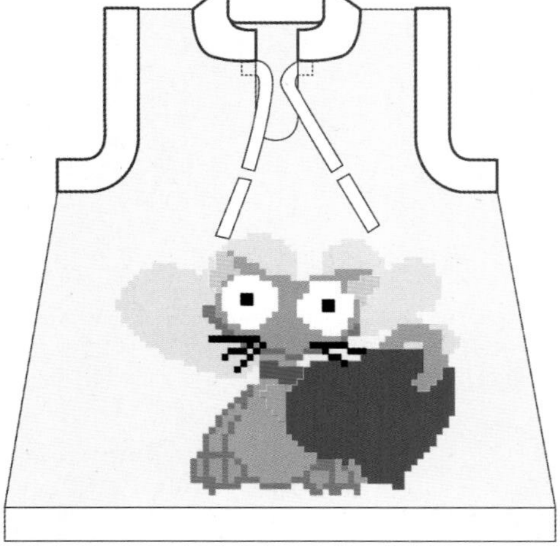

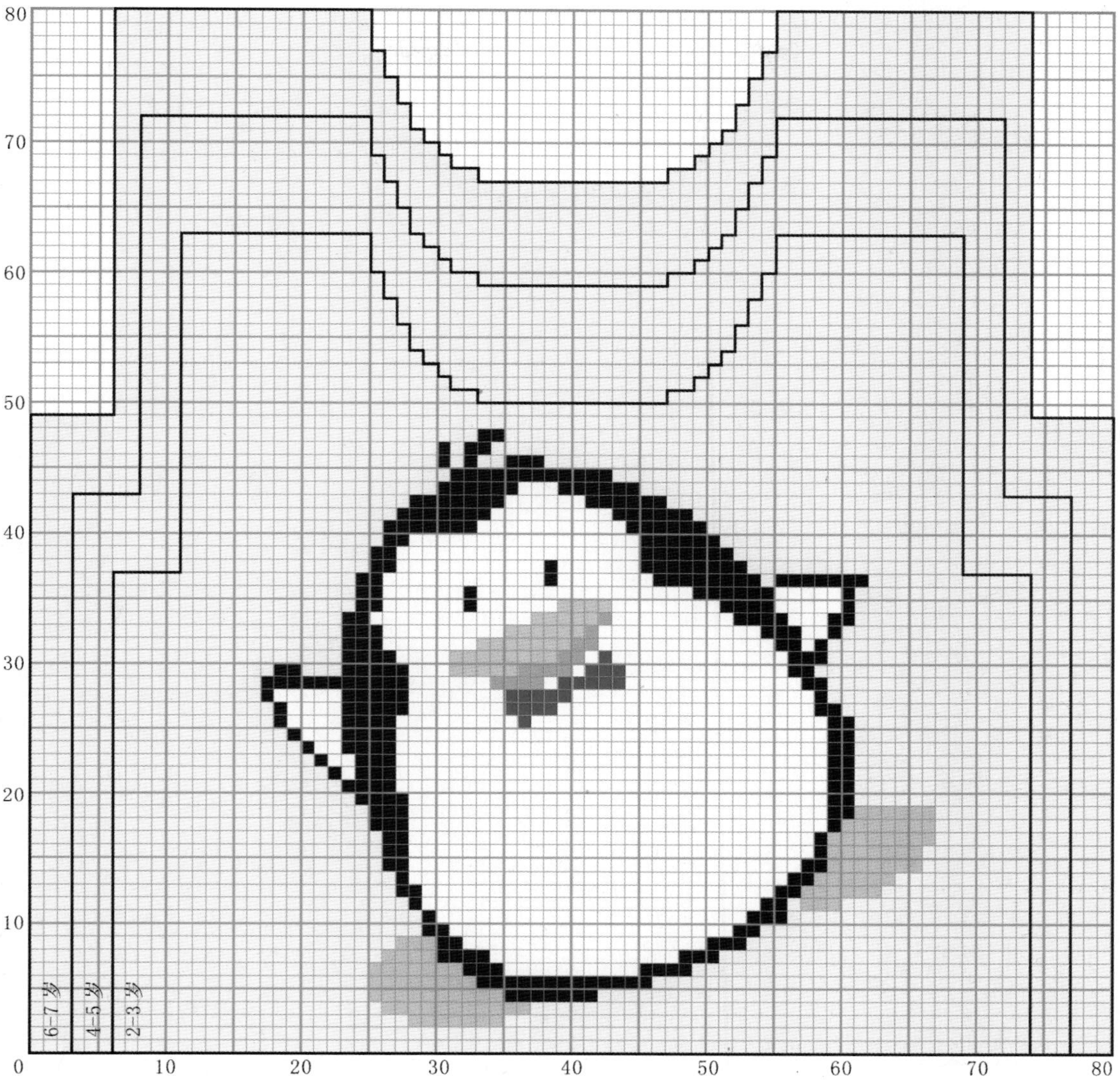
80
70
60
50
40
30
20
10
0
10
20
30
40
50
60
70
80
6-7岁
4-5岁
2-3岁

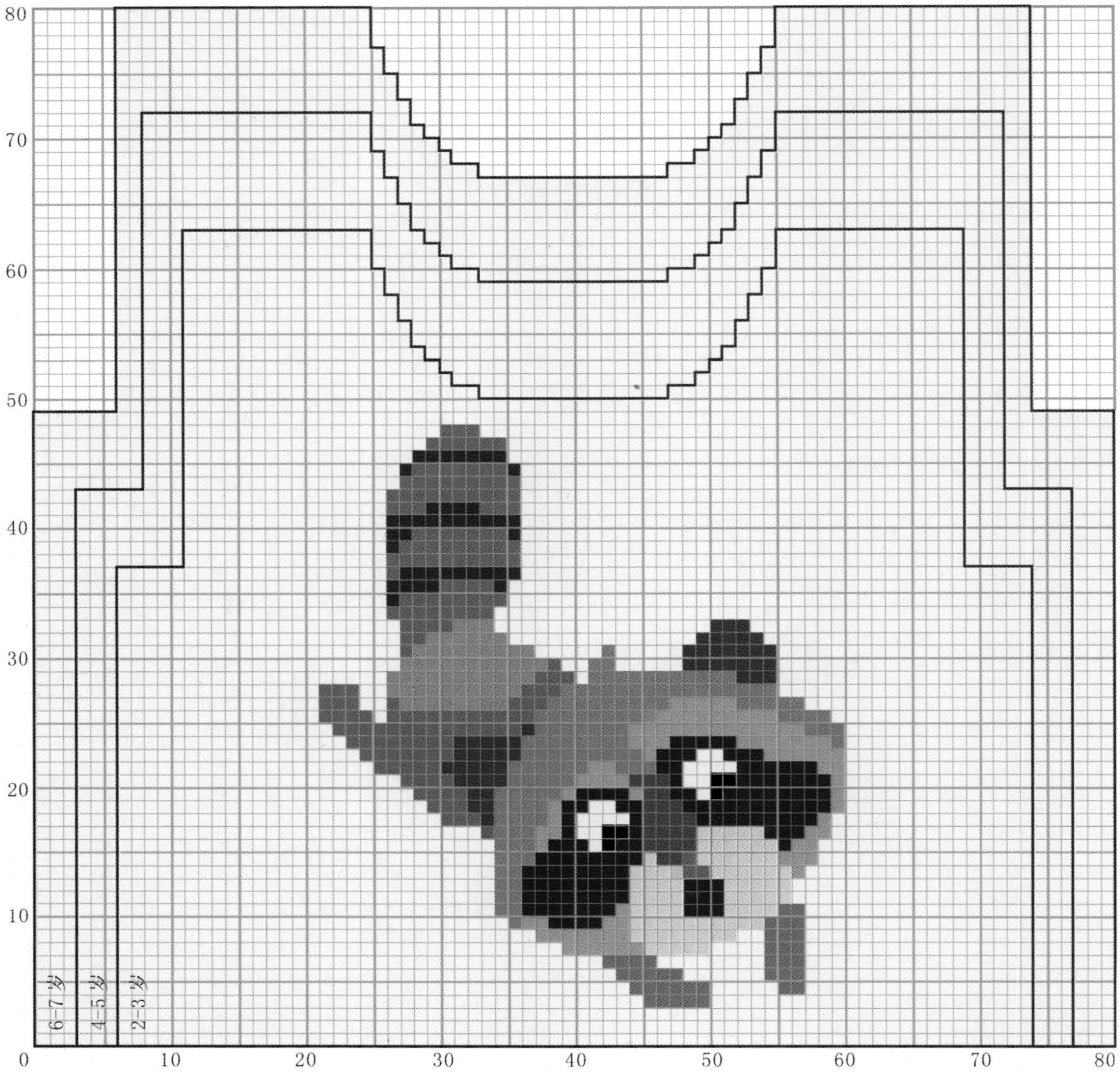
80
70
60
50
40
30
20
10
0
10
20
30
40
50
60
70
80
6-7岁
4-5岁
2-3岁

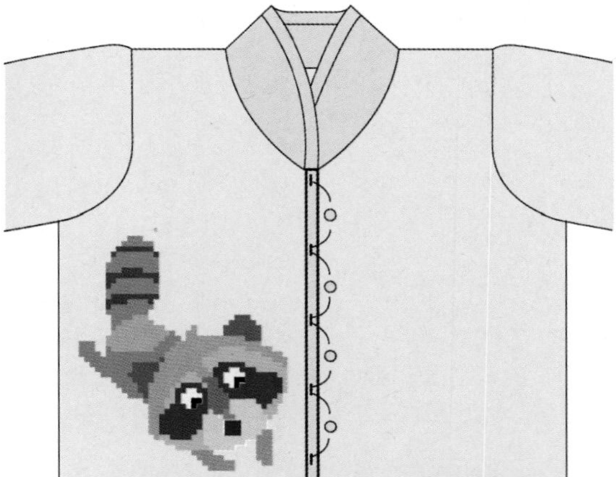

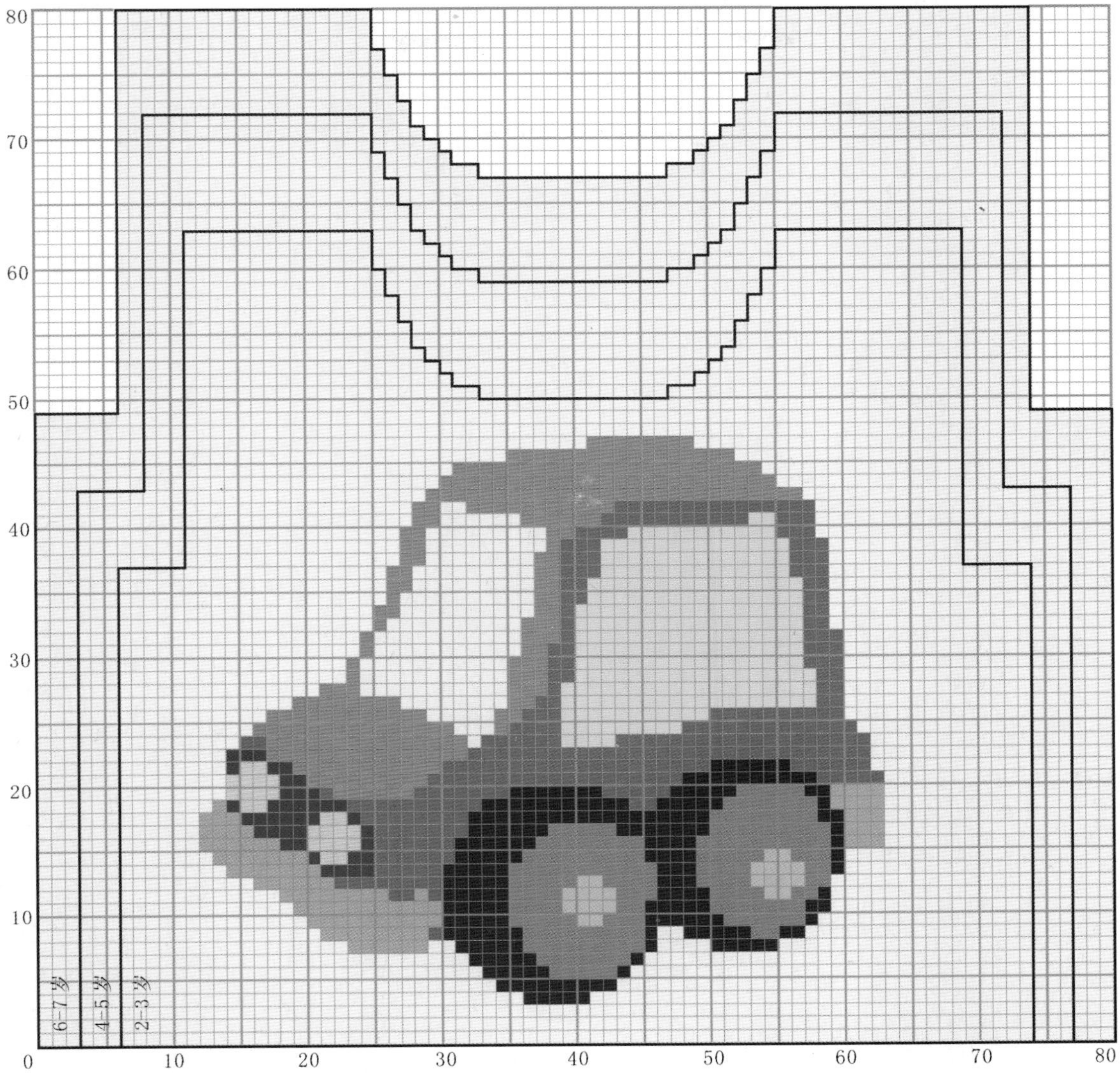
80
70
60
50
40
30
20
10
6-7岁
4-5岁
2-3岁
0
10
20
30
40
50
60
70
80

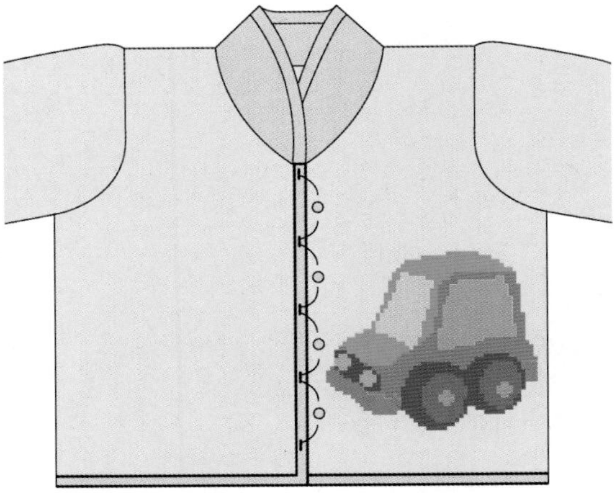

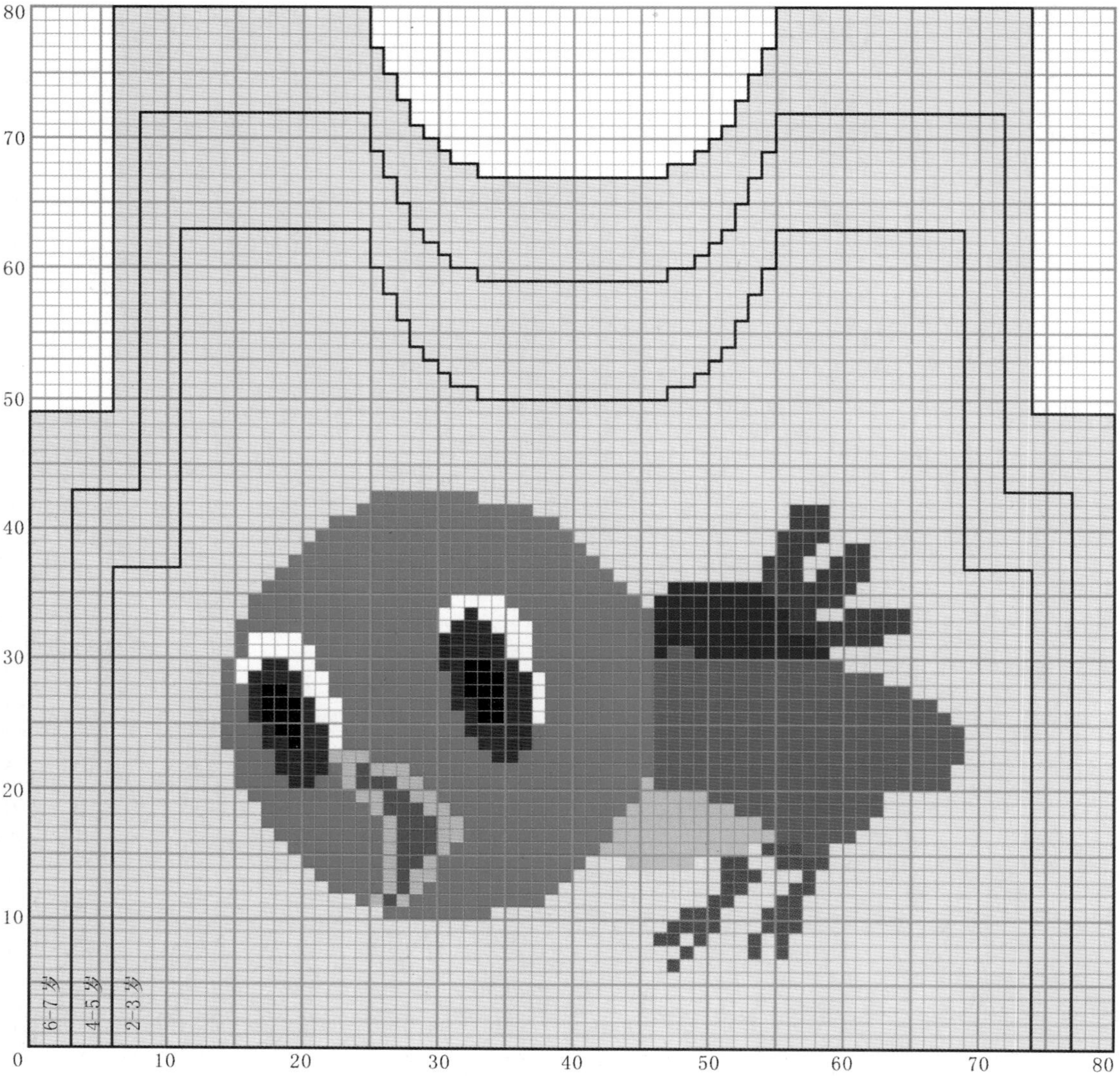

80
70
60
50
40
30
20
10
0
10
20
30
40
50
60
70
80
6-7岁
4-5岁
2-3岁

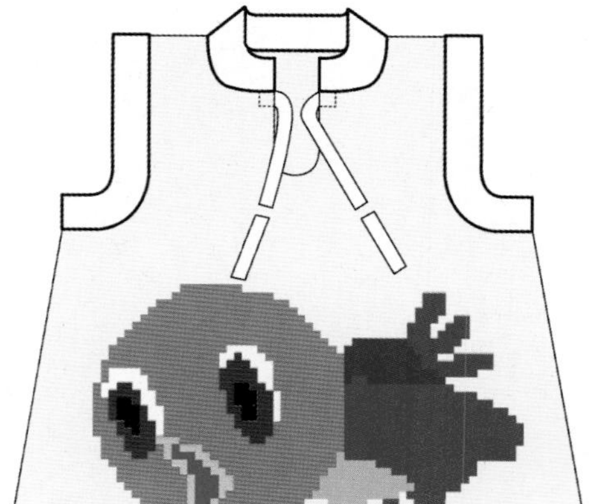

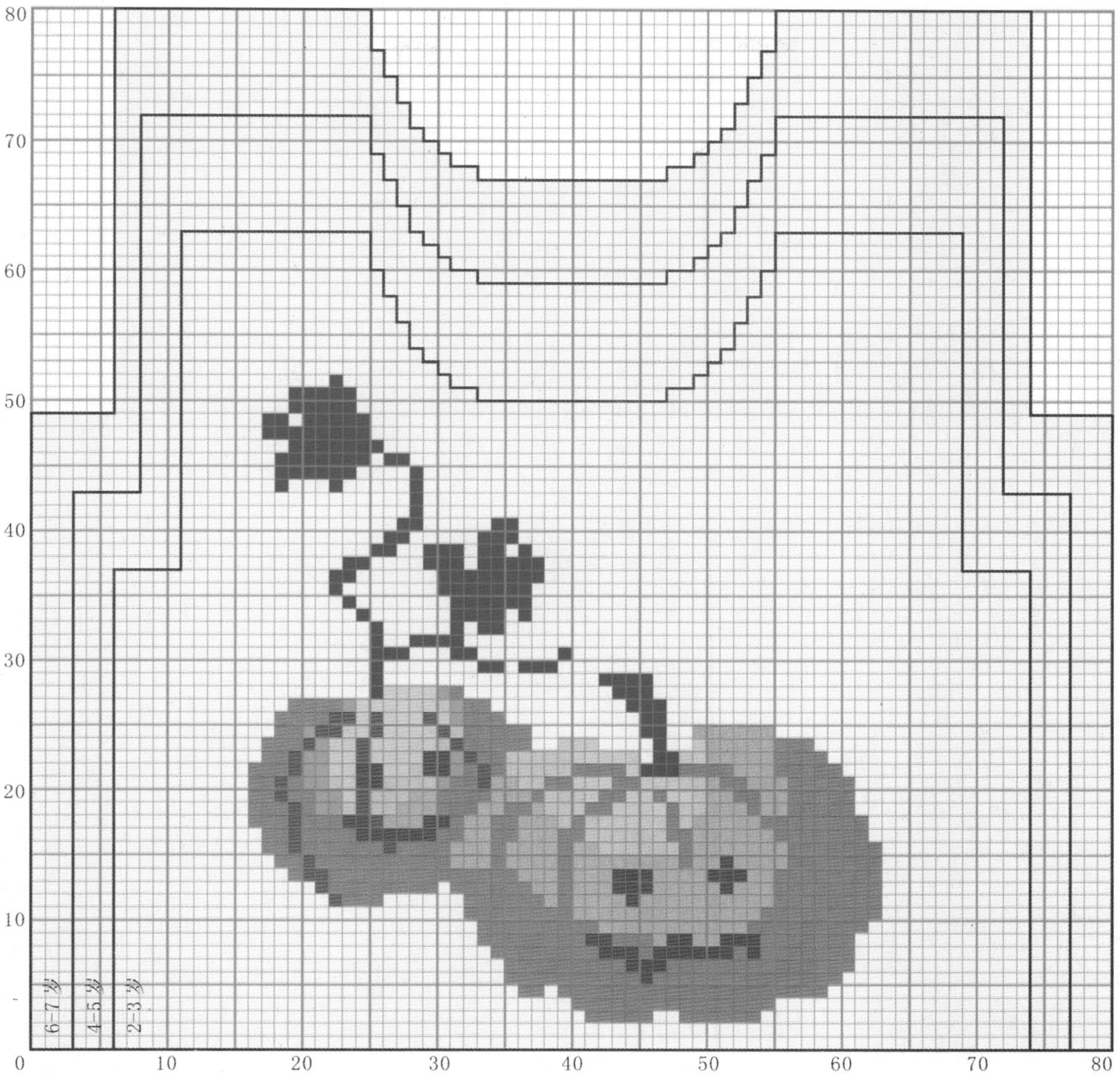
80
70
60
50
40
30
20
10
0
10
20
30
40
50
60
70
80
6-7岁
4-5岁
2-3岁

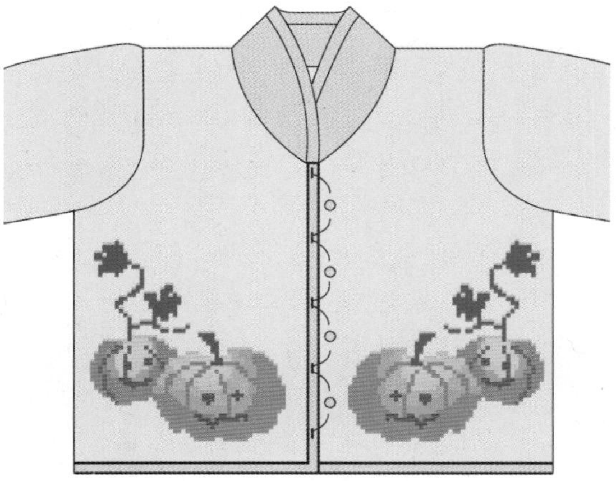

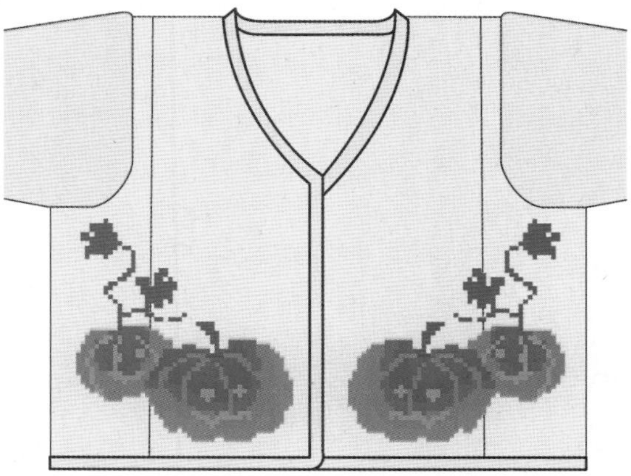

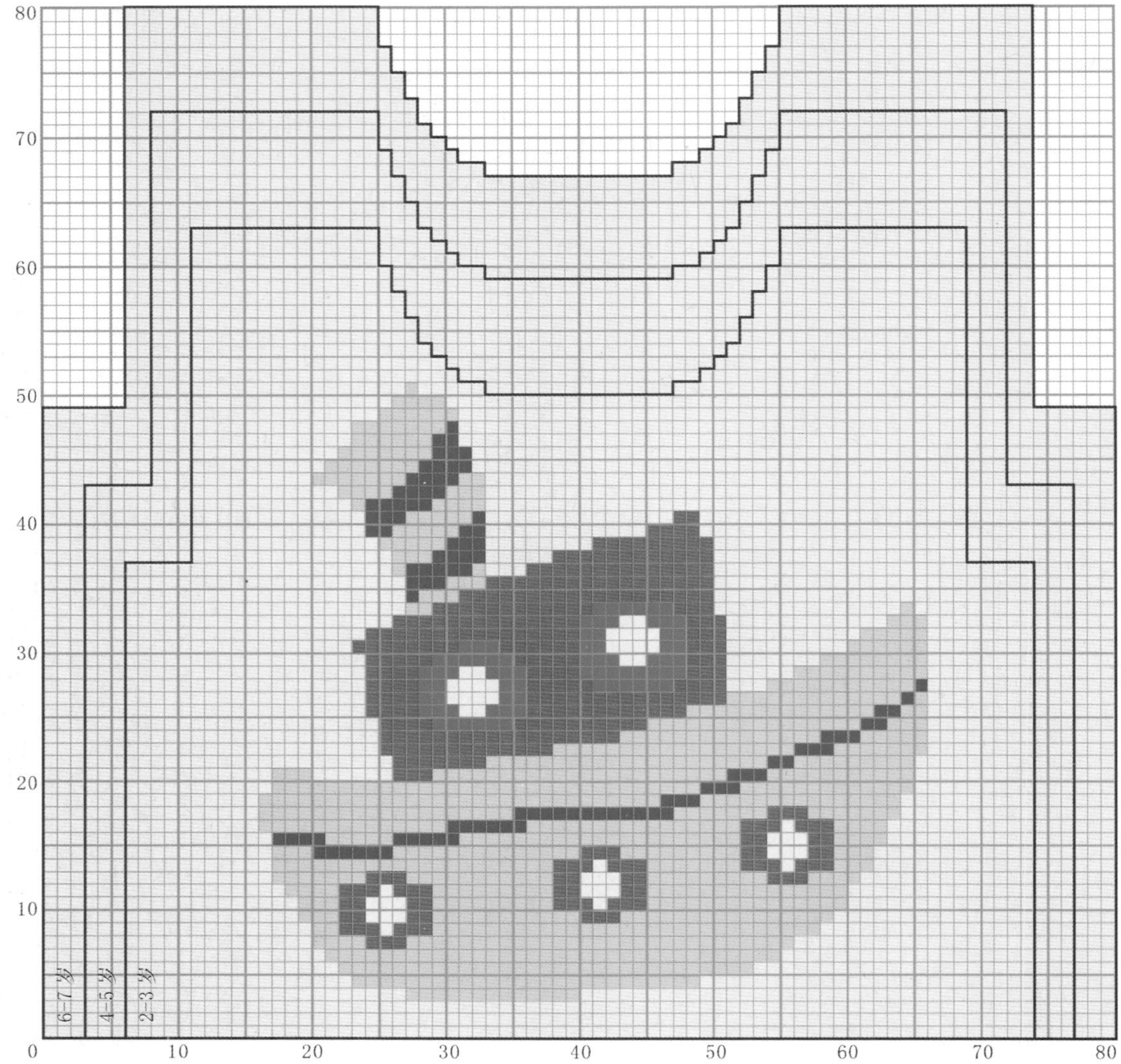
6-7岁
4-5岁
2-3岁
0
10
20
30
40
50
60
70
80

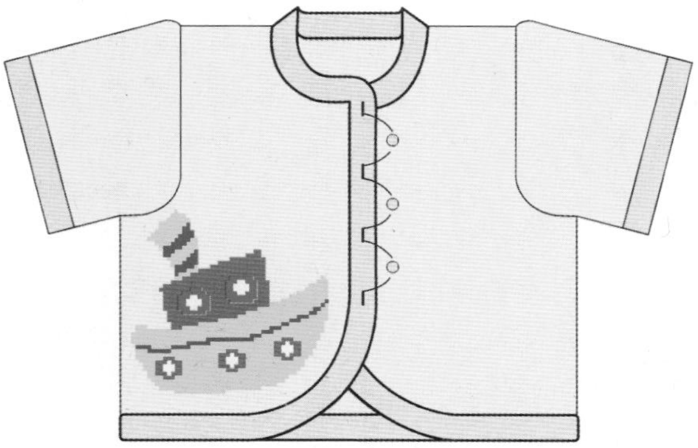

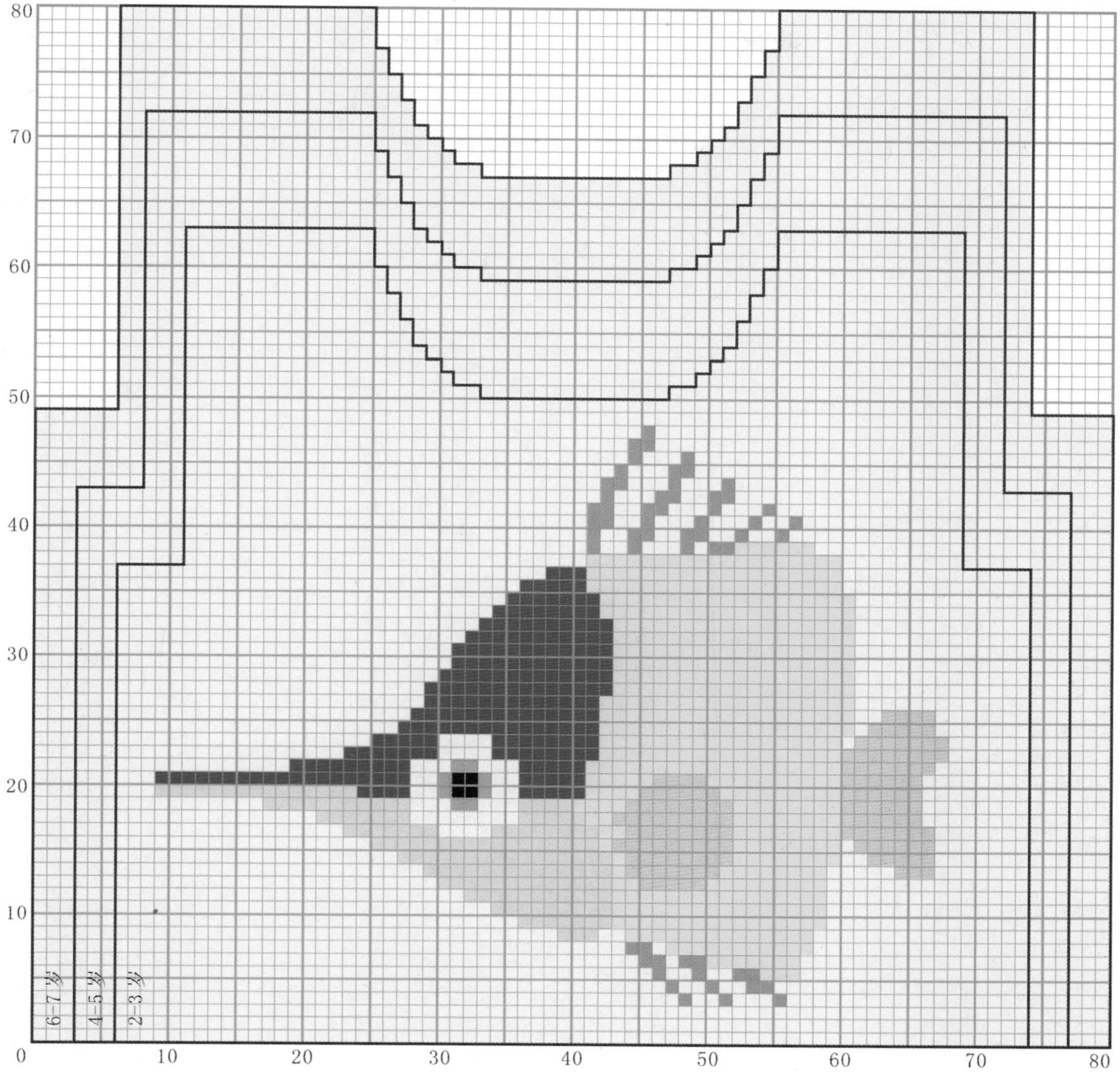

80
70
60
50
40
30
20
10
0
10
20
30
40
50
60
70
80
6-7岁
4-5岁
2-3岁

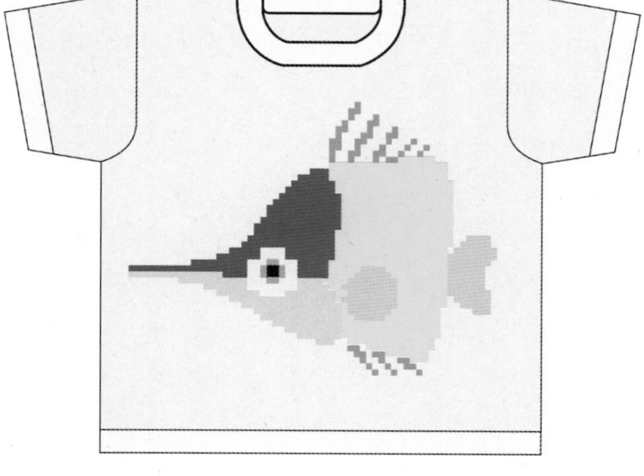

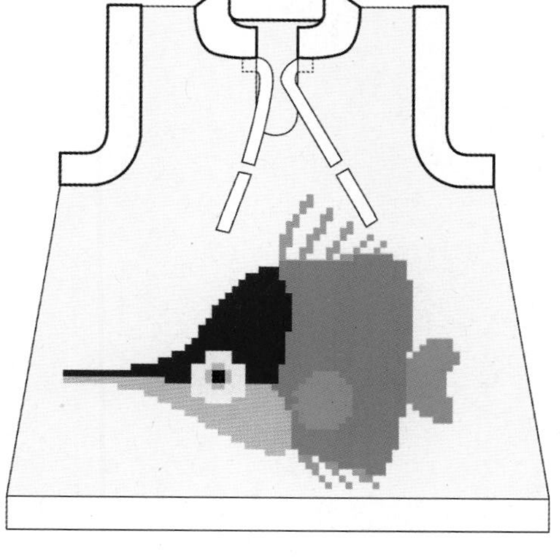

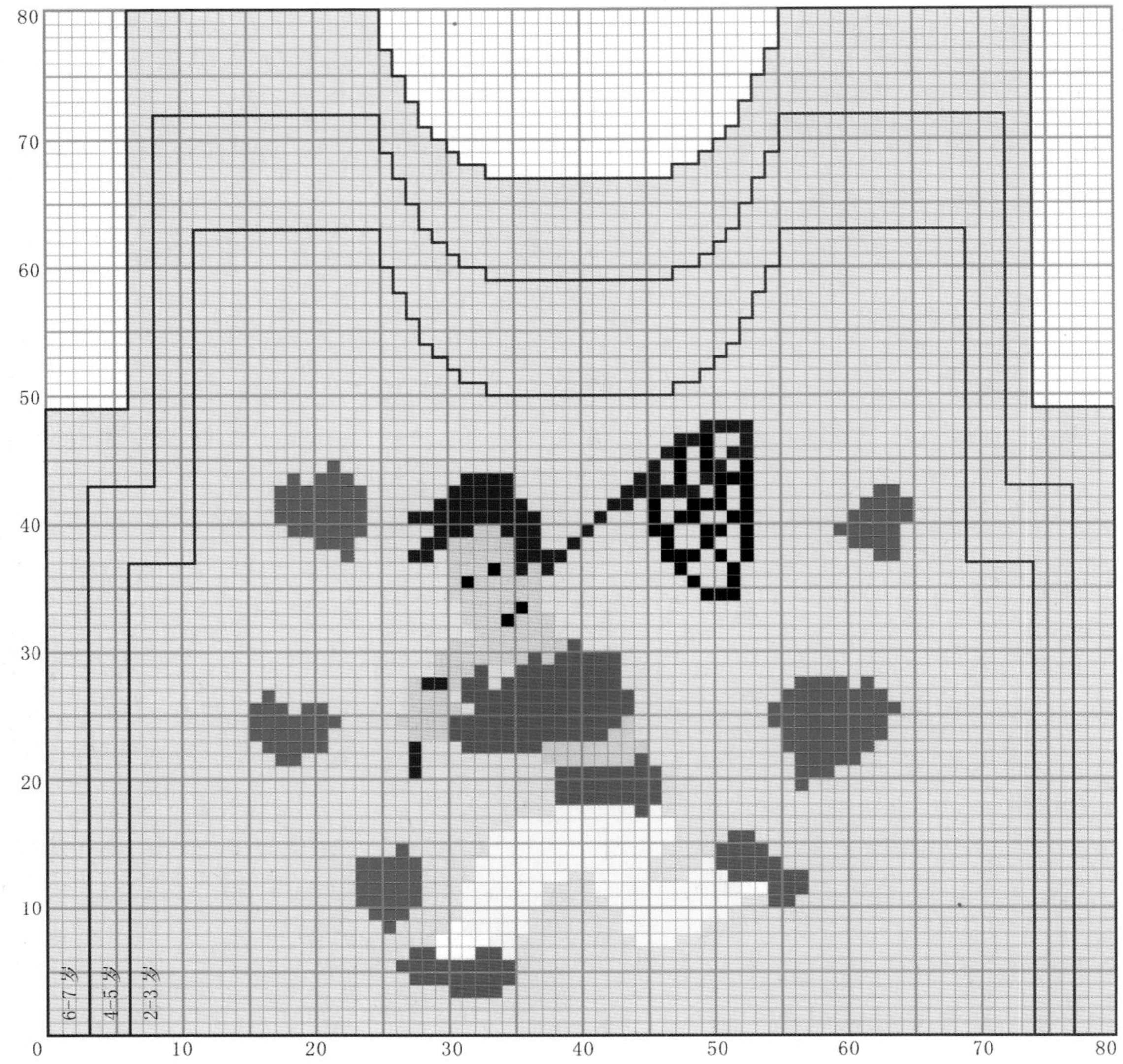
6-7岁
4-5岁
2-3岁
0
10
20
30
40
50
60
70
80

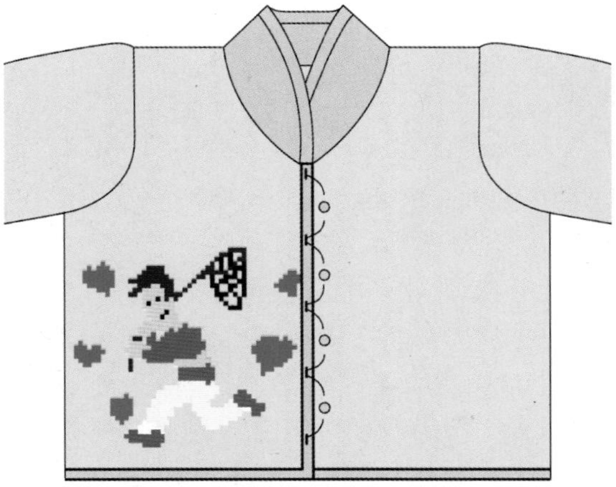

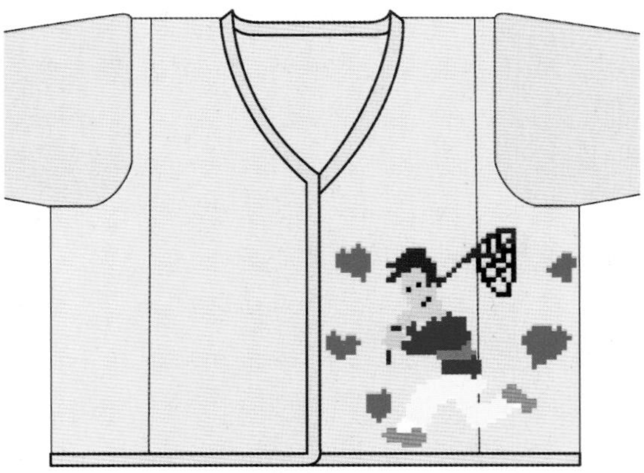

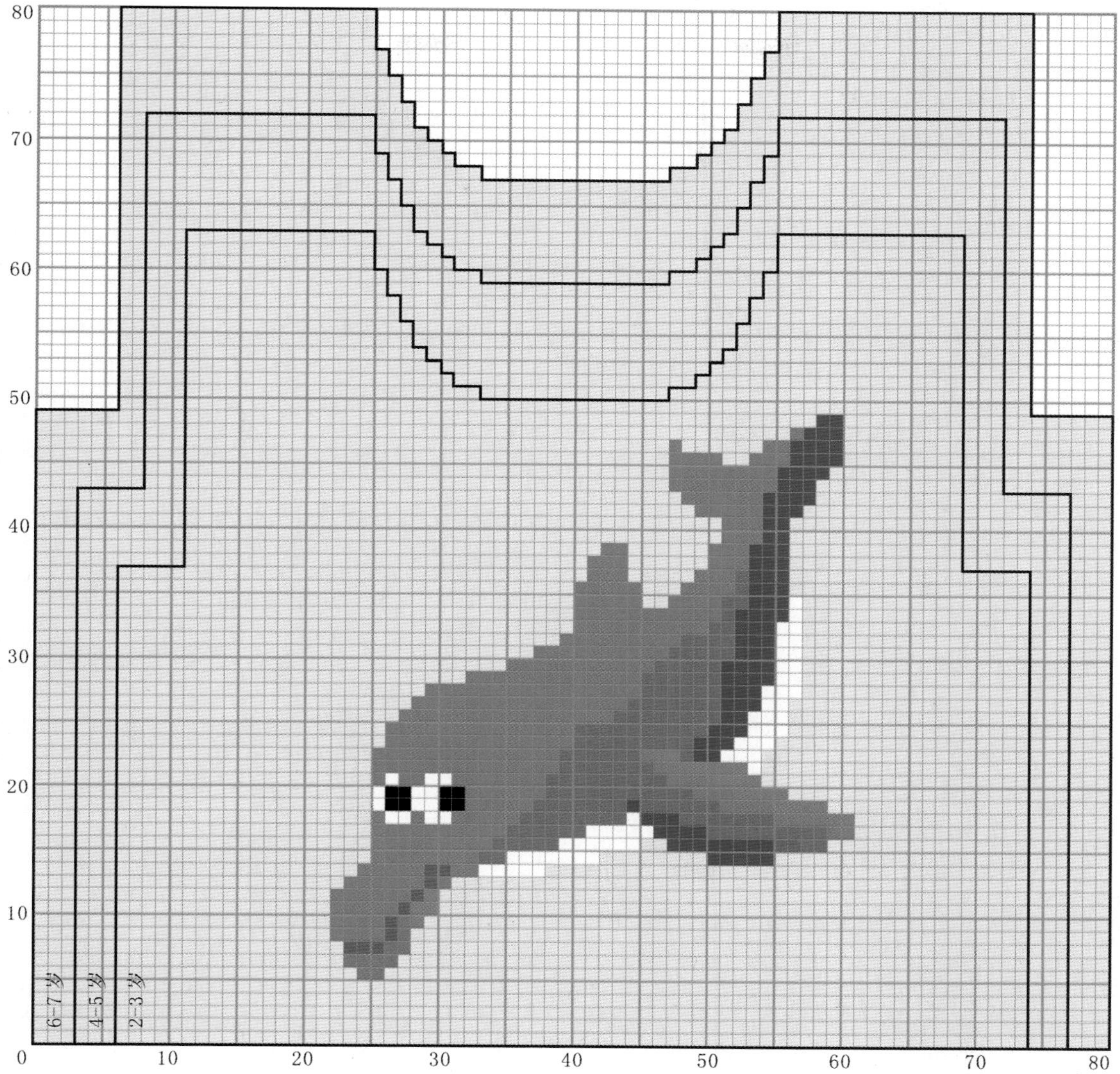
80
70
60
50
40
30
20
10
0
10
20
30
40
50
60
70
80
6-7岁
4-5岁
2-3岁

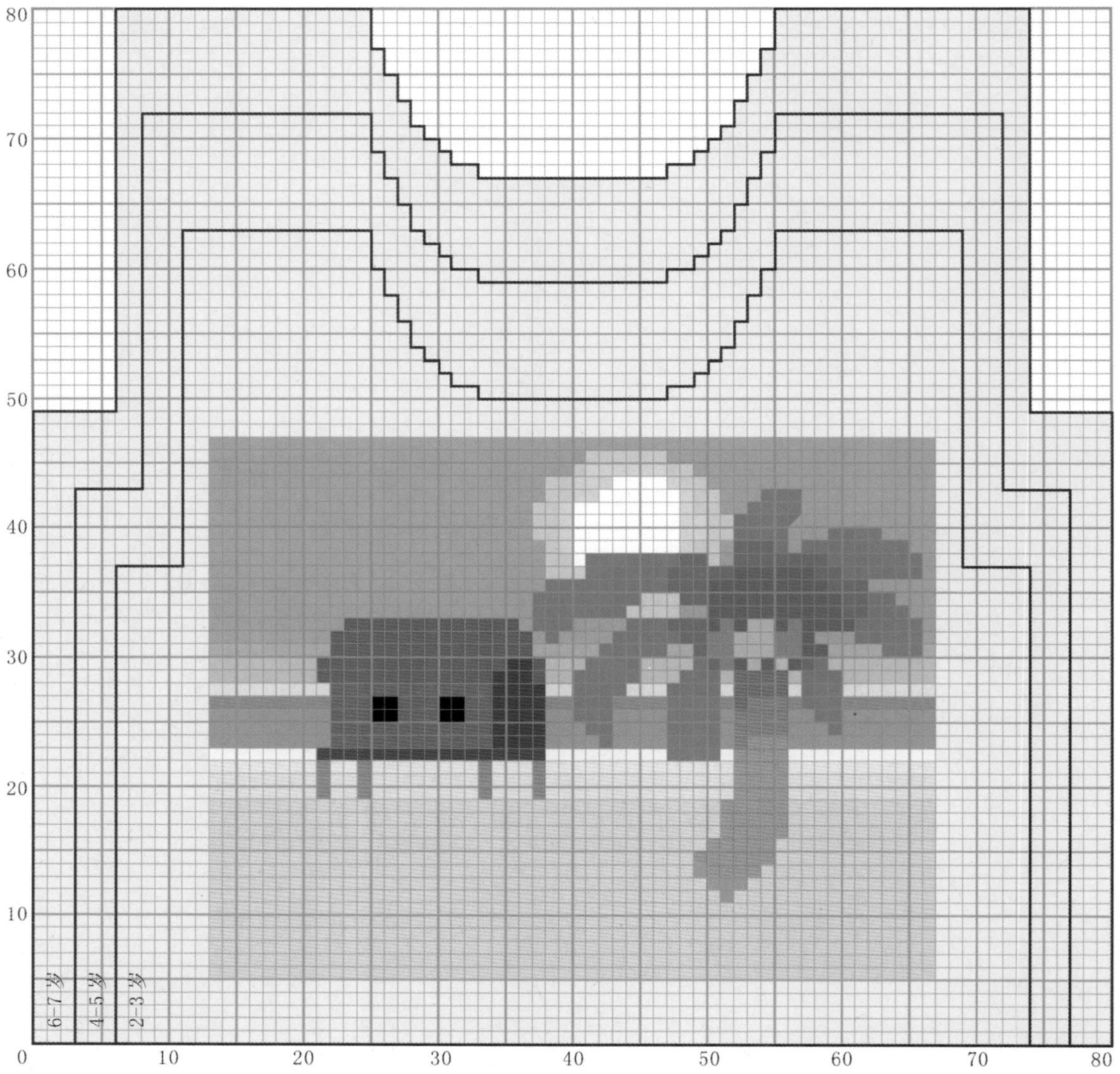
6-7岁
4-5岁
2-3岁
0
10
20
30
40
50
60
70
80

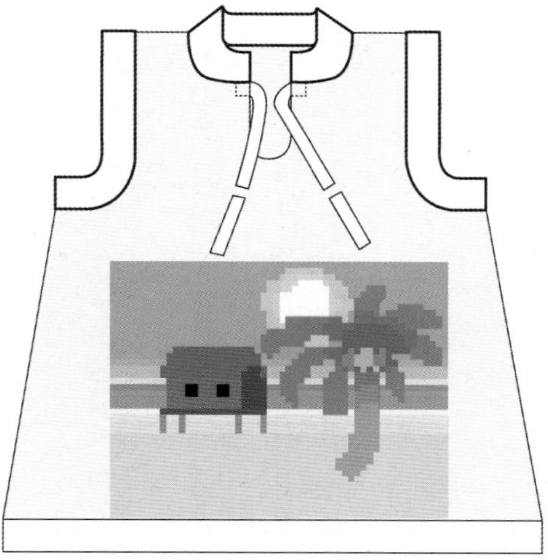

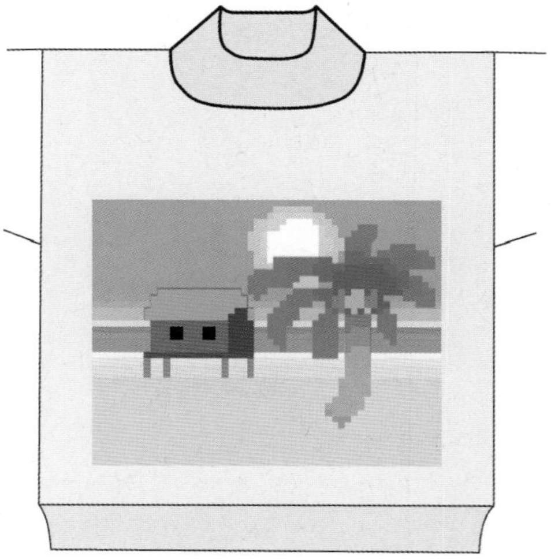

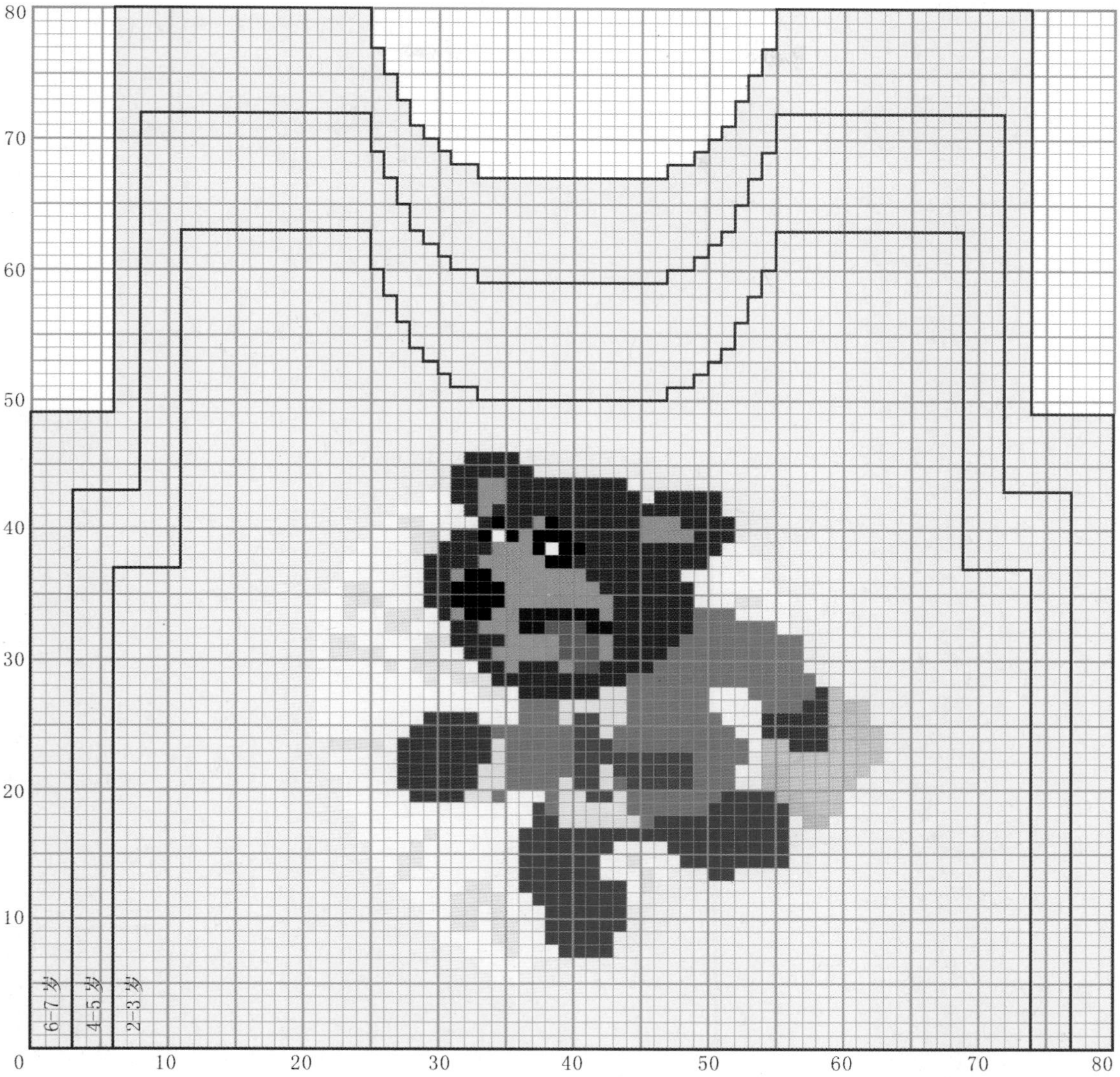
80
70
60
50
40
30
20
10
0
10
20
30
40
50
60
70
80
6-7岁
4-5岁
2-3岁

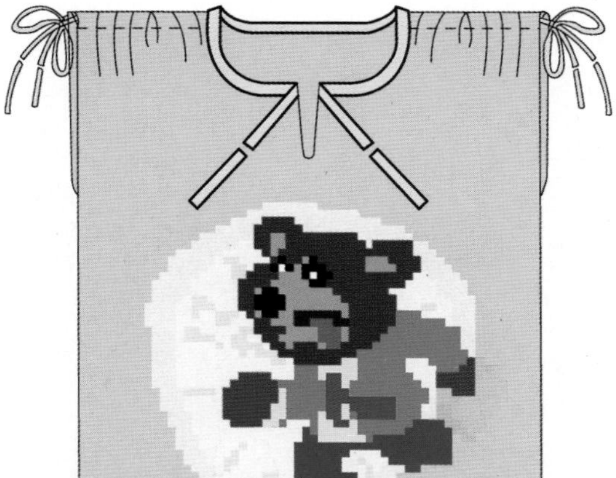

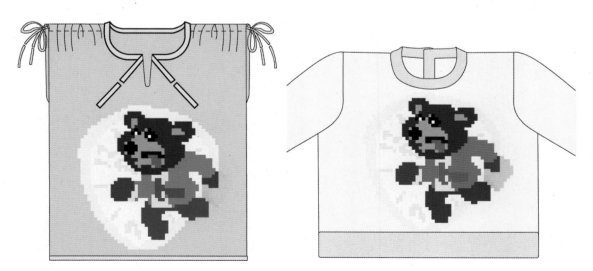

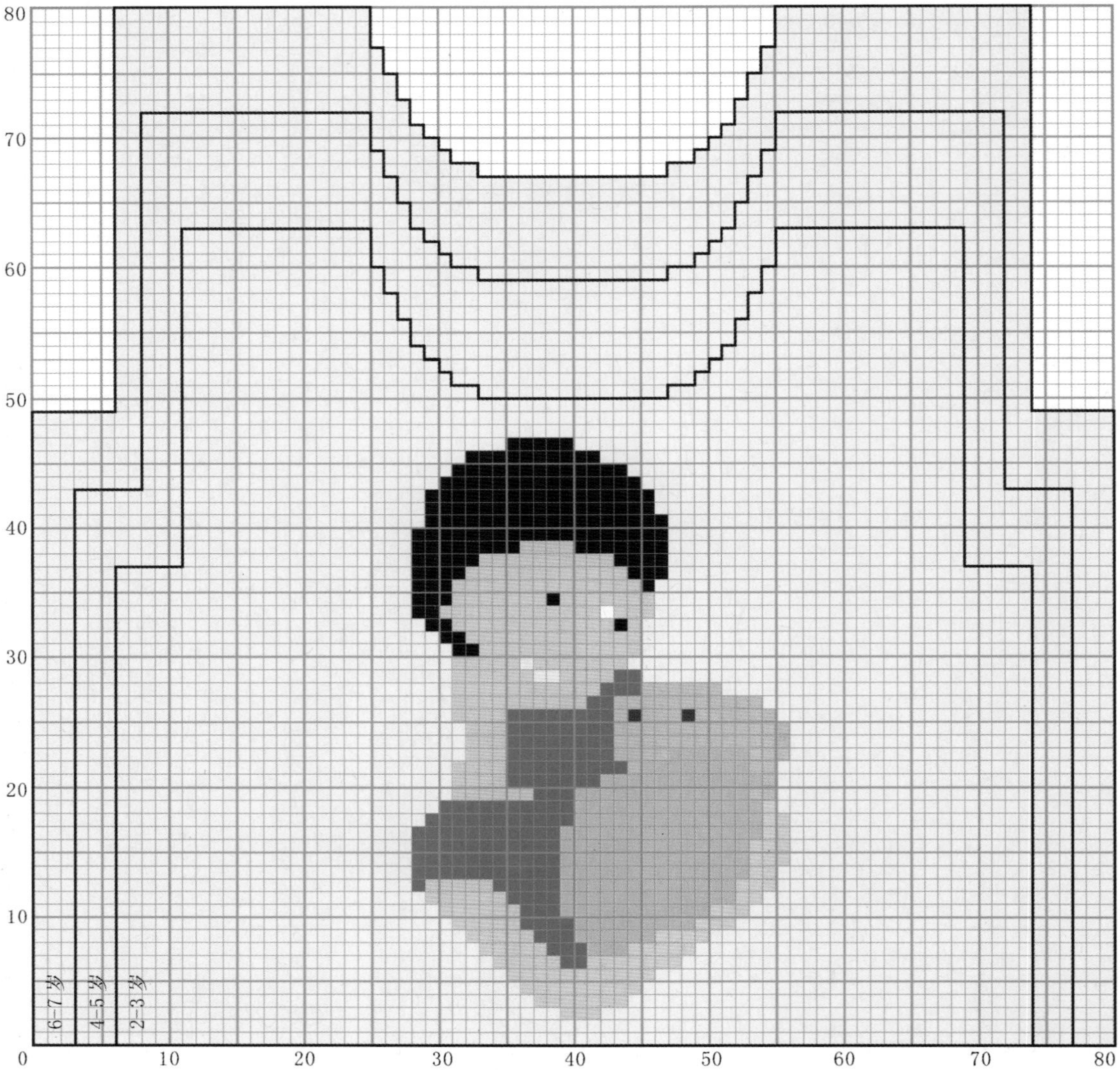

80
70
60
50
40
30
20
10
6-7岁
4-5岁
2-3岁
0
10
20
30
40
50
60
70
80

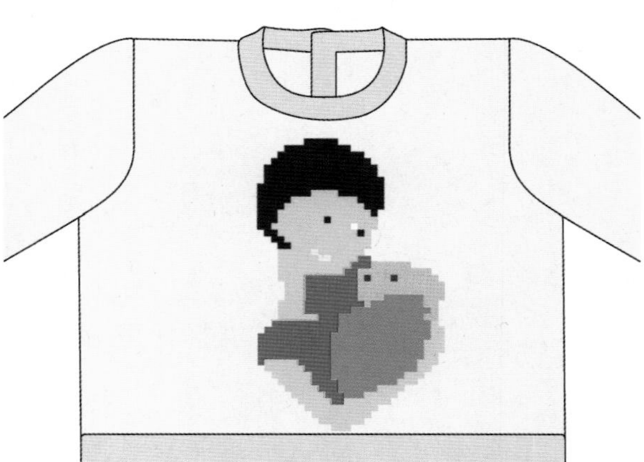

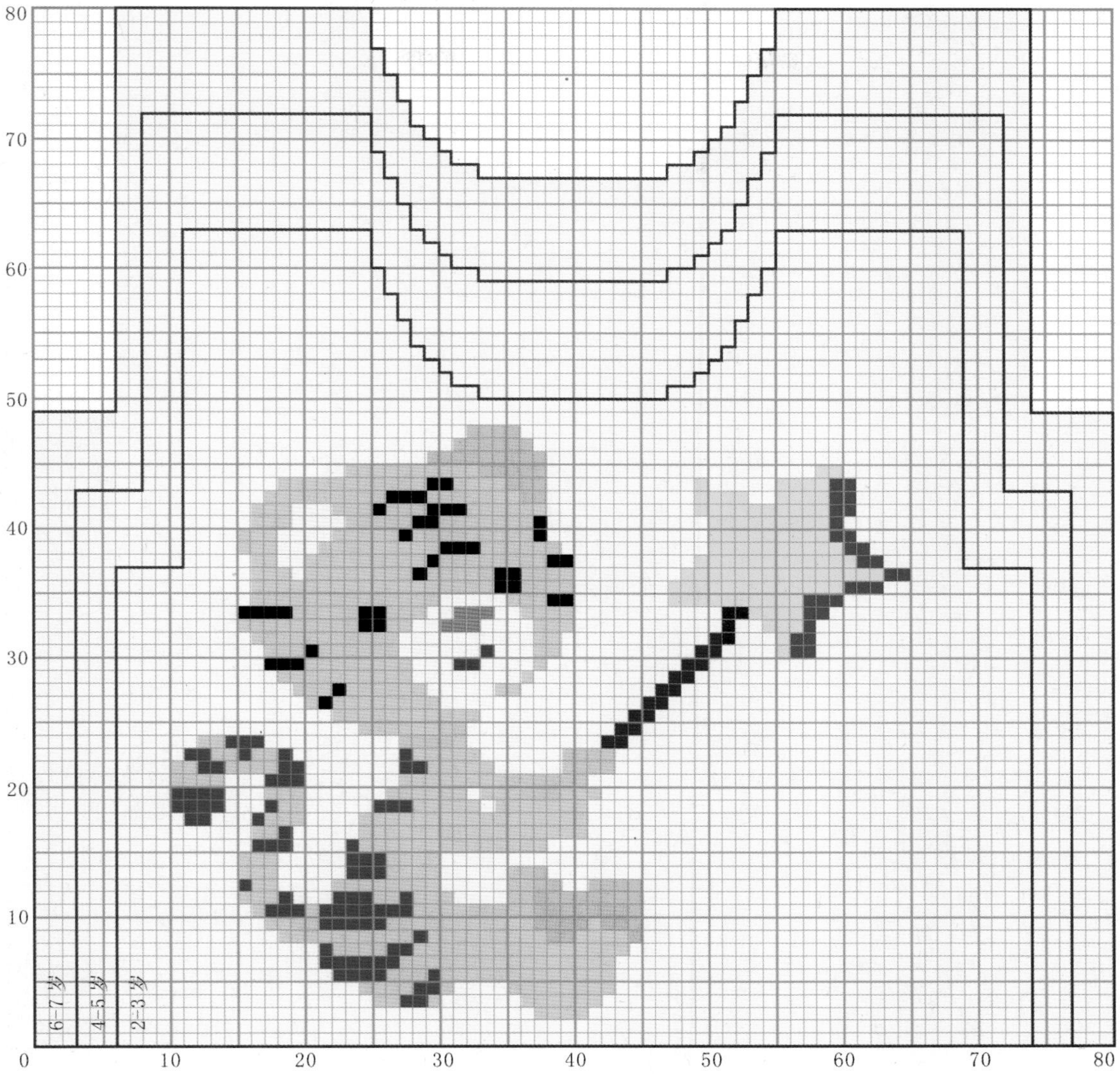
80
70
60
50
40
30
20
10
0
10
20
30
40
50
60
70
80
6-7岁
4-5岁
2-3岁

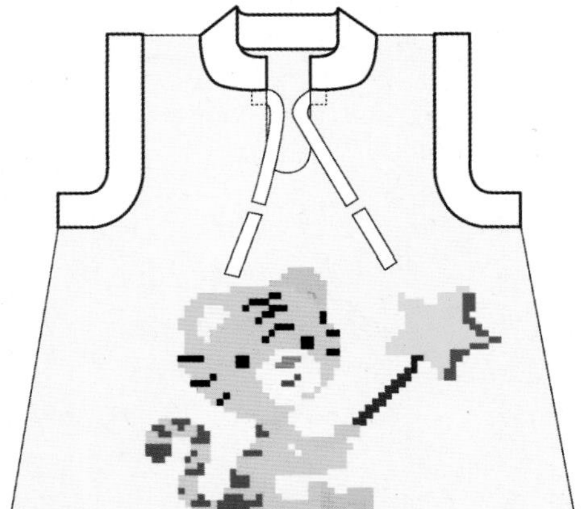

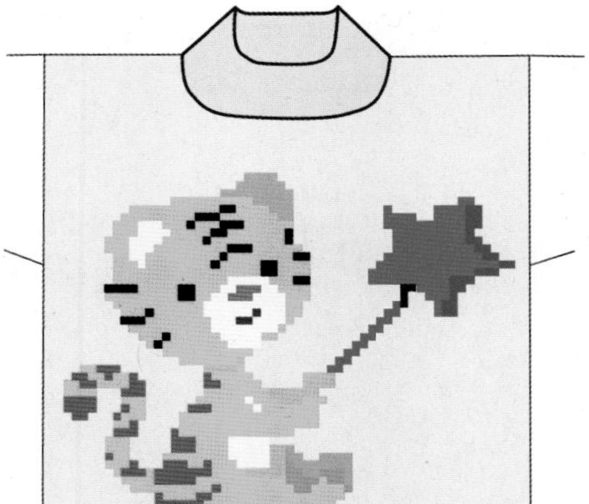

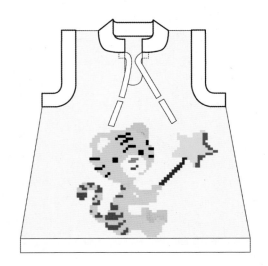

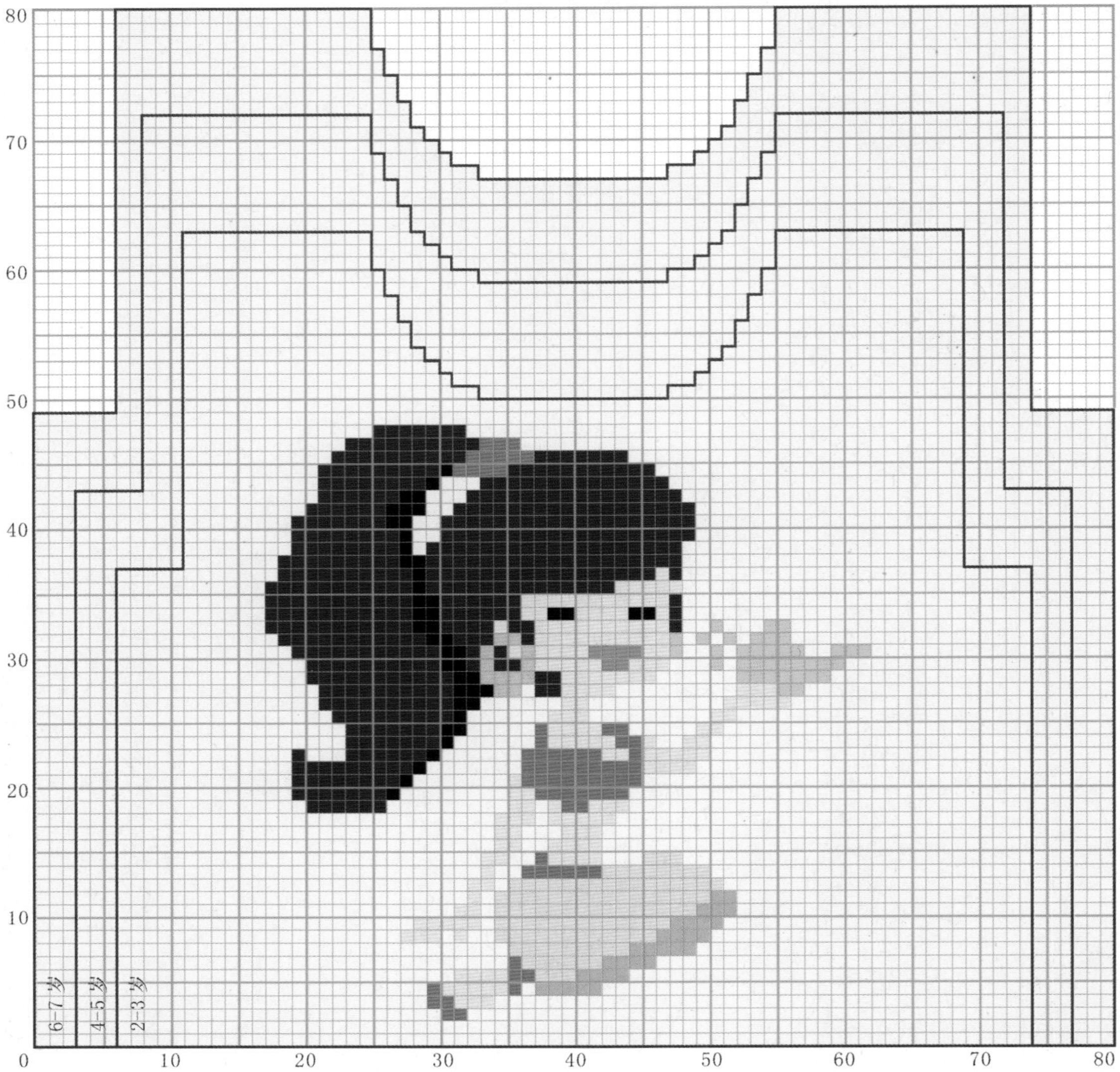
80
70
60
50
40
30
20
10
0
10
20
30
40
50
60
70
80
6-7岁
4-5岁
2-3岁

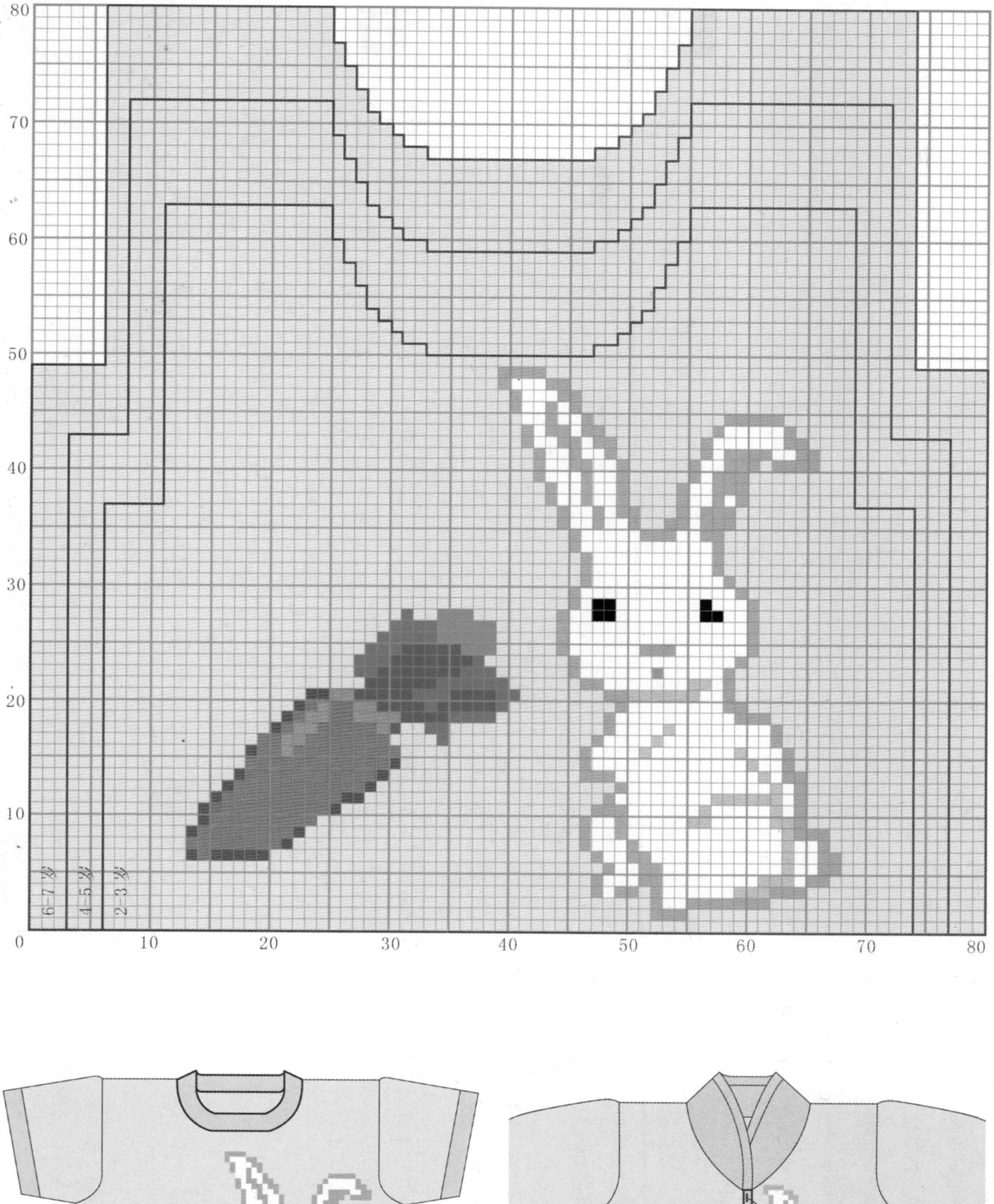
80
70
60
50
40
30
20
10
0
6-7岁
4-5岁
2-3岁
10
20
30
40
50
60
70
80

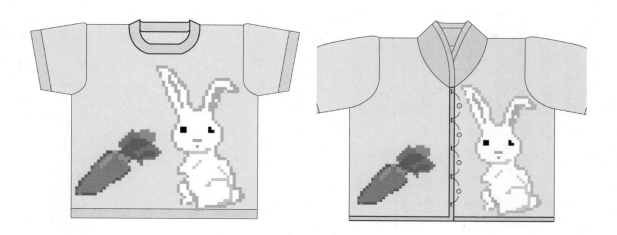

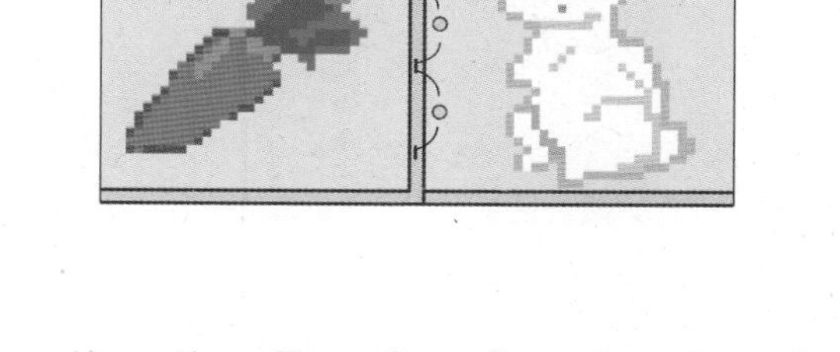

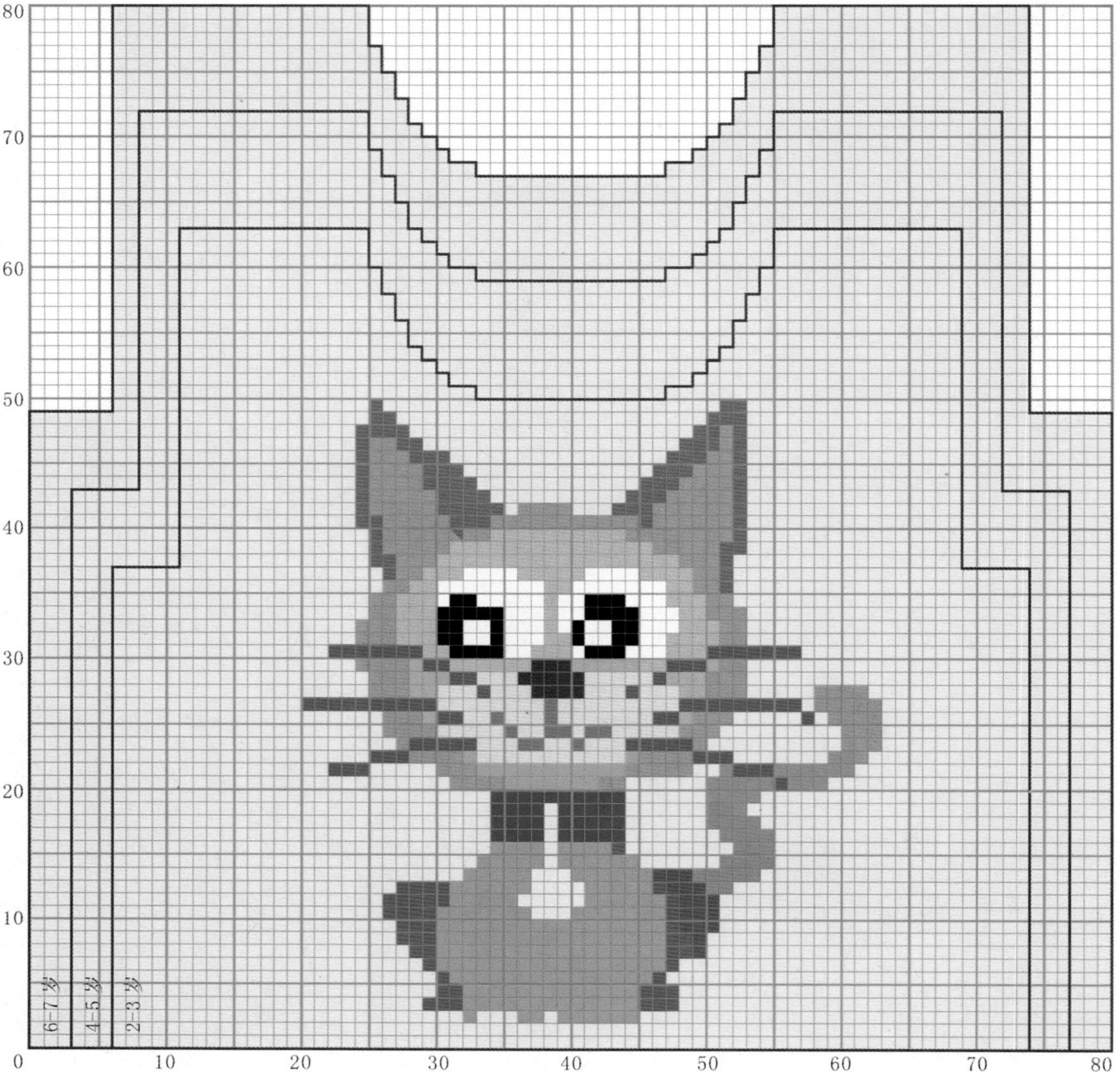
80
70
60
50
40
30
20
10
0
10
20
30
40
50
60
70
80
6-7岁
4-5岁
2-3岁

0
10
20
30
40
50
60
70
80
6-7岁
4-5岁
2-3岁

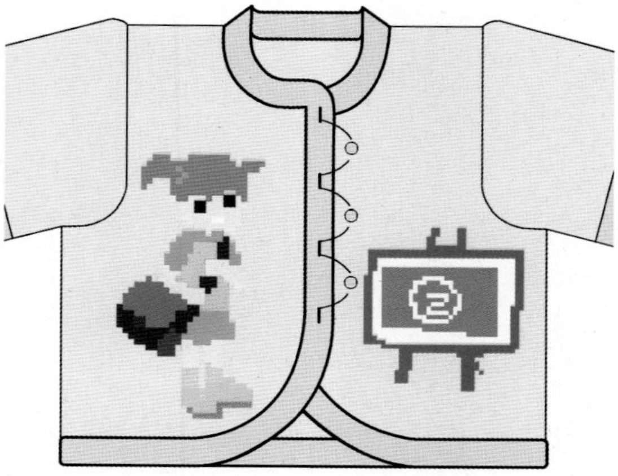

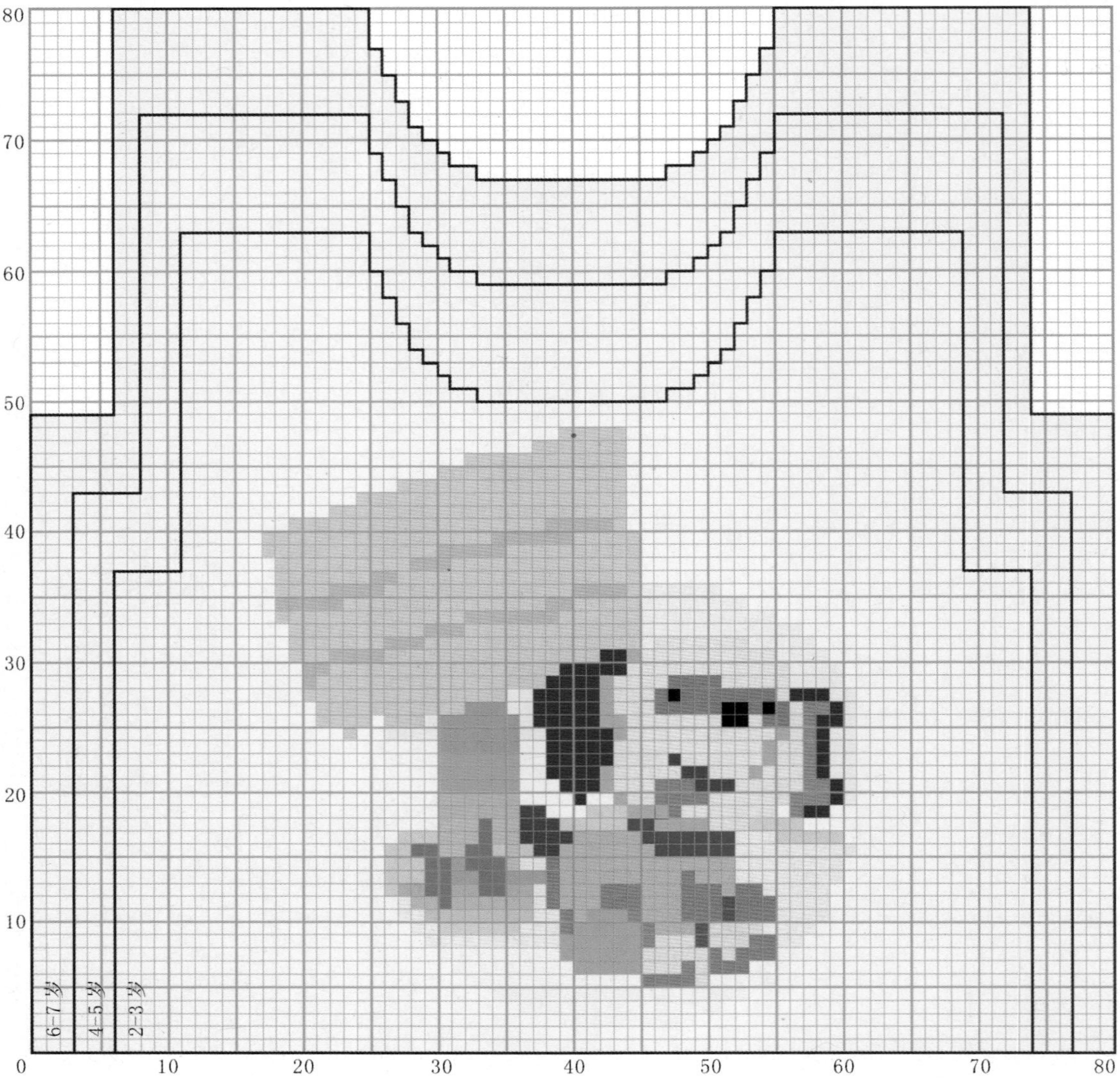
6-7岁
4-5岁
2-3岁
0
10
20
30
40
50
60
70
80

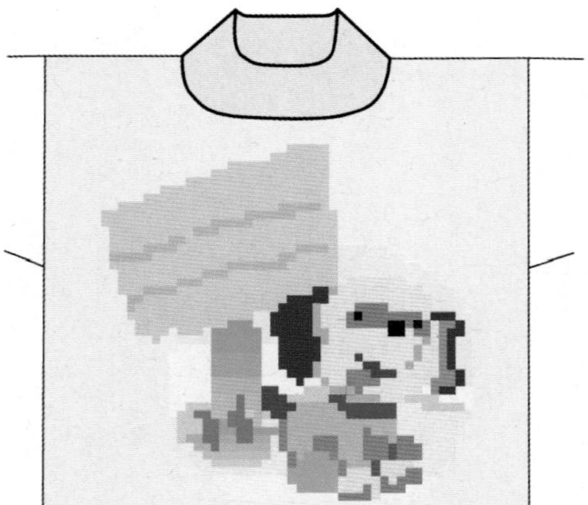

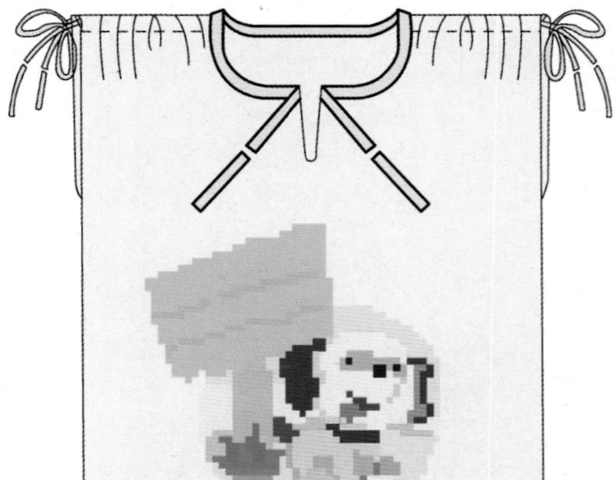

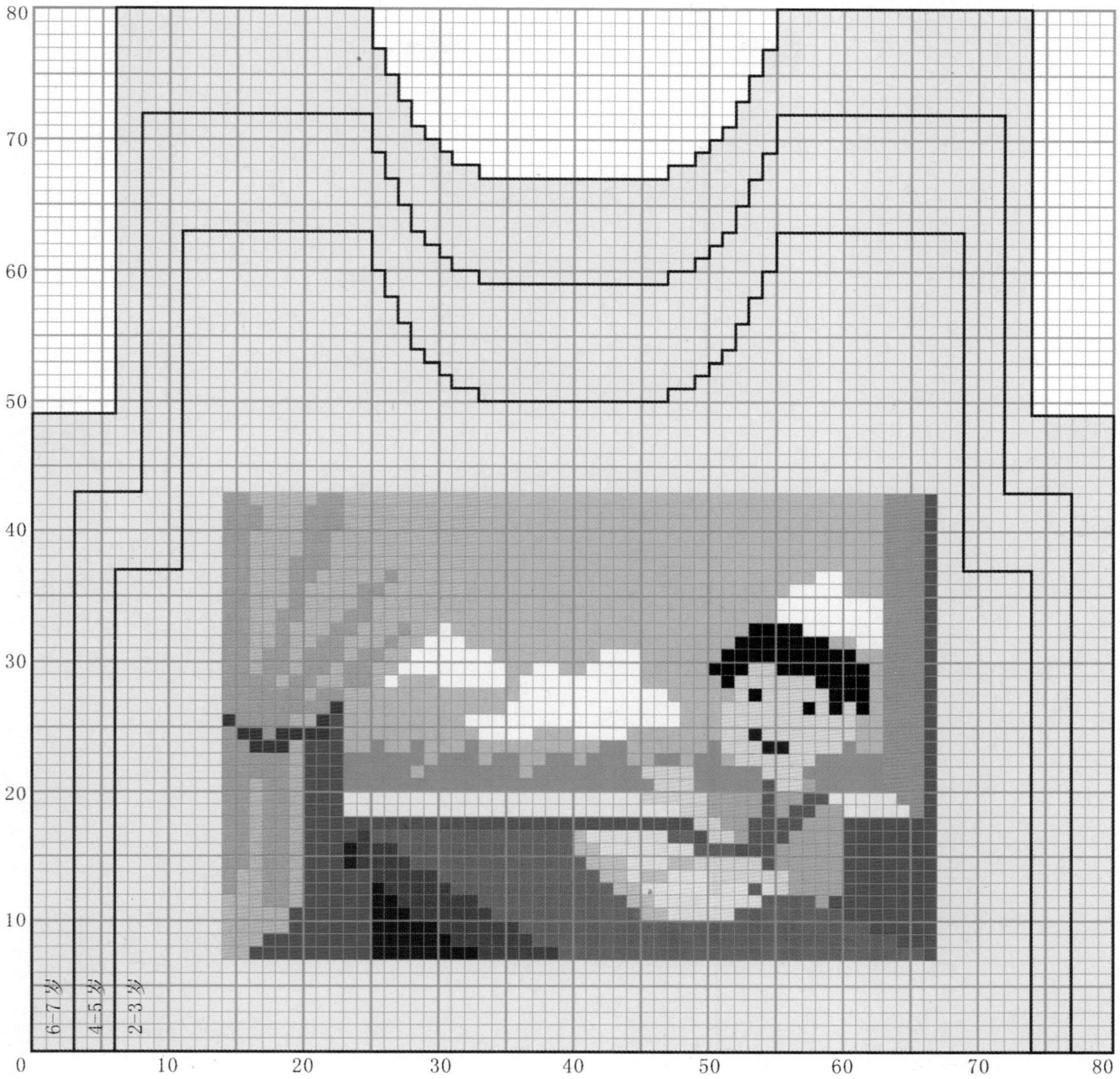
80
70
60
50
40
30
20
10
0
10
20
30
40
50
60
70
80
6-7岁
4-5岁
2-3岁

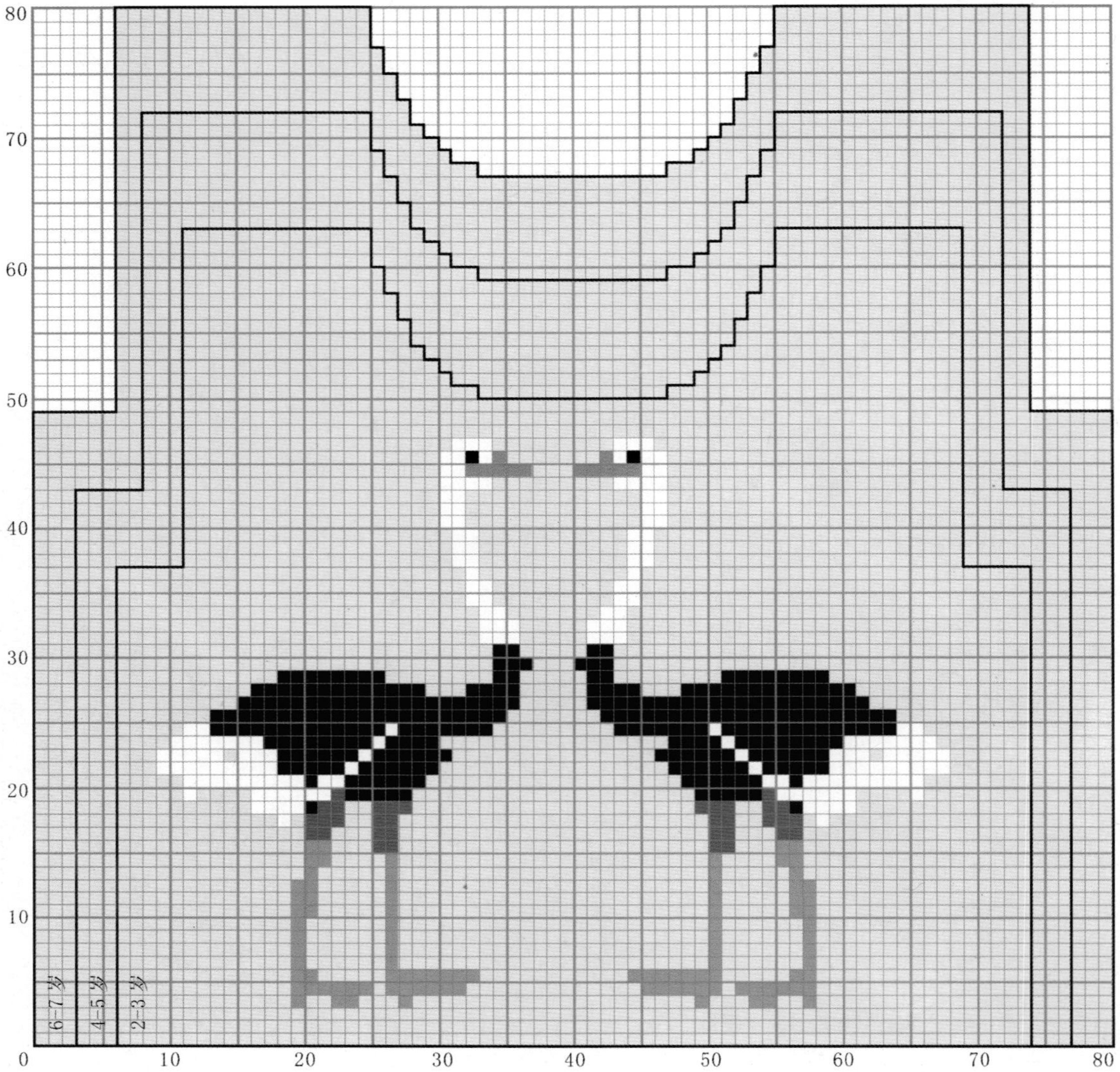
80
70
60
50
40
30
20
10
0
10
20
30
40
50
60
70
80
6-7岁
4-5岁
2-3岁

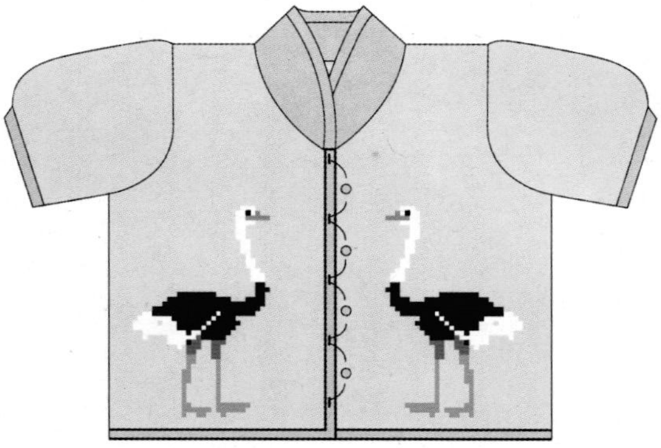

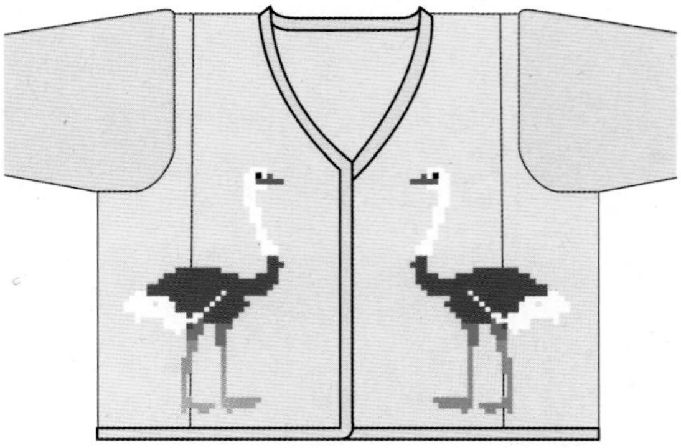

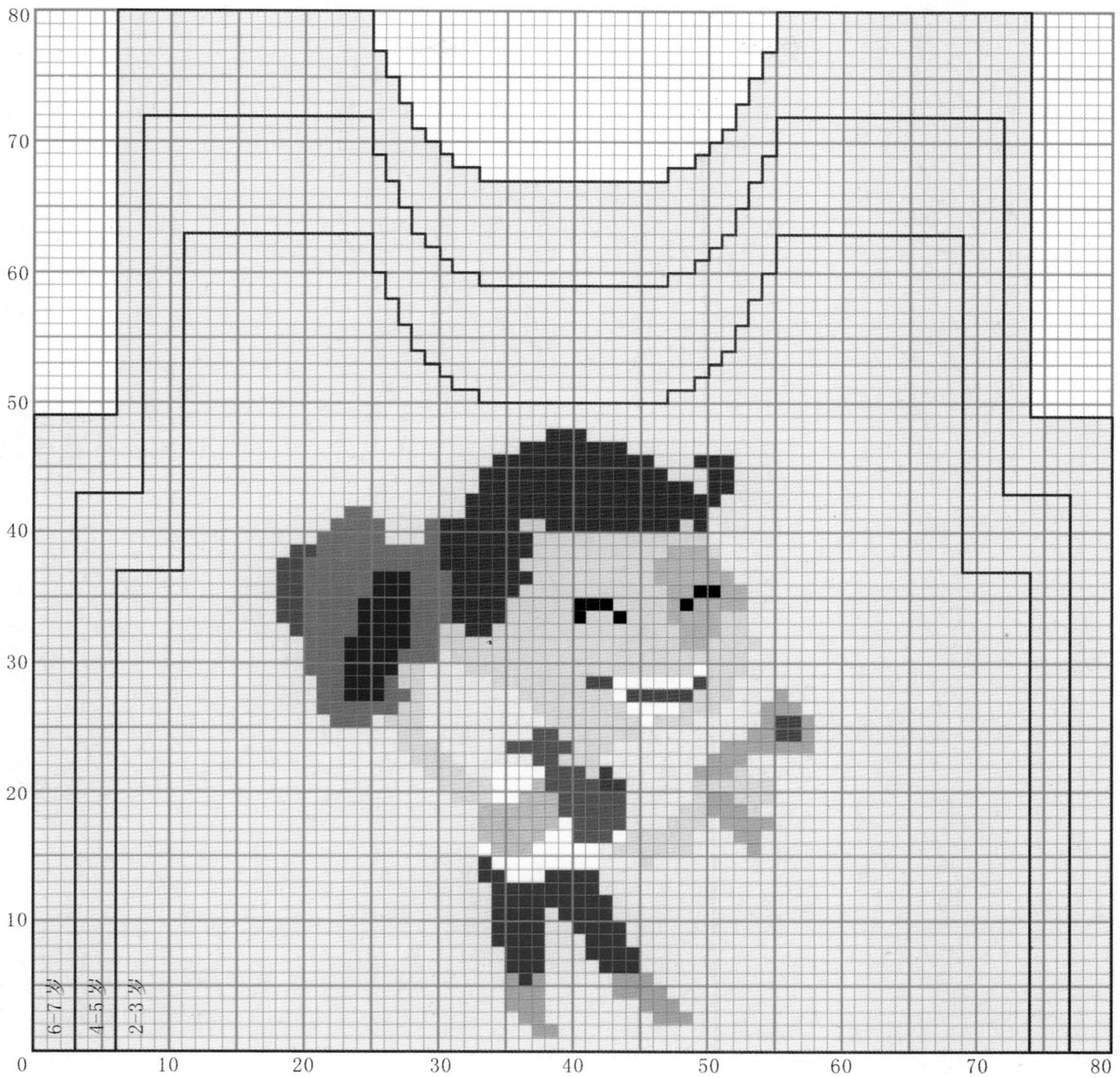
80
70
60
50
40
30
20
10
0
10
20
30
40
50
60
70
80
6-7岁
4-5岁
2-3岁

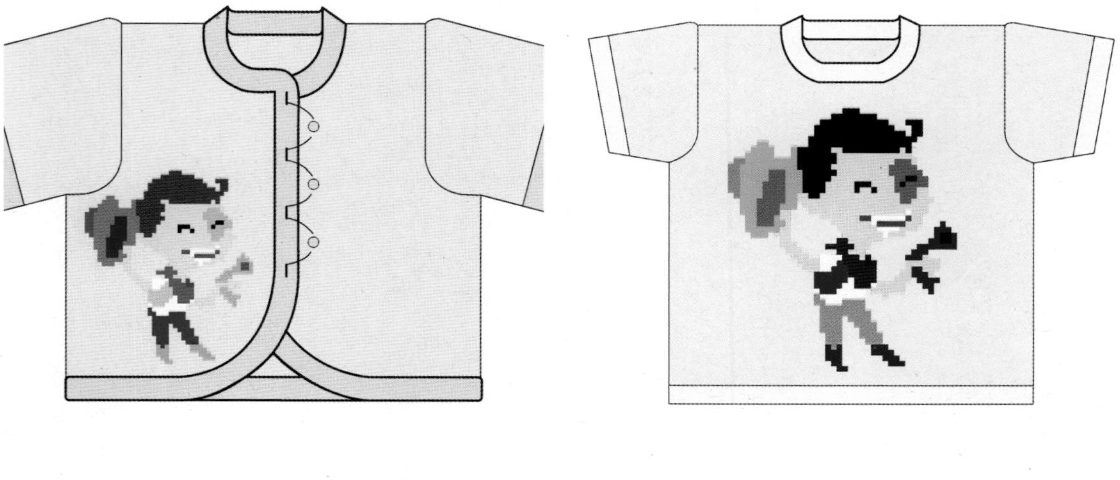

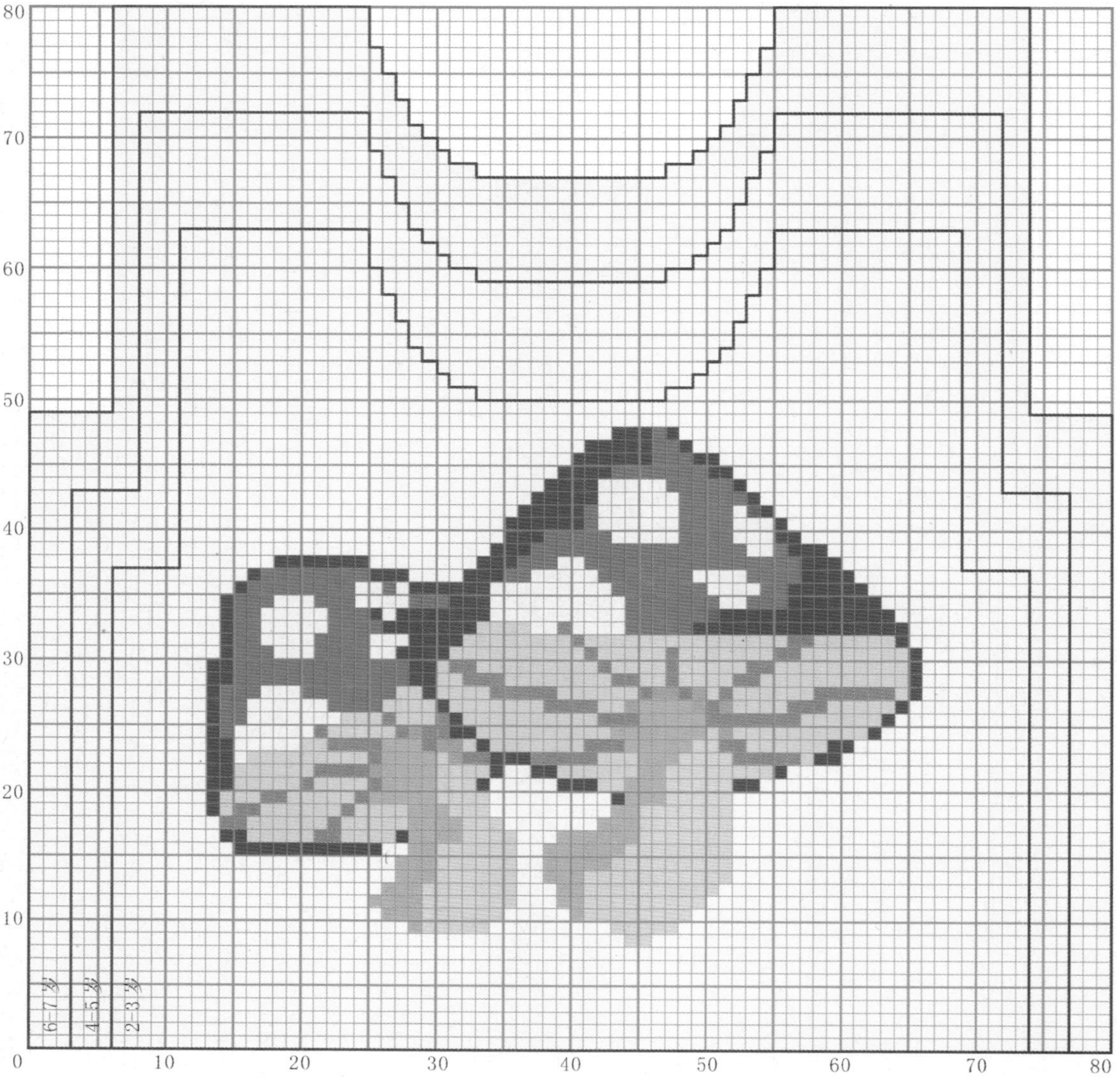
80
70
60
50
40
30
20
10
0
10
20
30
40
50
60
70
80
6-7岁
4-5岁
2-3岁

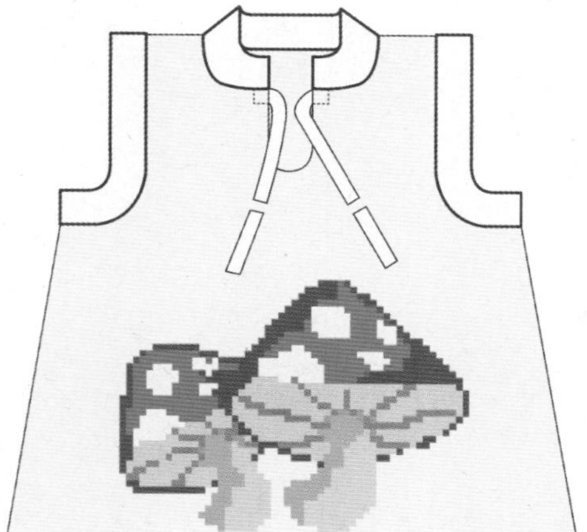

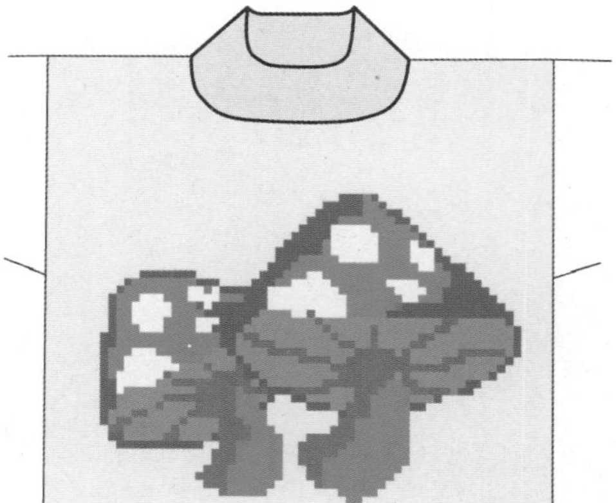

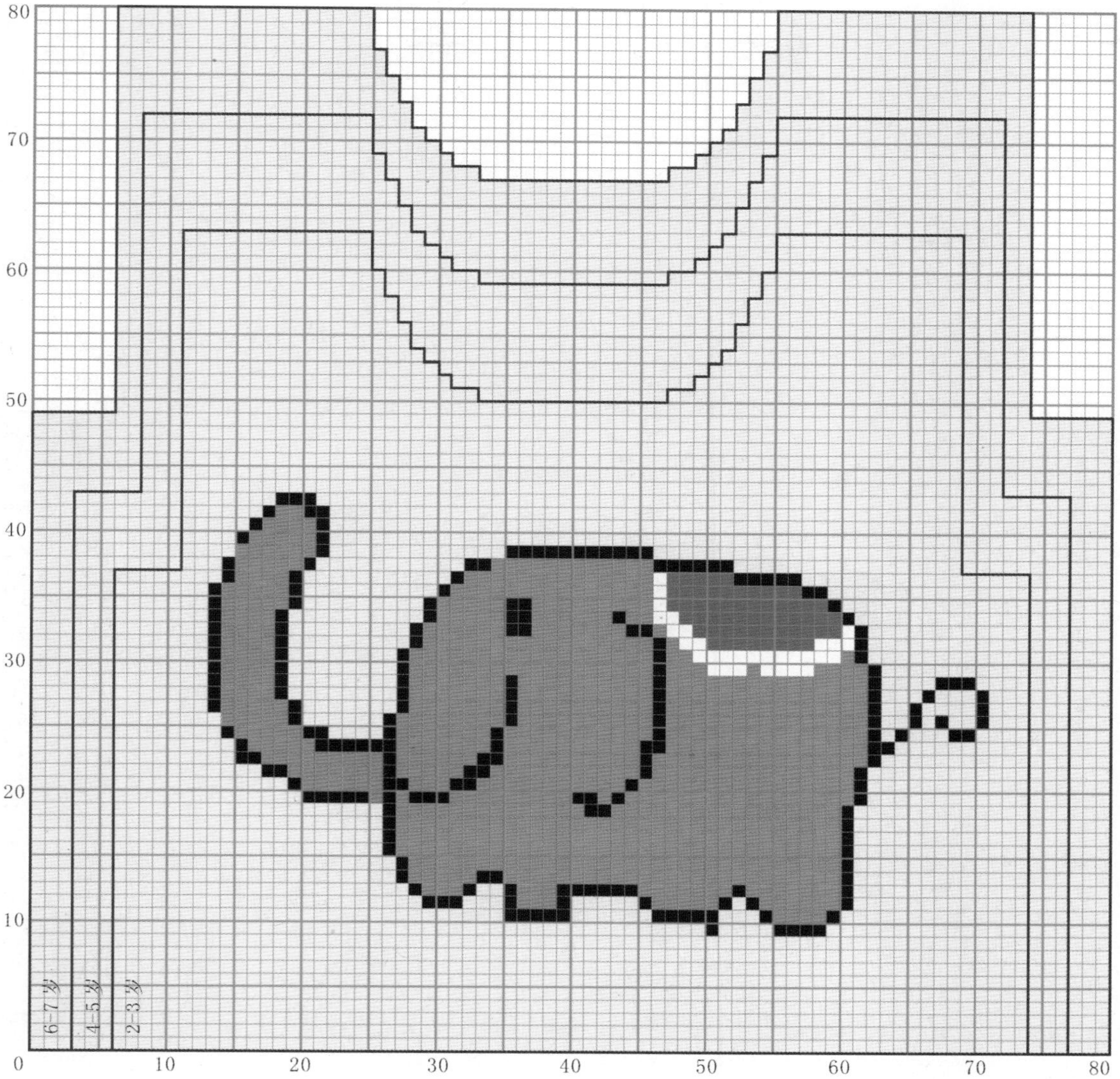
6-7岁
4-5岁
2-3岁

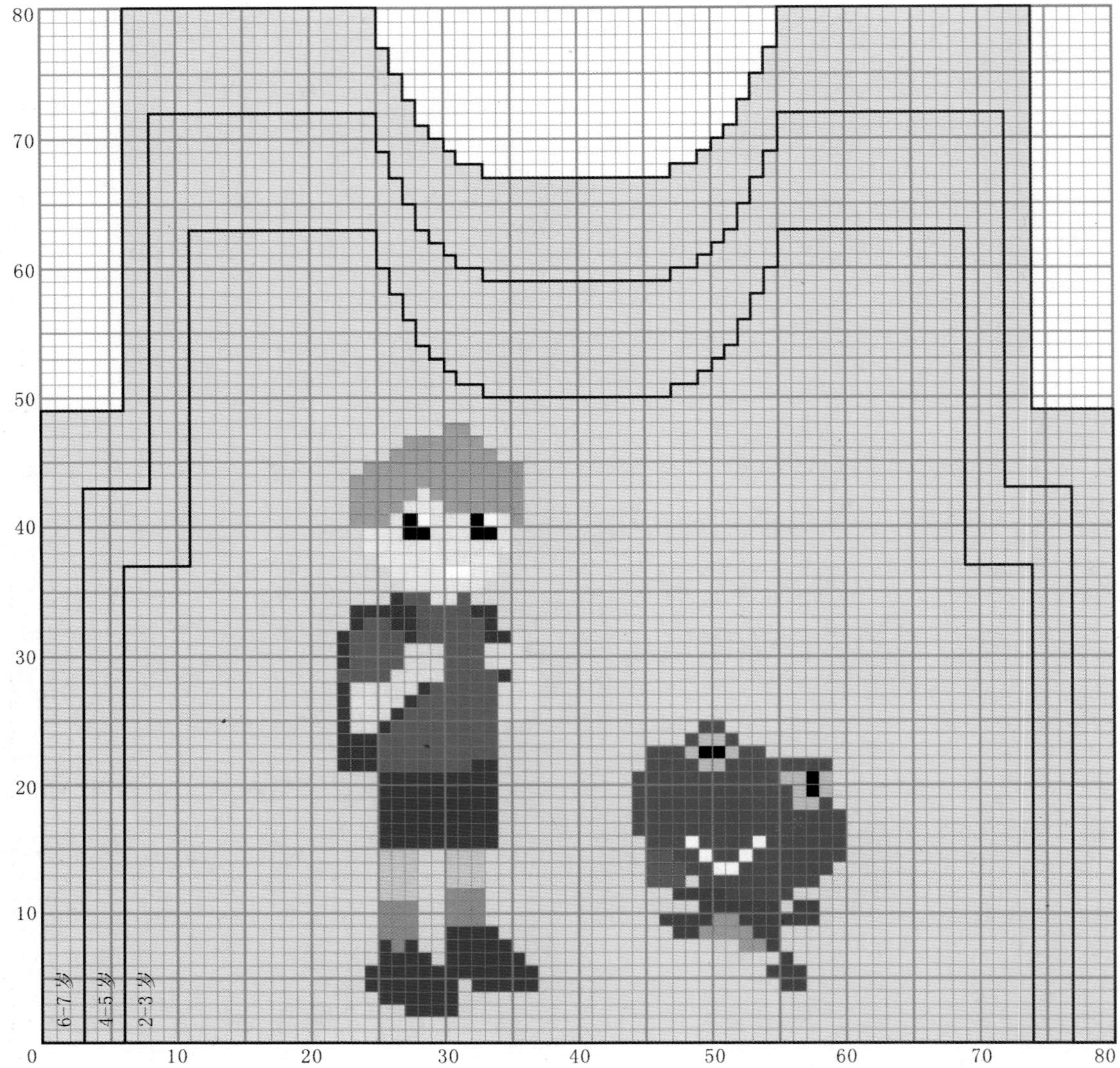
6-7岁
4-5岁
2-3岁
0
10
20
30
40
50
60
70
80

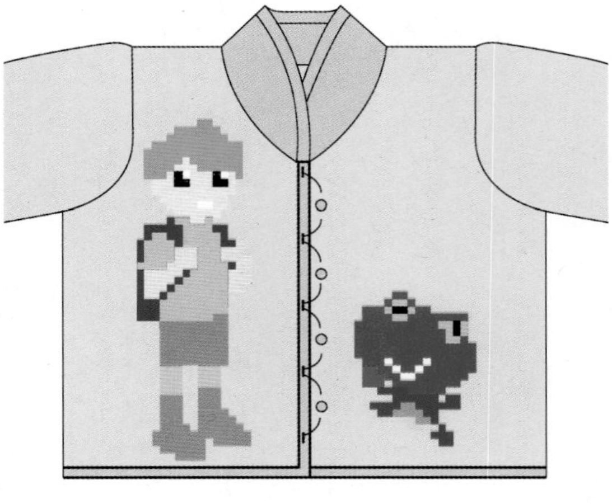

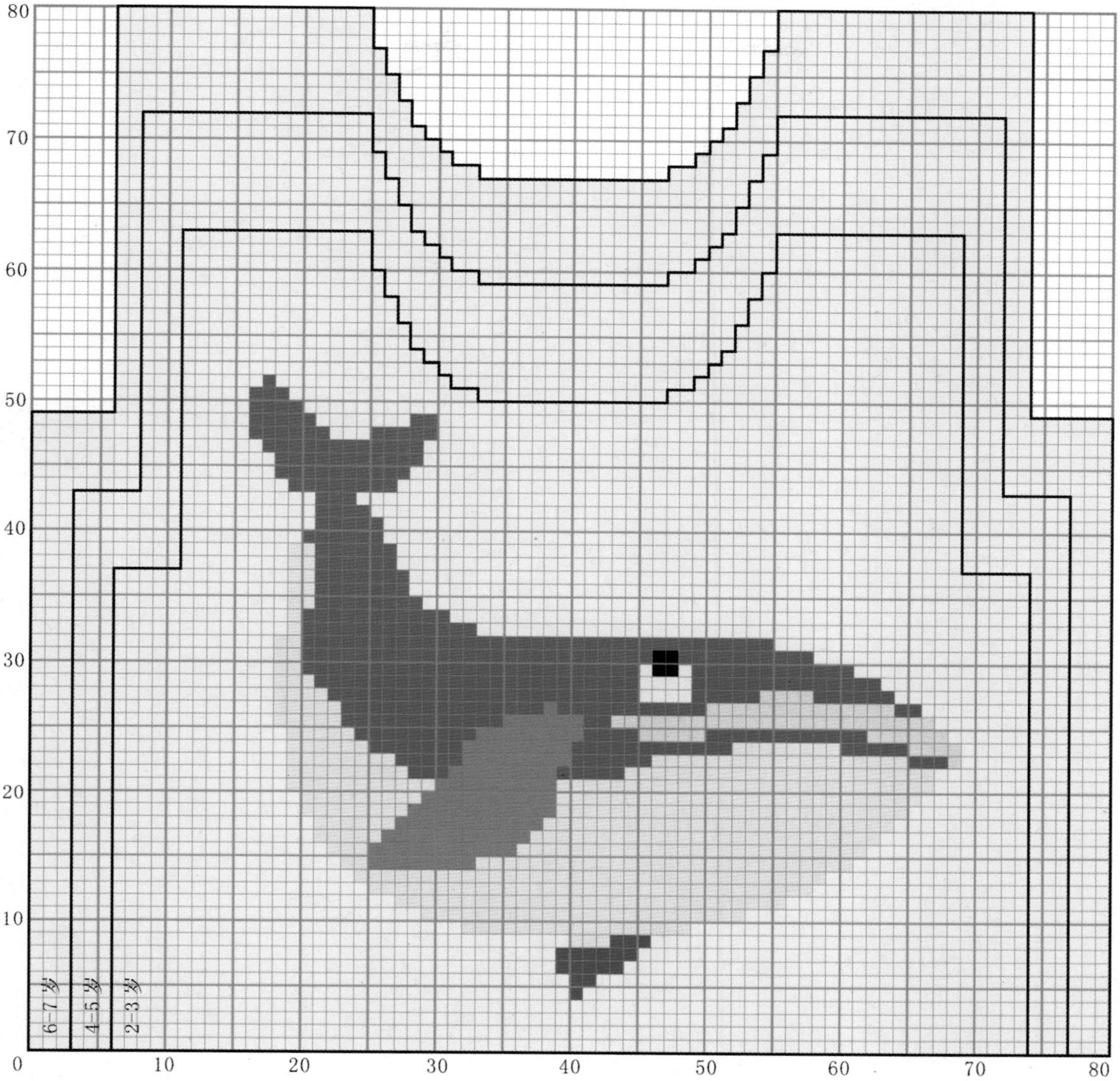
80
70
60
50
40
30
20
10
0
10
20
30
40
50
60
70
80
6-7岁
4-5岁
2-3岁

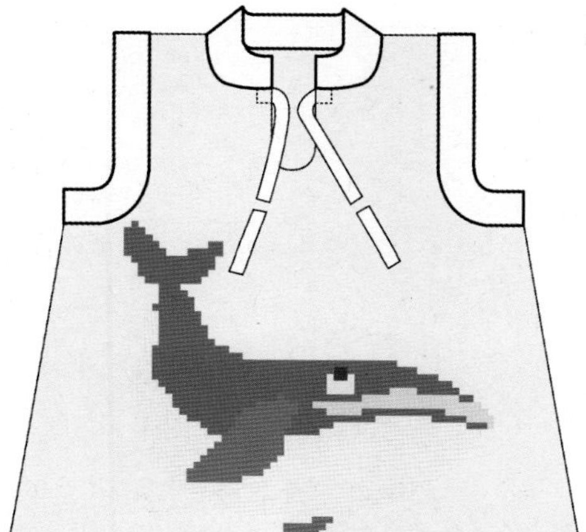

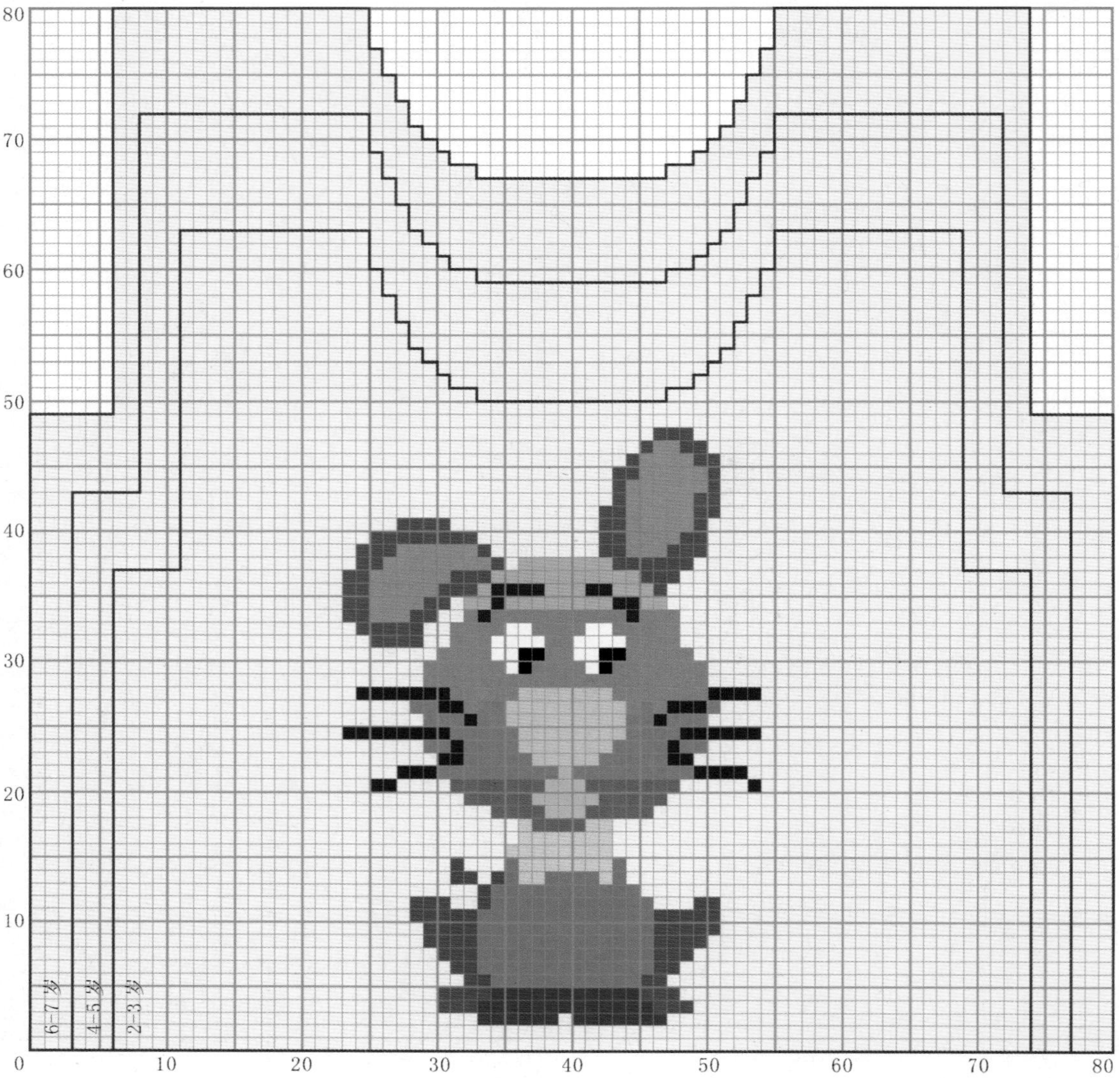
6~7岁
4~5岁
2~3岁

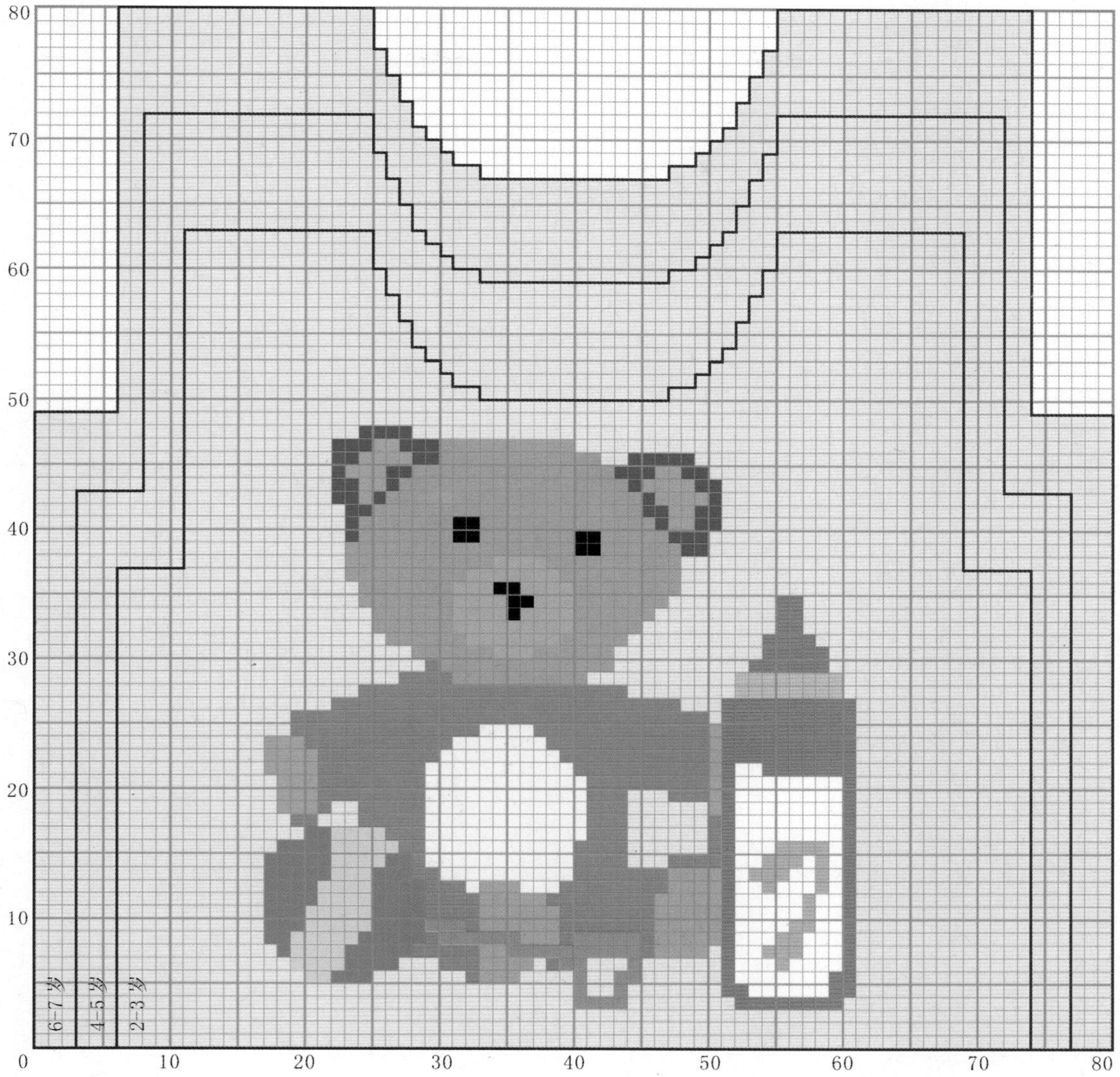
6-7岁
4-5岁
2-3岁

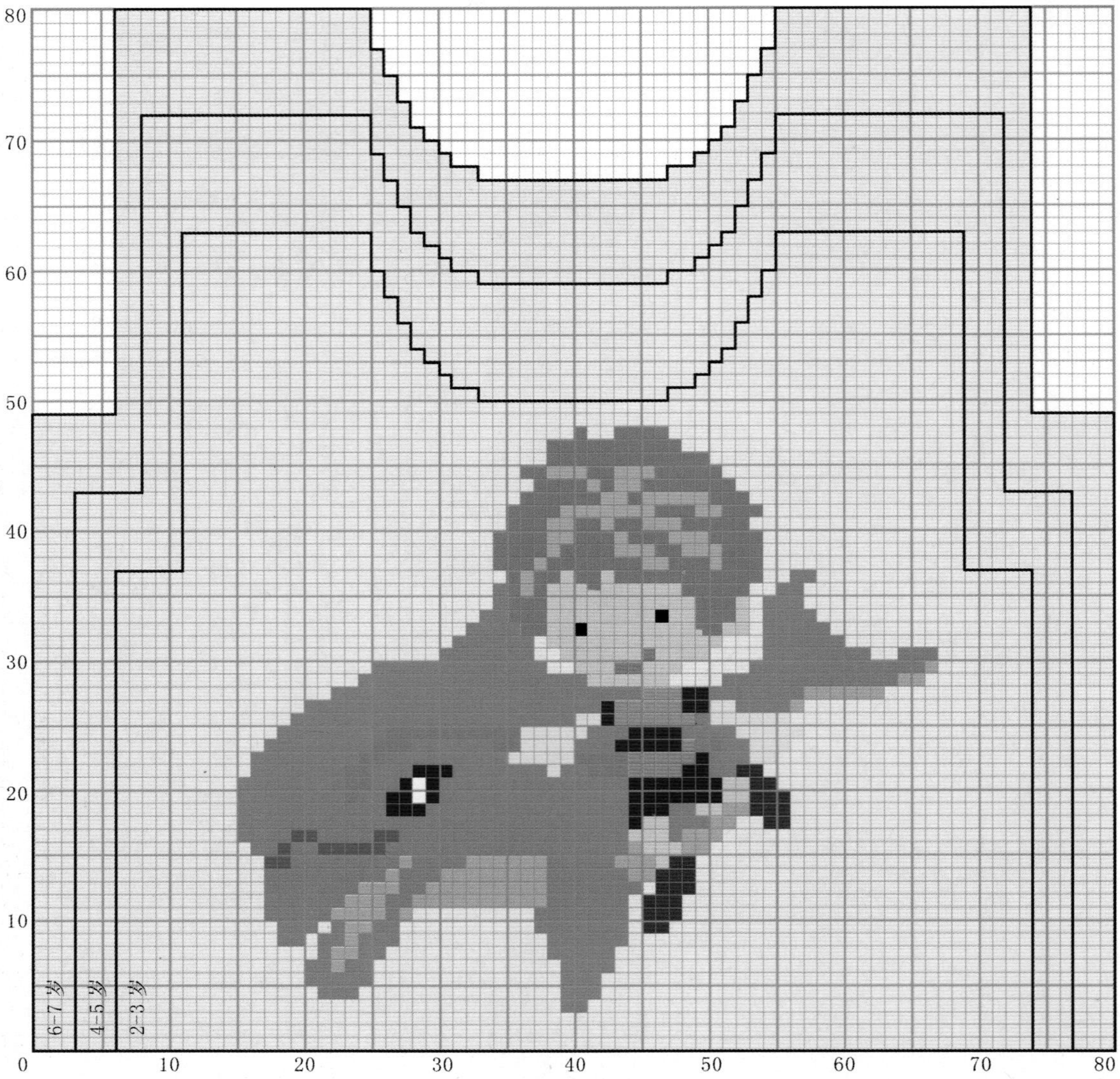
80
70
60
50
40
30
20
10
0
10
20
30
40
50
60
70
80
6-7岁
4-5岁
2-3岁

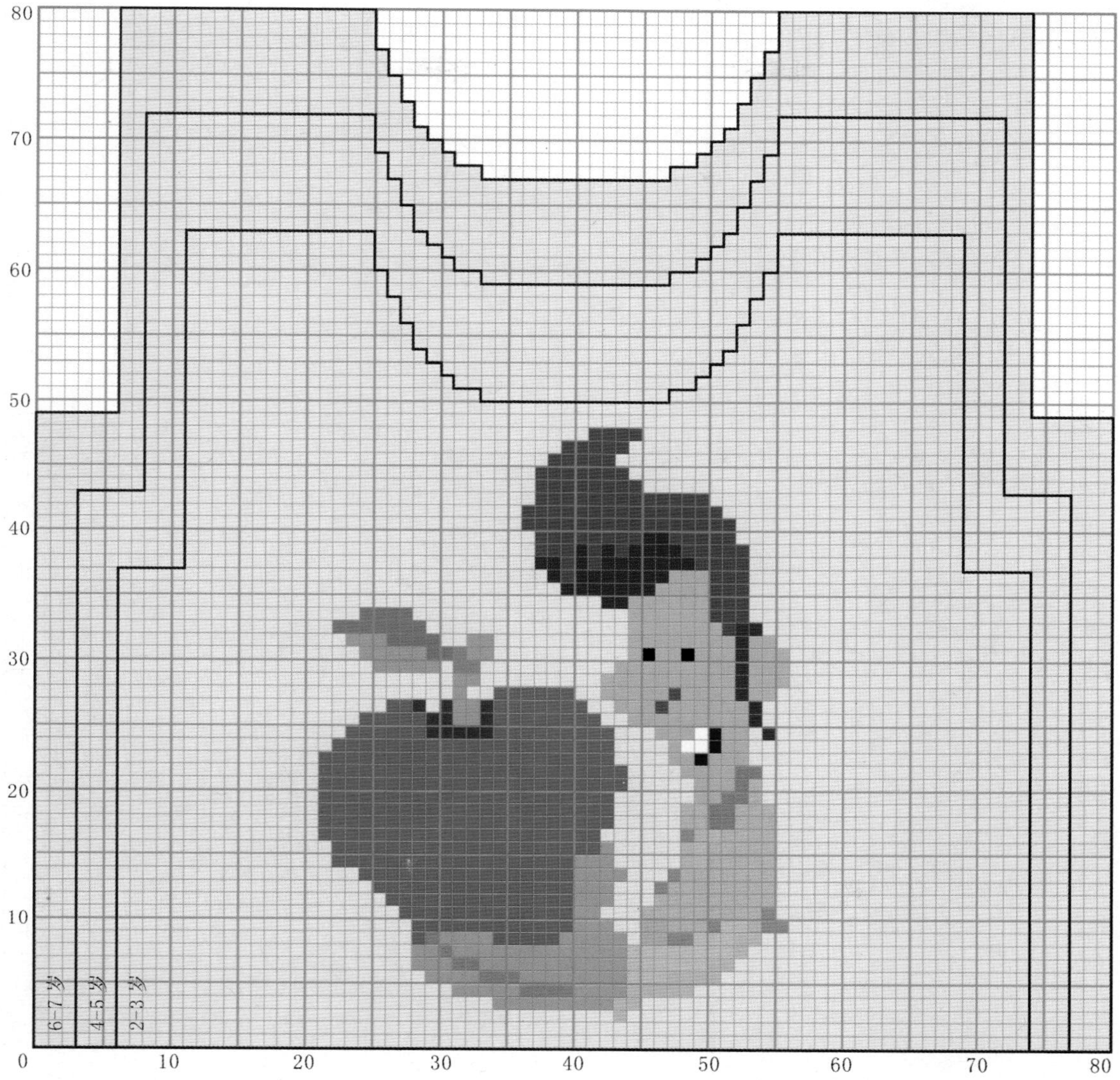
80
70
60
50
40
30
20
10
0
10
20
30
40
50
60
70
80
6-7岁
4-5岁
2-3岁

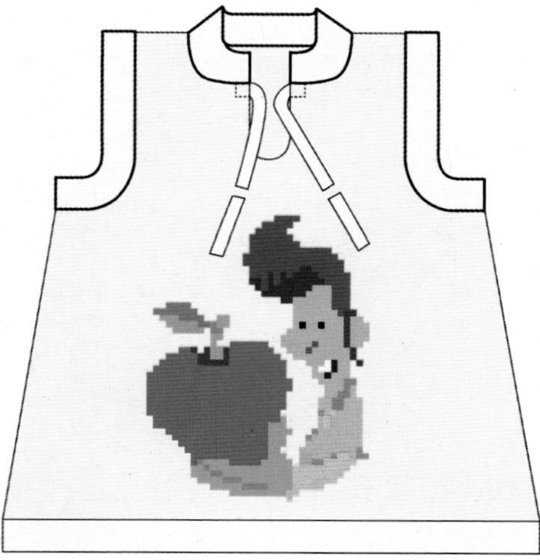

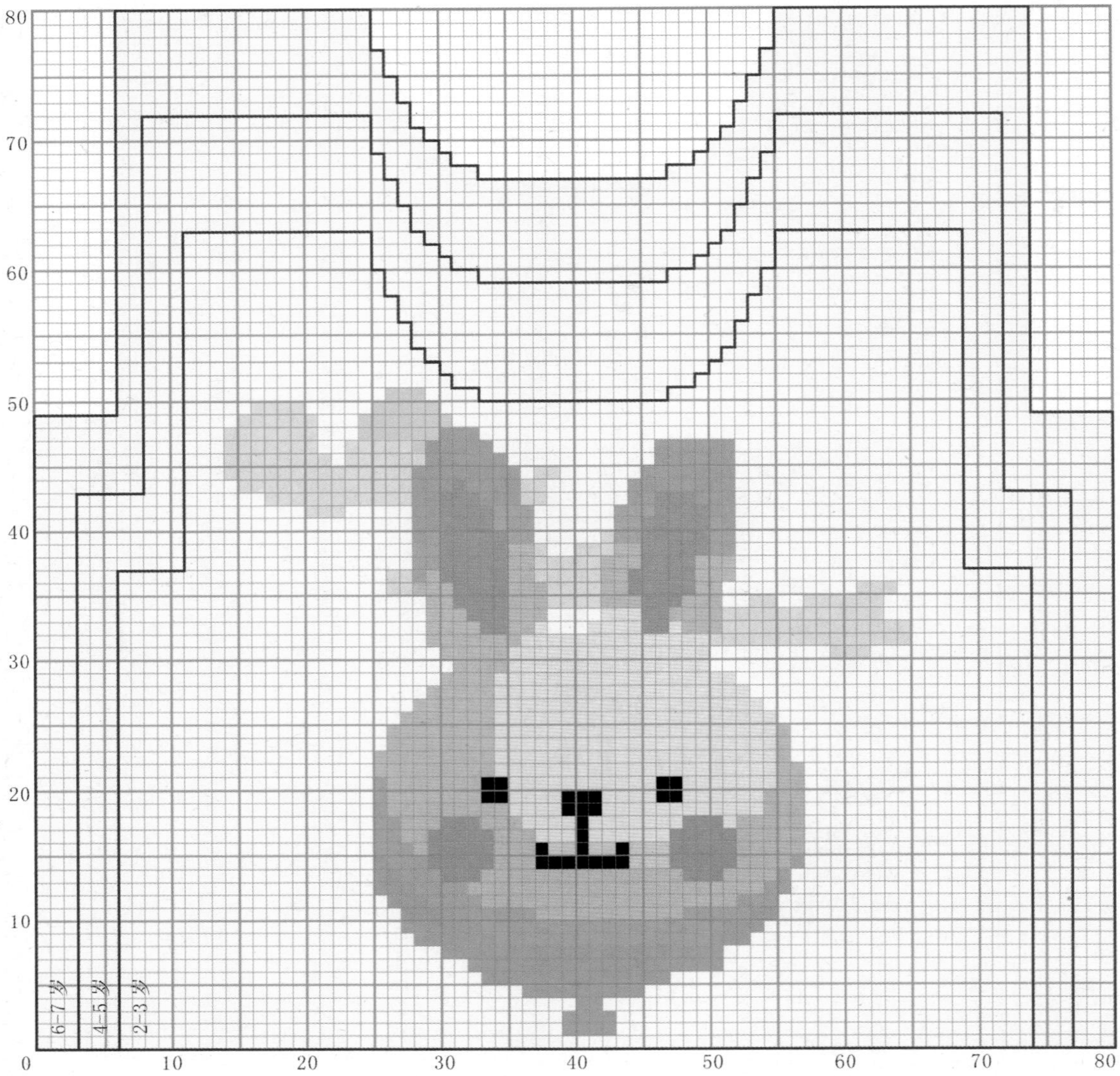
80
70
60
50
40
30
20
10
0
10
20
30
40
50
60
70
80
6-7岁
4-5岁
2-3岁

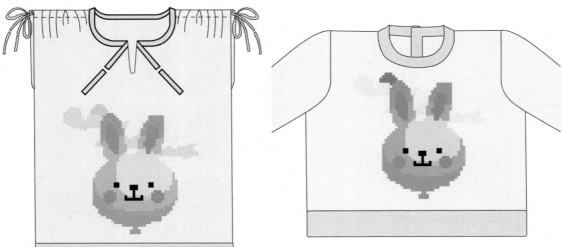

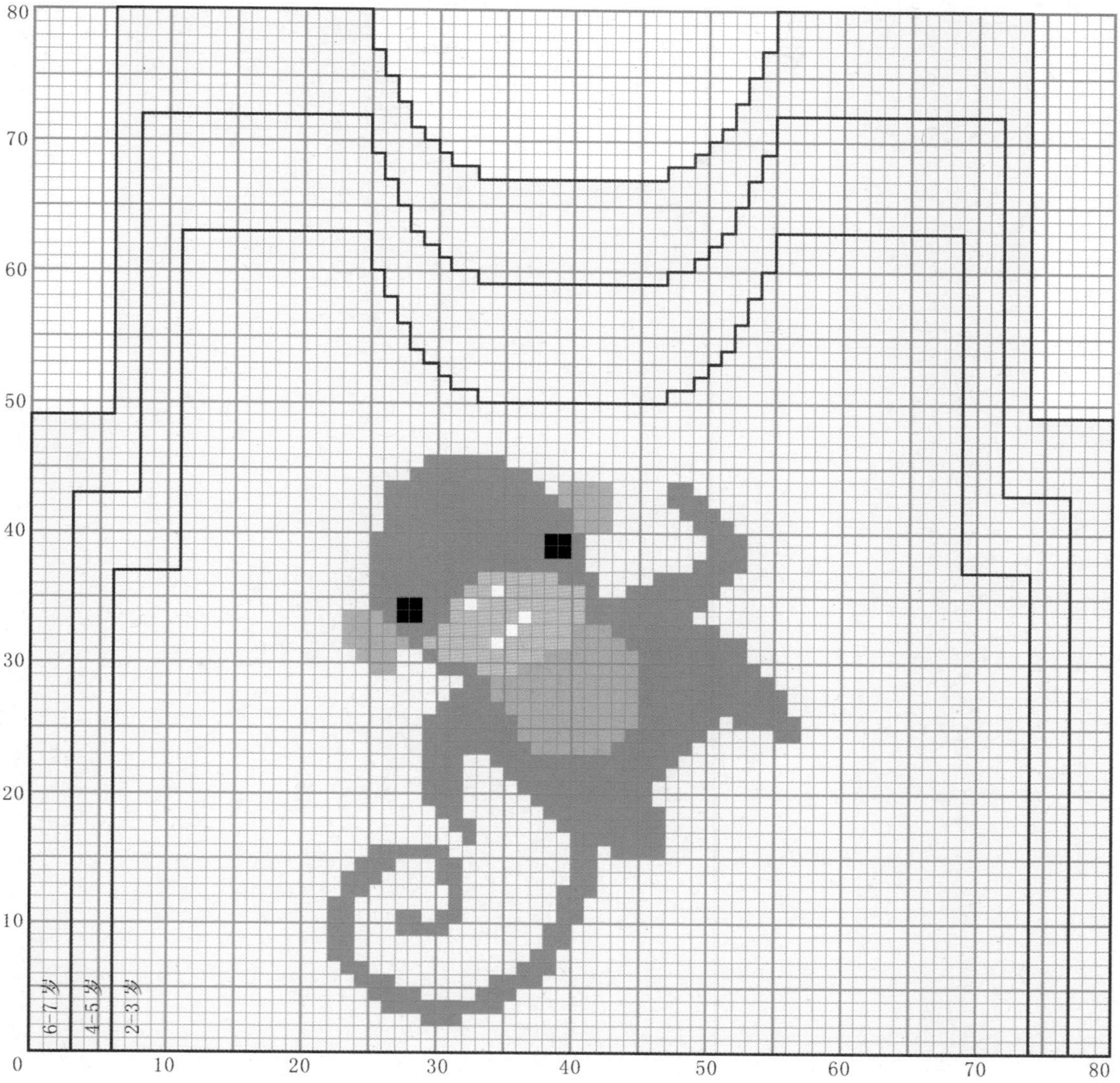
80
70
60
50
40
30
20
10
0
10
20
30
40
50
60
70
80
6-7岁
4-5岁
2-3岁

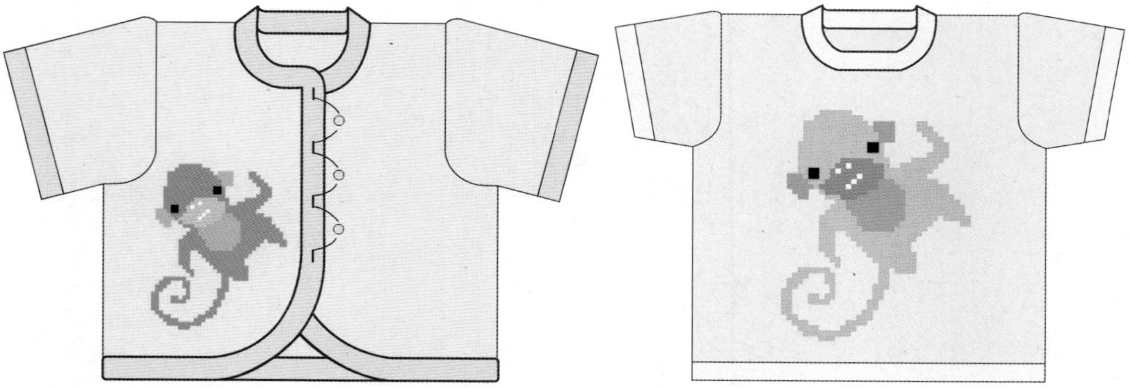

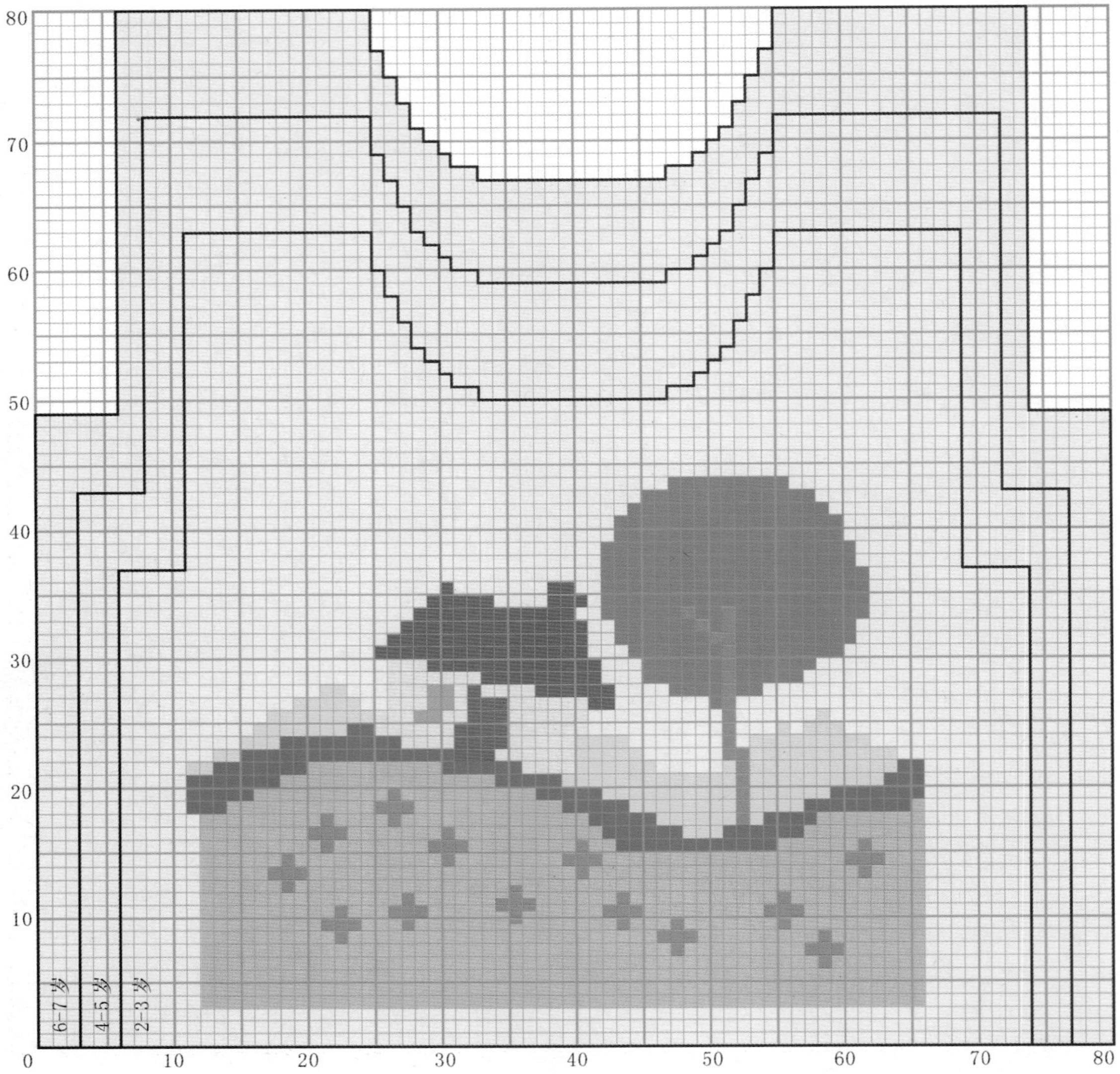
80
70
60
50
40
30
20
10
0
10
20
30
40
50
60
70
80
6-7岁
4-5岁
2-3岁

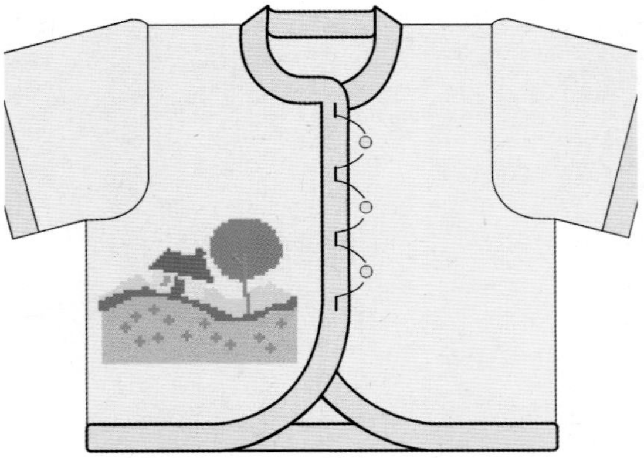

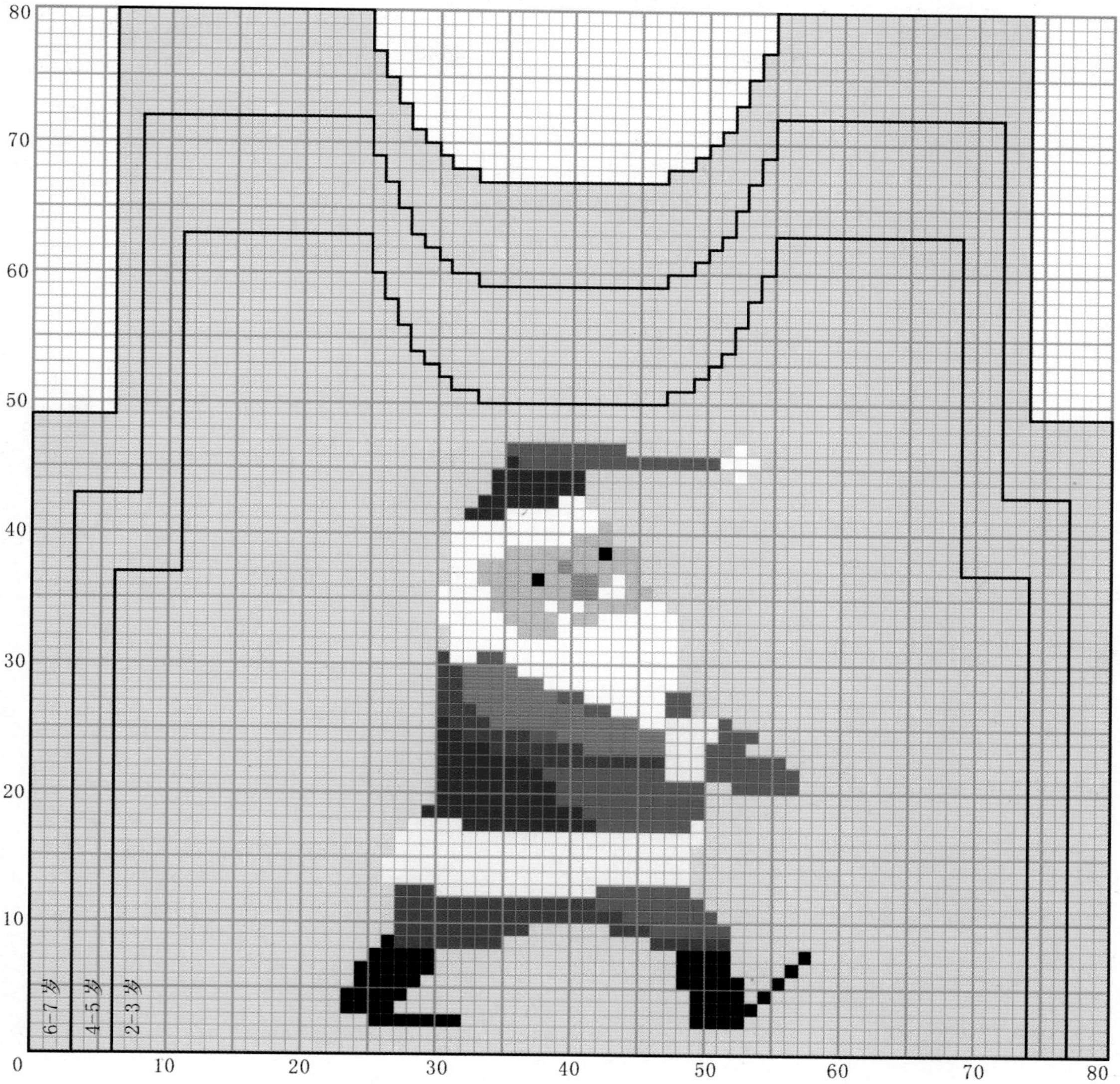
6-7岁
4-5岁
2-3岁
0
10
20
30
40
50
60
70
80

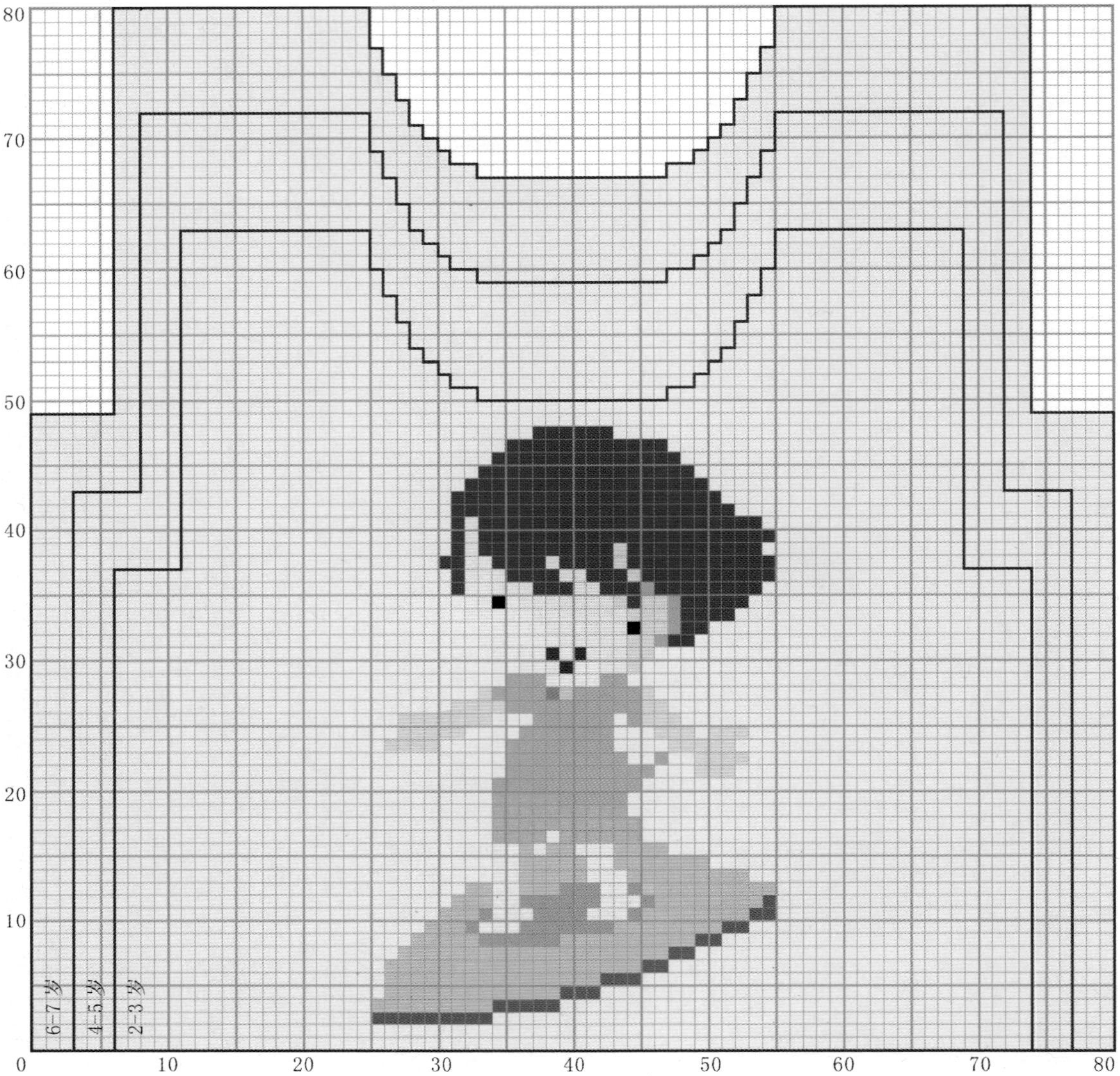
80
70
60
50
40
30
20
10
0
10
20
30
40
50
60
70
80
6-7岁
4-5岁
2-3岁

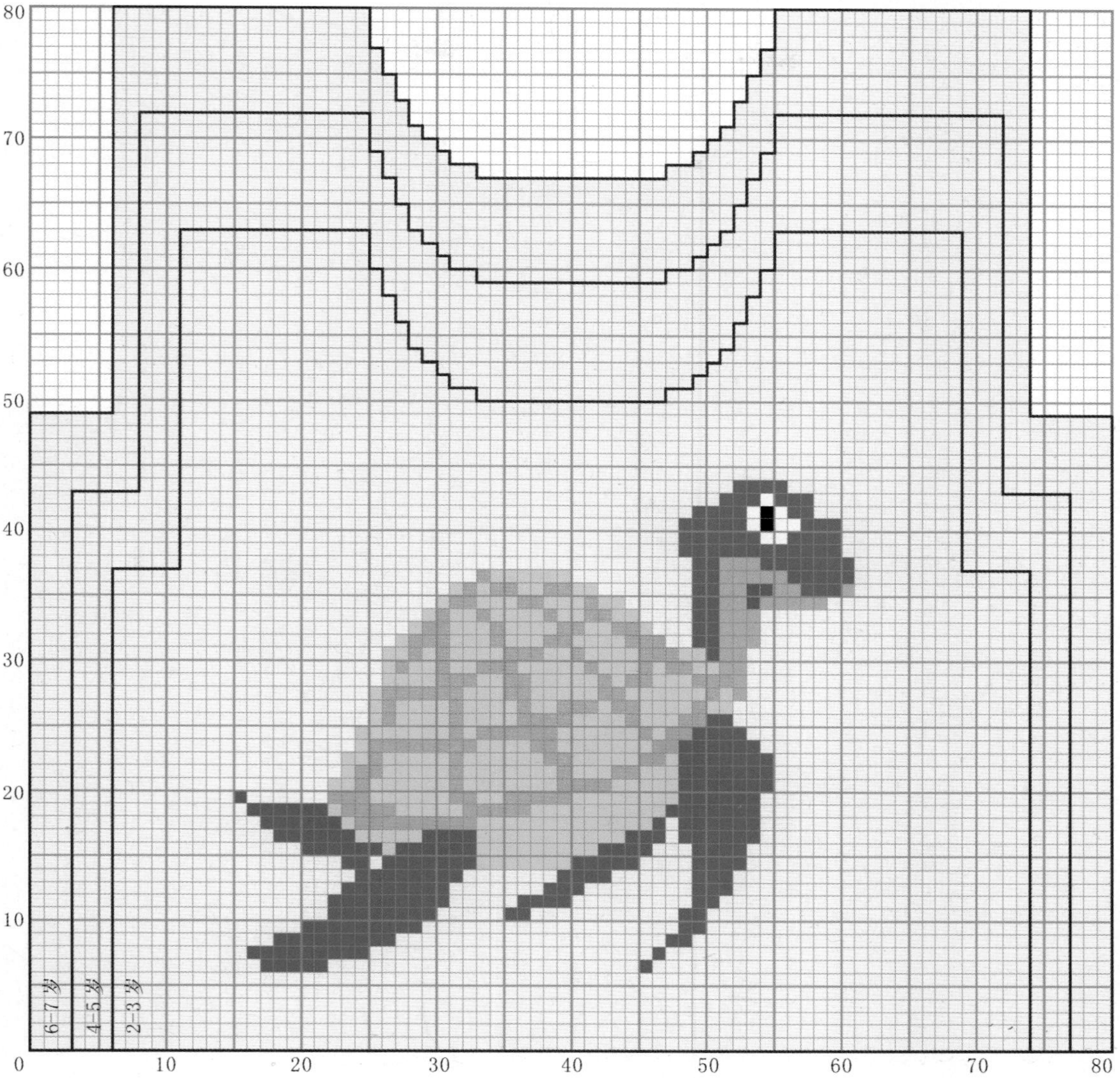
6–7岁
4–5岁
2–3岁
0
10
20
30
40
50
60
70
80

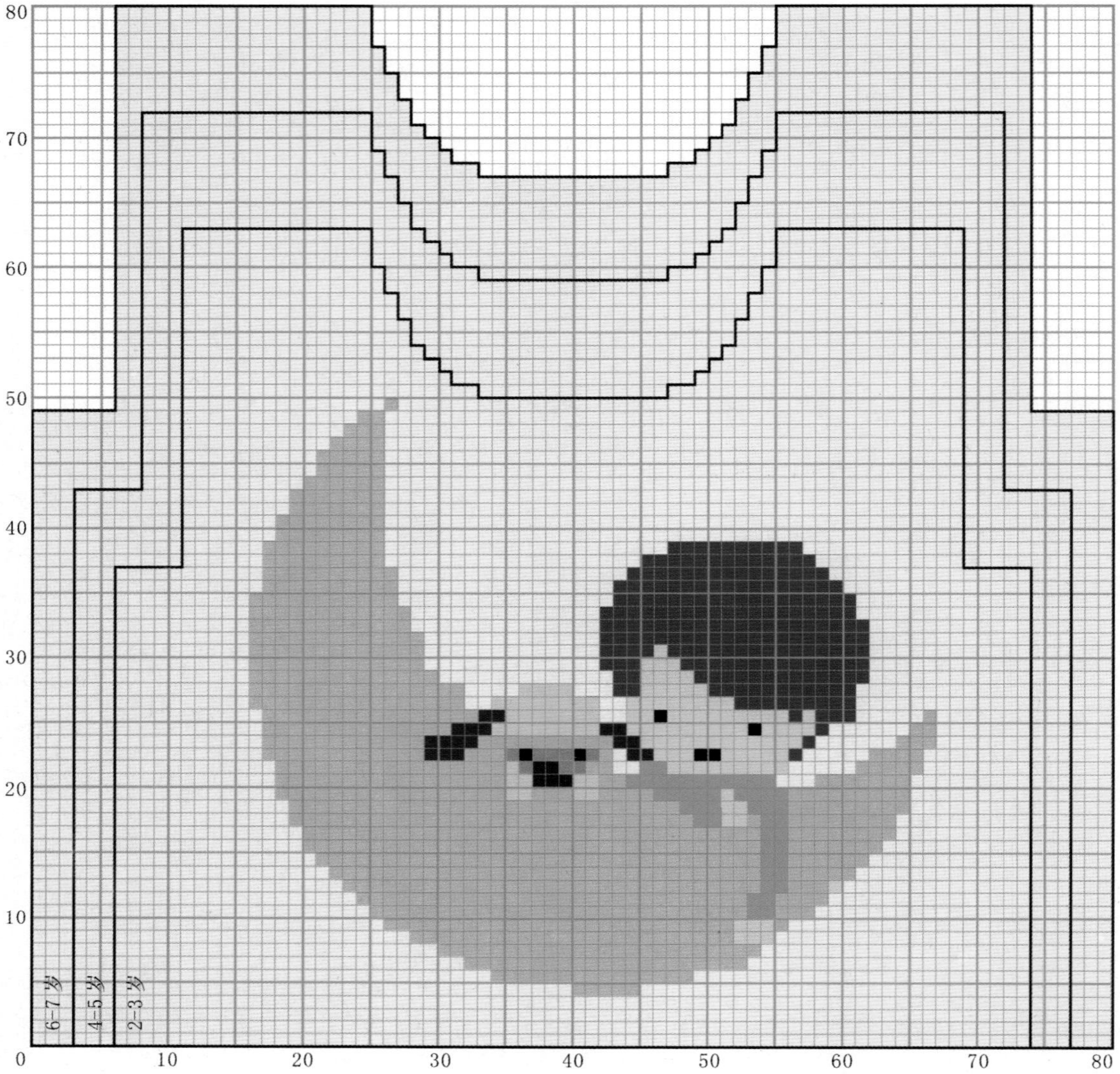
80
70
60
50
40
30
20
10
0
10
20
30
40
50
60
70
80
6-7岁
4-5岁
2-3岁

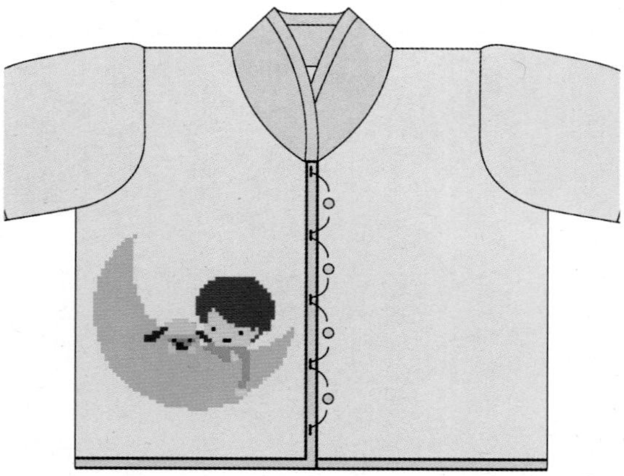

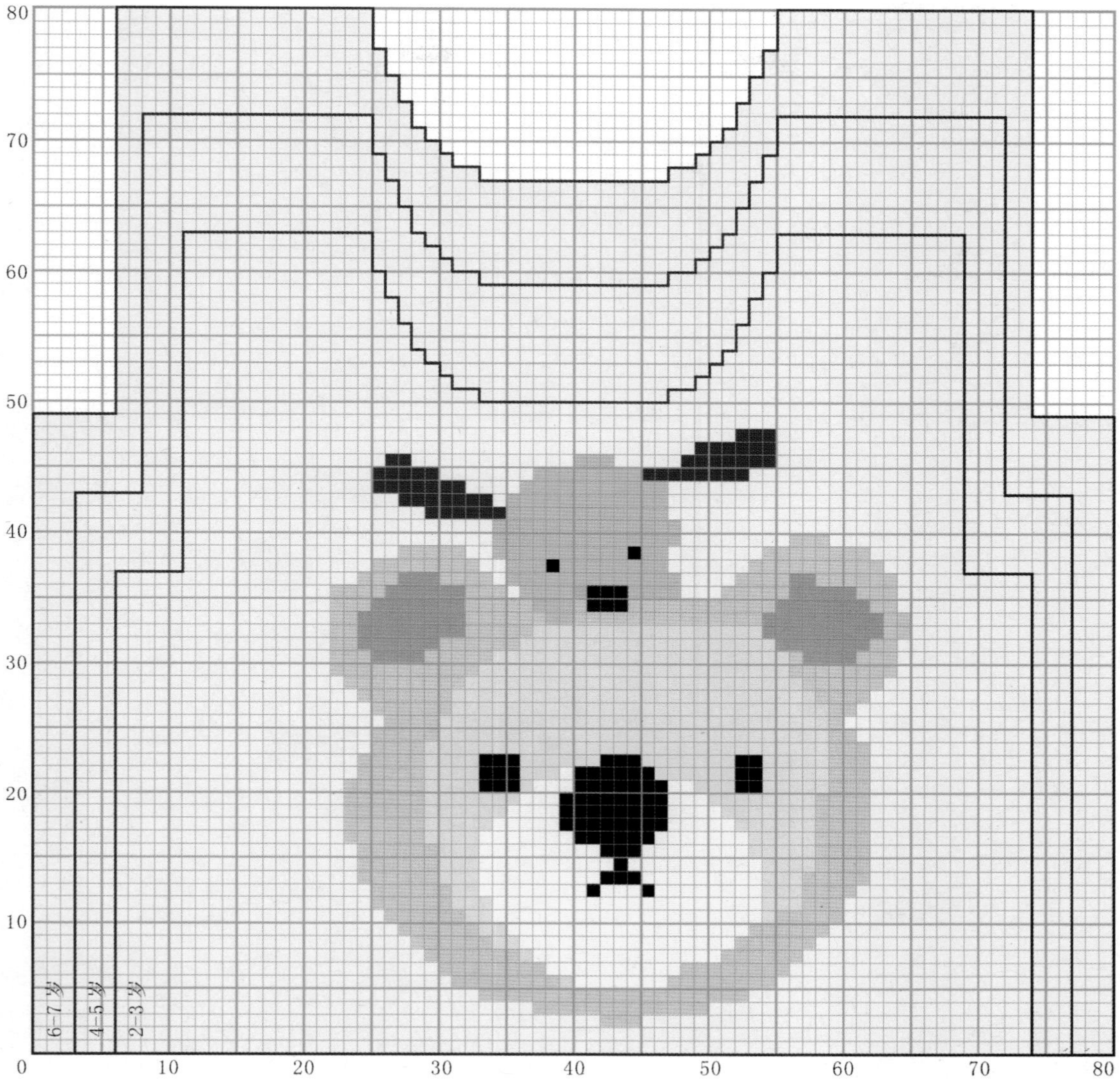
80
70
60
50
40
30
20
10
0
10
20
30
40
50
60
70
80
6-7岁
4-5岁
2-3岁

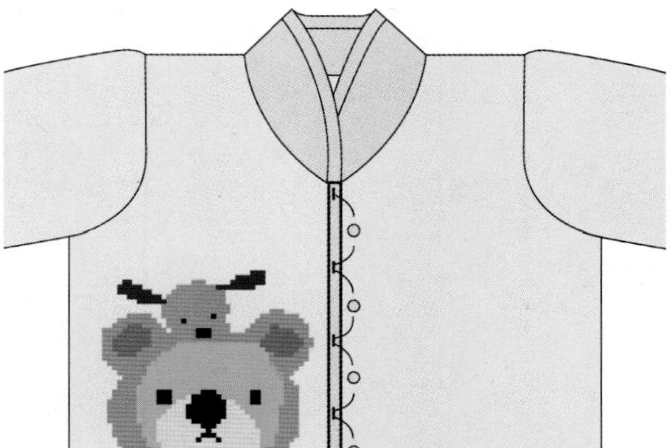

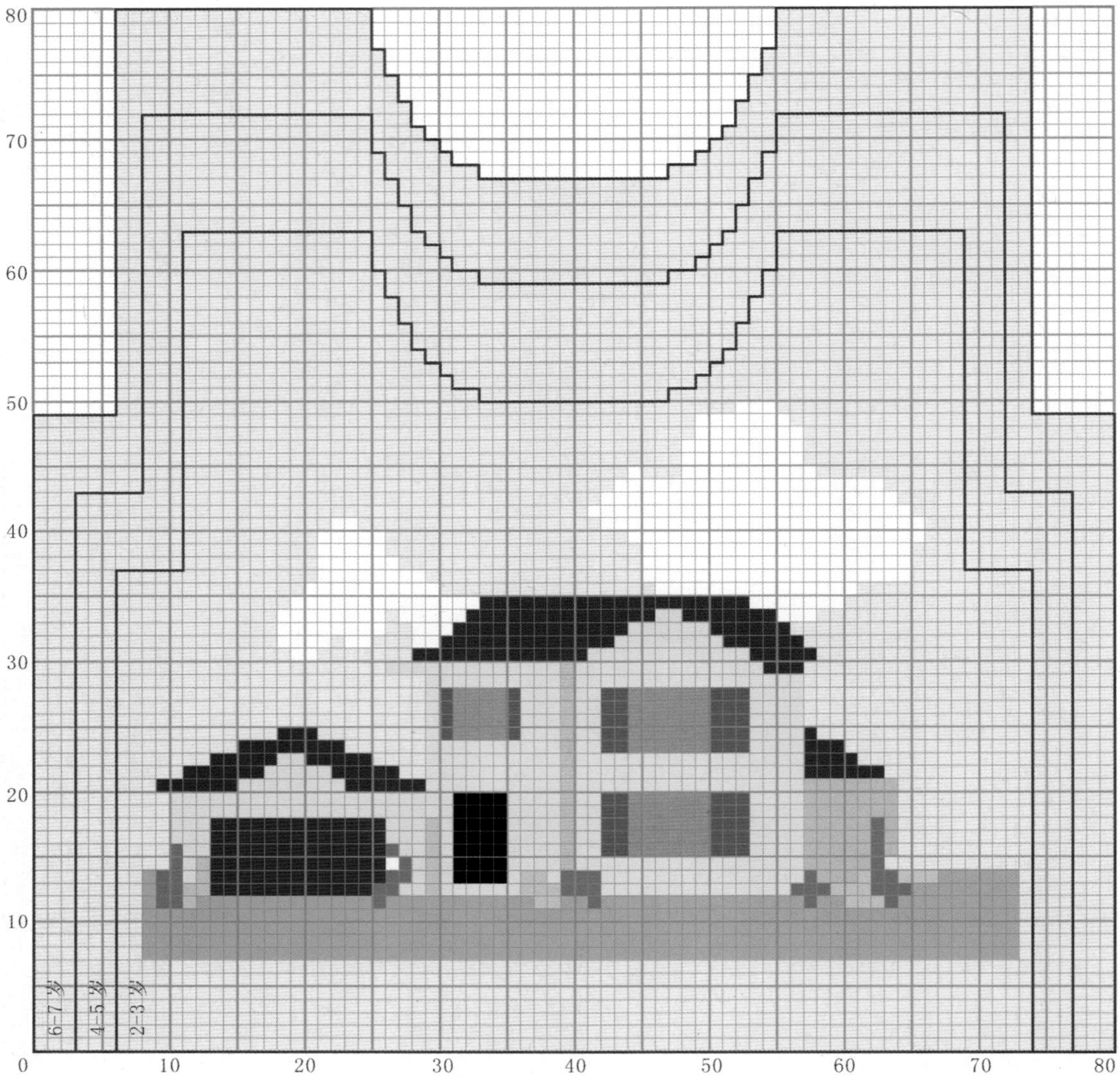
0
10
20
30
40
50
60
70
80
6-7岁
4-5岁
2-3岁

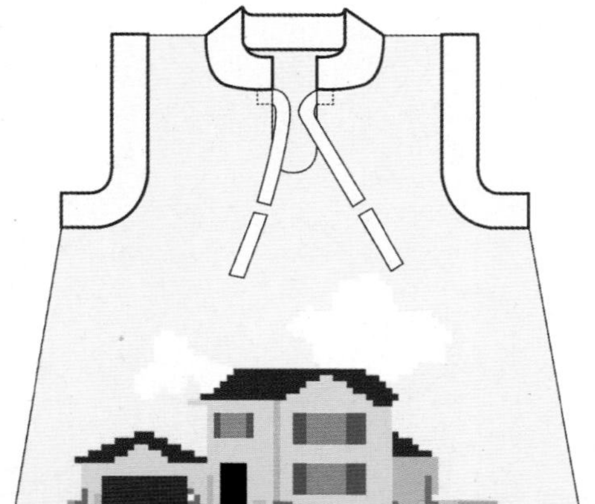

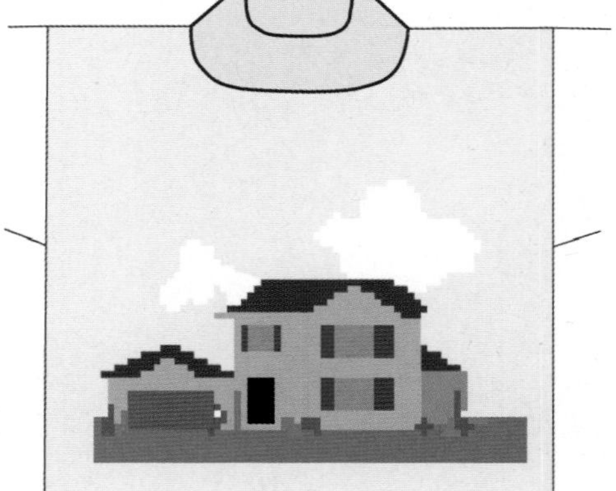

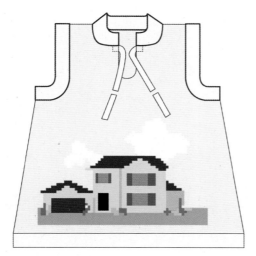

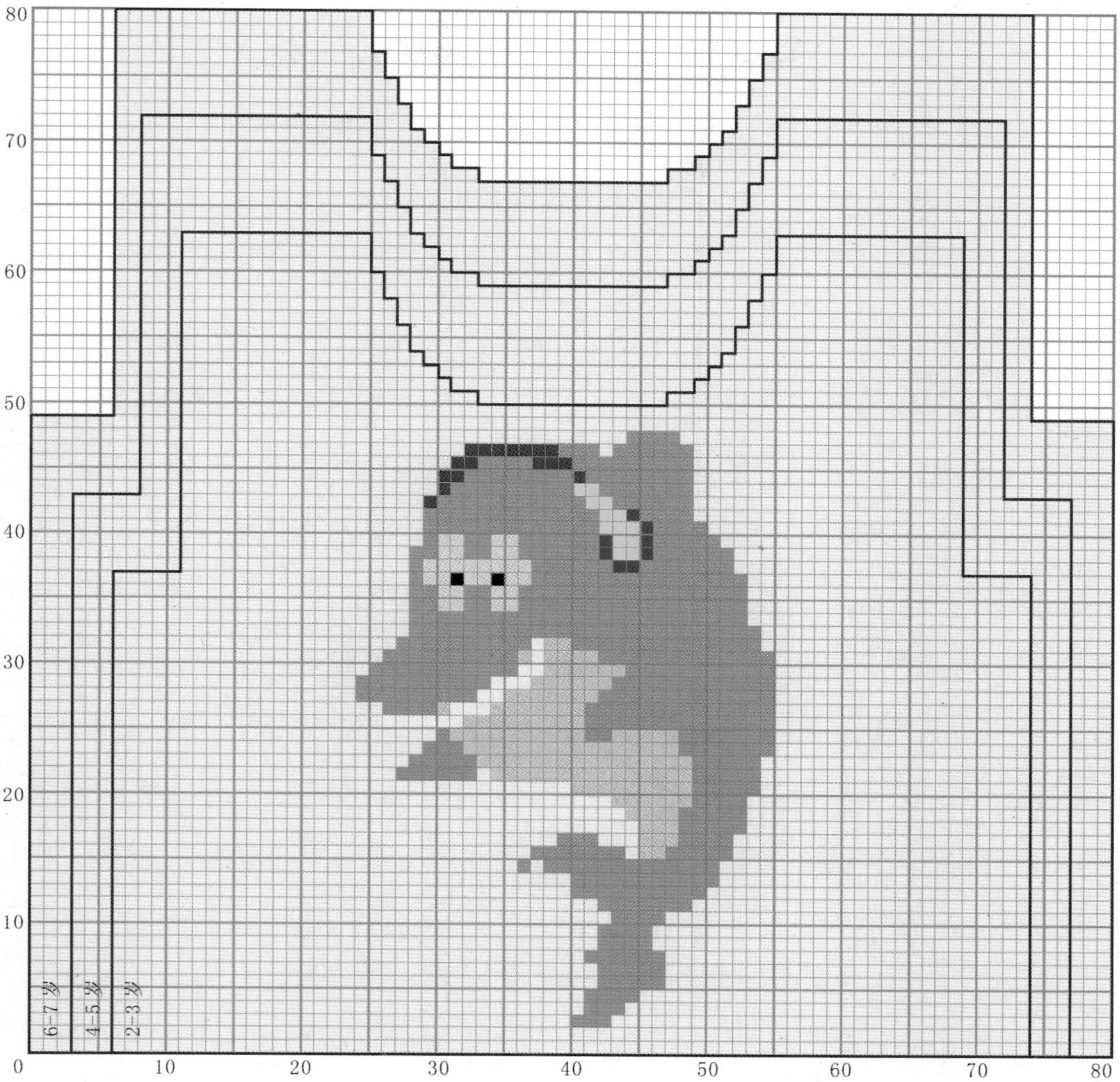
6-7岁
4-5岁
2-3岁
80
70
60
50
40
30
20
10
0
10
20
30
40
50
60
70
80

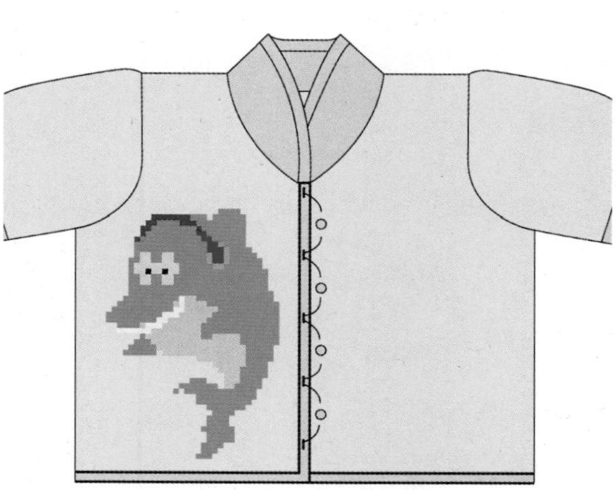

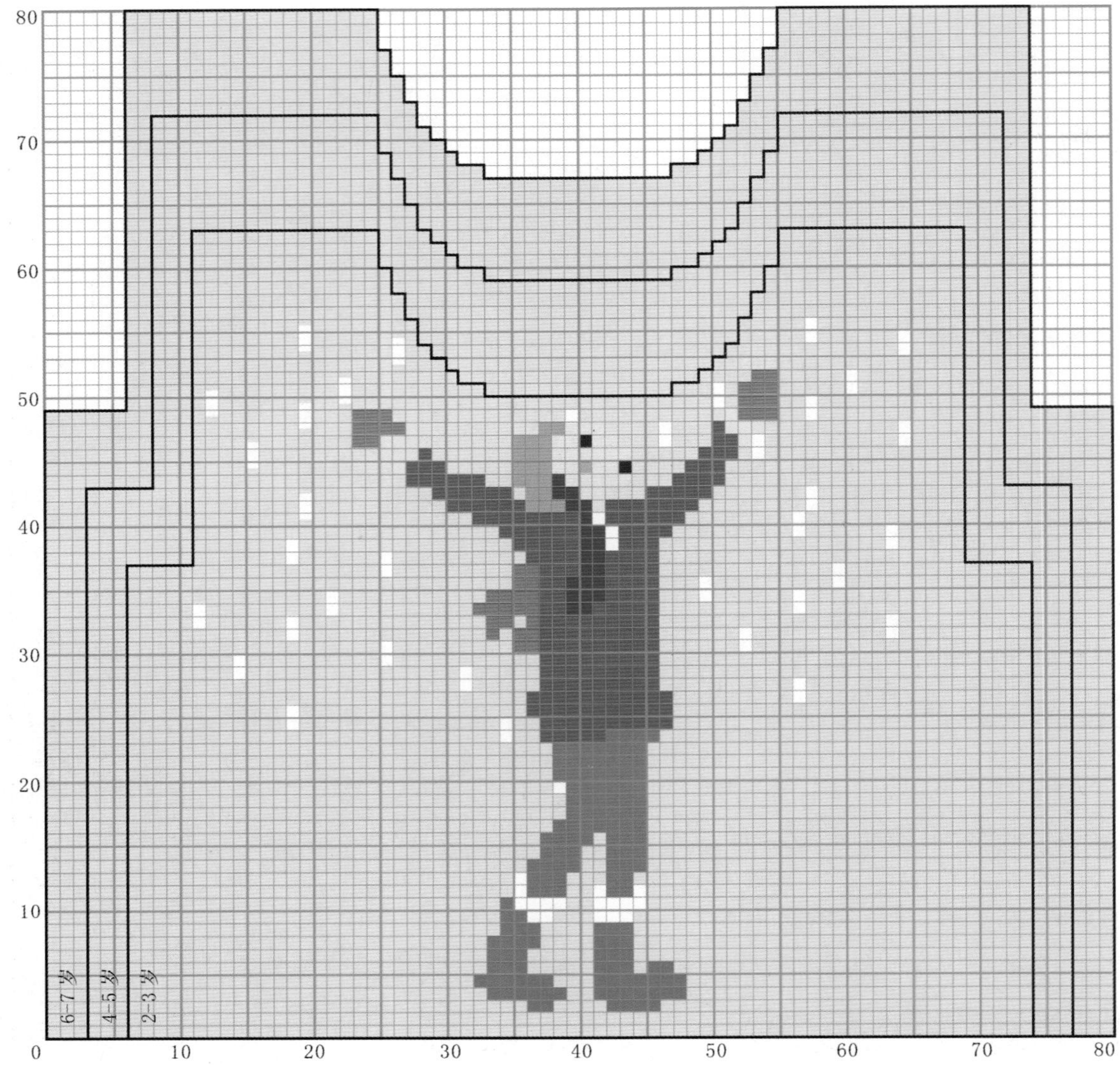
80
70
60
50
40
30
20
10
0
10
20
30
40
50
60
70
80
6-7岁
4-5岁
2-3岁

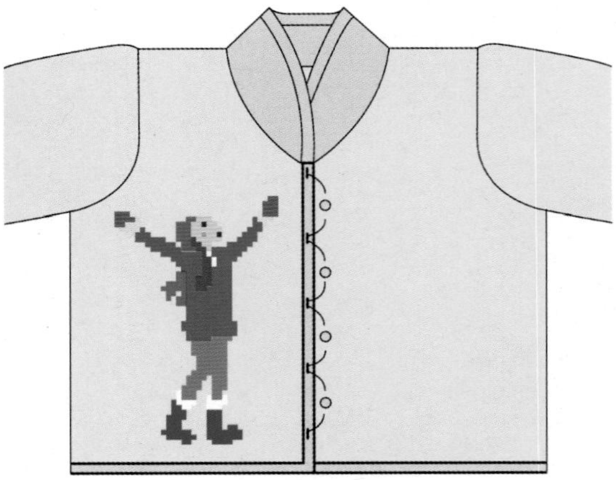

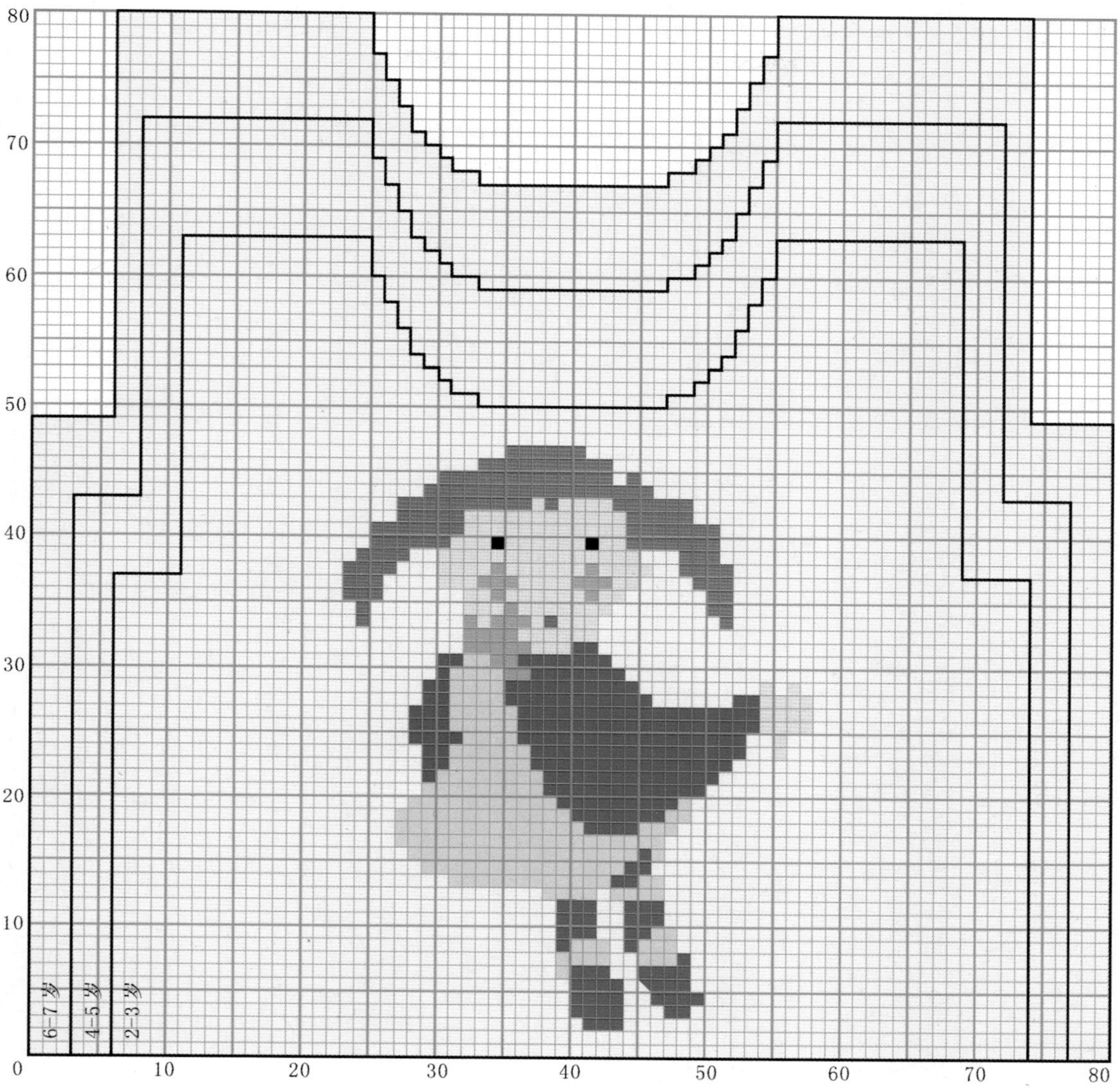

6–7岁
4–5岁
2–3岁

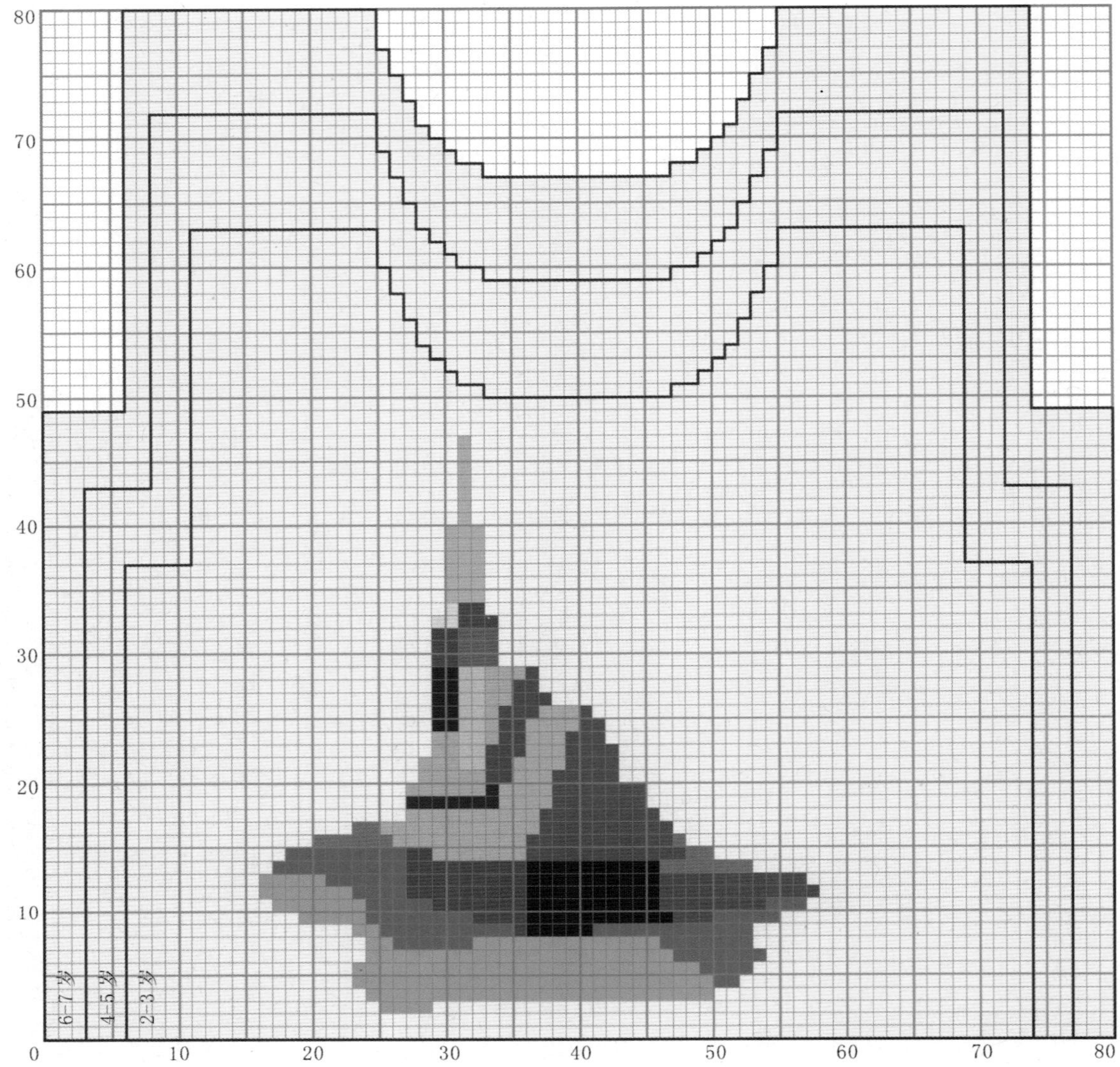
80
70
60
50
40
30
20
10
0
10
20
30
40
50
60
70
80
6-7岁
4-5岁
2-3岁

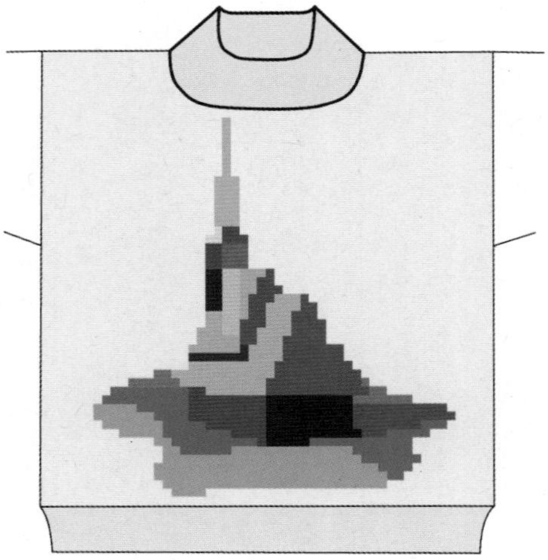

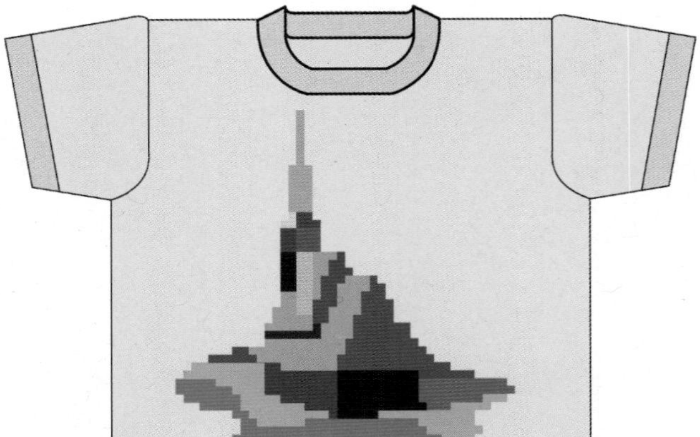

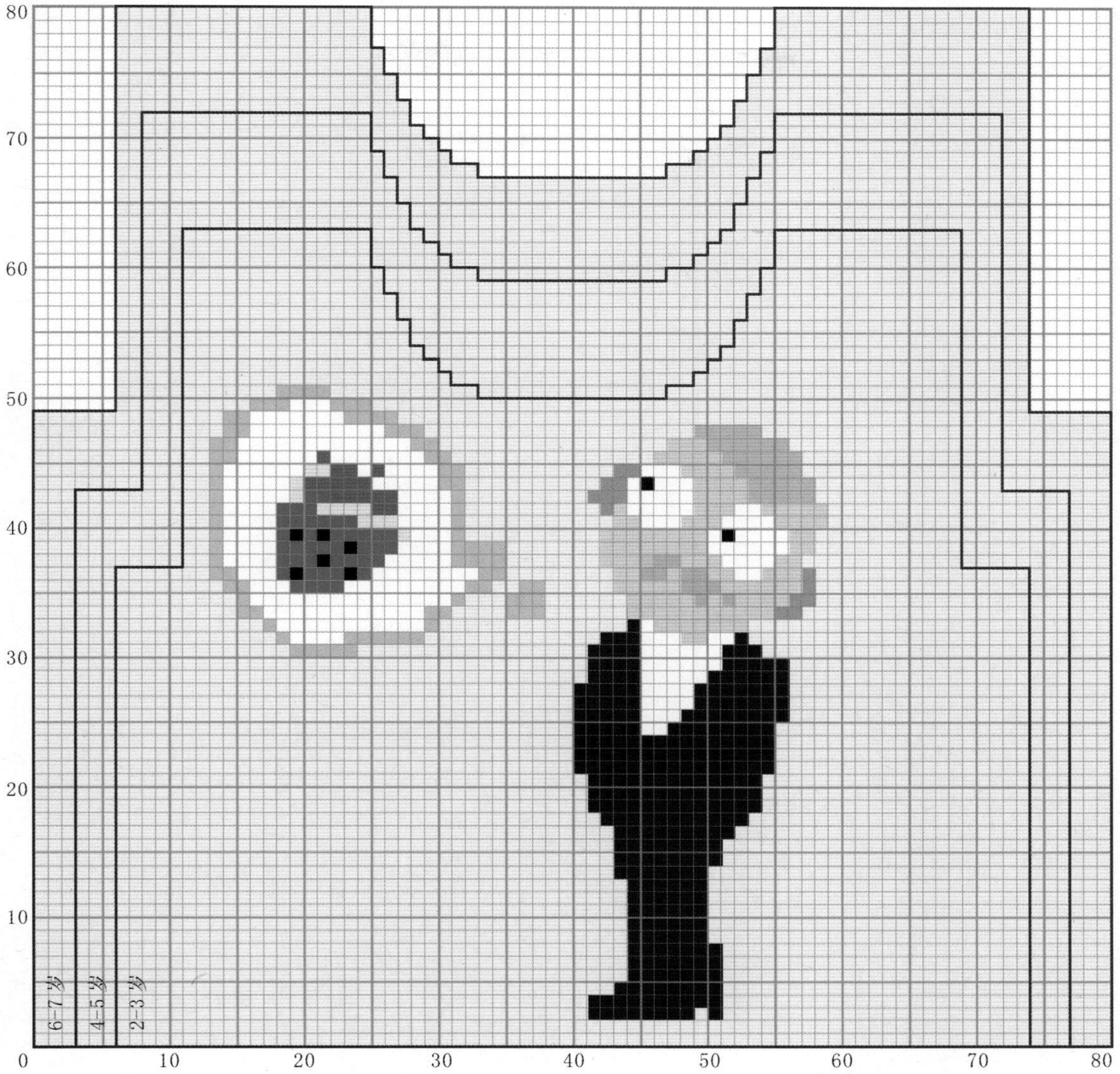
6-7岁
4-5岁
2-3岁

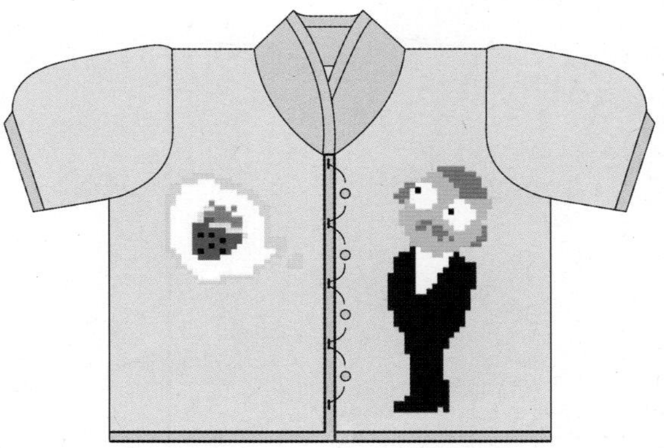

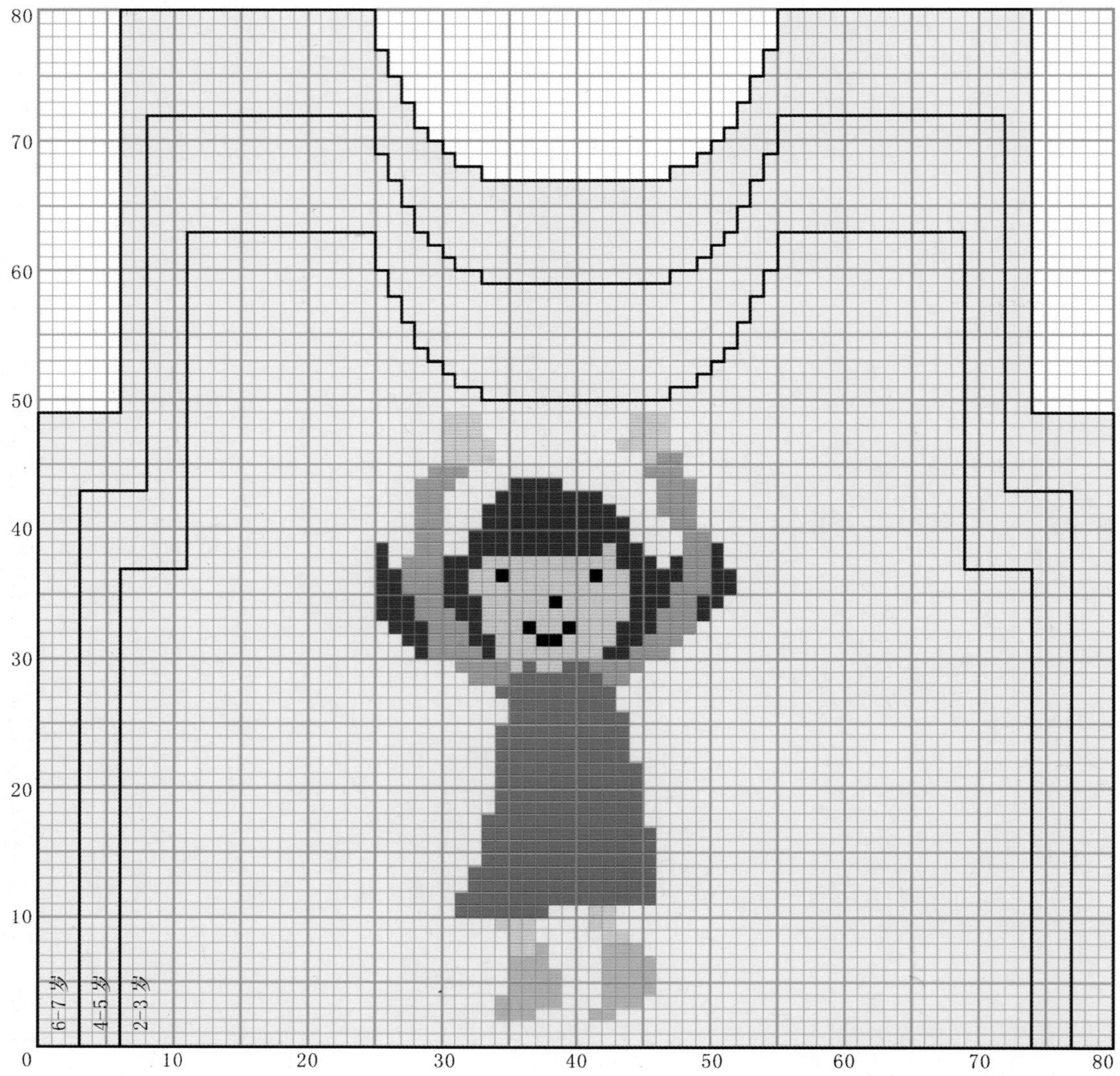

80
70
60
50
40
30
20
10
0
10
20
30
40
50
60
70
80
6-7岁
4-5岁
2-3岁

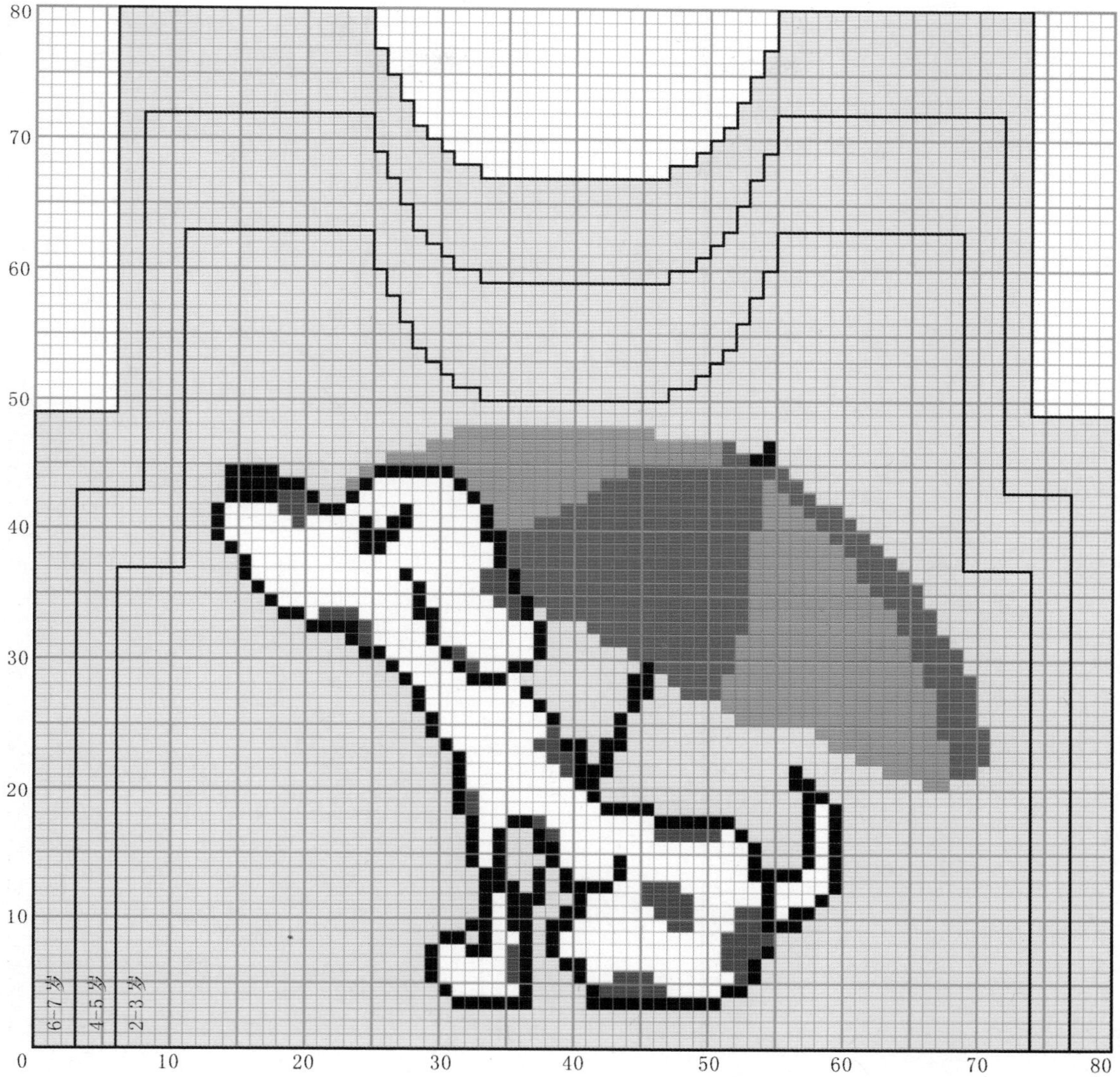
6-7岁
4-5岁
2-3岁

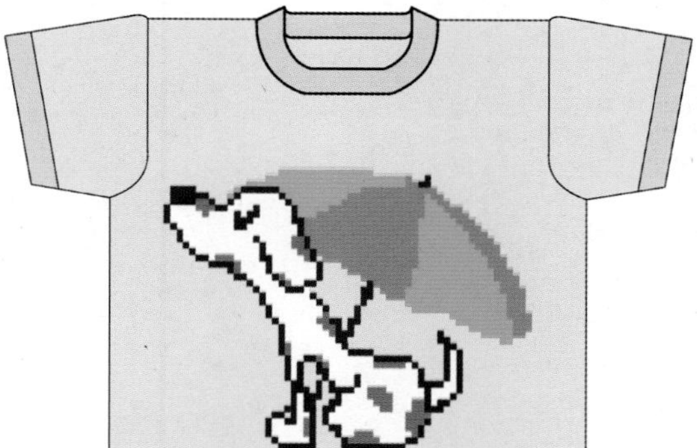

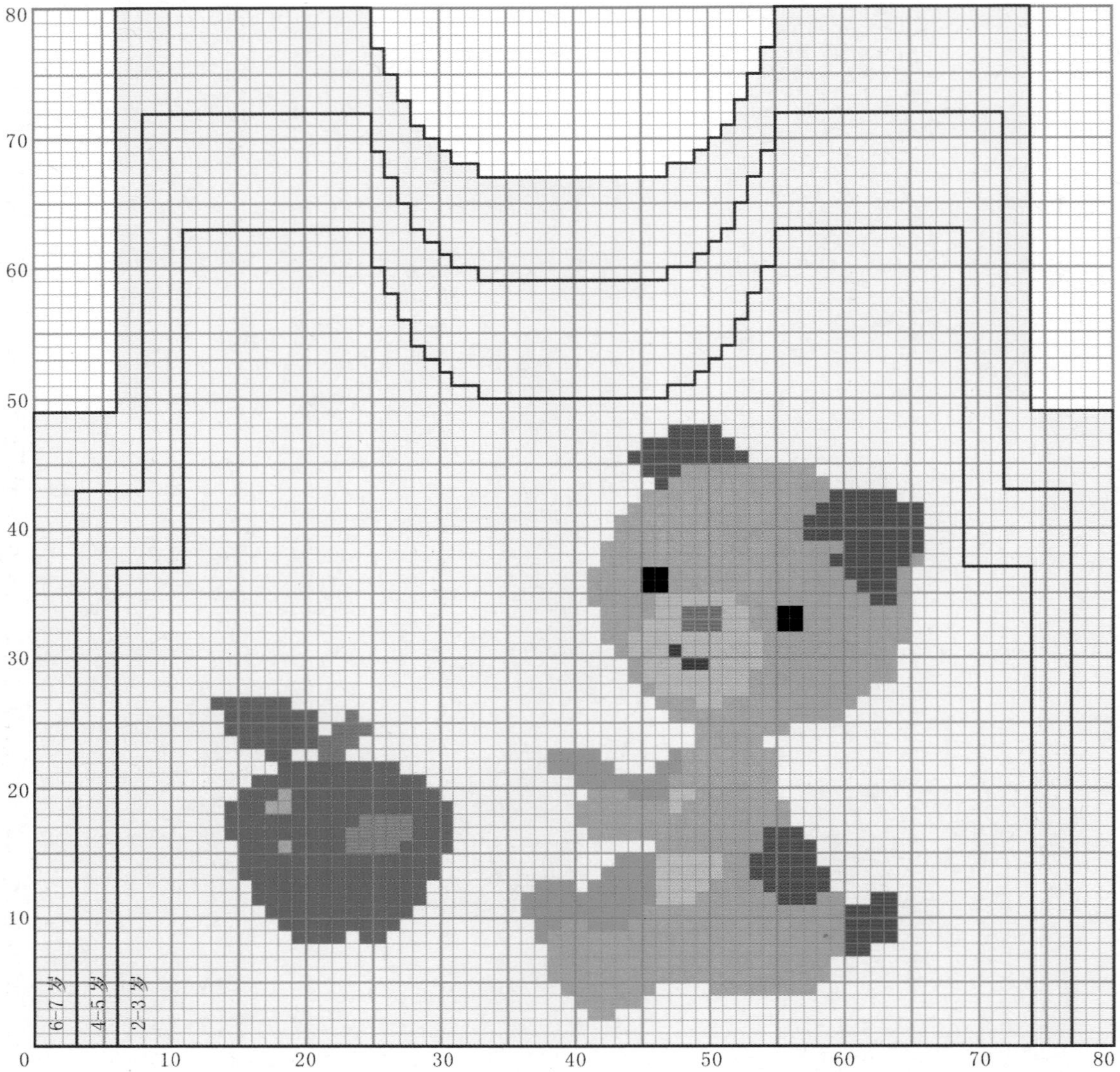
80
70
60
50
40
30
20
10
6-7岁
4-5岁
2-3岁
0
10
20
30
40
50
60
70
80

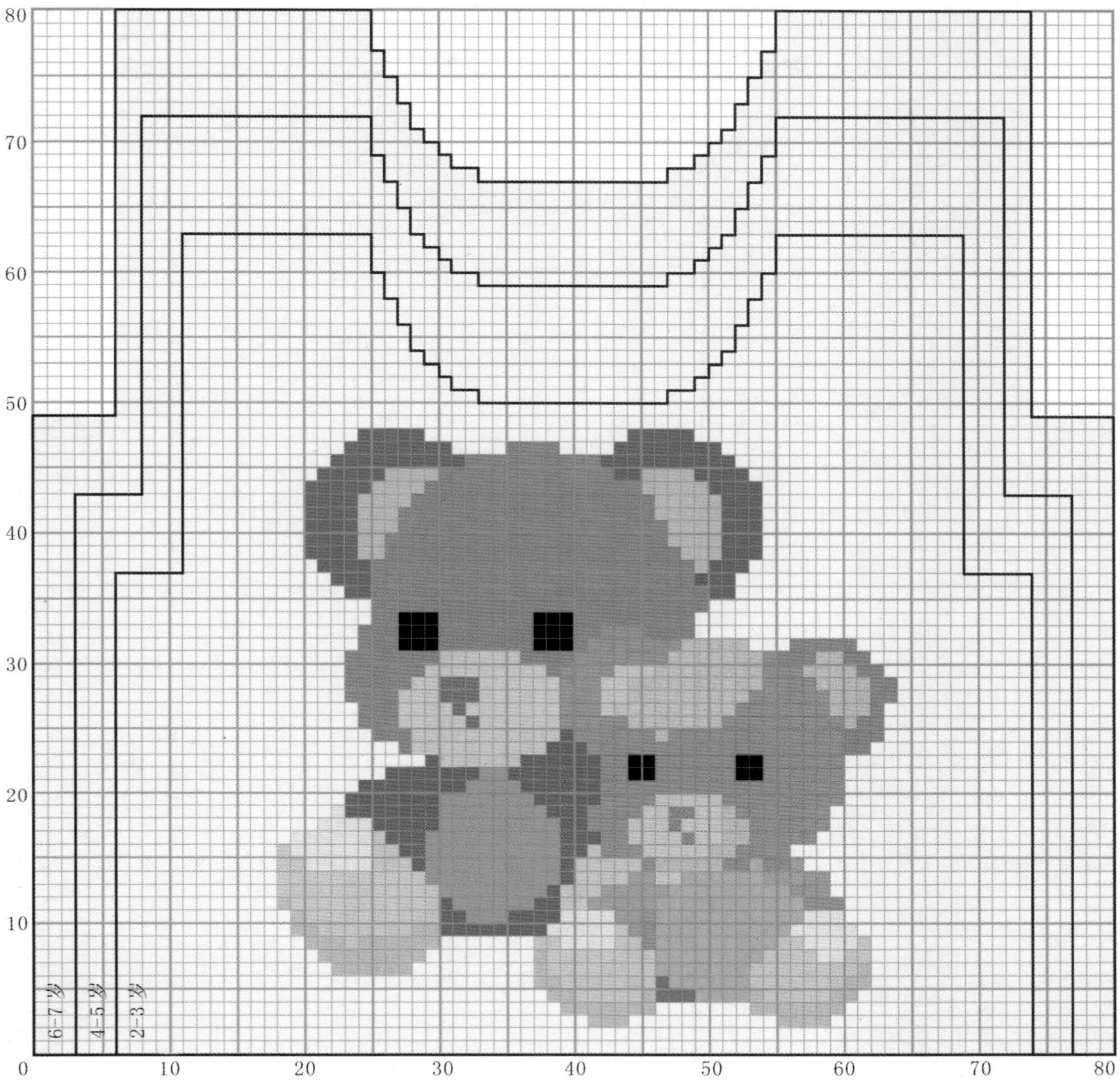
80
70
60
50
40
30
20
10
0
10
20
30
40
50
60
70
80
6-7岁
4-5岁
2-3岁

80
70
60
50
40
30
20
10
0
10
20
30
40
50
60
70
80
6-7岁
4-5岁
2-3岁

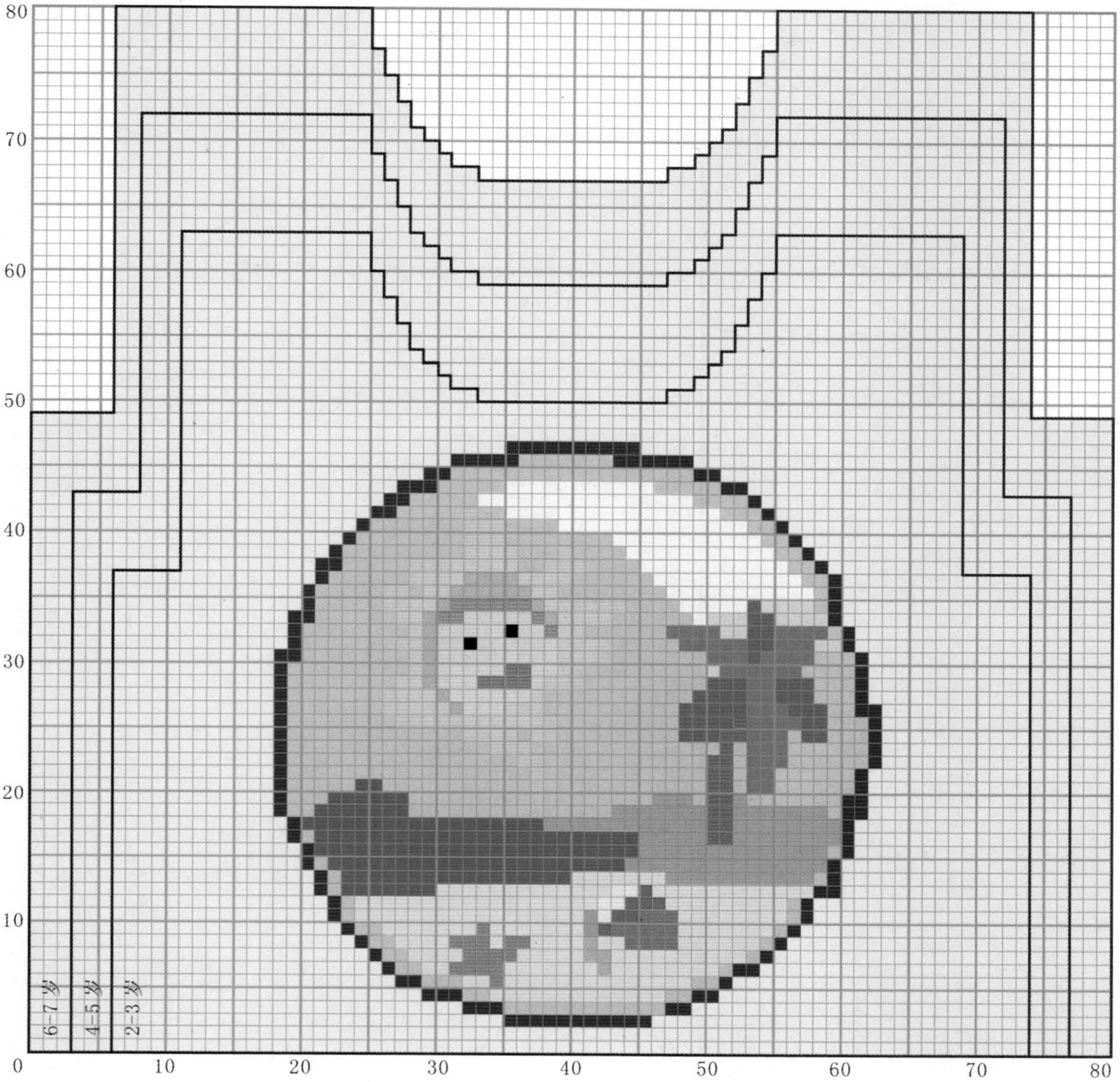
6-7 岁
4-5 岁
2-3 岁

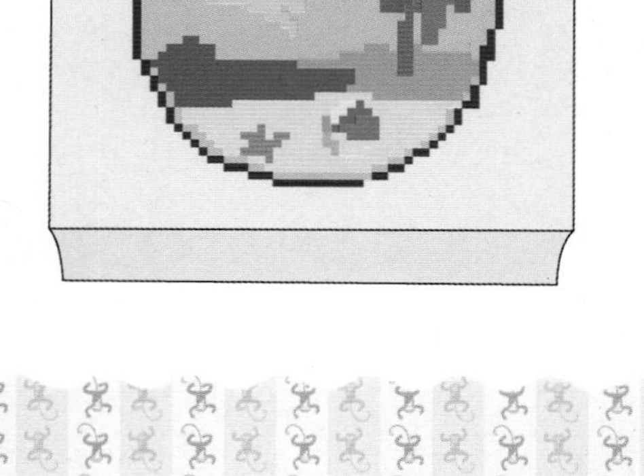

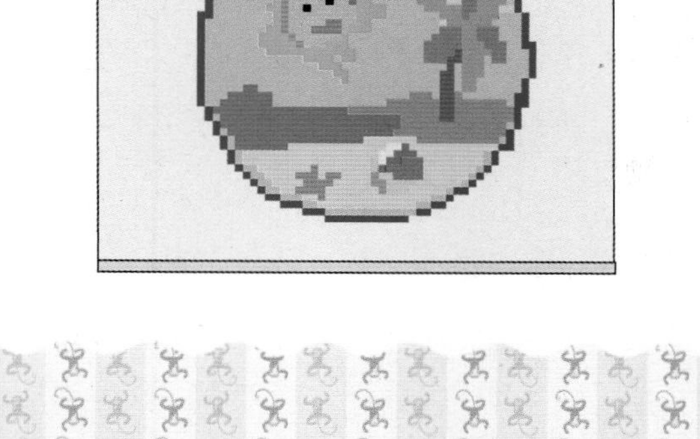

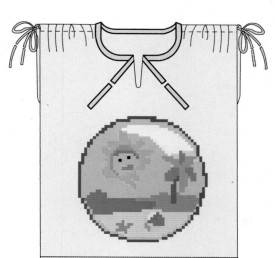

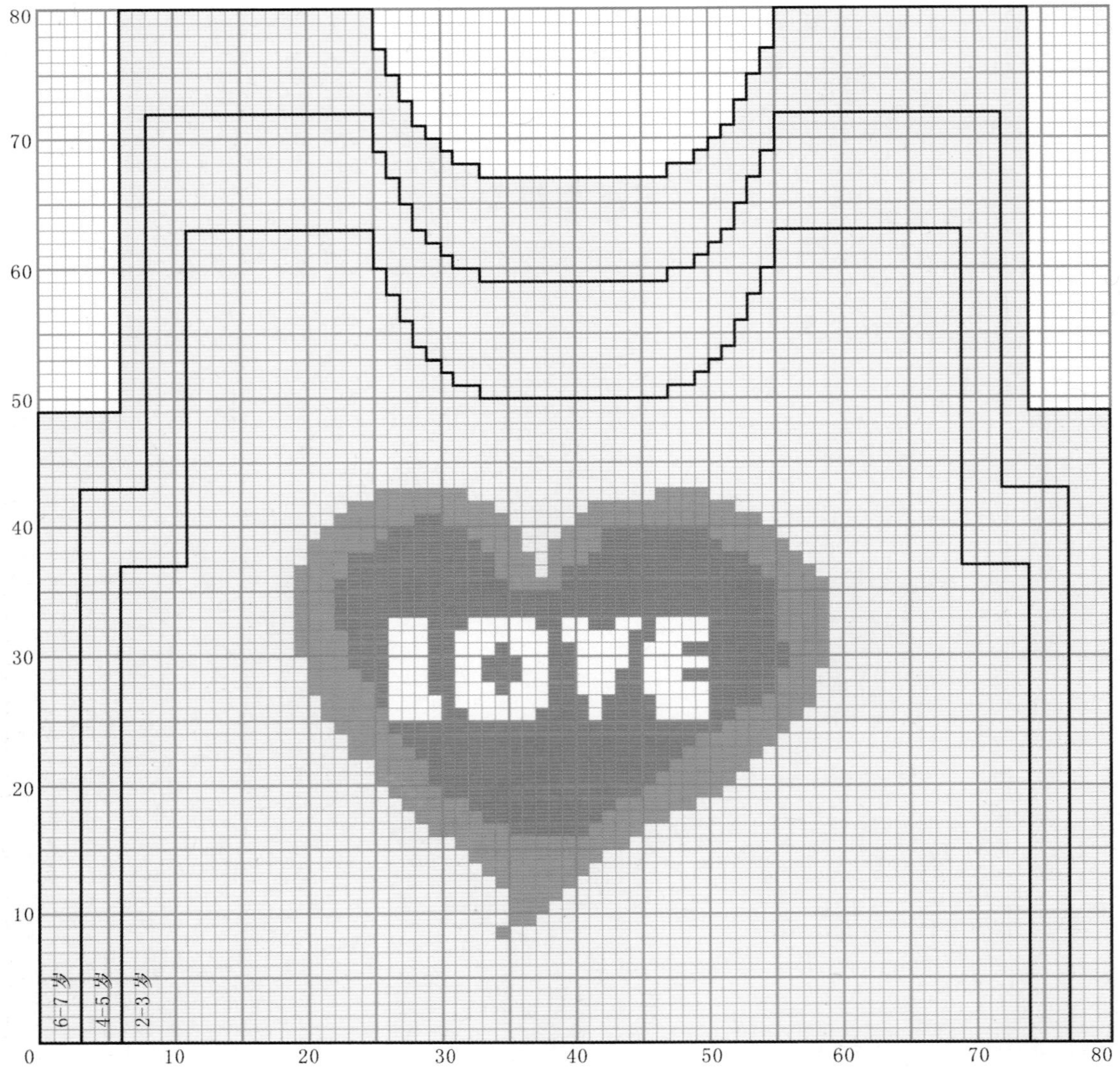
6-7岁
4-5岁
2-3岁
LOVE

LOVE

LOVE

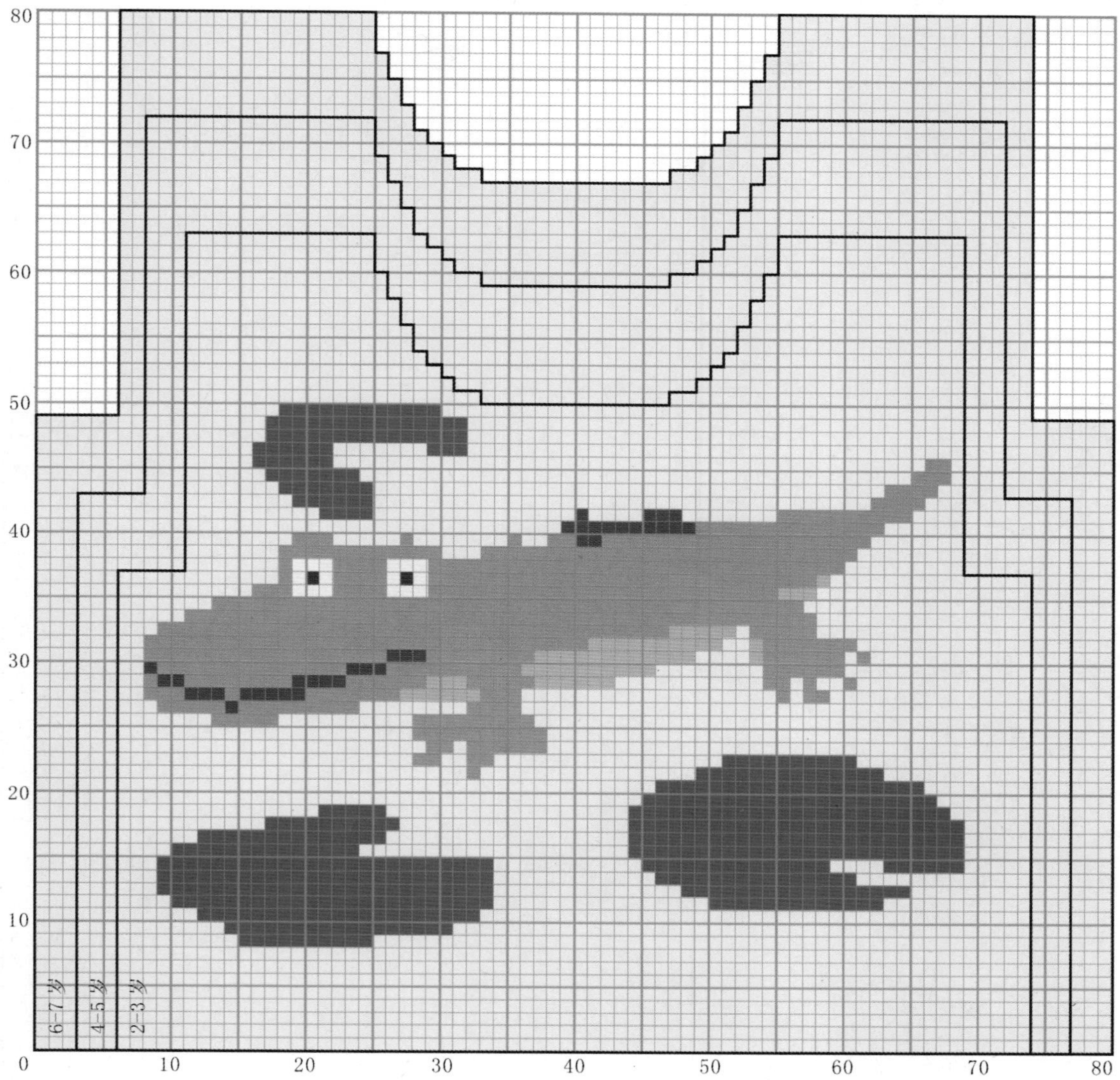
6-7岁
4-5岁
2-3岁

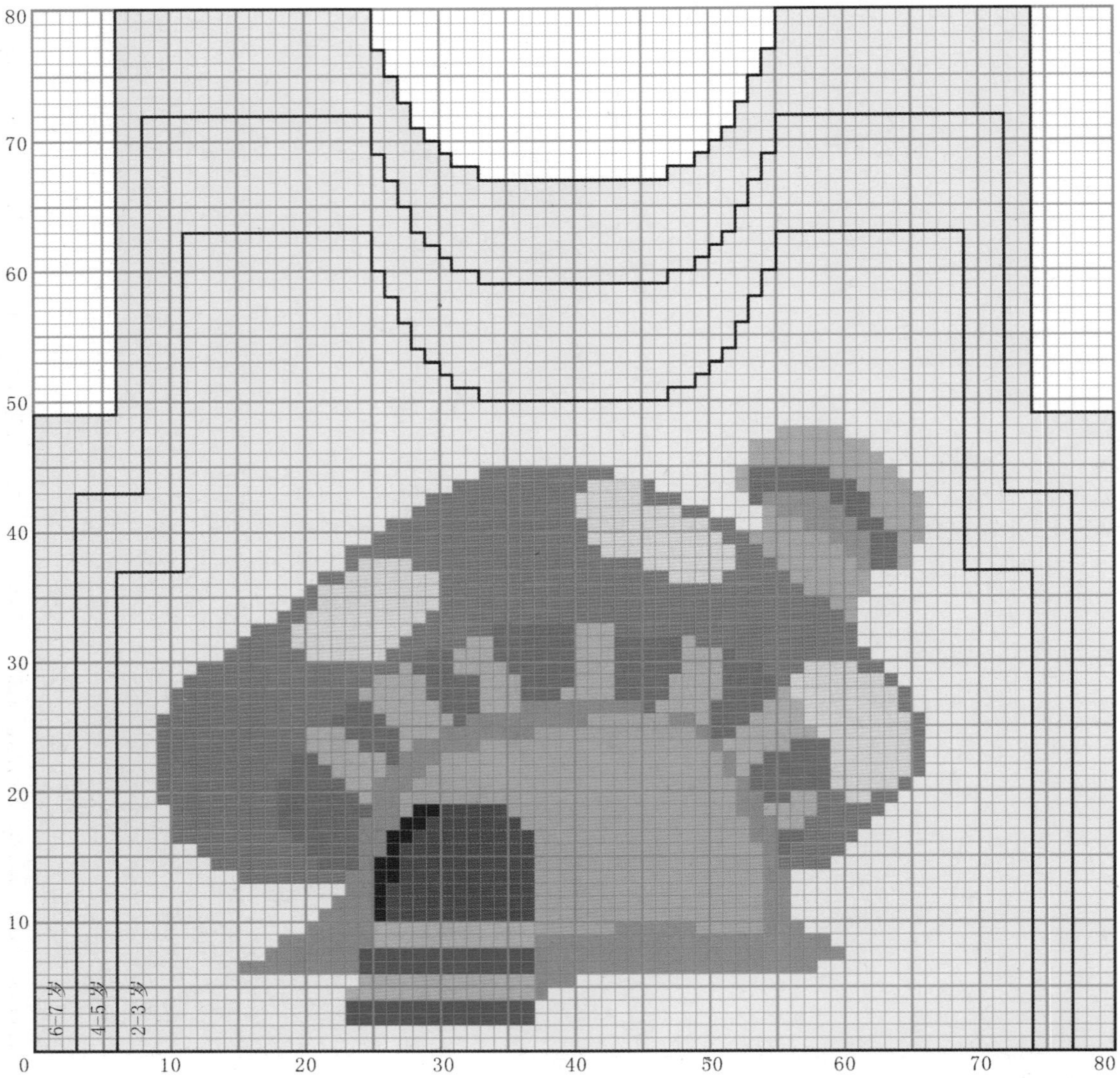
6-7岁
4-5岁
2-3岁

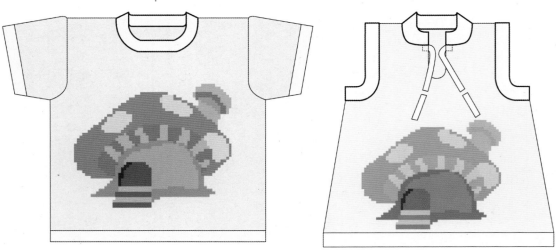

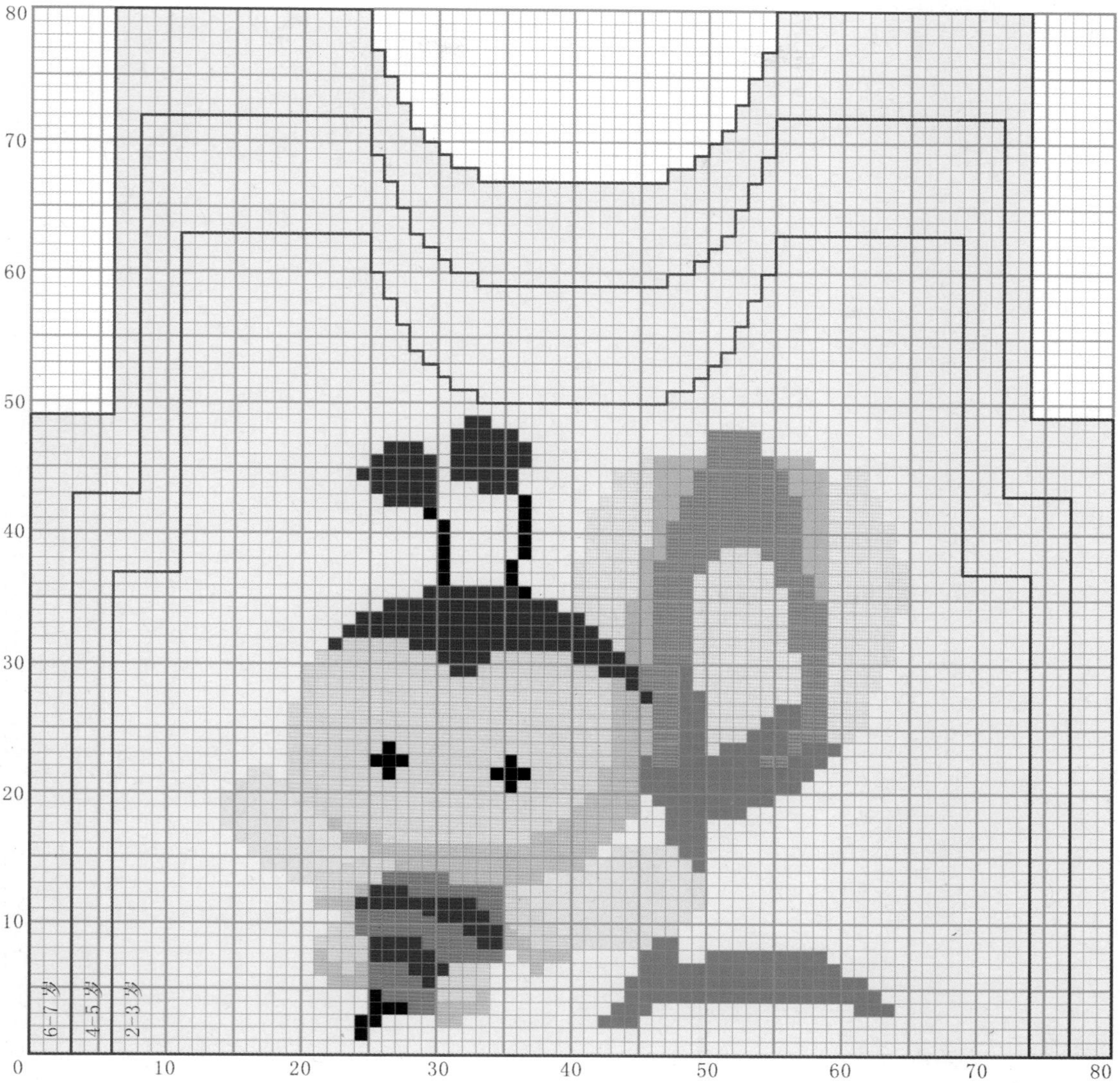
6-7岁
4-5岁
2-3岁

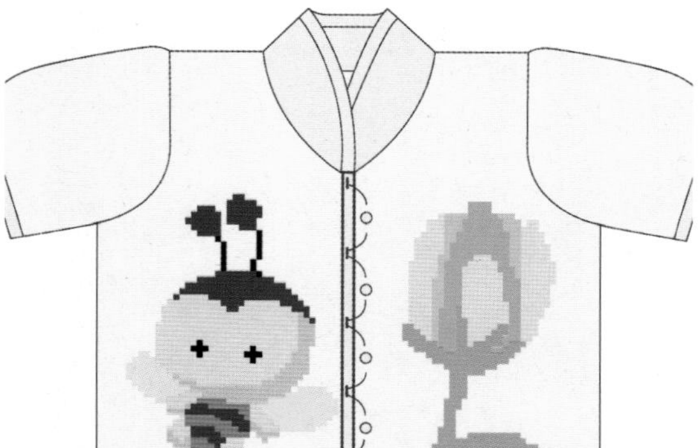

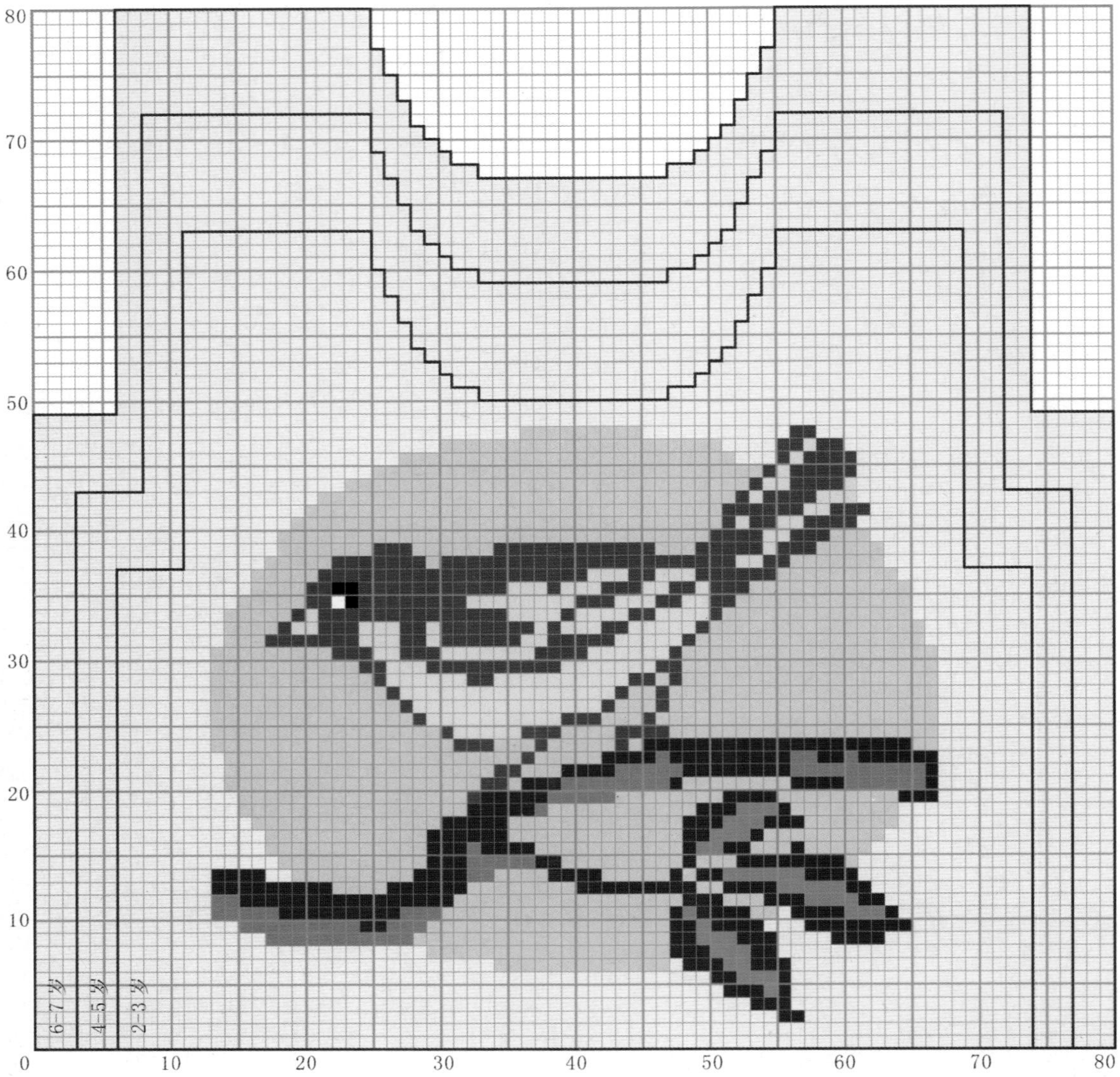
6-7岁
4-5岁
2-3岁

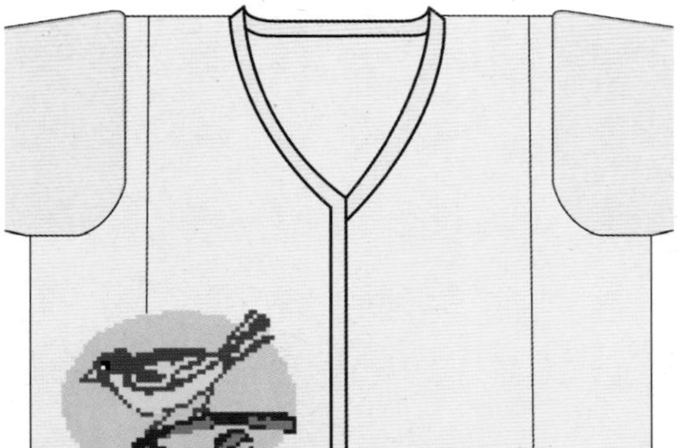

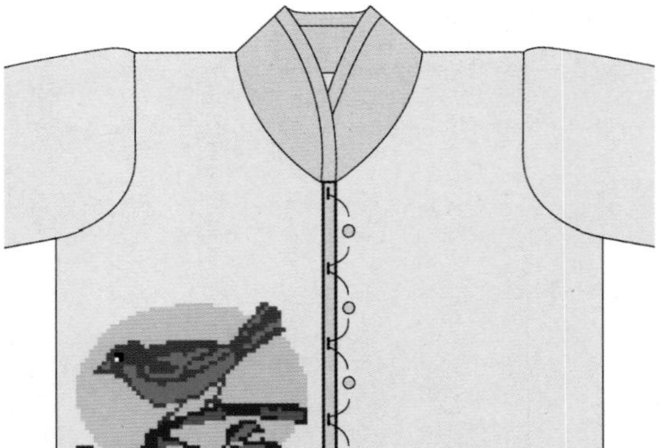

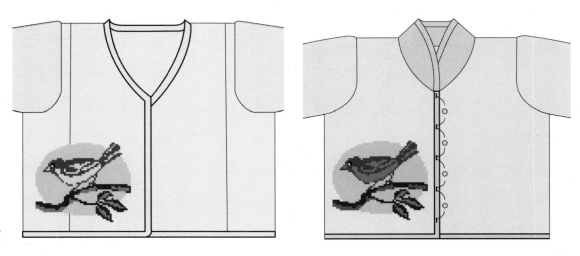

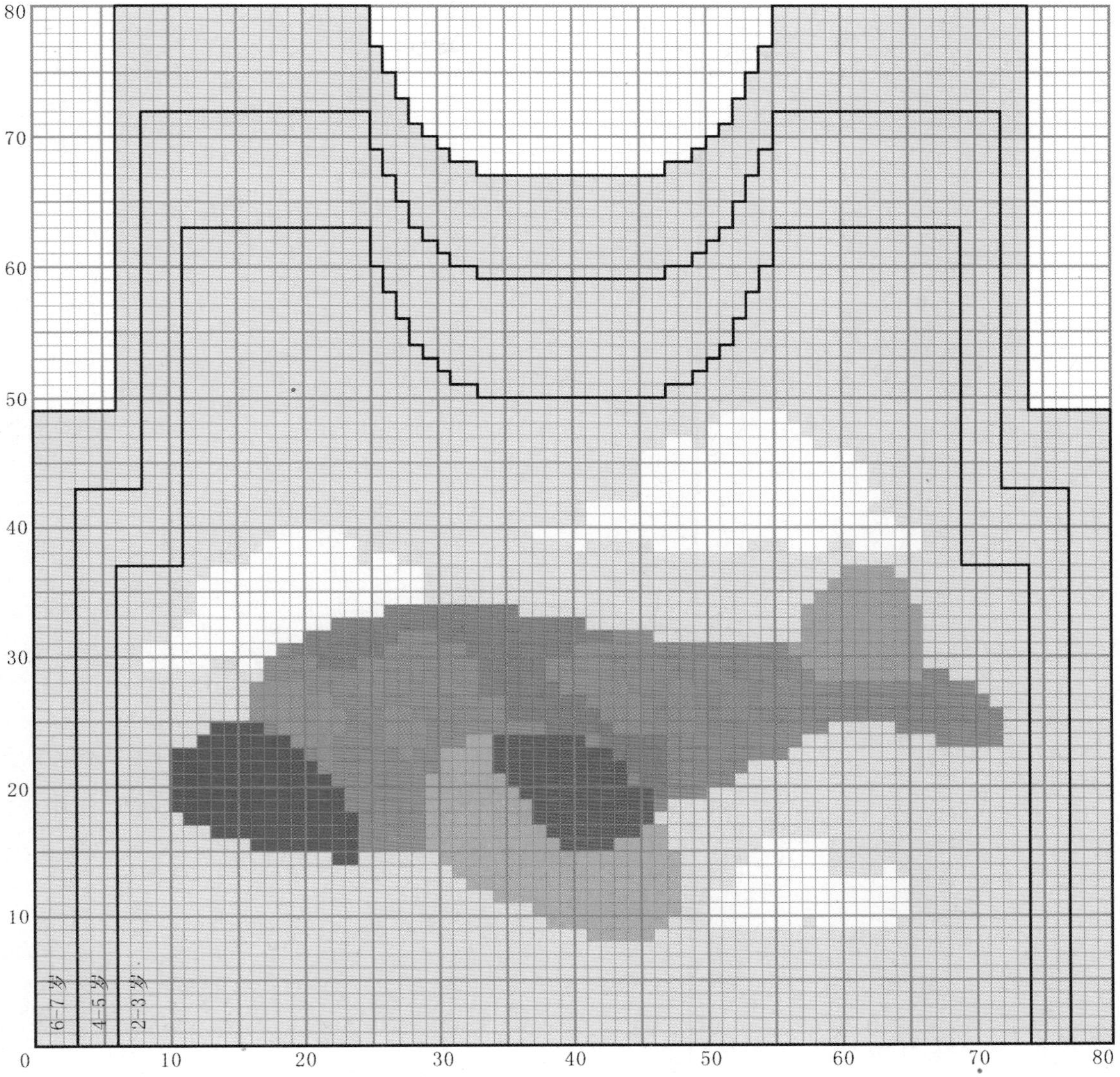
80
70
60
50
40
30
20
10
0
10
20
30
40
50
60
70
80
6-7岁
4-5岁
2-3岁

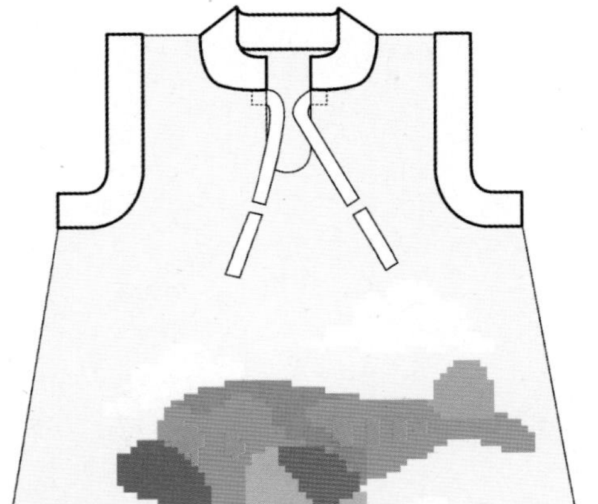

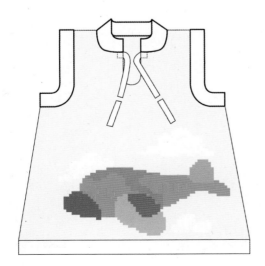

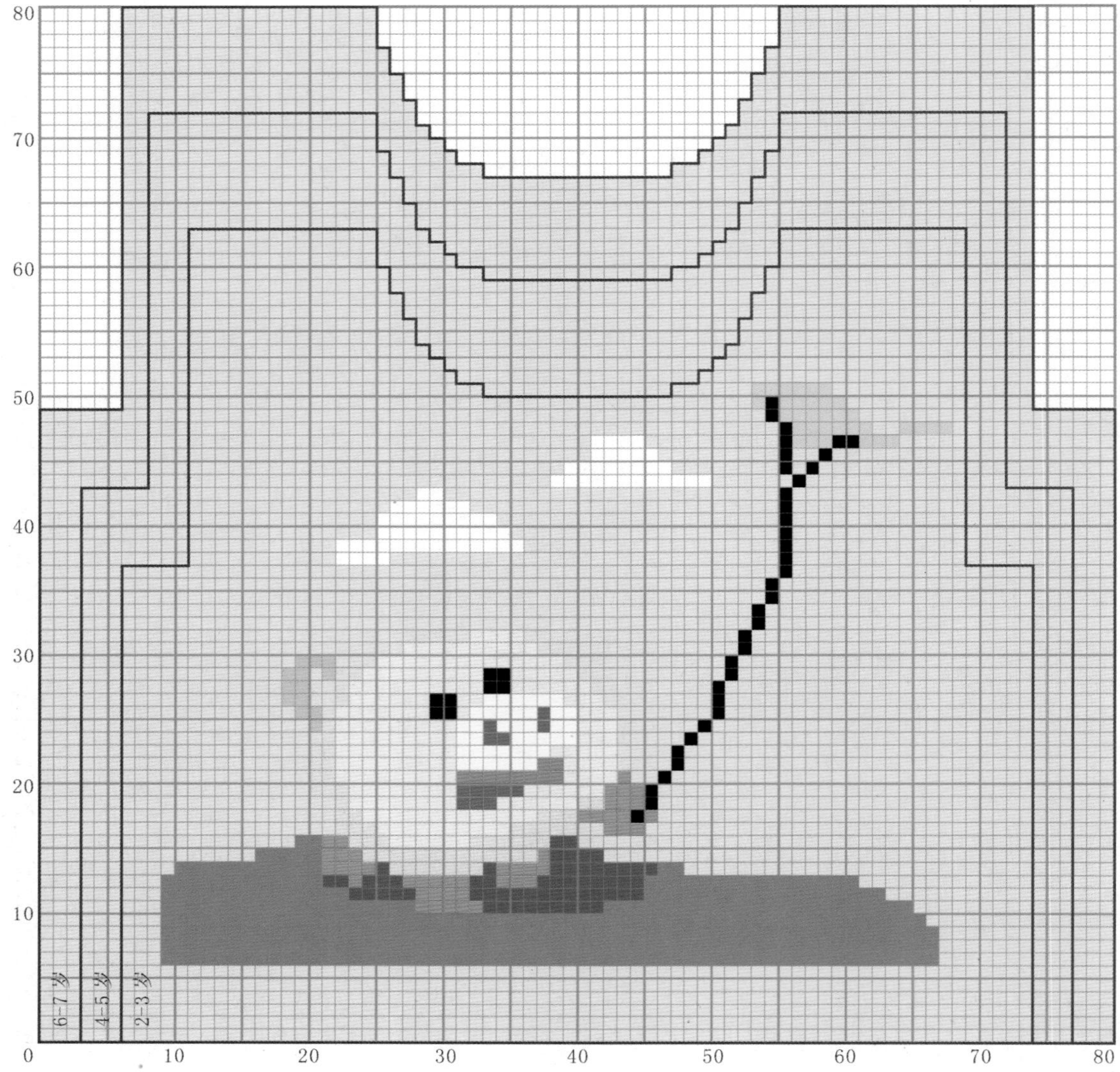
80
70
60
50
40
30
20
10
0
10
20
30
40
50
60
70
80
6-7岁
4-5岁
2-3岁

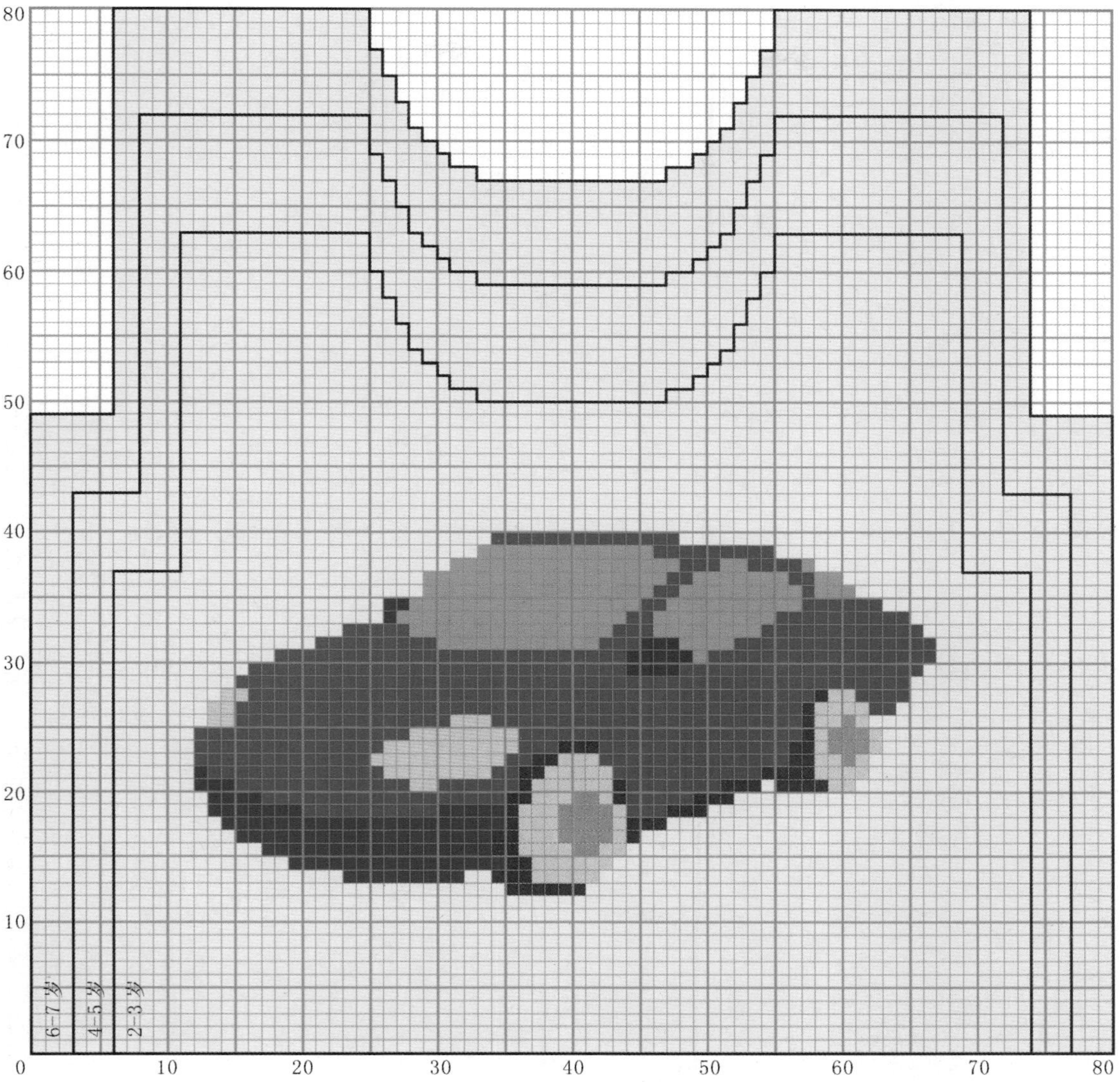
6-7岁
4-5岁
2-3岁

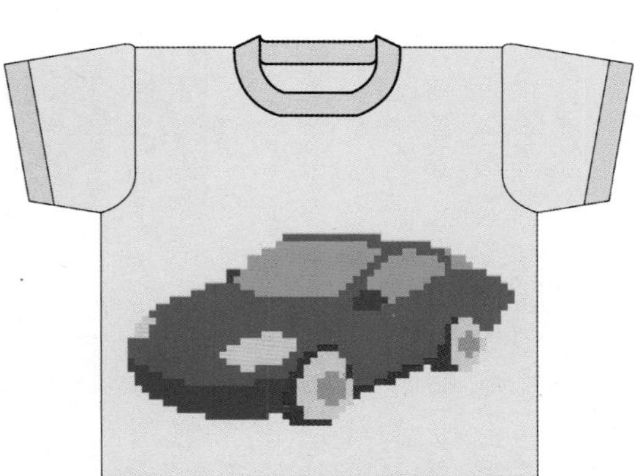

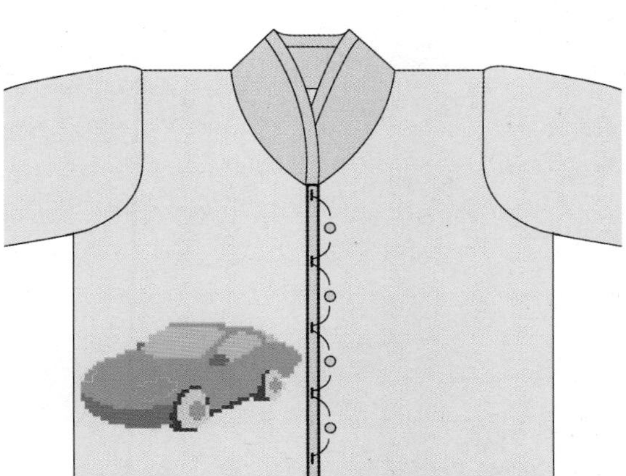

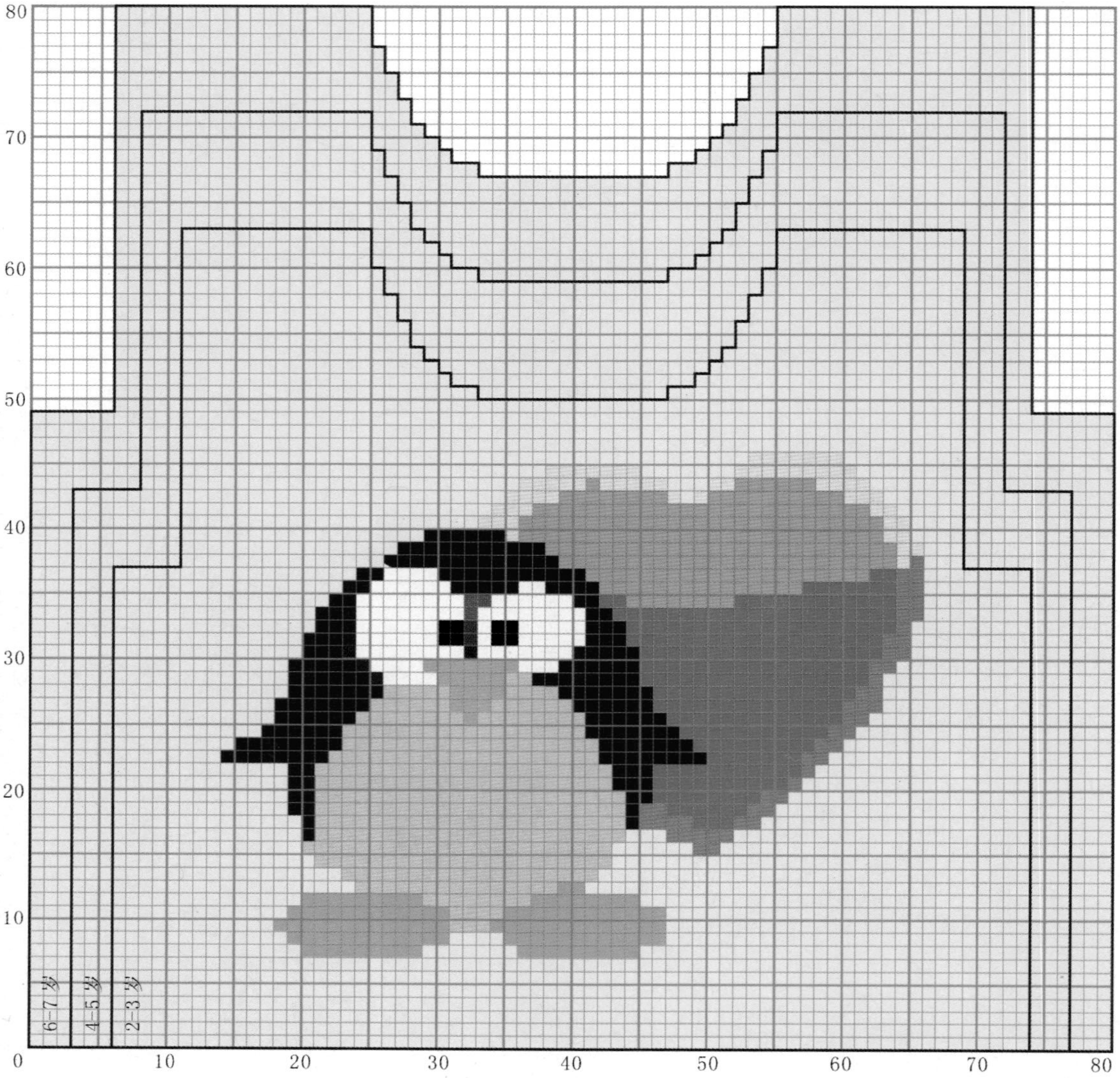
80
70
60
50
40
30
20
10
0
10
20
30
40
50
60
70
80
6-7岁
4-5岁
2-3岁

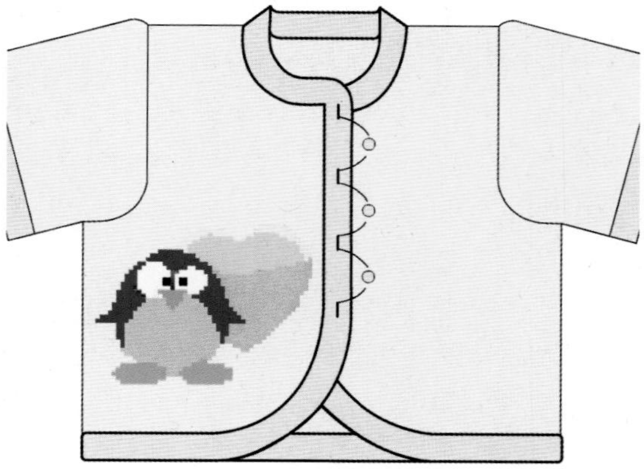

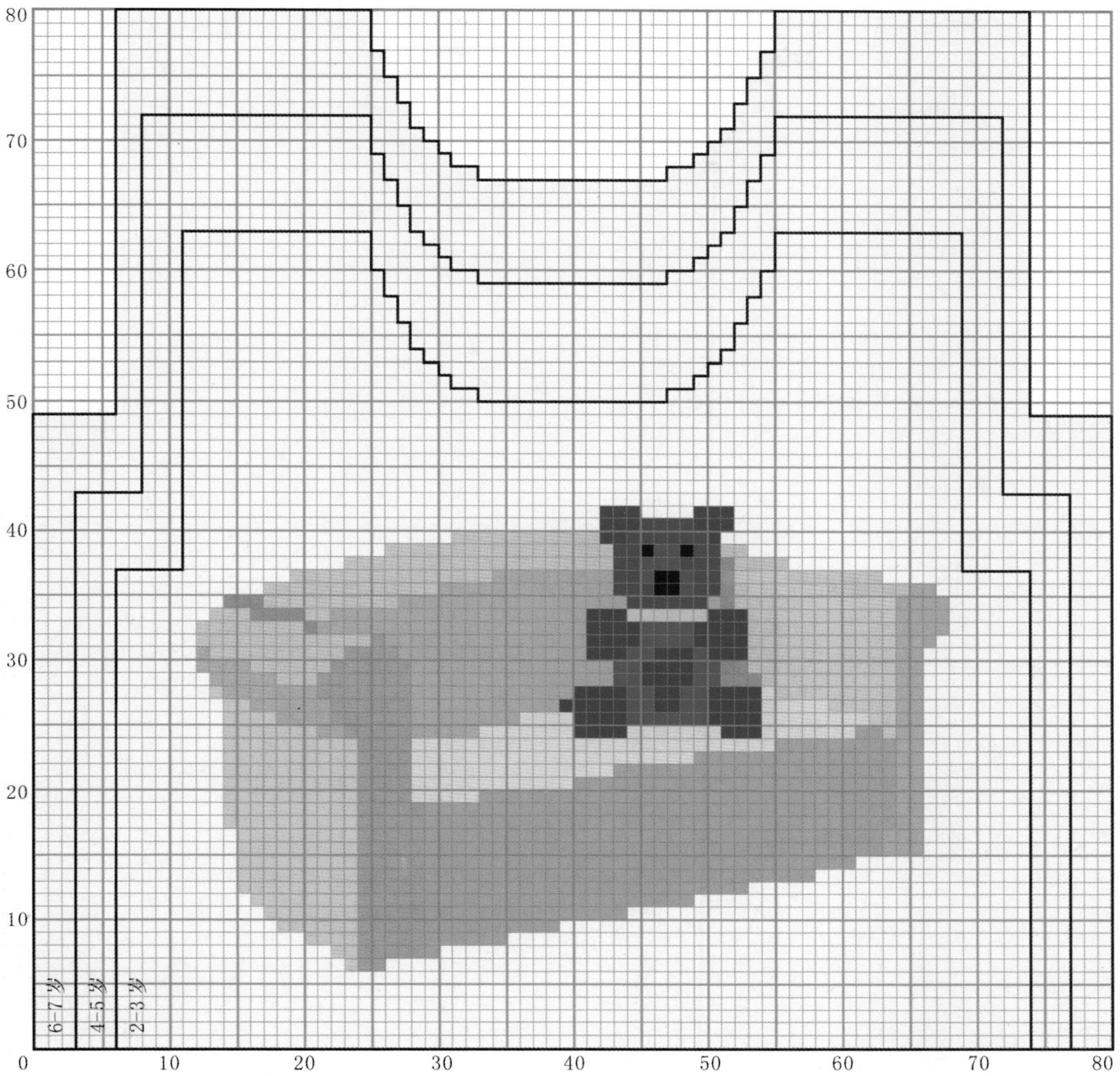
6-7岁
4-5岁
2-3岁

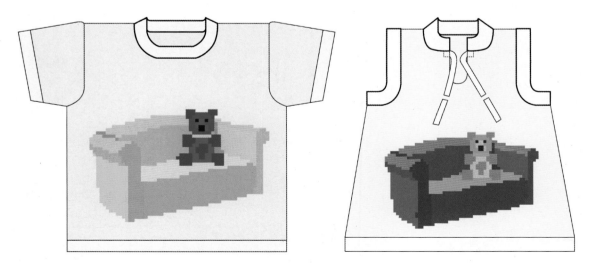

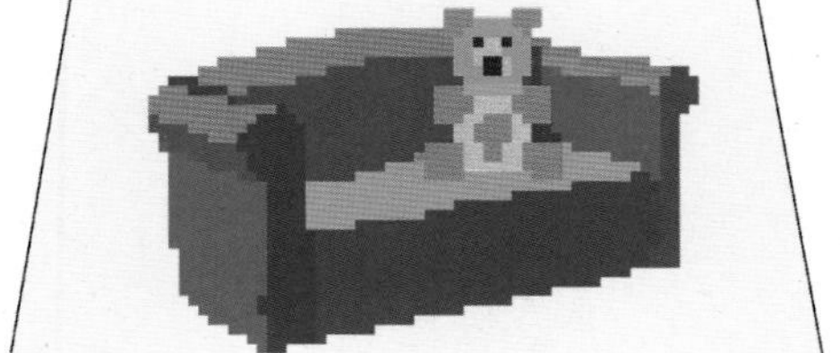

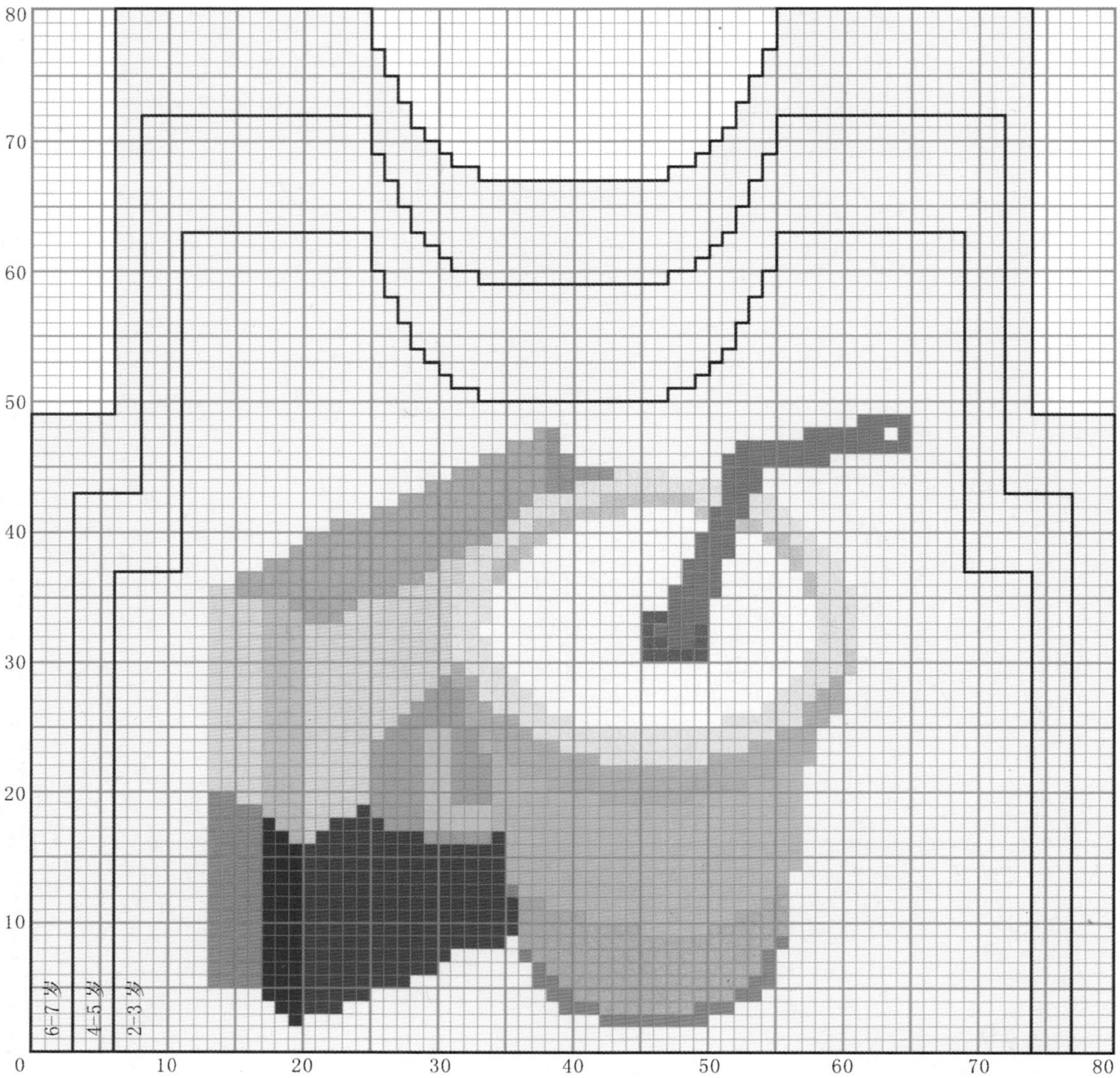
80
70
60
50
40
30
20
10
0
10
20
30
40
50
60
70
80
6-7岁
4-5岁
2-3岁

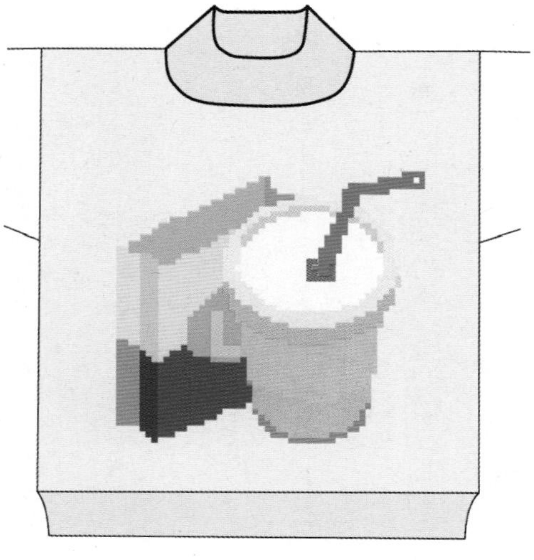

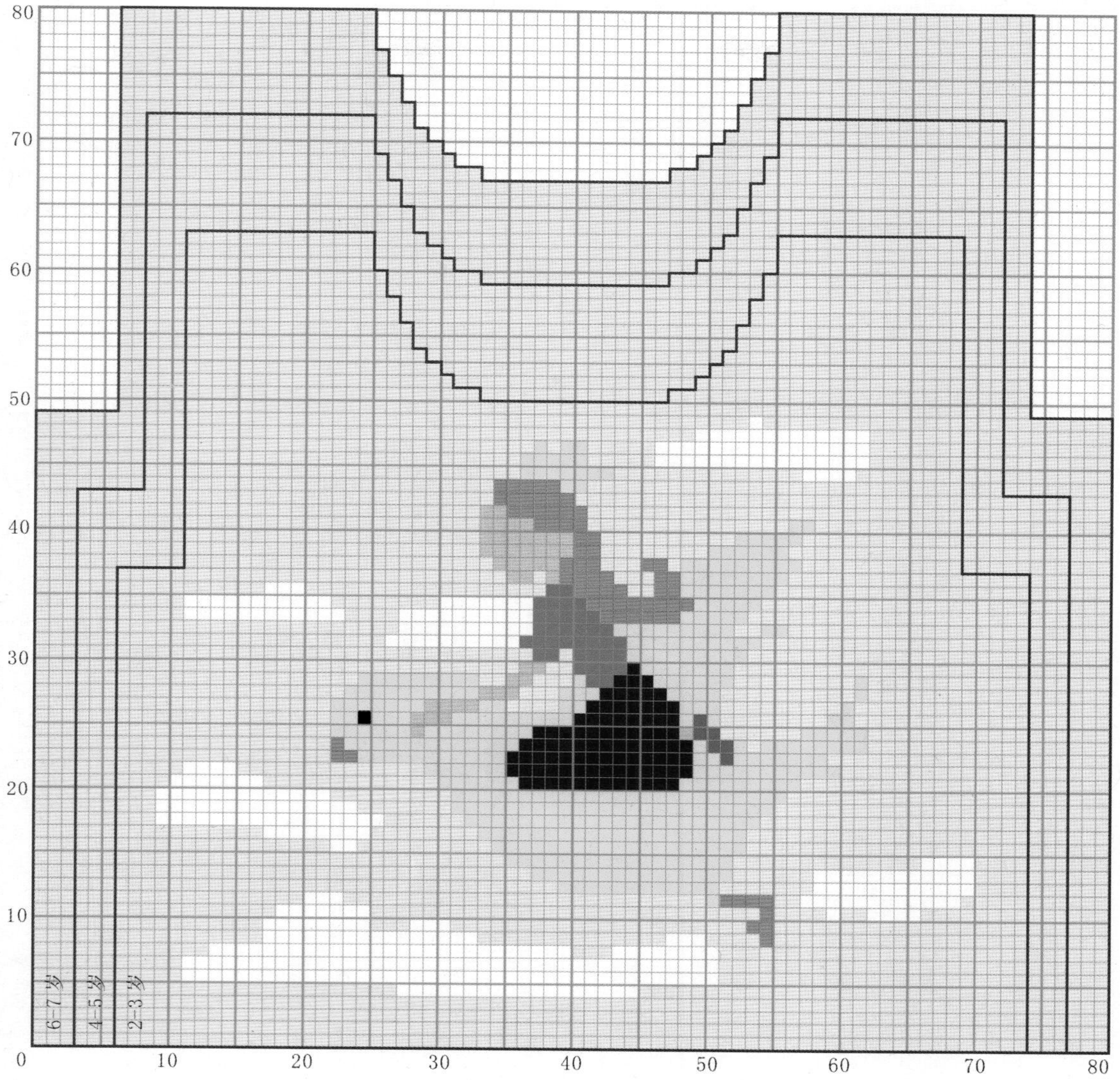
80
70
60
50
40
30
20
10
0
10
20
30
40
50
60
70
80
6-7岁
4-5岁
2-3岁

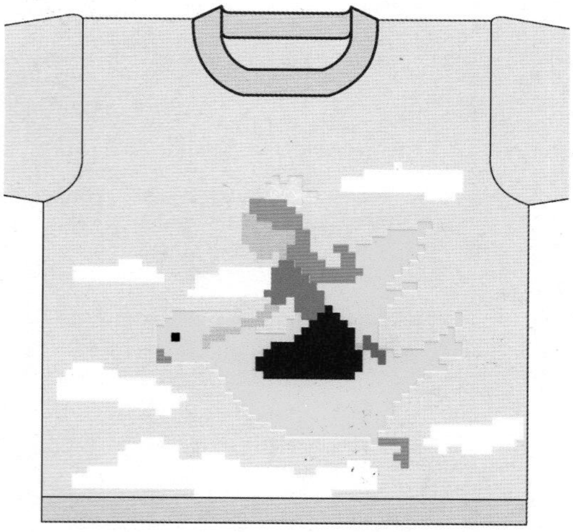

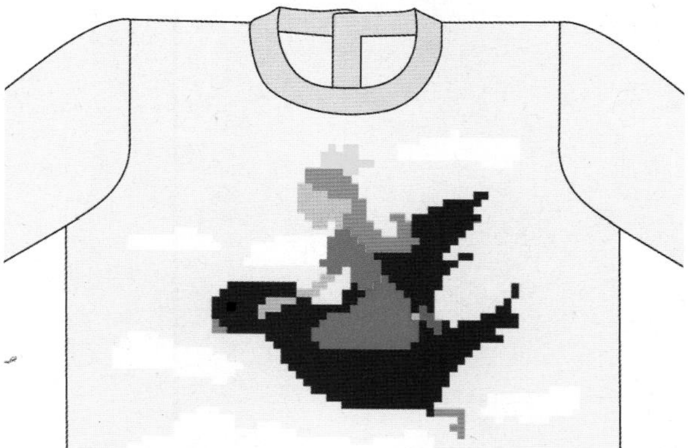

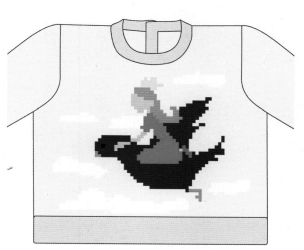

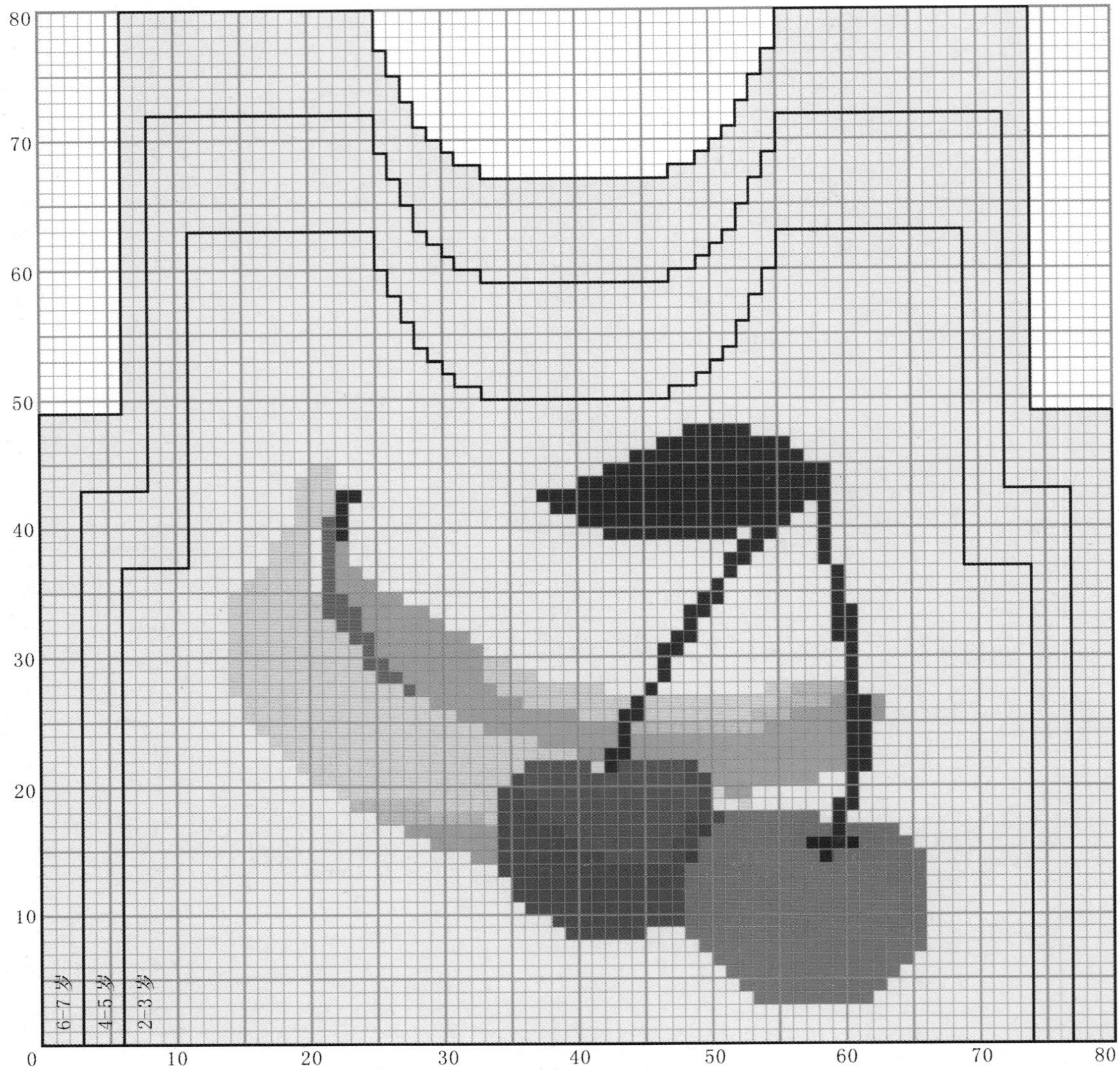
80
70
60
50
40
30
20
10
0
10
20
30
40
50
60
70
80
6-7岁
4-5岁
2-3岁

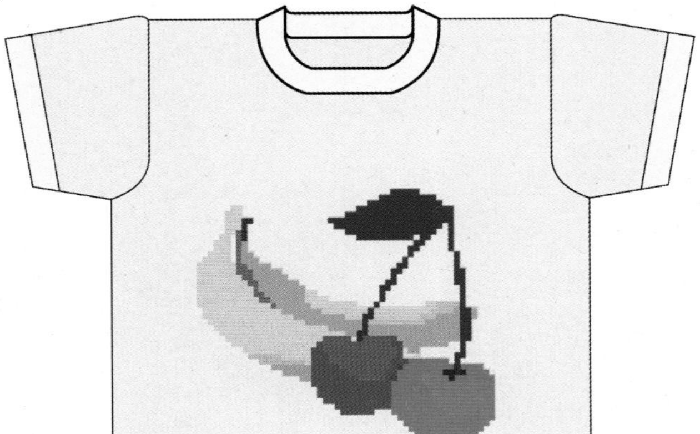

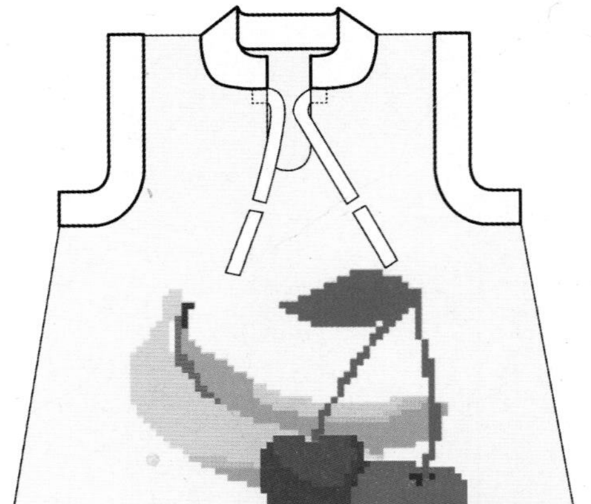